LA FORZA DI RILEY

Team Delta Due, Libro 5

SUSAN STOKER

Titolo originale: *Shielding Riley*

Traduzione dall'inglese di Patrizia Zecchin per One More Chapter Translations

Editing di Nadia Carena

Trovare Kenna
Trovare Monica
Trovare Carly
Trovare Ashlyn
Trovare Jodelle

Armi & Amori: verso il futuro

Soccorrere Caite
Soccorrere Brenae
Soccorrere Sidney
Soccorrere Piper
Soccorrere Zoey
Soccorrere Avery
Soccorrere Kalee
Soccorrere Jane

Delta Force Heroes

Salvare Rayne
Salvare Emily
Salvare Harley
Il Matrimonio di Emily
Salvare Kassie
Salvare Bryn
Salvare Casey
Salvare Sadie
Salvare Wendy
Salvare Mary
Salvare Macie
Salvare Annie

Armi e Amori

Proteggere Caroline
Proteggere Alabama
Proteggere Fiona

Il Matrimonio di Caroline
Proteggere Summer
Proteggere Cheyenne
Proteggere Jessyka
Proteggere Julie
Proteggere Melody
Proteggere il Futuro
Proteggere Kiera
Proteggere i figli di Alabama
Proteggere Dakota

Mercenari di Montagna

Difendere Allye
Difendere Chloe
Difendere Morgan
Difendere Harlow
Difendere Everly
Difendere Zara
Difendere Raven

Ace Security

Il riscatto di Grace
Il riscatto di Alexis
Il riscatto di Bailey
Il riscatto di Felicity
Il riscatto di Sarah

Una raccolta di storie brevi

Un momento nel tempo

CAPITOLO UNO

«Allora, hai dieci anni?» chiese Porter "Oz" Reed a suo nipote, scervellandosi per cercare di trovare qualcosa di cui parlare con il bambino che in quel momento si trovava nel suo soggiorno.

Logan annuì, ma non disse altro.

Il ragazzo era appena stato portato nel suo appartamento dai servizi di protezione dell'infanzia del Texas. Oz aveva scoperto che sua sorella era morta... e che chiaramente aveva avuto un figlio di cui non aveva mai saputo. Era zio.

Il problema era che non sapeva quasi nulla sui bambini; come diavolo poteva fare da genitore a uno di dieci anni? Dentro di sé stava andando fuori di testa, ma cercò di non dare a vedere di essere in difficoltà. Logan doveva essere traumatizzato dopo aver perso improvvisamente la madre ed essere stato mollato a uno sconosciuto, informandolo solo che quella sarebbe stata la sua nuova casa.

Facendo due calcoli, si rese conto che sua sorella doveva essere stata incinta l'ultima volta che le aveva parlato, probabilmente al funerale del padre, ma non glielo aveva detto. Era assurdo che non sapesse nemmeno dell'esistenza di suo nipote, ma pensò che non avrebbe dovuto essere sorpreso.

Quando aveva saputo che Becky stava spendendo in droga i soldi che le mandava – e che si era fatta durante il funerale del padre – aveva perso il controllo. Le aveva urlato contro che stava buttando via la sua vita, che doveva darsi una bella scrollata. Non c'era da meravigliarsi che non gli avesse detto di essere incinta.

Il ragazzino era identico a sua sorella, a parte gli occhi, che erano grigi come i suoi; quelli di Becky erano nocciola. Ma aveva i capelli della madre, castani e ondulati, solo tagliati corti rispetto a lei, ed era ovvio che avesse anche ereditato l'altezza dei Reed. Oz, con il suo metro e novantacinque torreggiava sulla maggior parte delle persone. Sua sorella non era stata da meno con il suo metro e ottanta. Non sapeva quanto avrebbe dovuto misurare un bambino di dieci anni, ma aveva la sensazione che Logan fosse più alto della maggior parte dei ragazzi della sua età.

«Hai fame?» gli chiese Oz, cercando di nuovo di comunicare con lui.

Logan scosse la testa e si rifiutò di incontrare il suo sguardo.

Sospirando, cercò di pensare a qualcos'altro da dire. Il più delle volte, non era un granché con i bambini. Non che non gli piacessero, solo che non gli capitava spesso di averne intorno. Lui stesso non si era mai sentito un bambino; a causa della sua infanzia era cresciuto in fretta.

I suoi occhi si posarono sulla busta di plastica che teneva in mano suo nipote. Aggrottò la fronte. «Che cos'è?» gli chiese.

Logan lo guardò per un secondo prima di abbassare di nuovo gli occhi. «La mia roba» disse con una scrollata di spalle.

«La tua roba?» ripeté Oz, confuso.

«Sì. Non ho una valigia e avevo solo questo per metterci le mie cose.»

Lo fissò e poi comprese: tutto ciò che Logan possedeva era in quel sacchetto. Un maledetto sacco della spazzatura.

Si sentì travolgere dalla rabbia. Rabbia verso sua sorella. Verso le persone dei servizi sociali e per l'intera situazione. Oz era la persona meno preparata per crescere un bambino, ma a Logan era rimasto solo lui al mondo, doveva darsi una regolata e capire cosa fare.

«Ok» disse, facendo del suo meglio per controllare la furia nel suo tono. Si avvicinò e si sedette accanto a lui sul divano, e non mancò di notare che il ragazzino si spostò per mettere un bel po' di spazio tra loro.

«Quand'è il tuo compleanno?»

«Il ventidue ottobre.»

«Qual è il tuo colore preferito?»

«Azzurro.»

«Ti piacciono gli sport?»

«Sì.»

«Cibo preferito?»

«Non ne ho uno.»

Oz sospirò. «So che è una situazione strana. E... mi dispiace molto per tua madre.»

«Perché? Non la conoscevi davvero. Non sapevo neanche che esistessi. Perché *dovrebbe* interessarti?»

Per quanto non gli piacesse l'atteggiamento del ragazzo, non poteva biasimarlo. Aveva le sue ragioni. «Mi interessa.»

«Non l'avrei mai detto» borbottò Logan.

«Non voglio mentirti, il rapporto tra me e tua madre era teso. Non ho avuto alcun contatto con lei da prima che tu nascessi. All'epoca stava facendo delle cose che non andavano bene. Mi ero appena arruolato nell'esercito e non vivevo più in Texas. Avrei voluto aiutarla, ma prima di tutto avrebbe dovuto lei voler aiutare se stessa.»

«Droga» disse Logan triste.

Odiava che suo nipote lo sapesse. «Sì. Immagino che non avesse perso l'abitudine» mormorò con rammarico.

«Stava cercando di smettere.»

Lo fissò, non era sicuro di potergli credere. Non che pensasse che il bambino stesse mentendo, ma gli adulti nascondevano un sacco di cose ai loro figli, e se Becky voleva che lui pensasse che stava cercando di smettere, avrebbe saputo come celargli la peggiore delle sue abitudini.

«So che non mi credi, ma è vero. Era entrata in un programma e tutto il resto. Stava andando tutto bene» continuò.

«Cos'è successo?» chiese Oz, odiandosi per aver fatto quella domanda. Avrebbe dovuto chiederlo ai servizi sociali, non a un bambino di dieci anni, ma la domanda gli era sfuggita di bocca.

«Qualcuno ha fatto irruzione nel nostro appartamento. L'hanno uccisa. Hanno rubato tutto ciò che potevano vendere. Io ero a scuola.»

«Cazzo! Cioè... cavolo, mi dispiace» replicò, ripromettendosi di cercare di non imprecare.

Logan fece un gemito.

Guardando l'orologio, vide che erano le nove passate. Sembrava strano che i servizi sociali trasferissero un bambino a quell'ora tarda, ma era andata così.

Poi gli venne in mente qualcos'altro. Aveva un appartamento con due camere da letto, ma la seconda al momento era usata come ripostiglio. Lì dentro c'erano un set di pesi e un sacco di scatoloni. E di certo non aveva un letto per un bambino di dieci anni.

«Non ho idea di quale sia stata la tua routine, quando vai a letto e cose del genere» disse «ma si sta facendo tardi e devi essere stanco.»

Non rispose.

«Dato che non sapevo che saresti arrivato, non ti ho preparato la camera, quindi puoi dormire nella mia stanotte e domani vedremo come sistemare la tua stanza.»

«Non voglio il tuo letto» scattò Logan, con un tono aggressivo che non aveva mai usato da quando lo aveva conosciuto... che, doveva ammettere, erano solo circa quarantacinque minuti.

«Bene» replicò Oz, rifiutandosi di abboccare. «Perché non ho intenzione di dartelo. Sono grande e grosso e quel letto king size è perfetto per me.»

«Non ci dormo lì con te!»

Questa volta, sentì la paura nel tono di suo nipote.

Represse lo sgomento per il significato di quell'emozione. «E io non te lo chiederei. Non sei un bambino piccolo e hai bisogno del tuo letto, proprio come me. Dormirò qui sul divano. Sarai al sicuro nella mia camera.»

Logan aggrottò la fronte e Oz lo vide guardare il divano, poi il suo fisico massiccio e di nuovo il divano. «Non ci stai» disse alla fine.

Scrollò le spalle. «Fidati, non è il posto peggiore in cui ho dormito. Nemmeno lontanamente. Starò bene.»

«È comodo?» insistette.

«Non particolarmente.»

«E il tuo letto?»

«Sì. Moltissimo.»

«Non capisco» mormorò, con un tono che gli spezzò quasi il cuore.

«Cos'è che non capisci?» gli domandò con dolcezza.

«Perché mi daresti il tuo letto comodo, per andare a dormire su un divano scomodo e troppo corto?»

«Perché sei in un posto nuovo e probabilmente sei sopraffatto. Ti manca tua madre e sei molto triste per quello che le è successo. Perché sono tuo zio e ora è compito mio prendermi cura di te, e perché ci tengo a te. So che potrebbe essere difficile da credere, considerando che ci siamo appena incontrati, ma tu sei sangue del mio sangue. Mi dispiace di non aver saputo della tua esistenza fino a stasera, ma ora che sei qui, ti garantisco che farò tutto il possibile per renderti la vita più facile, iniziando col darti un bel letto in cui dormire e uno spazio tutto tuo fino a quando non avrò sistemato la tua stanza.»

Logan sollevò la testa e lo fissò per un lungo momento. Poi gli chiese: «Non hai paura che guardi tra le tue cose? Che rubi qualcosa?»

Scrollò le spalle. «Se vuoi qualcosa che c'è in camera mia o in bagno, prendila pure. Non mi arrabbierei perché non c'è niente di importante lì dentro. Anche se devo dire che devi crescere ancora un po' prima di entrare nei miei vestiti o nelle mie scarpe. Non ho riviste porno e mi assicurerò di prendere la pistola prima che tu vada a dormire.»

Gli occhi di Logan diventarono enormi. «Hai una pistola?»

«Sono nell'esercito, quindi sì, ce l'ho.»

«Hai mai ucciso qualcuno?»

Oz si sentì a disagio, ma non voleva mentire a suo nipote. «Sì. Ma se ti può consolare, avevano cercato di uccidermi prima loro.» Non riuscì a capire a cosa stesse pensando. Per un secondo, pensò di vedere un barlume d'interesse negli occhi di Logan, ma poi la sua espressione si fece neutra e scrollò le spalle.

«Che ne dici se ci prepariamo per andare a letto. Hai il pigiama nel sacchetto?» gli chiese.

Il bambino annuì.

«Va bene. Dai. Ti mostro dov'è tutto.»

Quasi trenta imbarazzanti minuti dopo, Oz era di nuovo in soggiorno, a combattere contro più emozioni di quante ne avesse provate da tempo. Era preoccupato, addolorato e incazzato con sua sorella. Non riusciva a credere che Becky avesse avuto un figlio e non avesse provato a contattarlo. Da quello che gli aveva detto Logan, viveva ad Austin da anni, vicina a Fort Hood. Non era nemmeno sicuro che sapesse dov'era di stanza, ma comunque non riusciva a scrollarsi di dosso la rabbia.

Logan non aveva parlato molto mentre lui cambiava le lenzuola per far sì che il bambino dormisse in un posto pulito. Non aveva tirato fuori nulla dal suo maledetto sacco della spazzatura, ed era ovvio che stesse aspettando che lui se ne andasse per sistemarsi.

Avrebbe voluto abbracciarlo, dirgli che era al sicuro, ma erano praticamente estranei. Pensava che suo nipote non avrebbe trovato il suo abbraccio confortante. Gli aveva intimato che non avrebbero dormito nello stesso letto. Dio... qualcuno aveva abusato di lui?

Troppe domande e nessuna risposta.

Supponeva che un po' alla volta le avrebbe avute, ma aveva bisogno che suo nipote si sentisse al sicuro e amato ora. Non tra una settimana, un mese o un anno.

Per l'ora successiva, Oz camminò su e giù per il soggiorno, con un turbinio di pensieri riguardo a tutto ciò che avrebbe dovuto fare. Doveva contattare il suo comandante e informarlo della situazione. Anche il team. Sapeva senza ombra di dubbio che Trigger, Brain, Lefty, Lucky, Doc e Grover avrebbero fatto tutto il possibile per aiutarlo. Per non parlare di Gillian, Kinley, Aspen e Devyn.

Doveva anche assicurarsi un piano assistenziale familiare con l'esercito; era particolarmente importante poiché era un Delta Force. Quel tipo di piano aiutava la famiglia di un membro dell'esercito quando veniva inviato in missione. Dato che Oz andava via più frequentemente di un normale soldato, e ora era essenzialmente un genitore single, la richiesta doveva essere inoltrata il prima possibile.

Il piano in sostanza conteneva documenti legali e istruzioni che specificavano dove sarebbe dovuto andare Logan e chi sarebbe stato il suo tutore legale mentre lui era oltreoceano. Oltre a informazioni sull'assistenza medica, i recapiti di tutti coloro che avrebbero aiutato ad assistere suo nipote, documenti importanti come l'assicurazione sulla vita, dettagli finanziari e indicazioni sulle attività quotidiane del bambino. Ovviamente, non sapeva ancora nulla delle sue preferenze o della sua vita, ma lo avrebbe imparato.

Il pensiero di lasciarlo mentre si stavano ancora adattando a quella nuova normalità non era piacevole. Per la prima volta nella vita, Oz aveva qualcos'altro di più importante dell'esercito.

Era sorprendente provare così presto quella sensazione, ma non aveva mentito al ragazzo, gli importava di lui. Era la sua famiglia e per lui significava moltissimo. Da quel momento in poi il bambino sarebbe venuto per primo.

Avrebbe parlato con il team e il comandante di cosa significasse avere il nipote nella sua vita, per quanto riguardava le missioni. Non era pronto a lasciare la squadra, neanche lontanamente, ma doveva essere una figura stabile nella vita di Logan.

Il dolore negli occhi di quel bambino era chiaro come il sole. Era qualcosa di più che solo per la morte di sua madre. Non aveva avuto una vita facile, e questo feriva Oz più di quanto potesse esprimere. Voleva offrirgli tutto il possibile, a cominciare dalla stabilità e dalla consapevolezza di essere al sicuro. Di avere una casa con suo zio.

Sospirò, gli girava la testa. Aveva un sacco di cose da fare e non sapeva da dove cominciare. L'indomani, avrebbe dovuto informarsi su come aggiungere Logan al suo profilo *Tricare* per assicurarsi che fosse coperto dal punto di vista sanitario. Poi doveva pensare a iscriverlo a scuola. Probabilmente aveva anche bisogno di una visita medica.

E ciò gli fece pensare che Logan era alto, ma davvero

molto magro. Cominciò a preoccuparsi che non stesse mangiando bene... così pensò a ciò che aveva nella dispensa.

«Merda!» esclamò, alzandosi per andare a controllare. Cosa mangiavano i ragazzini? Cosa piaceva a *Logan*? Non ne aveva idea.

Mentre osservava la sua dispensa quasi vuota, all'improvviso fu travolto dal pensiero di essere responsabile del benessere di suo nipote. Che ne sapeva lui di come si faceva il genitore? Niente! Più di una ragazza lo aveva accusato di essere completamente incapace quando si trattava di occuparsi di altre persone.

Era stato chiamato "bastardo egoista" quando non si era preso la briga di chiamare una donna dopo essere tornato a casa da una missione. Aveva difficoltà a ricordare i cibi o i fiori preferiti delle sue ragazze, o persino i loro compleanni. Come *diavolo* poteva prendersi cura di un bambino?

Era in preda al panico e non riusciva a calmarsi, percorse il corridoio e appoggiò l'orecchio alla porta della sua camera. Non sentì nulla. Erano passati quarantacinque minuti da quando aveva lasciato Logan lì, girò piano la maniglia e sbirciò dentro.

Logan era profondamente addormentato, sentiva il suo lieve russare dalla soglia. Era al centro del letto, le gambe e le braccia aperte, come se stesse cercando di occupare più spazio possibile. Stranamente, indossava un pigiama rosa con degli unicorni. Era troppo corto; i pantaloni gli arrivavano solo a metà polpaccio, e la maglietta era un po' salita esponendo la pancia. Oz pensava che fosse di seconda mano e forse tutto ciò che sua sorella aveva potuto permettersi.

Prendendo una decisione di cui era sicuro si sarebbe pentito, lasciò la porta della camera da letto aperta e andò verso quella d'ingresso. Uscì, diretto all'appartamento della sua vicina; Riley, era quello il suo nome.

Non avevano mai avuto una vera conversazione, si erano

solo scambiati saluti qua e là. Ma non sapeva a chi rivolgersi a quell'ora. Probabilmente avrebbe potuto chiamare Gillian o una delle altre donne che stavano con i suoi compagni di squadra, ma non voleva disturbarle a quell'ora tarda. Inoltre, poteva sentire la TV di Riley accesa, quindi era abbastanza sicuro che fosse ancora sveglia.

E dopo quello che era successo quella sera, sperava che fosse disposta ad aiutarlo. L'aveva sentita per caso cacciare di casa il suo fidanzato verbalmente violento. Oz era rimasto nel corridoio per assicurarsi che l'uomo se ne andasse senza arrivare alle mani, e in quel momento Riley era sembrata riconoscente.

Non sarebbe entrato in casa, non era sicuro per lei ma, soprattutto, voleva tenere d'occhio il *suo* appartamento.

Bussò alla porta e trattenne il respiro. Un bravo operatore della Delta sapeva quando chiedere aiuto e sperava che Riley, da buona vicina, fosse disposta a dargli una mano.

CAPITOLO DUE

RILEY ROGERS NON RIUSCIVA A DORMIRE. Dopo aver cacciato Miles, aveva pulito l'appartamento per ore. Il suo ex era uno sciattone. Riempiva di piatti sporchi il lavandino, non buttava mai via la sua spazzatura, lasciava bicchieri usati e piatti con cibo vecchio sul tavolino da caffè, mentre giocava ai suoi stupidi videogames. Disgustoso.

Dopo aver pulito, aveva iniziato a camminare avanti e indietro, pensando a tutto ciò che era successo quella sera; la discussione con Miles, le sue minacce... e il suo vicino.

Il suo ex l'aveva spaventata. Aveva temuto che si sarebbe rifiutato di andarsene, che avrebbe persino potuto aggredirla, ma quando aveva aperto la porta e visto il suo enorme vicino là fuori, che stava chiaramente ascoltando, Riley si era sentita sollevata.

Porter era rimasto sulla soglia con le braccia incrociate, a guardare torvo Miles e, magicamente, il suo ex aveva ceduto e se n'era andato dicendo solo qualche altra parola minacciosa.

Il suo vicino in realtà aveva detto di chiamarsi Oz, ma pensava fosse un soprannome perché una volta avevano messo per sbaglio nella sua casetta della posta della roba indirizzata a Porter Reed. Era stata felice di presentarsi quella sera... perché, Dio la perdoni, aveva squadrato quell'uomo più di una volta. Era stato sbagliato perché era già impegnata, ma non aveva potuto farne a meno. Ogni volta che lo aveva visto, era stato gentile e disponibile, praticamente il contrario di Miles.

Riley era così stanca di uscire con dei perdenti. Voleva un partner. Qualcuno su cui poter contare e viceversa. Invece trovava solo parassiti, persone che volevano che lei lavorasse e guadagnasse mentre loro stavano a guardare la TV o fumavano erba. E i pochi soldati dalla vicina base con cui era uscita, non erano stati molto meglio. Almeno lavoravano, ma non si erano mai preoccupati di lei come persona, ma solo come qualcuno con cui poter fare sesso di tanto in tanto. Era deprimente.

Poi c'era il suo vicino. Alto, muscoloso e con le spalle così larghe che non riusciva a vedere nulla quando era dietro di lui. Aveva i capelli castani come i suoi e dei particolari occhi grigi. A Riley non piaceva molto essere più bassa della maggior parte delle persone che incontrava, ma c'era qualcosa in Porter che le faceva desiderare di appoggiare la testa sul suo petto e farsi proteggere dal mondo. Era una cosa stupida.

Tuttavia, pensare che fosse rimasto come una sentinella sulla porta, assicurandosi che Miles sapesse che era lì e che lo stava tenendo d'occhio, la fece fremere di gioia. Era un estraneo e l'aveva protetta, quando pochi uomini in passato l'avevano fatto.

Era stata sul punto di fare qualcosa di stupido, come chiedere se voleva entrare e bere un caffè o qualcosa del genere, quando un uomo dall'aspetto formale aveva percorso il corridoio con un bambino al suo fianco, fermandosi davanti a lui e dicendogli che il ragazzino era suo nipote e che ne aveva la custodia.

L'espressione shioccata sul viso di Porter le aveva fatto

pensare che avesse appena scoperto di essere zio. Era stato sia sorprendente sia straziante. I due erano scomparsi nell'appartamento e da allora non aveva più avuto notizie di loro.

Ma aveva ascoltato.

Le pareti di quel condominio non erano poi così spesse. Molte volte sentiva la sua TV e la musica, proprio come probabilmente lui aveva sentito ogni parola crudele che Miles le aveva scagliato contro. Era imbarazzante ma, in un certo senso, quello era stato il catalizzatore per cacciarlo finalmente fuori di casa. Era anche piuttosto umiliante che il suo vicino avesse sentito alcune delle cose che Miles le aveva detto in passato, e sapesse che comunque lei non lo aveva lasciato.

Riley sapeva di non essere bellissima, in realtà era abbastanza ordinaria; alta un metro e sessantaquattro, non era super magra ma nemmeno sovrappeso. Aveva dei punti che non le piacevano molto, le cosce e il sedere per lo più, ma tutto sommato era contenta del suo aspetto.

Non aveva molti amici, né una famiglia, e trascorreva la maggior parte della vita dietro le porte del suo appartamento. Come trascrittore, lavorava da casa e faceva affidamento su internet per trovare lavoro. Riceveva file audio da medici, autori e chiunque altro avesse bisogno di scrivere le proprie parole; ascoltava i file, digitava ciò che dicevano e rispediva i documenti.

Fortunatamente aveva molti clienti abituali, che mantenevano il suo reddito costante. Non guadagnava un sacco di soldi, ma erano abbastanza per continuare ad avere un tetto sulla testa, pagare le bollette e il cibo.

Aveva incontrato Miles online, come alcuni dei suoi precedenti ragazzi, e non avrebbe più seguito quella strada. Fino a quel momento non aveva avuto fortuna e sebbene internet le permettesse di lavorare da casa, era ovvio che non contribuisse a trovare il vero amore.

Forse le serviva una lunga pausa dagli uomini in generale.

Era molto probabile che gli inquilini del suo piano la considerassero comunque "la vicina strana". Quella che non vedevano mai e che non aveva amici. Amen.

Era meglio che essere la ragazza uccisa dal fidanzato violento che si era rifiutata di lasciare.

Sospirando, Riley stava per andare a letto quando sentì bussare alla porta.

S'irrigidì, il cuore le martellò nel petto. Si chiese se fosse Miles. Era già successo che fosse tornato strisciando dopo un litigio, chiedendole perdono e dicendole quanto ci tenesse a lei. Sì, certo. Non ci sarebbe caduta un'altra volta. Era ovvio che volesse solo un posto in cui stare e oziare. Aveva davvero chiuso con lui.

Andò in punta di piedi alla porta e guardò attraverso lo spioncino per vedere chi stesse bussando a quell'ora tarda, e rimase scioccata alla vista del suo vicino, lo splendido Porter Reed. Sembrava agitato e continuava a guardare in fondo al corridoio, verso il suo appartamento.

Senza pensarci, tolse la catena, girò la chiave e aprì la porta.

«Cosa c'è che non va?» gli chiese senza preamboli.

«Io... cosa mangiano i ragazzini a colazione?» sbottò.

Riley sbatté le palpebre. «Come scusa?»

«Io... ehm... hai visto che ho appena ottenuto la custodia di mio nipote. Sta dormendo, ho lasciato la porta della camera da letto aperta e anche quella dell'appartamento, quindi non l'ho lasciato solo, ma stavo pensando a domani mattina. Stasera non ha voluto mangiare niente, ma non ho idea di cosa vorrà per colazione.»

«*Tu* cosa mangi?»

«Ehm... di solito un frullato proteico» rispose imbarazzato.

Non poté fare a meno di arricciare il naso disgustata.

«Lo so. Ho pensato che non l'avrebbe voluto, ma non ho idea di cosa gli piaccia.»

«Vuoi entrare?» gli domandò.

«Grazie, ma non posso. Devo sorvegliare l'appartamento nel caso Logan si svegliasse.»

Giusto, l'aveva già detto, ma Riley era completamente sconvolta dal fatto che si fosse presentato alla sua porta e avesse fatto una domanda così facile. «È vero, scusa. Ehm... vediamo... cereali, Pop-Tarts, pancake, magari uova strapazzate, barrette di cereali... Ho l'impressione che non sia un bambino esigente.»

Invece di far sentire meglio il suo vicino, le sue parole sembrarono stressarlo ancora di più.

«Merda» mormorò. «Non ho niente di tutto quello. Nemmeno le uova. Devo andare al supermercato. *Cazzo*, non posso andarci e lasciarlo qui da solo! Devo svegliarlo e portarlo con me? Non vorrei farlo. Non sono nemmeno sicuro di piacergli. Probabilmente peggiorerei la situazione se lo svegliassi nel cuore della notte per andare a fare la spesa. Maledizione.»

Il cuore di Riley si sciolse per quell'uomo. Era ovvio che volesse fare la cosa giusta per suo nipote, ma in quel momento non aveva idea di quale fosse. «Aspetta qui» gli ordinò.

Non aveva avuto intenzione di essere così brusca, ma invece di arrabbiarsi con lei – o dirle di chiudere la bocca e di non dargli ordini, come avrebbe detto Miles – si limitò ad annuire. Aveva le labbra strette e la fronte aggrottata per l'agitazione e lo stress.

Riley lasciò la porta aperta e si precipitò dentro. Andò in cucina e prese una delle borse della spesa riutilizzabili che teneva a portata di mano, aprì la dispensa e la riempì per metà di cose che pensava potessero piacere a un bambino. Per fortuna, non era una fanatica salutista, quindi aveva molta scelta.

Aprì il frigorifero e prese la confezione di uova, ne erano

rimaste sei, un contenitore mezzo mangiato di formaggio spalmabile e la bottiglia da due litri di latte in cui ne era rimasto appena quanto bastava per riempire una tazza. Prese il pacchetto di bagel dal bancone e la scatola quasi piena di cereali Froot Loops.

All'ultimo secondo pensò di buttare dentro due banane e tre mele. La borsa era traboccante quando finì e temeva di aver esagerato, ma decise che l'uomo e il ragazzo dell'appartamento accanto avevano bisogno di quel cibo più di lei, e voleva che avessero molta scelta.

Si precipitò alla porta, sperando che Porter non se ne fosse andato. Era ancora lì, con la schiena contro la parete di fronte. Non sembrava meno stressato, semmai *ancora* più preoccupato.

«Ecco, tieni» gli disse, porgendogli la borsa.

Ma invece di prenderla, la fissò confuso. «Che cos'è?»

«Roba per la colazione» rispose. «È tutto aperto, mi dispiace, ma ho messo diverse cose che sono sicura tuo nipote mangerà. Domattina potrai scoprire cosa preferisce. Ci ho messo delle barrette di cereali, quelle morbide, perché le dure sono disgustose, delle uova, dei bagel, crema di formaggio, cereali, bastoncini di formaggio, un po' di frutta e burro di arachidi, nel caso le altre cose non gli piacessero. Credo che tutti i bambini mangino i panini con il burro d'arachidi e la marmellata. Ci sono anche altre cose lì dentro, ma non giudicare, ho un debole per i dolci.»

«Non posso accettare» disse Porter, senza prendere la borsa.

«Perché no?»

«Perché è il tuo cibo.»

«Porter, non è un problema. Non c'è il rischio che deperisca, come puoi vedere.»

Si accigliò. «Non c'è niente di sbagliato nel tuo fisico» le disse.

Era ridicolo, ma Riley avrebbe voluto gongolare per la sua approvazione, non riusciva a ricordare l'ultima volta che Miles le aveva fatto un complimento. «Mmm. Ho un sacco di cibo, comunque. Questo dovrebbe aiutarti fino a quando non parlerai con tuo nipote e scoprirai cosa gli piace. Presumo che lo iscriverai a scuola e dovrai capire se vuole mangiare il pasto della mensa scolastica o portarselo da casa, quindi avrai bisogno anche di cibo per il pranzo. E per la cena. Crocchette di pollo, hamburger, pasta, quel genere di cose. La maggior parte dei bambini mangia tanto, quindi sono sicura che la roba che ti ho dato non durerà a lungo.»

Più parlava, più lo sguardo di Porter mostrava nervosismo. Riley si rese conto che lo stava spaventando.

Si arrischiò ad avvicinarsi e a mettergli una mano sul braccio. «Porter?»

Sbatté le palpebre e poi disse: «Nessuno mi chiama così.»

«Oh, ehm... scusa.»

«No, va bene. Come facevi a sapere che è il mio nome?»

«Una volta hanno messo la tua posta nella mia cassetta. Scusa, posso chiamarti con il tuo soprannome... Oz, giusto?»

«Mi piace che mi chiami Porter» ammise.

«Ok» disse Riley. Non si stava immaginando l'attrazione tra loro... vero? Non era né il momento né il luogo, ma non poté fare a meno di apprezzare come tutta la sua attenzione fosse su di lei quando parlava. Non stava guardando il telefono, né stava fissando le sue tette o guardando la sua TV dietro di lei nell'appartamento.

Oz riportò gli occhi sulla borsa che stava ancora tenendo in mano e poi di nuovo sul suo viso. «Davvero, non dovrei portarti via il cibo.»

«Non c'è problema» insistette, porgendogliela di nuovo.

«Mi sento orribile ad accettarla.»

«Non è necessario. Mi darà un motivo per uscire dal mio appartamento domani. Mi dispiace solo di non avere ciambelle o girelle alla cannella. Sono sicura che tuo nipote le adorerebbe.»

«Logan. Il suo nome è Logan. E ha dieci anni.»

Riley sorrise e tirò un sospiro di sollievo quando Porter prese la borsa con il cibo che aveva racimolato.

«Mi dispiace davvero averti disturbata. Sono andato nel panico» ammise un po' imbarazzato.

«Figurati. Sono contenta che tu l'abbia fatto. Lavoro da casa, quindi sono praticamente sempre qui. Se hai bisogno di qualcosa, non esitare a venire. Posso anche darti il mio numero così se vuoi puoi mandare un messaggio. So quanto possa essere spaventoso per un bambino andare a vivere con degli sconosciuti.»

Questa volta la preoccupazione sul suo volto era diretta a lei. «Sei stata in affidamento?» le chiese.

Annuì, rimproverandosi per averlo accennato. «Sì. Sono entrata e uscita dalle famiglie affidatarie per la maggior parte della mia vita. I miei genitori avevano parecchi problemi, ogni tanto si davano una regolata e mi riprendevano, poi ci ricadevano e ritornavo nel sistema degli affidi. Credo di aver vissuto con sette famiglie diverse. La maggior parte erano a posto, ma è stato difficile non sapere per quanto tempo sarei rimasta lì, e se o quando i miei genitori mi avrebbero ripreso con loro.»

«Logan aveva solo un sacco della spazzatura con dentro le sue cose» disse Porter.

Riley lo sapeva fin troppo bene. «È spiacevole. La maggior parte dei bambini non ha una valigia o un borsone quando entrano in affidamento. Devono mettere più cose possibili in un sacchetto di plastica. Posso darti un consiglio?»

«Sì, ti prego.»

«Lava i suoi vestiti appena puoi. L'odore schifoso della plastica permea i tessuti, ed è fastidioso doverlo sentire tutto il tempo durante la giornata.»

Porter aveva uno sguardo inorridito. «Lo farò. Domani quando si sveglia.»

Lei annuì.

«Davvero non ti dispiace se dovessi aver bisogno di aiuto? Sono completamente spaesato.»

«Hai intenzione di tenerlo?» Non poté fare a meno di chiedere.

«*Certo*, è mio nipote. Non ha nessun altro che possa prendersi cura di lui.»

«Scusa se ti ho offeso» ribatté subito. «È solo che molte persone non vorrebbero che la loro vita venisse sconvolta da un bambino che non è loro.»

«Sconvolta? Penso che sia *lui* quello che ha subito uno sconvolgimento, non io. Odio non averlo conosciuto prima. Odio di non essermi mai riconciliato con mia sorella prima che morisse. Mi piace pensare che si fosse data una regolata, ma guardando Logan e vedendo il dolore nei suoi occhi, non sono sicuro che l'abbia fatto. Non rinuncerei *mai* a mio nipote. Non importa quanto sia dura per me la sua improvvisa apparizione nella mia vita, deve essere dieci volte peggio per *lui*. Resterà con me.»

Riley sentì aumentare il calore nella pancia. Le piaceva che fosse così risoluto nei confronti di suo nipote. Non aveva detto che voleva bene al ragazzino, ma non era sorprendente; lo aveva appena incontrato e sperava che l'amore sarebbe arrivato col tempo, per entrambi. «Allora sarò felice di aiutarti.»

«Grazie» replicò con un sospiro profondo. «Mi sento stupido a non avere idea di cosa mangi un bambino a colazione.»

«Datti un po' di tregua. Ci saranno molte altre cose che non saprai su un bambino di dieci anni, ma imparerai in fretta.»

«Lo spero.» Porter raddrizzò le spalle, e Riley poté quasi

vedere la fiducia tornare nella sua espressione. «Ti ripagherò» le disse, indicando la borsa.

«Non ce n'è bisogno.»

«Sì invece. Vuoi... vuoi incontrare Logan?» le domandò.

«Certo.»

«Voglio dire, non ora, sta dormendo. Almeno spero. Ma magari domani? Abbiamo un sacco di cose da fare, devo aggiungerlo alla mia assicurazione, devo vedere per l'assistenza medica, la scuola e cose del genere, ma magari ti andrebbe di venire a cena?»

Riley lo guardò. «Ti agita stare da solo con lui?» Non sapeva come avesse potuto percepirlo, tranne che le sembrava di riuscire a leggere le emozioni di quell'uomo. Era pazzesco dal momento che si erano appena incontrati ufficialmente.

«Un po'. La conversazione di stasera non è andata molto bene. So che il suo colore preferito è l'azzurro e che il suo compleanno è a ottobre.»

«Un giorno alla volta» lo rassicurò. «Non puoi fare altro.»

«Lo so. Allora, vieni a cena? O è troppo?»

«Sarei felice di venire» accettò con un sorriso. Non che dovesse controllare la sua agenda o altro. «Vuoi che porti qualcosa?»

«Ci penso io. Se non altro, so grigliare gli hamburger. Alle sei?»

«D'accordo. Oh, vuoi il mio numero?»

«Sì.»

Riley aspettò, ma lui non si mosse. Si accigliò. «Vuoi che vada a prendere un pezzo di carta per scriverlo?»

Le sorrise... e vedere le piccole rughe formarsi ai lati degli occhi le fece venire voglia di passarci sopra le dita. Quell'uomo era stupendo. Non aveva idea di come mai fosse single, ma sembrava fosse così.

«Dimmelo e me lo ricorderò» le disse.

Snocciolò il suo numero, non credendo del tutto che se lo sarebbe ricordato.

Porter ridacchiò. «L'esercito si fida di me con informazioni super-top-secret che non potrebbero mai essere scritte. Penso di poter ricordare sette numeri, mia fatina della spesa.»

Arrossì a quel soprannome. *Ovvio* che l'esercito gli affidava alcune delle loro informazioni più segrete. Non aveva idea di cosa facesse, ma dai muscoli gonfi delle braccia, immaginava fosse una specie di soldato d'élite. Aveva vissuto nella zona e frequentato abbastanza soldati da riconoscere qualcuno che faceva di più che passare carte o andare in giro con un fucile in mano. «Giusto.»

«Grazie ancora. Mi hai salvato. Domani ti mando un messaggio per assicurarmi che tu non abbia cambiato idea per la cena.»

«Non la cambierò» lo rassicurò con determinazione.

Le fece un piccolo cenno con il mento, poi tornò al suo appartamento.

Riley non poté fare a meno di fissargli il sedere. Quell'uomo era come una montagna. Alto e incrollabile. Per un secondo, pensò alla loro differenza di statura e che, essendo più alto di lei di almeno trenta centimetri, le avrebbe fatto davvero male se avesse deciso di picchiarla, ma scosse la testa e scacciò quel pensiero.

Non poteva presumere che ogni uomo che incontrava le avrebbe fatto del male, quella era un'idea disfattista che sminuiva la sua autostima.

Invece... immaginò a come sarebbe stato avere Porter sopra di lei mentre era sdraiata sul letto. L'avrebbe avvolta con il suo corpo, facendola sentire di sicuro piccola e delicata.

Era un pensiero molto più bello. E sorprendente, dato che non si era mai sentita così attratta sessualmente da Miles.

Era ancora sulla soglia quando Porter si fermò davanti alla propria e la guardò. «Riley?»

«Sì?» Era pronta a rispondere a qualsiasi domanda avesse.

«Sei troppo bella e brava per quello stronzo che hai cacciato stasera. È un idiota se non ha visto che fidanzata fantastica aveva. Buonanotte.»

E con quelle parole sconvolgenti, entrò nel suo appartamento e si chiuse la porta alle spalle.

Le ci volle un secondo prima di muoversi, ma poi entrò e anche lei chiuse a chiave la porta prima di posarvisi contro con la schiena e scivolare giù fino a sedersi per terra.

Le parole di Porter risuonarono nella sua testa. Si sentiva già sollevata per aver preso la decisione di rompere con Miles, ma l'opinione del suo vicino l'aveva consolidata. Pensava che fosse bella. E una fidanzata fantastica. Riley era abbastanza sicura che quelle parole avrebbero potuto mantenerla euforica per settimane.

Non aveva idea se tra loro sarebbe potuto succedere qualcosa. Sapeva d'istinto che Porter Reed era un brav'uomo. In precedenza si era sbagliata nel giudicare gli uomini, ma qualcosa le diceva che per quanto riguardava lui aveva ragione.

Sarebbe stato bello stare con un uomo che andava fuori di testa perché non sapeva cosa dare da mangiare a suo nipote, piuttosto che con uno che si incazzava per uno stupido gioco per computer o perché rimaneva senza droga. Il fatto che non avesse paura di dire grazie o di chiedere aiuto era un altro bonus.

Sorridendo tra sé e sé, si alzò e andò in camera da letto. Doveva mettere insieme la roba che Miles aveva lasciato a casa sua e fare in modo di restituirgliela, ma era esausta. L'indomani aveva alcuni lavori da terminare, doveva andare al supermercato per rifornire la dispensa... e poi avrebbe cenato con il suo vicino e il nipote che gli avevano affidato.

All'improvviso la sua vita sembrò molto più eccitante di quanto non fosse stata appena poche ore prima. Riley non vedeva l'ora che arrivasse il giorno successivo.

CAPITOLO TRE

«Un bambino?» chiese Doc incredulo il pomeriggio successivo.

Oz annuì. Fino a quel momento, non aveva ancora avuto un attimo di sosta. Quella mattina era stato ancora più grato a Riley per la sua generosità quando Logan aveva mangiato avidamente un po' di tutto ciò che lei aveva procurato, iniziando con una ciotola di cereali, poi una barretta di muesli e persino alcune delle uova strapazzate che Oz aveva preparato. Era ovvio che il ragazzo non mangiasse da un po', e si ripromise di assicurarsi che ci fosse sempre abbastanza cibo in casa.

La conversazione era stata innaturale e imbarazzante, e per lo più unilaterale, ma non si era scoraggiato. Ci sarebbe voluto del tempo prima che le cose tra di loro si normalizzassero e nel frattempo, doveva solo fornire una casa sicura a Logan.

Erano andati alla base per farlo aggiungere alla sua cartella personale e ora aveva il suo documento d'identità militare. Gli aveva chiesto se avrebbe preferito frequentare la scuola della base o una locale e, senza la minima esitazione, Logan aveva scelto quella esterna.

Oz non era certo se quella fosse la decisione giusta o meno, dato che non sapeva quanto fossero buone le scuole locali, ma era determinato a offrirgli più scelte possibili per qualsiasi cosa nella sua nuova vita.

Erano andati all'ospedale della base per farlo visitare da un medico e ottenere i documenti necessari per iscriverlo ufficialmente in quinta elementare. Dovevano ancora andare al supermercato e poi al negozio di arredamento. Come minimo, suo nipote aveva bisogno di un letto. Gli servivano anche vestiti, giocattoli e altre cose, ma avrebbero dovuto aspettare un altro giorno.

Aveva seguito il consiglio di Riley e lavato tutti gli indumenti di Logan quella mattina, e si era arrabbiato di nuovo per la poca roba che possedeva. Non riusciva a capire perché i servizi sociali non avessero inscatolato tutte le sue cose dall'appartamento in cui aveva vissuto con la madre. Dov'era finita tutta la roba di Becky? E quella di Logan? L'avevano messa in un magazzino in attesa che Oz andasse a reclamarla? Doveva parlare con l'assistente sociale, ma intanto c'era altro che aveva la precedenza.

Non era ancora riuscito a presentare il nipote ai suoi compagni della Delta perché un sergente del reparto amministrativo lo aveva portato a fare un tour del parco macchine, inclusi tutti i carri armati. Oz aveva sentito una fitta allo stomaco quando aveva visto il primo sorriso sul viso di suo nipote, destinato all'uomo che gli aveva chiesto se voleva vedere un carro armato da vicino, ma aveva cercato di non pensarci. Sapeva che non sarebbe stato facile conquistare la fiducia di Logan, ma era paziente. La ricompensa, quando finalmente sarebbe successo, sarebbe stata più grande di qualsiasi cosa avrebbe potuto immaginare. Ne era certo.

«Lo so, è pazzesco» rispose a Doc.

«Tra tutti noi, non avrei mai pensato che saresti stato tu il primo ad avere figli» scherzò Trigger.

Oz sbuffò. «Vero? Voglio dire, tu, Lefty e Brain siete quelli che hanno una donna, non io.»

«Ti crea problemi la situazione?» chiese Grover. «Ti serve qualcosa?»

«In realtà ho bisogno di tutto» disse con sincerità. «Ma ci sto lavorando, grazie. Ieri sera la mia vicina è venuta in mio soccorso.»

«La tua vicina...?» domandò Lucky.

«Sì. Riley Rogers. Ieri è stata una serata pazzesca, non solo perché mi hanno portato Logan a quell'ora tarda, ma Riley finalmente ha cacciato quello stronzo del suo fidanzato. Andava a casa sua e iniziava quasi subito a gridarle contro. Le pareti del condominio sono sottili, quindi li sentivo. La rimproverava praticamente per tutto. Lei lavora da casa, non so cosa faccia, ma lui le diceva sempre che era pigra, e stronza perché non lo lasciava stare di più a casa sua.»

«Immagino che lui non lavori» suggerì Trigger in tono secco.

«Pare di no. Ad ogni modo, Riley finalmente ne ha avuto abbastanza e ha rotto. Lui non l'ha presa bene. Sono rimasto fuori vicino alla mia porta nel caso in cui avesse deciso di metterle le mani addosso ma, come avevo sperato, quando mi ha visto lì se n'è andato senza toccarla.»

«Pensi che non tornerà?» gli chiese Lefty.

«Non ne ho idea. Ma sono contento che alla fine abbia trovato la forza per scaricarlo. È troppo carina per essere trattata di merda.»

«Hai detto che è venuta in tuo soccorso? A me sembra il contrario» osservò Brain.

«Giusto. Comunque, dopo che lo stronzo se n'è andato, è arrivato l'assistente sociale con mio nipote. Lei ha visto e sentito tutto. Quando Logan si è addormentato, mi sono reso conto che non avevo niente da fargli mangiare la mattina seguente e non potevo lasciarlo a casa da solo per andare al supermercato. Così sono andato a chiedere aiuto a Riley. Ha finito per darmi una borsa piena di roba per la colazione. Penso che l'unica cosa che mancava fossero le ciambelle.»

«È stato molto gentile da parte sua» disse Doc.

«Hai intenzione di ripagarla?» domandò Lucky.

«Lo farei, se pensassi che me lo permetterebbe, ma ho la sensazione che le darebbe fastidio se insistessi. Però l'ho invitata a cena stasera. Ho pensato che forse, se Logan e io non siamo soli, le cose potrebbero essere meno imbarazzanti.»

«Pensi davvero che invitare uno sconosciuto a cena, una donna per giunta, potrebbe crearvi meno disagio?» chiese Trigger scettico, con le sopracciglia inarcate.

«Ehm... merda. Sì?» rispose.

«Giusto. Ok. Sono sicuro che andrà tutto bene» mormorò Lefty.

Oz ora non ne era più così sicuro, ma non avrebbe cancellato l'invito. Sarebbe stato estremamente scortese. E aveva bisogno di parlare di alcune cose con i suoi amici. «Logan ha detto che preferisce non andare a scuola alla base, e non ho problemi, ma dovrò comunque compilare un piano di assistenza familiare. Il comandante mi ha dato un po' di tempo per sistemare tutti i dettagli, ma non sarò in grado di venire in missione con voi finché non sarà tutto a posto. È che... non ho nessuno a cui lasciare Logan quando non ci sono... e mi chiedevo se voi ragazzi pensate che Gillian, Kinley e Aspen potrebbero accettare di essere inserite nella lista.»

«Assolutamente sì» replicò Trigger senza esitazione.

«Certo» concordò Lefty.

«Sono sicuro che Aspen ne sarebbe onorata» incalzò Brain.

«E so che a Devyn non dispiacerebbe essere di supporto se necessario» aggiunse Grover, parlando per sua sorella, che aveva iniziato a uscire con le altre donne.

Oz tirò un sospiro di sollievo. «Grazie. Avevo intenzione di chiamarle il prima possibile per chiederlo di persona, ma vi sarei grato se voleste avvisarle, anche perché capiscano cosa dovrebbero fare nel caso andassimo in missione.»

La parte successiva era la più difficile, ma Oz non esitò, non era uno che rimandava le conversazioni più sgradevoli. «Se, Dio non voglia, mi dovesse succedere qualcosa... vorrei che uno di voi lo prendesse con sé. Non voglio che entri nel sistema degli affidi. Ha già avuto una vita abbastanza difficile, e non sopporto l'idea che venga sballottato da una famiglia all'altra. Lo sapevate che i bambini in affidamento a volte non hanno nemmeno una valigia per portare la loro roba? Devono usare un sacco della spazzatura. È orribile.»

Trigger si fece avanti e gli mise una mano sulla spalla. «Prima di tutto, non ti succederà niente. Siamo insieme da molto tempo e anche se a volte succedono cose spiacevoli, ci guardiamo le spalle l'un l'altro costantemente. Se muori, significa che qualcosa è andato terribilmente storto e probabilmente saremo tutti fottuti. Secondo, ovvio che ci occuperemo di tuo nipote. Logan non entrerà *mai* nel giro degli affidi. È molto probabile che il ragazzo sia spaventato, preoccupato e incerto sul futuro con suo zio. Lui è la tua famiglia, quindi è anche la nostra. Vai tranquillo e segna pure me e Gillian come suoi tutori nel caso dovesse succederti qualcosa.»

Fece un respiro profondo. Voleva bene ai suoi amici. «Forse dovresti prima parlarne con lei.»

«No» ribatté subito. «Sarà d'accordo con me. Logan ancora non lo sa, ma è stato fortunato quando l'hanno dato a te. Dispiace per sua madre, ma farà una bella vita qui. Adesso non ha solo te, ma anche tutti *noi*.»

«Ehm... abbiamo finito con il tour.» Il sergente che aveva portato Logan a fare un giro per vedere i carri armati e gli altri grossi camion della base era sulla soglia.

Oz si voltò e vide suo nipote che lo fissava con uno sguardo che non riuscì a interpretare. «Grande. Grazie per il suo aiuto, sergente.»

«Quando vuole. A dopo.» L'uomo si voltò e lasciò la stanza.

Tese la mano a suo nipote «Vieni qui Logan e lascia che ti presenti i miei migliori amici.»

Il ragazzo si trascinò guardingo, ma non si avvicinò abbastanza da essere toccato. Oz non si offese. Col tempo avrebbe imparato a fidarsi di lui. «Questi sono gli uomini con cui lavoro quotidianamente, e quando sono in missione, sono le persone che mi coprono le spalle, proprio come faccio io per loro. Sono Trigger, Lefty, Brain, Lucky, Doc e Grover. Sono soprannomi, ma di solito ci chiamiamo così.»

Tutti i suoi compagni di squadra lo salutarono.

Il ragazzo guardò ognuno di loro, poi si fermò su Oz. «È pericoloso quello che fai?»

Non era sicuro di volerne parlare in quel momento. Era troppo presto. Non voleva spaventarlo a morte, ma era chiaro che avesse sentito almeno una parte della sua conversazione con la squadra. Se avesse ignorato la domanda, avrebbe potuto renderlo ancora più nervoso.

Si accovacciò in modo da poter essere faccia a faccia con lui. «A volte sì. Siamo delle forze speciali. Sai che cosa sono?»

Il ragazzino spalancò gli occhi e annuì.

«Veniamo inviati in missioni altamente specializzate, per salvare le persone, per scovare i cattivi, per aiutare altri paesi quando c'è da fare qualcosa che i loro militari non riescono a fare. Ma vedi questi uomini dietro di me?»

Gli occhi di Logan si spostarono sui suoi amici, poi tornarono su Oz.

«Sono il meglio del meglio. Lavoriamo insieme da molto tempo e mi fido ciecamente di loro. Siamo sempre estremamente attenti. Non posso garantire che non verrò mai ferito, ma devi avere totale fiducia che faremo tutto il necessario per tornare a casa. Trigger è sposato e Lefty e Brain hanno delle fidanzate. Anche la sorella di Grover vive qui. Quindi abbiamo tutti motivi molto importanti per tornare.»

Il bambino sembrò rifletterci, poi disse: «E se dovessi morire, qualcun altro mi prenderà con sé?»

«Sì, lo faremo io e mia moglie» rispose Trigger.

Oz mantenne lo sguardo sul nipote, cercando di interpretare la sua espressione, senza fortuna. Quando non disse nulla, gli chiese: «Sei d'accordo?»

Logan incontrò il suo sguardo e scrollò le spalle. Poi sussurrò: «Perché?»

«Perché cosa?» gli chiese.

«Perché lui dovrebbe prendermi con sé? Sono un estraneo.»

«Non sei un estraneo» rispose con dolcezza Trigger. «Sei il nipote di Oz.»

«Ma fino a ieri non sapeva nemmeno che esistessi» insistette.

«Questo non vuol dire che non siamo una famiglia» gli disse lo zio. «So che abbiamo molto da imparare l'uno dall'altro e non volevo sopraffarti, ma è ovvio che dobbiamo parlarne. Sono arrabbiato con mia sorella, tua madre. Non mi ha parlato di te e non so perché. Vorrei aver provato di più a ricucire il nostro rapporto. Era più grande di me e quando mi sono diplomato, lei stava prendendo molte decisioni davvero sbagliate, decisioni che sapevo l'avrebbero messa nei guai. Stavo entrando nell'esercito e non volevo che nessuna delle sue scelte mi influenzasse. Ero egoista e preoccupato solo di me stesso.»

«Sei ingiusto, Oz» disse Grover. «Eri giovane.»

Scrollò le spalle, ma non distolse lo sguardo da Logan. «Sono passati più di dieci anni da quando ho visto Becky o le ho parlato, e ora non ne avrò mai più la possibilità. Lo rimpiangerò per sempre. Ma sai con chi *non* sono arrabbiato?»

Il ragazzino scosse la testa.

«Con te. Spero che alla fine ti sentirai abbastanza a tuo agio da raccontarmi tutto della tua vita. Di tua madre. Il bello *e* il brutto. Valiamo tutti più delle decisioni sbagliate che abbiamo preso, e anche se tua madre potrebbe aver fatto delle cose stupide, sono sicuro che ti amava.

Questi uomini sono la mia famiglia. A volte litighiamo e ci arrabbiamo, ma non ci volteremo mai le spalle. Se e quando Trigger e Gillian inizieranno ad avere figli, diventeranno anche loro miei nipoti. Accoglierei i loro bambini senza fare domande, proprio come loro faranno con te. Avrai sempre un posto dove vivere, Slugger. Non dovrai mai più preoccuparti di questo. Va bene?»

Logan annuì.

«Bene.» Oz si alzò e si voltò verso la sua squadra. «Chiamerò presto Gillian, Kinley e Aspen. Grazie.»

«Se hai bisogno di qualcosa, faccelo sapere» disse Lucky.

«Immagino che non ce la farai per l'allenamento delle sei. Parlerò con il comandante per spostarlo alle otto, dopo che avrai portato Logan a scuola» lo informò Trigger.

Chiuse gli occhi per un secondo, poi incontrò lo sguardo dell'amico con gratitudine. «Grazie.»

«Figurati.»

Allenarsi era obbligatorio per tutti i soldati, ma per la loro squadra Delta era anche un momento per legare, per risolvere le cose. E dato che non avrebbe lasciato Logan da solo nel suo appartamento, Oz non sapeva come conciliare le cose. Spostare l'orario gli avrebbe tolto un peso dalle spalle.

Si stava ancora abituando al fatto che la sua vita stesse per cambiare. Non in modo negativo, ma essere un padre single non sarebbe stato facile.

Aveva un rinnovato rispetto per tutti i genitori single del mondo. Lavoro, scuola, spese, tutto era più difficile quando dovevi assicurarti che tuo figlio venisse accudito bene e non fosse lasciato solo.

«Sei pronto per andare per negozi?» chiese a Logan.

Il ragazzo si limitò a scrollare le spalle. Sembrava che quello fosse il suo modo di comunicare preferito.

«Ottimo. Abbiamo molto da fare prima di cena. Verrà anche la mia vicina, è quella di cui ti ho parlato stamattina, che si è assicurata che avessimo qualcosa da mangiare per colazione.»

L'espressione di Logan non cambiò, si limitò a scrollare di nuovo le spalle.

Oz sospirò. Non sarebbe stato facile penetrare le barriere innalzate da suo nipote, ma ce l'avrebbe fatta... alla fine... almeno sperava.

CAPITOLO QUATTRO

RILEY TENNE con cautela la teglia mentre percorreva il corridoio verso l'appartamento di Porter. Le aveva detto di non portare nulla, ma le faceva brutto presentarsi a mani vuote. Così, aveva preparato i fagiolini al forno. Era rischioso, Logan avrebbe potuto odiare le verdure – accidenti, poteva odiarle anche *Porter* – ma era uno dei suoi piatti preferiti. Ci aveva messo sopra le cipolle fritte e anche del formaggio in più per invogliare i ragazzi a mangiarli.

Bussò alla porta un po' a disagio e molto nervosa. Era stata una buona idea? Probabilmente no. Riley era troppo interessata al suo splendido vicino. Non aveva appena deciso di chiudere con gli uomini per un po'? E invece, eccola lì.

Proprio quando stava pensando che sarebbe stato meglio tornare a casa e nascondersi, la porta si aprì e si ritrovò Porter di fronte.

Dimenticò l'idea di andarsene mentre lo osservava bene. Sembrava stressato. Aveva delle rughe intorno alla bocca e il sorriso che le rivolse era teso.

«Ehi» la salutò.

«Ciao» rispose Riley. Poi abbassò la voce. «Tutto a posto? Logan sta bene?»

«Tutto ok. È stato solo un pomeriggio stressante» sussurrò. Poi più forte disse: «Entra. Sei arrivata al momento giusto. La cena è quasi pronta.»

Lasciò che Porter le togliesse la teglia dalle mani ed entrò nell'appartamento. Il posto era uguale al suo, ma invertito. La sua cucina si trovava sulla destra quando si entrava, quella di Porter sulla sinistra. Il suo corridoio andava a sinistra, lì a destra. Si sorprese di scoprire che la casa era immacolata. Supponeva di averlo stereotipato, immaginando che sarebbe stato disordinato semplicemente perché era un uomo ma pensandoci, avrebbe dovuto sospettare che sarebbe stato perfetto dato che era nell'esercito.

Logan era seduto in soggiorno a guardare la TV.

«Logan, questa è Riley Rogers. È la nostra vicina di casa.»

Il ragazzo non alzò nemmeno lo sguardo.

«Logan» ripeté Porter. «È scortese ignorare qualcuno che ti viene presentato.»

Suo nipote con riluttanza distolse lo sguardo dal programma e lo portò verso il punto in cui si trovava lei. «Ehi.»

«Ciao. È un piacere conoscerti» gli disse Riley.

Lui si limitò a scrollare le spalle e riportò la sua attenzione alla TV.

Porter sussurrò: «Scusa» mentre andava verso la cucina.

«Non c'è problema» lo rassicurò a bassa voce. «Immagino che le cose siano un po' difficili in questo momento.»

Con sua sorpresa, posò la teglia e appoggiò le mani sul piano di lavoro, poi abbassò la testa e sospirò.

Provò empatia per lui. Non lo conosceva da molto tempo, ma era ovvio che stesse soffrendo.

«Penso che mi odi» mormorò. «Mi ha detto a malapena una ventina di parole da quando abbiamo lasciato la base questo pomeriggio. Comunica tramite grugniti e scrollate di spalle. L'ho visto sorridere solo una volta oggi, e rivolto a un soldato qualunque che lo ha portato in giro, non a me.

Siamo andati per negozi e ho comprato un sacco di roba, ma non ho idea se gli piaccia qualcosa perché ha solo tenuto il broncio mentre mi seguiva. Ho comprato dei mobili e potrebbe odiare anche quelli per quanto ne so, perché per tutto il tempo non ha mostrato la minima emozione.» La guardò, e lei vide la frustrazione e la tristezza nei suoi occhi. «Non so cosa fare.»

Riley non era esattamente un'esperta di bambini, ma sapeva un po' ciò che probabilmente stava passando per la testa di Logan. Era stata nei suoi panni. Sbolognata a estranei mentre i suoi genitori cercavano di rimettere insieme la loro vita. Gli posò una mano sul braccio. «Devi solo essere paziente.»

«Lo so» mormorò, mantenendo lo sguardo fisso su di lei. «Ma ci tengo già così tanto a lui, ed è passato solo un giorno! Voglio che capisca quanto mi dispiace di non averlo saputo prima e che è al sicuro con me.»

«Glielo hai detto?» gli chiese.

Porter sbatté le palpebre, poi scosse la testa. «Non proprio. Oggi mi ha sentito parlare con il mio team di come si sarebbero presi cura di lui se mi fosse successo qualcosa. Mi sono assicurato che sapesse che i miei amici sono la mia famiglia e che ora sono anche la sua.»

Riley fece fatica a trovare le parole giuste. Non era sicura di essere qualificata per aiutare lui e suo nipote, ma voleva provarci. «Quando mi hanno portata via dai miei genitori la prima volta, ero terrorizzata. Non sapevo dove avrei vissuto, cos'avrei mangiato, dove avrei dormito. Sono stata affidata a una famiglia molto gentile, che è stata meravigliosa con me, ma non era quello a cui ero abituata. Non era casa mia, non li conoscevo. Poi, proprio quando mi stavo ambientando bene, sono stata prelevata e riportata dai miei genitori. Ero felice, ma mi sentivo anche molto in colpa perché aveva cominciato a piacermi stare in quell'altra casa. I miei ci avevano provato duramente, ma litigavano molto. Era una situazione delicata, dovevo costantemente comportarmi nel miglior modo possibile così da non far arrabbiare nessuno dei due.

La seconda volta che mi hanno portata via, è stato un po' più facile, ma comunque spaventoso. Quella famiglia non era gentile come la prima, ma non dovevo preoccuparmi di venire schiaffeggiata o di non avere abbastanza cibo, come a casa. I sensi di colpa però rimanevano. Ogni volta che mi trasferivano, quei sentimenti tornavano. Ero confusa, e mi terrorizzava sempre dover andare a vivere con estranei, anche se erano gentili.

Dagli un po' di tregua. Non potete essere automaticamente migliori amici solo perché avete un legame di sangue. E so che sei un uomo ed è difficile, ma dovrai dirgli ciò che provi. Spesso. Probabilmente non ricambierà, ma passaci sopra. Parlagli di come ti sei sentito per tua sorella. Digli che ci tieni a lui. Che sei felice che sia qui anche se significa che dovrai fare molti cambiamenti nella tua vita. Se ti apri con lui, penso che alla fine ti restituirà il favore. Ma la fiducia richiede del tempo.»

Porter si mosse e, prima che lei si rendesse conto di ciò che stava facendo, si ritrovò nel suo abbraccio.

Era più bassa di trenta centimetri ma, chissà come, si adattavano perfettamente. Posò la guancia sul suo petto e quando le avvolse le braccia intorno al corpo, si sentì completamente circondata da lui. Doveva essersi fatto la doccia prima che arrivasse, perché aveva un profumo fresco e pulito. Anche la sua maglietta sembrava appena lavata.

Riley non era mai stata una da smancerie, soprattutto perché i suoi genitori non l'avevano mai abbracciata molto e aveva imparato a tenere le persone a debita distanza, ma invece di provare disagio... ebbe la sensazione di essere tornata a casa.

Proprio mentre stava per ricambiare l'abbraccio, Porter fece un passo indietro. Le sue guance erano lievemente arrossate, come se fosse imbarazzato.

«Scusa» le disse.

«Per cosa?» gli chiese confusa.

«Per averti toccata senza prima chiedere il permesso.»

Con la coda dell'occhio Riley notò un movimento. Girò la testa e vide Logan appena fuori dalla cucina.

«Va tutto bene» rispose a Porter.

«No» replicò lui scuotendo la testa. «Non va mai bene toccare una donna senza assicurarsi che *sia* d'accordo. È solo che... sono contento che tu sia qui. Mi dispiace per tutte le cose che ti sono successe, ma posso solo provare ancora più ammirazione per te di quanto già non facessi. Hai ragione, sono solo impaziente. Devo trattenermi e seguire la corrente. Cosa ci hai portato?»

Per un secondo, rimase confusa dall'improvviso cambio di argomento, ma poi si rese conto che anche lui aveva visto Logan osservarli.

«Fagiolini al forno. E prima di arricciare il naso e dire che non ti piace, fidati, la mia ricetta ti piacerà.» Si voltò e guardò il ragazzino. «Vuoi sapere cosa c'è dentro?»

Lui scrollò le spalle.

Lo prese come un sì. «Ci sono i fagiolini ovviamente, ma sarà difficile che tu li senta perché ho raddoppiato la quantità di formaggio. E c'è della crema vellutata e panna acida, e li ho anche cosparsi di cipolla fritta. Li hai mai mangiati, Logan?» gli chiese. Non gli aveva detto che in realtà la crema era di *funghi*, perché quel particolare tendeva a far rinunciare quelli a cui non piacevano. Per esempio lei li odiava, ma adorava la crema; non si sentiva proprio il sapore del fungo.

«No» sussurrò a malapena il ragazzino.

Riley decise che era già tanto che le avesse risposto. Sorrise. «Li amerai. Sono come le patatine, ma più croccanti. E ti fanno venire l'alito super puzzolente. È fantastico.»

Quello le fece guadagnare un piccolo sorriso. Guardò Porter e si irrigidì quando vide come la stava fissando. Anche lui aveva un piccolo sorriso e per un secondo pensò che l'avrebbe abbracciata di nuovo. Ma poi si rivolse a suo nipote.

«Dovremo assicurarci di lavarci i denti subito dopo cena in modo da non ucciderci a vicenda con il fiato. Anche se... potrebbe essere divertente vedere chi ha l'alito peggiore. Potremmo sempre respirarci addosso e vedere chi crolla per primo.»

La sua battuta era molto simpatica e Riley fu entusiasta di vedere un altro sorriso formarsi sul viso di Logan.

«Grazie per aver portato qualcosa» le disse. «Non dovevi. Ho preparato un'insalata per accompagnare gli hamburger. Volevo assicurarmi che Logan avesse la verdura da abbinare alle proteine.»

E a quello, sentì gonfiarsi di nuovo il cuore nel petto. Porter poteva anche pensare di non fare un buon lavoro con suo nipote, ma secondo lei stava andando alla grande.

«Perfetto» gli disse.

«La cena sarà pronta tra circa cinque minuti, ok?»

Quando Riley annuì, si voltò di nuovo verso Logan. «Vai a lavarti le mani. Poi, per favore, torna qui e aiutaci ad apparecchiare la tavola.»

Senza dire nulla, Logan si voltò e uscì dalla cucina. Quando fu fuori portata d'orecchio, Porter si avvicinò a lei senza toccarla. Non si sentì minimamente minacciata.

«Grazie per essere venuta. Lo apprezzo. Penso che avere qualcun altro qui a rompere il ghiaccio sia positivo. Rende le cose più facili.»

Per chi? pensò, ma annuì invece di esprimere la domanda,

decidendo che non aveva importanza. Vederlo così vulnerabile era interessante. Intimo.

«So che hai sentito Miles» gli disse invece.

Porter aggrottò la fronte. «Chi?»

«Il mio ragazzo... be', il mio ex. Le pareti degli appartamenti sono sottili e so che si sentiva ogni volta che mi urlava contro.» Riley non sapeva perché glielo stesse dicendo, tranne che non voleva che pensasse male di lei. Che pensasse fosse una debole. «Non è sempre stato così. All'inizio era molto gentile e disponibile, ma quando gli ho detto che non poteva stare a casa mia tutti i giorni perché dovevo lavorare, si è offeso. E ingelosito, credo. Ha pensato che lo stessi tradendo. Ma dovevo davvero lavorare.»

«Non sentirti obbligata a dirmelo» le disse quando prese fiato.

«È che... hai dovuto sentire *tutto*. So che mi ci è voluto troppo tempo per scaricarlo, ma continuavo a sperare che le cose sarebbero cambiate. Che si sarebbe fidato di me quando gli dicevo che non mi stavo vedendo con nessun altro. Ma quando ha iniziato a insultarmi e a spaventarmi, ho chiuso.»

«Sono stato orgoglioso di te» ammise Porter, i suoi intensi occhi grigi brillavano di emozione. «Nessuno merita di sentirsi dire che è spazzatura.»

«Grazie.» Riley odiava che avesse sentito quella parte e nel profondo, a volte si *sentiva* di valere meno di quelli che avevano avuto un'infanzia idilliaca, che avevano lavori importanti. Ma represse quei sentimenti e si lasciò sfuggire qualcosa che non avrebbe *mai* voluto nemmeno accennare. Mai. «E non sono frigida.»

Porter sollevò le sopracciglia.

Riley chiuse gli occhi mortificata, ma proseguì. «So che glielo hai sentito dire più di una volta... e sicuramente anche quando l'ho buttato fuori ieri sera. Ma non è vero. L'unica volta che abbiamo dormito insieme non è stato bello. Per entrambi.» Si costrinse ad aprire gli occhi e a incontrare il suo sguardo. «Probabilmente avevo già capito che era un bastardo. Non aveva un lavoro e voleva sempre che pagassi tutto io. Non ho problemi a dividere i costi dei pasti o altro quando frequento qualcuno, ma lui non ha mai mostrato assolutamente alcuna intenzione di pagare, per *nessuna* cosa. Quando ho smesso di voler mangiare fuori o di comprargli roba, ha iniziato a mostrare la sua vera natura...»

«Riley, fermati» disse Porter, interrompendo il suo blaterare.

Lei arrossì.

«Non avrei creduto a *niente* di quello che ha detto quello stronzo, anche senza la tua spiegazione. Chiunque urli cose del genere a qualcuno non vale il tempo di nessuno. Mi dispiace che tu abbia dovuto subire tutto quello ma, come ho detto, sono orgoglioso che tu l'abbia cacciato. Non dev'essere stato facile.»

«No» concordò. «È stato piuttosto spaventoso. Ti ho già ringraziato per essere rimasto fuori dal tuo appartamento?»

«Non devi ringraziarmi. Un bullo di solito fa marcia indietro quando qualcuno gli tiene testa. Gli piace solo litigare con le persone che pensa di poter sopraffare.»

«Fatto!»

Riley si voltò e vide Logan di nuovo sulla soglia della cucina. Riusciva a muoversi davvero silenziosamente. Si ripromise di ricordarselo in futuro e di non mettersi a fare conversazioni profonde quando lui avrebbe potuto apparire e sentire.

«Bene. Vieni che ti mostro dov'è tutta la roba» gli disse Porter.

Riley restò in disparte mentre gli indicava il cassetto delle posate e dove si trovavano tazze, piatti, bicchieri e ciotole. Guardarlo con suo nipote era estremamente toccante. Era bravo con il ragazzo. Non gli parlava con arroganza, anche quando gli faceva capire che si aspettava che lo aiutasse in casa.

Logan portò con cautela tre piatti sul tavolo vicino alla cucina, poi tornò per prenderne altri.

«Questo deve essere riscaldato?» le chiese Porter.

Si voltò e lo vide con in mano la teglia che aveva portato lei. «No. Dovrebbe essere a posto così.»

«Ottimo.» Poi tolse il foglio di alluminio che la copriva e si sporse inspirando profondamente.

Si rivolse a Logan, che era appena tornato in cucina. «Vieni ad annusare, Slugger. Avremo l'alito peggiore di sempre dopo averlo mangiato!»

Il ragazzino non fece un vero e proprio sorriso, ma le sue labbra si piegarono decisamente verso l'alto. Andò verso lo zio e i due rimasero fianco a fianco mentre si chinavano sulla teglia di fagiolini.

«D'ora in poi in questa casa, questa ricetta sarà chiamata cipolle al forno» dichiarò Porter, usando quello che Riley poteva descrivere come un tono "regale".

Lei ridacchiò.

«Tu che dici, portiamo la teglia in tavola, o prepariamo le ciotole qui in cucina e poi le portiamo di là per mangiare?» chiese Porter a Logan.

Il ragazzino scrollò le spalle, ma poi disse: «Meglio le ciotole.»

«Ottima idea» concordò subito. «Non mi piace che i vari cibi si tocchino nel piatto. So che è strano, e tutti mi dicono sempre che tanto si mescolano nello stomaco, ma non mi piace mischiare i gusti.»

Logan guardò lo zio sorpreso. «È quello che diceva sempre anche la mamma.»

Porter gli sorrise ma Riley riuscì a vedere un velo di tristezza. «Sì, penso di averlo imparato da lei. Faceva impazzire nostro padre. Ci urlava contro quando non volevamo mangiare qualcosa perché era stato "contaminato" da qualcos'altro nel nostro piatto. Avevo dimenticato che io Becky avevamo in comune questa cosa. Grazie per avermelo ricordato.»

I due si fissarono per un momento, prima che Logan annuisse e distogliesse lo sguardo.

Era un piccolo passo verso quello che si sperava fosse un buon rapporto.

Riley prese una ciotola dall'armadietto, stringendo piano il braccio di Porter in segno di supporto mentre passava.

La cena fu un po' imbarazzante, ma non riusciva comunque a ricordare di essersi mai goduta così tanto un pasto. Guardare le dinamiche tra zio e nipote era interessante. Il ragazzo lanciava occhiate furtive a suo zio ogni volta che pensava di non essere visto, e Porter faceva di tutto per cercare di essere divertente. Logan non parlò molto, ma era ovvio che ascoltasse tutto ciò che veniva detto.

Fu sollevata quando mangiarono entrambi due porzioni di fagiolini, ora noti come cipolle al forno. Come sospettava, il formaggio e gli altri ingredienti mascheravano il sapore dei fagiolini. Il piatto poteva non essere molto salutare con l'aggiunta di tutte quelle cose, ma in quel momento non importava.

Notò anche che Logan aveva spostato discretamente più di lato l'insalata nel suo piatto, in modo che non toccasse l'hamburger... proprio come aveva fatto Porter.

Quei due erano riusciti a mangiare molto più di quanto Riley avrebbe mai potuto. Logan aveva mangiato un po' troppo in fretta, ma nessuno aveva commentato, e Porter aveva fatto il possibile per mantenere la conversazione costante su niente di particolare. Il ragazzino non aveva partecipato, rispondendo solo con alzate di spalle e grugniti quando gli era stata posta una domanda diretta, ma almeno non aveva ignorato del tutto suo zio.

Dopo cena, quando Logan stava per andare sul divano a guardare la TV, Porter lo fermò. «Bisogna lavare i piatti, Slugger.»

Lui si voltò a guardarlo.

«Non so come andavano le cose con tua madre, ma ho sempre pensato che fosse giusto che chi cucina non debba anche lavare i piatti. Sei fortunato, perché ho la lavastoviglie, quindi devi semplicemente caricarla e lasciare che la macchina faccia tutto il lavoro.»

Il ragazzo fissò suo zio per un lungo momento e Riley trattenne il respiro. Quando alla fine si trascinò in cucina, fece un sospiro di sollievo.

Imparare la routine di una nuova famiglia era difficile, lo sapeva per esperienza. Capire cosa si aspettavano facessi per quanto riguardava le faccende domestiche e cosa avrebbe potuto far arrabbiare le persone che vivevano in casa, poteva essere spaventoso. Sospettava che in quel momento Logan fosse compiacente per proteggersi. Pensò che ci sarebbero stati momenti in cui sarebbe stato disobbediente e irrispettoso, ma era contenta che non stesse succedendo quella sera.

Riley rimase seduta al tavolo mentre Porter aiutava Logan a caricare la lavastoviglie. Diede al ragazzo suggerimenti utili su come posizionare i piatti all'interno, poi gli mostrò dove fosse il detersivo in pastiglie e come farla funzionare.

«Ottimo lavoro.»

«Quindi, se preparo io la cena, tu carichi la lavastoviglie?» chiese Logan.

Era la prima frase completa che gli sentiva pronunciare ed era bellissimo ascoltarlo.

Doveva dar credito a Porter per non aver fatto un gran clamore quando Logan aveva finalmente parlato. «Sì. Ti piace cucinare?»

«Non proprio. Ma a volte se vuoi mangiare devi fartelo da solo.»

E a quello, il buon umore di Riley svanì. Non le piaceva che il piccolo avesse dovuto arrangiarsi per mangiare. Ovviamente nemmeno a Porter, che si accucciò davanti al nipote per poterlo guardare negli occhi mentre parlava. Lo faceva sempre, cosa che lei trovava estremamente premurosa. «Purtroppo è vero. Ma finché sarai con me, questo non accadrà. A essere sincero, non mi interessa molto se lavi i piatti o meno, voglio solo che impari a essere educato e responsabile e dare una mano in casa è parte di questo. Ma anche se fai i capricci e ti rifiuti di aiutarmi, ti darò comunque da mangiare. Mi assicurerò che tu sia al sicuro e accudito. Ti voglio bene, Logan. So che ci siamo appena conosciuti, ma sei mio nipote e ogni volta che ti guardo vedo mia sorella, ed è una cosa straordinaria. Ti insegnerò tutto quello che so cucinare, che di certo non è molto, ma ti garantisco che quando sarà il tuo turno di farlo, io mi occuperò della pulizia. D'accordo?»

Logan annuì.

Il cuore di Riley si sciolse per quella che sembrò la centesima volta quella sera. Essere testimone della bravura di Porter con suo nipote rendeva davvero difficile vederlo come nient'altro che un vicino. Era impressionata, e lui non aveva nemmeno cercato di farlo. Stava solo cercando di essere il miglior zio possibile.

L'aveva emozionata anche che avesse seguito il suo consiglio, almeno in piccola parte, dicendo a Logan che gli voleva bene.

Osservò Porter alzarsi. «Vuoi mostrare a Riley la tua nuova camera?»

Com'era prevedibile, Logan scrollò le spalle, ma uscì dalla cucina e le disse: «Posso mostrarti la mia stanza, se vuoi.»

«Mi piacerebbe vederla» replicò con un sorriso. Quello che voleva davvero fare era stare con Porter. Parlare con lui. Consolarlo, perché anche se le sue labbra erano piegate verso l'alto, era ovvio che non fosse felice. Non poteva biasimarlo. I piccoli dettagli che Logan stava inavvertitamente rivelando sulla sua vita erano strazianti, e aveva la sensazione che non ne conoscessero nemmeno la metà.

Guardò Porter mentre lei e Logan percorrevano il corridoio verso la sua stanza, e vide che aveva abbassato la testa, una mano stretta sulla nuca e l'altra chiusa a pugno lungo il fianco. Odiava vederlo così stressato, ma non poteva fare altro che intrattenere il bambino per dargli un po' di tempo per riprendersi.

Il ragazzino la condusse nella sua stanza, la seconda camera da letto, quella che lei usava come ufficio a casa sua, e rimase a bocca aperta per la sorpresa. Porter l'aveva trasformata in uno spazio perfetto per un bambino. Non aveva idea per cosa la usasse prima dell'arrivo del nipote, ma ora aveva un letto a una piazza e mezza, una cassettiera e una piccola scrivania contro una parete. C'era una libreria, per lo più vuota, e poteva vedere dei vestiti appesi nell'armadio aperto.

Ovunque guardasse, c'era qualcosa che riguardava il baseball. Sul muro c'era il poster di un lanciatore dei Texas Ranger e sul pavimento un tappeto a forma di palla da baseball. Vide una mazza, una pallina e un guanto in un angolo della stanza. Anche la trapunta aveva il logo dei Texas Rangers sopra. Il soprannome che Porter aveva dato a suo nipote adesso aveva senso; Slugger, il più forte tra i battitori.

«Quindi... ti piace il baseball, eh?» gli chiese.

Logan annuì. «Sì. Shin-Soo Choo è il mio esterno preferito. È un grande e ha preso alcune palle in volata impossibili. Una volta ha anche salvato un ragazzino dal prendersi una palla foul in faccia. E batte e lancia con la mano sinistra, che è fico. Viene dalla Corea del Sud e ha tre figli. Tutti i loro nomi iniziano con la A. Assurdo, vero? L'hai capita? A, assurdo. Ha guidato la classifica degli "Hit by pitch" di tutti i giocatori attivi della Major League in carriera, con 132 lanci.»

«Cos'è un "hit by pitch"?» gli chiese, entusiasta che il

ragazzo le stesse parlando. Era ovvio che il baseball fosse la sua passione.

«È quando il battitore viene colpito da un lancio» rispose impassibile.

Riley avrebbe voluto ridere, ma si trattenne e annuì.

«Se il battitore fa il possibile per evitare di essere colpito, può andare automaticamente in prima base. E nel duemiladiciannove era l'ottavo giocatore più anziano dell'American League.»

Non ci capiva niente, ma tentò coraggiosamente di tenere il passo. «Quindi tuo zio sa che ti piace il baseball e ti ha procurato tutta questa roba, eh?»

Logan annuì e guardò il pavimento. «Quando ha lavato i miei vestiti, ha visto la mia maglietta dei Texas Rangers.»

«Ho la sensazione che Porter sia piuttosto attento.»

«Sì. Deve esserlo dato che è nelle forze speciali.»

Era una novità per lei, ma non la sorprese. Aveva parlato del "suo team" e lei aveva pensato che stesse parlando degli uomini con cui lavorava alla base. Ma aveva senso che fossero così legati dato che non erano solo dei semplici soldati.

Poi Logan la sorprese. «Mia madre parlava molto di mio zio. Diceva che era orgogliosa di lui.»

Seduta sul bordo del letto, Riley non era sicura di dover parlare di Porter alle sue spalle, ma dato che il bambino si stava aprendo, lo assecondò. «Sembra che sia un uomo di cui chiunque sarebbe orgoglioso.»

«Non so perché sia così gentile con me. Se non gli piaceva mia mamma, perché dovrei piacergli *io*?»

Il suo cuore si spezzò per il ragazzino. «Gli piaceva tua mamma» disse subito. «A volte gli adulti litigano e smettono di parlarsi, ma non significa che non si preoccupino ancora l'uno dell'altro. Ed è gentile con te perché ti vuole bene. Sei suo nipote. Magari non parlava con lei da tanto tempo, ma non ha niente a che fare con *te*, Logan. E so che se avesse saputo della tua esistenza, si sarebbe messo in contatto e avrebbe ricucito il rapporto con lei.»

«Non era una brava mamma» disse sommessamente il bambino.

«Nemmeno la mia» ammise Riley con tristezza. Quando Logan la guardò, come se avesse bisogno di sapere che non era l'unico a provare quei sentimenti verso la madre, continuò. «Lei e mio padre a volte mi picchiavano e si dimenticavano di comprare da mangiare. Non mi lavavano i vestiti, così i bambini a scuola mi prendevano in giro. Qualcuno li ha denunciati e le autorità mi hanno portata via. Vivevo con famiglie affidatarie finché i miei genitori non smettevano di bere e si rimettevano in carreggiata. Le cose andavano bene per un po', ma poi ricominciavano a ubriacarsi e mi riportavano di nuovo via. Ma sai cosa? Li amavo comunque. Mi hanno ferita, ignorata e fatta sentire triste, ma erano pur sempre i miei genitori.»

«Che fine hanno fatto?» le chiese. Si era seduto sul letto di fronte a lei con le gambe incrociate e i gomiti appoggiati sulle ginocchia.

Riley si sdraiò e fissò il soffitto. «Sono diventata abbastanza grande da prendermi cura di me stessa, così ho potuto lavarmi i vestiti e prepararmi da mangiare. Ho imparato a rubare i loro soldi per poter andare a fare la spesa. Ho lavorato molto duramente e mi sono diplomata al liceo, e poi me ne sono andata di casa. Quattro mesi dopo essermi trasferita, sono morti in un incidente stradale; stavano tornando da un bar e avevano bevuto troppo. Sono caduti da un ponte e la loro auto è affondata. Nonostante tutte le loro colpe, non se lo meritavano.»

«Amavo mia madre» ammise Logan. «Non capivo perché fosse così cattiva quando ero piccolo, ma era migliorata; aveva smesso di drogarsi e stava andando tutto bene. Mi manca.»

Si raddrizzò di nuovo a sedere e fece per avvicinarsi a lui.

Poi si ricordò di quello che aveva detto Porter riguardo al permesso di toccare, e gli chiese: «Posso abbracciarti?»

Logan non rispose, ma si avvicinò a lei e l'abbracciò.

Riley strinse quel ragazzino magro. Non aveva idea di cosa fosse successo in casa sua, ma l'amore che provava ancora per la madre era evidente.

Rimasero così, seduti sul suo letto per qualche minuto, finché Logan sembrò riprendere il controllo delle sue emozioni.

Non volendo metterlo in imbarazzo, Riley disse: «Tuo zio è un brav'uomo. Sembra che anche lui e tua madre abbiano avuto un'infanzia difficile. Non ho dubbi che farà tutto il necessario per assicurarsi che d'ora in poi la tua vita sia il più facile possibile. Compreso comprarti un letto, roba del baseball e vestiti. Ma ciò non significa che devi dimenticare la tua mamma. Che la ami di meno. Puoi amare più di una persona. E sai cos'altro?»

«Cosa?» le chiese, guardandola con enormi occhi pieni di lacrime.

«Scommetto che vorrà sapere tutto di sua sorella. Si sente malissimo per non aver cercato di contattarla. So che non gli dispiacerà se gli parlerai di lei.» Si ripromise di raccontare a Porter ciò che aveva detto a suo nipote. Avrebbe potuto arrabbiarsi, ma era ovvio che Logan avesse davvero bisogno di parlare della madre.

«Ok» sussurrò il ragazzino.

«Mi piace la tua stanza.»

«Anche a me» ammise sommessamente.

«Io vivo proprio qui accanto. Se hai bisogno di qualcosa, sei il benvenuto quando vuoi.»

«Grazie. Riley?»

«Sì?»

«Puoi dire a Oz che sono stanco? Penso che andrò a letto.»

«Sei sicuro?» gli chiese, odiando che potesse non voler stare con lo zio.

«Sì. Devo lavarmi i denti. Domani andrò a scuola e voglio piacere agli altri bambini.»

«Ti adoreranno.» Capì che era nervoso all'idea di trovarsi in un nuovo ambiente scolastico.

Lui scrollò le spalle.

«Va bene, glielo dirò. Grazie per aver parlato con me e di avermi mostrato la tua stanza.»

Logan annuì.

«A presto.»

«Ci vediamo.»

Si alzò e andò alla porta. La chiuse dietro di sé e percorse il corridoio fino in soggiorno. Quando arrivò, Porter era in piedi vicino alla grande finestra che dava su un cortile dietro al condominio. C'erano tavoli da picnic, alcune griglie per uso pubblico e un campo da pallavolo che nessuno usava mai. E siccome era buio, di certo non stava succedendo niente di interessante là fuori. Quindi non aveva idea del perché sembrava stesse studiando il cortile come se più tardi avrebbe dovuto superare un test.

Si voltò a guardarla, e Riley si sentì terribilmente dispiaciuta per l'espressione triste sul suo viso. Capì subito che aveva ascoltato la loro conversazione. «Hai sentito?» gli chiese con dolcezza.

Porter annuì. «Sei stata meravigliosa con lui.»

«Penso di ricordargli sua madre. Sai, perché sono una donna» ribatté, per cercare di farlo sentire meglio.

Lui scosse la testa, e le ricordò molto Logan. «No, non è per quello. Sei tu.»

«Si convincerà» lo rassicurò. «È solo insicuro di tutto in questo momento.»

«Mi dispiace per i tuoi genitori.»

Deglutì a fatica. Si rese conto che non solo aveva sentito

ciò che Logan aveva detto della sua infanzia, ma anche quello che aveva detto lei. «Grazie. Sono solo contenta che non abbiano ucciso nessun altro quella notte. E a essere sincera, è stato quasi un sollievo. Mia madre premeva e faceva leva sui sensi di colpa per far sì che dessi loro dei soldi. Mi sento una persona orribile per essere stata contenta di non dovermi più preoccupare che mi perseguitassero.»

«Non lo sei» le disse. «Perché hai ragione, non avrebbero mai smesso di chiederti soldi. Quando qualcuno è dipendente, non può pensare a nient'altro che a come otterrà la sua dose successiva o l'alcol.»

«Tua sorella?» gli chiese con dolcezza.

«Sì. È stato brutto. Non avevo nemmeno diciotto anni e lei ha fatto tutto il possibile per convincermi a darle i soldi che guadagnavo con il mio lavoro. All'inizio l'ho fatto, pensando di aiutarla, ma li usava solo per comprare altra droga. Mi sono sentito terribilmente in colpa quando è morto nostro padre, mi sono arruolato nell'esercito e rifiutato di mandarle altro denaro, ma come hai detto tu, è stato un sollievo quando ho tagliato i ponti con lei. Ma ora non posso fare a meno di pensare a Logan e a com'era la sua vita.»

«Mi sembra di aver capito che si fosse finalmente ripresa. Che le cose andassero meglio.»

«Già» concordò Porter.

«Mi dispiace di avergli detto che poteva parlare di sua madre...» iniziò Riley.

Ma la interruppe. «No. È stata una mossa intelligente. Non voglio che pensi di non poter parlare di lei. Hai ragione, nonostante tutti i suoi difetti, era comunque sua madre e lui l'amava. Quello non glielo porterei mai via. In realtà mi interessa conoscere la donna che era diventata, invece di ricordare la tossicodipendente che ho visto l'ultima volta. Grazie per avergli dato quel suggerimento. Sono in debito con te.»

Scosse la testa. «No, non lo sei.»

Porter ridacchiò, ma non era esattamente un suono divertito. «Invece sì. Ho la sensazione che sarò in debito con un sacco di persone nei prossimi otto anni. Non mi ero reso conto di quanto sarebbe stato difficile essere un genitore single.»

«Sarei felice di aiutarti in ogni modo possibile.»

La fissò per un lungo momento. «Dici sul serio, vero?»

«Certo» lo rassicurò.

«Prima hai detto che lavori da casa. Cosa fai?»

«Sono un trascrittore. Trascrivo ciò che qualcuno registra. Tra i miei clienti ci sono alcuni medici e scrivo i loro appunti sui pazienti. Lo faccio anche con i libri che gli autori stanno scrivendo... be', che stanno registrando. Anche lezioni, insomma quel genere di cose. Stanno uscendo sempre più programmi automatici che fanno la stessa cosa, ma spero che ci sarà sempre richiesta anche per gli umani. Sono più precisa delle macchine e in campo medico c'è la questione della sicurezza.»

«Ti piace» dichiarò Porter. Non era una domanda.

Riley annuì comunque. «Sì. Dato che non ho una laurea, ho avuto difficoltà a trovare un lavoro che amassi e per il quale fossi qualificata, ma nel corso degli anni sono diventata più veloce e migliore nella trascrizione e ora ho un elenco di clienti decente. Non diventerò mai ricca, ma mi permette di tenere un tetto sulla testa e mi tiene occupata.»

«L'esercito ha una cosa chiamata piano di assistenza familiare. È principalmente per soldati single con figli e spiega cosa fare con i bambini quando si viene inviati in missione o se succede qualcosa di grave. I miei amici e le loro fidanzate hanno già detto che saranno felici di intervenire mentre sono via o se mi dovesse succedere qualcosa, e al lavoro abbiamo cambiato il nostro programma in modo che la mia giornata lavorativa inizi un po' più tardi, così posso assicurarmi che Logan arrivi a scuola, ma...» la sua voce si affievolì.

«Ma cosa?» chiese, incuriosita.

«Non importa. È stupido.»

«Porter, cosa?»

Lui scosse la testa. «Ci siamo appena conosciuti. Chiederti di fare qualsiasi cosa sarebbe un'imposizione enorme. E se devo essere onesto, mi piaci, Riley. Ma non voglio che pensi che mi stia approfittando di te in alcun modo, o che il mio interesse per te sia solo a causa di Logan.»

Sbatté le palpebre sorpresa. Era interessato a lei? Sentì un formicolio alle dita e la pelle d'oca sulle braccia. Cercò di ricordarsi che si stava prendendo una pausa dagli uomini, ma sapeva che se lui le avesse chiesto di uscire, gli avrebbe detto di sì in un baleno. Lui non era come Miles o nessuno degli altri cretini con cui era stata nel corso degli anni. Lo sapeva fin nel midollo.

«Chiedi» gli ordinò.

«Stavo solo pensando che a volte ho riunioni che durano a lungo, o che potrei non essere in grado di tornare a casa prima di Logan. Non voglio che sia un ragazzino abbandonato a se stesso, come lo eravamo io e Becky. Mi chiedevo se ti dispiacerebbe tenerlo d'occhio dopo la scuola finché non torno a casa. Sarebbe solo per un paio d'ore nei giorni infra-settimanali.»

«Lo farò volentieri.»

«So che è molto da chiedere e se sei troppo impegnata con il tuo lavoro posso pensare a qualcos'altro. Sono sicuro che la scuola ha delle attività pomeridiane. Merda, avrei dovuto pensarci prima di disturbarti.»

Parlava velocemente e Riley sorrise. «Porter, ho detto che lo farò. Va tutto bene. Mi piace tuo nipote. Non capisco la sua ossessione per il baseball, ma posso fingere che mi piaccia guardarlo, se vuole.»

Porter fece un sospiro e la fissò così a lungo che si agitò. «Che c'è?»

«Grazie.»

«Prego.»

«Ovviamente ti pagherò per il tuo tempo.»

Lei sollevò la mano. «No, non lo farai.»

«Sì, Riley, lo farò.»

«Il punto è questo... se inizi a pagarmi, allora mi sentirò come se fossi una tua dipendente e renderà impari la nostra amicizia, relazione, vicinato, in qualunque modo tu voglia chiamarla.»

«Hai ragione» disse dopo qualche secondo. «Ma dovrai venire *qui* quando Logan tornerà a casa e mangiare il mio cibo. Creerò un account su Netflix così non ti annoierai, prenderò una TV per la stanza di mio nipote e farò l'abbonamento ai canali sportivi premium in modo che possa guardare il baseball in camera sua mentre tu guardi qui quello che vuoi. Puoi usare il mio wi-fi. Lo aggiornerò alla velocità più alta disponibile, quindi se hai bisogno di lavorare da qui, potrai farlo.»

«Porter, va bene. Sul serio.»

Si avvicinò e non si fermò finché non fu proprio di fronte a lei. Riley dovette inclinare la testa all'indietro per mantenere il contatto visivo. Sollevò lentamente la mano, dandole il tempo di allontanarsi, di rifiutare il suo tocco. Ma lei non si mosse.

Le strinse la nuca e le accarezzò la pelle appena sotto l'orecchio con il pollice. «Sembra che io abbia molti rimpianti ultimamente. Non aver contattato mia sorella, non sapere dell'esistenza di mio nipote... non aver conosciuto prima la mia vicina.»

Riley sapeva di avere uno stupido sorriso stampato in faccia, ma non poteva farne a meno. Poi si fece seria. «Mi piaci, Porter, ma sono anche un po' titubante dopo aver frequentato degli uomini per niente per bene.»

Lui annuì. «Capisco. Sarò impegnato a cercare di capire

come crescere un bambino, quindi non so quanto tempo avrò per essere qualcosa più che un amico.»

«Allora forse dovremo affrontare le cose un giorno alla volta. Senza affrettare i tempi» suggerì Riley, nascondendo una smorfia per quanto suonasse debole il suggerimento.

«D'accordo. E per la cronaca, non sono come quello stronzo di Miles. *Non* alzerò la voce né con te né con Logan.»

«Lo so. Sei un brav'uomo» replicò, ribadendo ciò che aveva detto poco prima al bambino.

Porter arricciò il naso. «Non sempre, ma ci provo.» Fece un passo indietro e Riley odiò sentire freddo, ora che si era allontanato non c'era più il calore della sua mano sul collo.

«Mi assicurerò di essere a casa quando arriverà per almeno una settimana, ma se volessi venire a farci compagnia, forse potrebbe aiutarlo a sentirsi più a suo agio. Poi, quando sarete solo voi due, non vi sembrerà tanto strano o che tu sia la sua babysitter. Pare che sia abituato a stare molto da solo, e non voglio che pensi che non mi fido di lui o altro.»

Ancora una volta, la comprensione e la preoccupazione di Porter per Logan furono estremamente toccanti. «Mi pare una buona idea.»

«Ti mando un messaggio con l'orario dell'autobus. Apprezzo davvero il tuo aiuto.»

«Figurati. Stai facendo un buon lavoro con lui. So che è passato solo un giorno, ma dico sul serio. Il letto, la roba del baseball, il cibo e le faccende domestiche, sono tutte ottime cose.»

«Diciamo che sto improvvisando» ammise Porter.

«Il che lo rende ancora più impressionante. Vado, così ti lascio un po' di tempo per te stesso. Immagino che tu non sia abituato a chiacchierare tutto il giorno.»

Rise. «Non ho mai parlato così tanto in vita mia.»

«Goditi il resto della serata.»

«Ti accompagno a casa» le disse.

Riley ridacchiò. «È solo in fondo al corridoio.»

«Esatto» concordò.

Sapendo che non sarebbe riuscita a dissuaderlo, e amando segretamente quanto fosse protettivo, andò alla porta. Percorsero insieme la breve distanza fino al suo appartamento, poi lui si mise le mani in tasca e le fece un cenno imbarazzato con la testa. «Grazie ancora. La tua teglia ti aspetterà pulita e pronta da portare via domani.»

«Così che possa riempirla con qualcos'altro?» lo stuzzicò.

«Se vuoi» rispose con un sorriso.

Iniziò subito a pensare a cos'altro avrebbe potuto fare che piacesse ai ragazzi. «A domani.»

«Ci vediamo» la salutò Porter, suonando esattamente come suo nipote.

Riley chiuse la porta e ascoltò lui chiudere la sua e poi sentì la televisione. Non aveva mai pensato a quanto fossero sottili le pareti prima della sera precedente, ma ora sapeva con certezza che Porter *aveva* sentito ogni singola parola che Miles le aveva urlato contro. Era imbarazzante, ma relegò quel pensiero in un angolo della mente.

Il suo vicino aveva ammesso di essere attratto da lei, indipendentemente da ciò che aveva sentito.

Sorridendo tra sé e sé, andò verso la camera da letto. La sua vita era cambiata in fretta, ma ci era abituata. Anche se era bello pensare che questa volta sembrasse essere cambiata in meglio.

CAPITOLO CINQUE

OZ ERA ACCALDATO, stanco e irritato dopo la sessione di allenamento a cui lui e la squadra avevano partecipato quel giorno. Eppure niente poteva smorzare la sua eccitazione al pensiero di tornare a casa. Era una sensazione strana. In passato, non aveva mai aspettato con ansia la fine della giornata e il ritorno nel suo appartamento vuoto. Gli piaceva allenarsi. Gli piaceva strisciare nella terra e cuocersi sotto il sole del Texas. Ma adesso aveva Logan e non vedeva l'ora di vederlo.

Suo nipote viveva con lui solo da una settimana e mezza, ma la vita di Oz era completamente cambiata in quel breve periodo. Amava ascoltarlo raccontare le sue giornate a scuola. Si stava ancora ambientando, e sapeva che gli altri studenti non erano stati molto calorosi con lui, ma il ragazzo ci stava lavorando, e Oz non avrebbe potuto essere più contento come quando Logan aveva iniziato una conversazione chiedendo consigli sul modo migliore per stringere amicizia.

Non erano ancora esattamente culo e camicia, ma era un piacere che almeno adesso gli parlasse.

Poi c'era Riley.

Quando aveva chiesto alla sua vicina se non le sarebbe dispiaciuto prendersi cura del ragazzo nel pomeriggio, fino a quando non fosse tornato a casa dal lavoro, lo aveva fatto per necessità, ma anche perché era davvero interessato a conoscerla.

Lei e Logan sembravano avvicinarsi sempre di più di giorno in giorno. Avrebbe dovuto essere irritato che avessero legato così facilmente, quando invece lui e suo nipote si muovevano ancora in punta di piedi mentre si abituavano alla loro nuova normalità, ma Riley era così estroversa e amichevole che non avrebbe potuto arrabbiarsi.

Era riuscito a convincerla a restare a cena con loro ogni sera, anche se inevitabilmente tornava a casa sua subito dopo aver mangiato. Gli aveva detto che voleva che passasse del tempo da solo con Logan. Supponeva che avesse ragione, e voleva quei momenti con suo nipote... ma si sentiva deluso ogni volta che la vedeva andare via.

Riley Rogers era divertente, compassionevole, bella, interessante e Oz voleva trascorrere più tempo con lei.

Molte cose dell'essere un padre single erano una sorpresa per lui, ma una delle più frustranti era quanto fosse difficile coltivare una nuova relazione. Non poteva lasciare Logan da solo e il ragazzo era praticamente sempre intorno, quindi le opportunità di far sapere a Riley che era già interessato ad avere con lei qualcosa di più di un rapporto di vicinato, erano scarse.

Ma quel fine settimana, Grover aveva organizzato un ritrovo a casa sua. Aveva appena comprato una vecchia fattoria su un appezzamento di terra. Gli serviva aiuto per ripulire la proprietà e demolire un vecchio fienile, e la squadra non perdeva mai l'occasione di riunirsi al di fuori del lavoro.

«Allora, domani alle dieci?» Lefty chiese a Grover. Erano tutti nel parcheggio a chiacchierare prima di tornare a casa.

«Sì. Ma tranquilli, va bene qualsiasi orario. Probabilmente

mi alzerò presto e comincerò, ma voi ragazzi potete venire quando volete» disse Grover. «Devyn passa la notte da me e si assicurerà che ci nutriamo.»

Lucky sembrò rianimarsi. «Posso arrivare presto se ne hai bisogno.»

Doc ridacchiò. «Per bontà di cuore, giusto? Il fatto che la sorella di Grover sarà lì non ha alcuna incidenza sull'ora in cui ti presenterai.»

Tutti ridacchiarono. Non era un segreto che Lucky fosse interessato a Devyn, ma per ora lei stava facendo del suo meglio per tenerlo a debita distanza.

«Per la cronaca, e come ti ho già detto, mi va perfettamente bene che tu esca con mia sorella» disse Grover. «Il problema di Devyn è che quando ha paura, esagera cercando di fingere che va tutto bene. È sempre stata così. E da quando si è trasferita in Texas, non ha fatto altro che fingere.»

«Di cos'ha paura?» chiese Lucky.

«Non ne ho idea» rispose con un sospiro, passandosi una mano tra i capelli. «Mi fido ciecamente di te per proteggermi la vita, quindi di certo anche per quella di mia sorella. Per quanto mi riguarda, hai il mio sincero appoggio se volessi provare a convincerla a uscire con te. Tutto quello che chiedo è che tu abbia cura di lei... e di farmi sapere se scopri qualcosa di preoccupante.»

«Posso farlo» dichiarò solennemente Lucky. «Ma devi ricordarti che Devyn non ha più cinque anni. Potrai considerarla ancora la tua sorellina, ma è anche una donna adulta.»

«Lo so. Ma quando la guardo non posso fare a meno di ricordare la bambina malata. Pensavamo di perderla a causa della leucemia, ed è difficile scrollarsi di dosso quella sensazione, anche a distanza di anni. E questo è uno dei motivi per cui non l'ho obbligata a dirmi cosa diavolo sta succedendo. Non ho voluto dire o fare nulla che le facesse decidere di non avere fiducia in me. Comunque, voi che mi dite, avete idea di quando potreste venire?»

«Gillian e io probabilmente arriveremo verso le undici. È il fine settimana e non capita spesso che possa stare a letto a poltrire con mia moglie» disse Trigger con un sorriso.

«Kinley e io saremo lì verso le dieci» ribatté Lefty.

«Lo stesso per me e Aspen» aggiunse Brain.

«Posso arrivare verso le otto o le nove» si offrì Doc.

«Porterai la tua bella vicina?» chiese Trigger a Oz.

Lui annuì. «Ci proverò.» Aveva raccontato ai suoi amici tutto di Riley e di quanto fosse stata d'aiuto.

«Quindi ha funzionato passare il tempo con voi?» domandò Lefty.

«Molto» rispose. Anche lui era sorpreso di come stavano andando le cose. Una sera si stava tormentando su chi scegliere come contatto di emergenza secondario per la scuola di Logan, e lei si era offerta volontaria dicendo che dal momento che era a casa quasi tutto il giorno, avrebbe potuto raggiungere la scuola in fretta se fosse stato necessario.

«Gillian non vede l'ora di incontrarla» disse Trigger.

«Penso che sia ansiosa anche lei di incontrare Gillian e tutti gli altri. Anche se è nervosa all'idea di trovarsi faccia a faccia con *voi* ragazzi.»

«Le hai detto cosa fai?»

«No. Ma penso che Logan le abbia accennato qualcosa. Ricordi quando in ufficio gli ho detto che eravamo delle forze speciali? Penso che gliel'abbia rivelato. Ha fatto alcuni commenti sui miei compagni di squadra che mi fanno pensare abbia capito che non siamo semplici soldati» disse Oz.

«Ti preoccupa questa cosa?» chiese Doc.

«Niente affatto» rispose con sincerità. «Si prende cura di mio nipote. Mi fido di lei. È solo che non ho avuto il tempo di sedermi e parlarne con lei senza che Logan fosse lì.»

«Hai scoperto dove si trovano tutte le sue cose?» domandò Trigger.

Scosse la testa. «No. Ho sentito i servizi sociali e mi hanno detto che mi avrebbero richiamato. Non ha senso che portino via un bambino da casa sua con solo un sacco della spazzatura pieno di roba.»

«Vuoi che faccia qualche domanda in giro?» chiese Grover.

«Grazie, ma no. Logan sta bene per ora. Voglio dire, vorrei che potesse avere alcuni ricordi di sua madre e cose del genere, ma non gli mancano i vestiti, i giocattoli o altro. Sono solo irritato per tutta questa segretezza.»

«Succede sempre quando sono coinvolti i bambini» disse Lucky. «Non lo so per esperienza personale, ma il governo è generalmente piuttosto chiuso quando ci sono di mezzo minori.»

«Già. Comunque Logan sta bene. Penso che gli piacerà uscire e prendere una boccata d'aria domani. Tuttavia, mi preoccupa che giri intorno a tutte le attrezzature e alle altre cose potenzialmente pericolose.»

«Stai tranquillo, lo terremo d'occhio. Starà bene» lo rassicurò Grover.

«Qualche notizia sulla Somalia?» domandò a Trigger. Era preoccupato per la crescente tensione laggiù. Era parte del motivo per cui ultimamente si erano allenati così duramente. Di solito gli piaceva andare in missione, ma la tempistica di quella imminente non era eccezionale. Voleva più tempo per poter legare con Logan, per rassicurarlo che era al sicuro e che anche se lo avessero inviato oltreoceano, si sarebbe comunque preso cura di lui, che non sarebbe andato in affidamento.

«Niente di nuovo rispetto a stamattina» rispose. «Siamo ancora in standby. Sai che te lo farò sapere non appena scoprirò qualcosa.»

Oz annuì. Non voleva pensare di andarsene... anche se si

sentiva in colpa perché una piccola parte di lui non vedeva l'ora. Essere un padre single era *difficile* e partire per una missione gli avrebbe dato una pausa, e quello era il motivo per cui si sentiva in colpa. Era passata solo una settimana e mezza e stava già cercando un po' di tregua. Lo disorientava il fatto di avere la responsabilità di un altro essere umano. *Voleva* vedere Logan, gli piaceva averlo nella sua vita, ma ci sarebbe voluto un po' per abituarsi a non avere tempo per se stesso.

Guardò l'orologio e vide che erano già le cinque e mezzo. Aveva inviato un messaggio a Riley per farle sapere che sarebbe potuto tornare a casa un po' più tardi, e lei aveva acconsentito a stare con il bambino fino al suo ritorno.

«Ci vediamo domani» gridò, mentre andava verso la sua Ford Expedition bianca. Non ci mise molto a percorrere la strada fino al suo complesso di appartamenti. La cosa positiva di vivere a Killeen, era che non c'era tanto traffico quanto ad Austin o nelle città più grandi.

Fece le scale di corsa fino al suo piano, era impaziente di scoprire se Logan avesse passato un buon venerdì. Quello che aveva imparato a scuola... e, in particolare, se si fosse già fatto degli amici. Quell'ultima cosa lo preoccupava. Voleva che suo nipote non vedesse l'ora di andare a scuola, non che la temesse perché non aveva amici.

Non riusciva nemmeno a smettere di pensare a Riley. Una parte della sua impazienza di tornare a casa aveva a che fare con lei. Sapeva che era bravissima con i bambini, un'ottima cuoca e una gran lavoratrice, ma voleva scoprire altre cose più personali. Le piacevano i gatti o i cani? Amava fare cose all'aria aperta o era contenta di stare in casa? Le piacevano le sorprese? Esagerava con le decorazioni nelle festività? Si prendeva tutto lo spazio a letto? Erano tutte cose che di solito scopriva frequentando una donna.

E Oz voleva assolutamente portare Riley ad un appuntamento. Voleva coccolarla, mostrarle apprezzamento per tutto

il suo aiuto. Aveva già imparato che quando si alzava e stirac-
chiava dopo cena, stava per salutarli. Anche se apprezzava che
tentasse di non approfittare dell'ospitalità e gli concedesse del
tempo da solo con Logan, odiava vederla andare via.

Quando Oz entrò nell' appartamento, capì subito che era
vuoto. Non sentì la risata di Riley o la voce acuta di Logan.
Non c'era alcun profumo allettante di cibo proveniente dalla
cucina.

Un attimo prima di iniziare a farsi prendere dal panico,
vide un biglietto al centro del tavolo.

Lo raccolse e lesse la calligrafia femminile di Riley.

*Stavamo impazzendo qui dentro. Siamo scesi in quel piccolo parco di
fronte al condominio. Logan mi mostrerà come lanciare una palla da
baseball. Prega per me! Lol. Non volevo che ti preoccupassi se fossi
tornato prima di noi. Ti ho portato la mia friggitrice, ho pensato che
avreste potuto avere una serata di cibo spazzatura/surgelato: crocchette di pollo, patatine fritte, girelle di pizza. A presto.*

–Riley

Oz si rese conto che stava sorridendo. Poi si fece serio.
Sembrava che non avesse intenzione di unirsi a loro per cena
e quel pensiero era deprimente. Probabilmente aveva altro da
fare.

Merda... magari aveva un appuntamento?

Respinse quel pensiero. Non pensava che avrebbe portato
Logan al parco se avesse dovuto prepararsi per uscire più tardi
ma, d'altronde, non sapeva quanto tempo ci avrebbe messo a
prepararsi per uscire. C'era la possibilità che *avesse* un appuntamento. Era straordinaria e qualsiasi uomo sarebbe stato
fortunato ad averla come ragazza.

Con quel pensiero in mente, Oz non esitò a voltarsi e

tornare alla porta. Puzzava per essersi allenato tutto il giorno sotto il sole, ma non voleva aspettare un minuto più del necessario per vedere Riley e suo nipote.

Attraversò il parcheggio per andare nel piccolo parco dall'altra parte della strada. Non era altro che una distesa d'erba con un'altalena e uno scivolo. Ma la grande area aperta accanto al parco giochi era perfetta per fare dei lanci. Si ripromise di portare Logan lì più spesso e si diresse verso le uniche due persone presenti.

Mentre si avvicinava, vide Logan tirare indietro il braccio e lanciare la palla a Riley.

Lei sollevò la mano coperta dal guanto da baseball e chiuse gli occhi.

Oz capì cosa stava per succedere pochi secondi prima che accadesse, ma non riuscì a muoversi abbastanza velocemente da impedirlo.

La palla curvò leggermente e dato che Riley aveva gli occhi chiusi, non spostò il guanto per prenderla.

La colpì al viso, rimbalzandole addosso e atterrando nell'erba. Lei fece un piccolo gemito sofferto e cadde in ginocchio, tenendosi la guancia con la mano.

Oz fu al suo fianco dopo pochi istanti. «Fammi vedere» ordinò, mettendo la mano sopra la sua.

Scosse la testa. «Dammi un secondo.»

«Devo vedere quant'è grave» le disse.

Lo guardò e Oz vide le lacrime nell'unico occhio aperto. Gli si strinse lo stomaco.

«Sto bene» mormorò, notando che stava facendo il possibile per riprendere il controllo. La sua ammirazione per lei aumentò.

«Ne sono sicuro. Ma per favore, lasciami controllare per un secondo.» Aveva bisogno di vedere se la palla le aveva fratturato lo zigomo o rotto i vasi sanguigni nell'occhio.

Lentamente, Riley abbassò la mano e lui andò con lo

sguardo sulla sua guancia. Era rossa e probabilmente le sarebbe venuto un occhio nero, ma per il momento non era gonfia né sembrava esserci niente di rotto. Le tastò la pelle con molta delicatezza, notando quanto fosse morbida. «Riesci ad aprire l'occhio?»

Lei annuì e lo aprì lentamente. A parte le lacrime, sembrava tutto a posto. Oz buttò fuori il respiro e le rivolse un piccolo sorriso. «Tutto ok. Probabilmente avrai un occhio nero, ma sembra che non ci siano fratture.»

«Sei un medico?» gli chiese.

«Be', no. Doc è l'uomo di riferimento per quanto riguarda i problemi medici del team, ma siamo tutti preparati.»

Annuì, poi il suo sguardo guizzò dietro di lui. «Logan» sussurrò.

Voltandosi, cercò suo nipote. Era ancora fermo dove aveva lanciato la palla e sembrava pietrificato. Aveva gli occhi spalancati e il viso bianco come un lenzuolo.

Si alzò preoccupatissimo e, nello stesso momento, Logan fece un rapido passo indietro.

Oz si fermò d'istinto. Non volendo che il ragazzo scappasse, cosa che era evidente fosse pronto a fare, allargò le braccia, cercando di sembrare il meno minaccioso possibile. «Sta bene, Slugger.»

Logan non rispose. Tenne gli occhi sulle mani di Oz.

E quello lo uccise. Non perché suo nipote avesse paura, ma per ciò che significava. «Non siamo arrabbiati. Gli incidenti possono succedere. Sta bene.»

Riley andò al fianco di Porter, facendo il possibile per rassicurare il ragazzo. «È chiaro che faccio schifo con il baseball. Il tuo esterno preferito sarebbe imbarazzato di me» disse, cercando di alleggerire la situazione.

Ma Logan non si rilassò. Rimase dov'era, ogni muscolo teso, pronto a scappare.

«Guardami, Logan» gli ordinò con dolcezza Oz e aspettò

che alzasse gli occhi per incontrare il suo sguardo. «È stato un *incidente*. Riley sta bene. Tu stai bene. Non sono arrabbiato. È tutto a posto.»

Il bambino sbatté le palpebre, e fu felice di vedere che le sue parole stavano finalmente facendo centro.

«Non intendevo farlo» disse il ragazzino sommessamente.

«So che non l'hai fatto apposta.»

«Non volevo lanciarla così forte.»

«Non avrei dovuto chiudere gli occhi» ribatté Riley. «Mi hai detto di tenere d'occhio la palla e non l'ho fatto. È tutta colpa *mia*, non tua.»

Le spalle di Logan si rilassarono un po', ma era ovvio che avesse la guardia ancora alta. «Mi sculaccerai?»

Oz avrebbe voluto dire così tante cose. La sua mente era un turbinio di pensieri riguardo a tutte le ragioni per cui suo nipote potesse essere così terrorizzato, ma gli disse solo: «No.»

«Andrò a letto senza cena.»

«Non è necessario. Ho commesso anch'io tanti errori, ma ciò non significava che dovessi essere punito. Ora mi avvicino. Non scappare, per favore» disse. Poi si rivolse a Riley per un secondo. «Stai bene?»

«Sì» rispose subito. Si era portata di nuovo la mano sulla guancia, ed era ovvio che le facesse ancora male, ma stava cercando di minimizzare la cosa. Per il bene di Logan. La sua ammirazione per lei decuplicò e gliene fu immensamente grato. «Ti prendo del ghiaccio non appena torniamo a casa mia. Resisti ancora qualche minuto.»

«Sto bene» ripeté. «Occupati di lui. Ha bisogno di sapere che non gli farai del male.»

Oz lo sapeva, e il pensiero che suo nipote lo temesse era davvero sconvolgente. Pensare che qualcuno avesse picchiato quel ragazzo gli fece stringere i pugni. Ma si rilassò immediatamente e aprì le mani, non volendo spaventarlo più di quanto già non fosse.

Fece un passo verso di lui, poi un altro, sollevato quando non fuggì. Arrivò a poco meno di due metri da lui e si accovacciò, sperando che la posizione lo aiutasse a sentirsi più sicuro. «È stato un incidente, Slugger» ripeté. «Succede.»

«Ho fatto male a Riley» ribatté, il labbro inferiore che tremava.

«Sì, ma sta bene.»

«Merito di essere picchiato» piagnucolò.

«No, non è vero» replicò Oz, mentre i ricordi del passato riaffioravano. «A cosa servirebbe? Ti sei già scusato e hai detto che non avevi intenzione di farlo. Riley ha già ammesso che avrebbe dovuto tenere gli occhi aperti e almeno schivare la palla. Cosa otterremmo io o lei picchiandoti? Cancellerebbe ciò che è successo?»

Attese finché Logan scosse la testa.

«Ti farebbe sentire meno in colpa?»

«No.»

«Farebbe sentire meglio Riley?»

«Forse» fu la sua risposta questa volta.

«Certo che no» disse lei dietro le sue spalle. Aveva sentito che si era avvicinata, senza stare addosso a loro.

«Mio padre picchiava me e tua madre quando eravamo piccoli. Non succedeva sempre, di solito ci urlava contro. Ma ogni tanto ci sorprendeva diventando violento. Me le dava quando non volevo mangiare qualcosa che aveva preparato per cena. Mi dava un pugno sulla schiena quando secondo lui non mi muovevo abbastanza velocemente, o un manrovescio in macchina se dicevo qualcosa che non gli piaceva. Tutte quelle botte non hanno fatto altro che spaventarmi e rendermi triste. Tua madre ti picchiava quando sbagliavi?» Non era sicuro di voler conoscere la risposta.

Fu profondamente sollevato quando Logan scosse di nuovo la testa. «No. A volte lo facevano i suoi fidanzati.»

«Ecco. Ho bisogno che mi ascolti, Slugger. Ok?»

Annuì.

«Non ti picchierò mai. *Mai*. Non importa ciò che farai. Potrei parlarti con voce severa che potrebbe essere un po' spaventosa. Potrei chiederti di prenderci una pausa e darci un po' di spazio, in modo da calmarci entrambi. Potrei anche farti fare delle faccende extra in casa. Ma non alzerò mai una mano su di te. Non è *mai* giusto picchiare qualcuno più piccolo o più debole. Mai. Donne, bambini o anche uomini. Non arriverò al punto di dirti che non dovresti mai picchiare nessuno in tutta la tua vita, perché a volte devi difendere e proteggere te stesso e gli altri intorno a te, ma non dovresti mai dare pugni o prendere a calci qualcuno che non può difendersi da solo.»

Pregò che comprendesse le sue parole. L'ultima cosa che voleva era che Logan fosse sempre guardingo intorno a lui, temendo che sarebbe stato picchiato o sgridato se avesse fatto la minima cosa sbagliata. Oz era cresciuto in quel modo, ed era stato orribile.

Passarono diversi momenti, finché Logan alla fine chiese: «Prometti?»

«Te lo prometto» rispose, facendosi una croce sul petto. «Sul mio onore di soldato, non ti picchierò. A prescindere dalla situazione.»

Poi il labbro di suo nipote ricominciò a tremare. «Non volevo farti male» disse a Riley, un attimo prima di scoppiare in lacrime.

Lei girò intorno a Oz prima che potesse alzarsi da terra. Avvolse le braccia intorno al bambino e lo dondolò avanti e indietro. «So che non l'hai fatto apposta. A quanto pare faccio schifo a baseball. Se mai andremo a una partita, dovrai assicurarti di stare attento alle palle foul in modo che non mi colpiscano.»

Logan annuì contro di lei.

Oz si avvicinò a Riley e le prese il viso. Le passò delicatamente il pollice sulla guancia rossa e leggermente gonfia. Sembrava che avesse preso un pugno in faccia, e lo metteva estremamente a disagio.

«Logan? Dobbiamo riportarla a casa e metterle del ghiaccio.»

Suo nipote lo guardò e annuì. Si allontanò di un passo da lei e si asciugò le lacrime dalle guance mentre si ricomponeva.

«Ti va di andare a prendere la palla e il guantone prima di andare?» gli chiese Oz.

Annuì di nuovo e corse dietro il punto in cui si trovava Riley quando stavano giocando.

Sapendo di avere solo pochi secondi prima che il bambino tornasse, ne approfittò per dirle: «Lo stesso vale per te. Posso anche essere più grande e più forte, ma non picchierò nemmeno te. Non ti insulterò né ti sminuirò. Ti ammiro troppo per fare qualcosa che ti possa ferire.»

«Lo so» ammise.

I loro sguardi rimasero incollati e Oz avrebbe potuto giurare di vedere nei suoi occhi qualcosa di più della semplice amicizia, ma Logan tornò, interrompendo quel momento. Senza pensarci, tese la mano al nipote.

Quando lui la guardò ed esitò, si rimproverò mentalmente. *Era troppo presto.* Lasciando cadere la mano, disse: «Dai, andiamo a casa. Non so voi, ma io sto morendo di fame. Sono stato fuori al sole tutto il giorno e ho bisogno di un po' di cibo spazzatura.» Era una bugia. Non mangiava mai quella roba, ma per suo nipote avrebbe fatto qualsiasi cosa.

«Puzzi un po'» gli disse Logan.

Stava per rispondere... quando sentì una piccola mano scivolare nella sua.

Con il cuore gonfio, sorrise a suo nipote. «Sì, be', prova a passare tutto il giorno a strisciare per terra e poi vedi se dopo senti profumo di rose.»

«Ti piace farlo?» gli chiese.

Oz non riuscì a trattenersi dal prendere la mano di Riley. Lo aveva spaventato a morte quando era caduta in ginocchio e aveva bisogno di quella connessione con lei. Si era fatta male perché stava giocando con suo nipote. Poi era stata alle sue spalle a cercare di consolare Logan, a farlo sentire al sicuro. Niente gli sembrava più giusto che stare in mezzo a loro e tenerli per mano, mentre tornavano verso l'appartamento.

«Non è che mi piace, lo adoro» rispose al nipote. Non lo conosceva da molto, ma riusciva a malapena a immaginare un momento in cui quel ragazzo non fosse stato nella sua vita. Ogni giorno sembrava che si sentissero più a loro agio l'uno con l'altro. Ogni giorno, Logan poneva più domande, si apriva su ciò che gli piaceva o odiava. Era emozionante e spaventoso allo stesso tempo. «Spero che quando sarai più grande, possa trovare anche tu un lavoro che ami. Che ti appassiona.»

Mentre camminavano, chiacchierarono di insetti, di sporcizia e di quali pensavano fossero i peggiori odori del mondo. Quando raggiunsero la porta, Oz lasciò andare le loro mani per prendere la chiave.

«Vado a casa mia» disse Riley.

Si voltò a fissarla. «Come scusa?»

«Vado a casa mia» ripeté, indicandola con il pollice.

«No» replicò Oz risoluto, aprendo e prendendola per il braccio.

Lei si lasciò trascinare dentro, ma non appena la porta si chiuse, disse: «Porter, io...»

La interruppe rivolgendosi a Logan. «Per favore, vai nel mio bagno a prendere il flacone blu di antidolorifici nell'armadietto vicino al lavandino?»

Senza dire nulla, il ragazzino corse nella camera da letto di suo zio.

«Sul serio, sto bene. Voi ragazzi avete bisogno di un po' di tempo solo vostro.»

«Sbagliato. Abbiamo bisogno di prenderci cura di te, di assicurarci che stai bene. Logan ne ha bisogno perché è stato lui a farti male, io perché il pensiero di sapere che stai soffrendo sola nel tuo appartamento mi lacera.»

Sbatté le palpebre. «Ma... io sono solo la tua vicina.»

Non dava l'impressione di essere sicura al cento per cento di quell'affermazione, cosa che gli fece molto piacere. «Sbagliato» ripeté senza esitazione. «Sei molto più che *solo* la mia vicina di casa. So che le cose sono un po' strane perché mi stai aiutando con Logan, ma permettimi di essere chiaro. Voglio uscire con te, Riley. Voglio portarti fuori a cena, flirtare con te, scoprire se hai un buon sapore quanto profumi e mostrarti in ogni modo possibile che sono interessato a te, non per quello che hai fatto per noi ma per quello che sei come persona.»

«Oh... ehm... va bene» balbettò.

«Va bene?» chiese. «Uscirai con me?»

Gli rivolse un timido sorriso e annuì.

«E stasera mi permetterai di coccolarti un po'? Odio che ti sia fatta male. Ma che tu abbia fatto quei lanci con Logan per cercare di renderlo felice, nonostante fossi totalmente fuori dal tuo elemento, significa tutto per me. Però magari niente più baseball per un po', almeno finché non t'insegnerò a ricevere la palla. Sarà meglio che lo porti fuori io a giocare.»

«Non ho bisogno di essere coccolata.»

«Bene. Allora giocherò al dottore» scherzò.

Lei arrossì e gli rivolse un altro piccolo sorriso.

«Inoltre, se stasera devo mangiare quelle schifezze, lo farai anche tu.»

Ridacchiò. «Potresti scoprire che ti piace.»

«Ne dubito.»

«Le ultime parole famose.»

«Ecco qua!» disse Logan correndo verso di loro con il piccolo flacone in mano.

«Grazie, Slugger. Facciamo accomodare Riley sul divano, le metteremo un impacco di ghiaccio e le prenderemo qualcosa da bere in modo che possa prendere le pillole. Poi puoi aiutarmi a preparare la cena.»

«Crocchette di pollo. Gnam!» disse Logan con un gran sorriso.

«Oh, sì, gnam» ribatté Oz con tutto l'entusiasmo che riuscì a mostrare. Sentì Riley ridacchiare sommessamente. La circondò con un braccio e la attirò contro il fianco. Adorò sentire la sua risata trasformarsi in un sospiro mentre la toccava.

Era morbida nei punti giusti e amava come si adattasse a lui. L'aiutò a mettersi sul divano anche se non ne aveva bisogno; era solo bellissimo per una volta poterla toccare e avere il braccio intorno a lei. Quando fu comoda, lui mise una mano sulla spalla di Logan e lo condusse in cucina. «Vediamo che danni possono fare due ragazzi qui dentro, eh?» disse a suo nipote.

Il sorriso sul viso del bambino gli ricordava così tanto quello di sua sorella che dovette chiudere gli occhi per un secondo.

Avrebbe fatto tesoro di ogni minuto speso con lui perché sapeva che, troppo presto, sarebbe cresciuto e si sarebbe trasferito a vivere da solo. Aveva perso i primi dieci anni, ma avrebbe fatto tutto il necessario per far sentire suo nipote al sicuro, amato e protetto per il resto della sua vita.

CAPITOLO SEI

Uno dei motivi per cui Riley se ne andava ogni sera subito dopo cena, era per cercare di evitare di innamorarsi in fretta e profondamente di Porter. Ma era ovvio che non fosse servito. Quell'uomo era letale. Di bell'aspetto, premuroso e un padre straordinariamente bravo, anche se ci si era ritrovato in modo inaspettato.

Quel giorno, aveva avuto l'intenzione di intrattenere Logan per circa un'ora finché suo zio non fosse tornato a casa, poi li avrebbe lasciati alla loro cena di cibi surgelati.

Ovviamente le cose non erano andate così.

Il suo viso pulsava ancora e il ricordo dell'improvviso dolore quando la palla da baseball l'aveva colpita sulla guancia era ancora molto fresco nella sua mente. Era rimasta sconvolta che Logan avesse avuto così tanta paura di essere punito per un incidente, ma doveva ammettere che Porter aveva fatto un ottimo lavoro nel calmare suo nipote, nel rassicurarlo che non lo avrebbe mai picchiato.

Poi, quando aveva detto la stessa cosa a lei, aveva capito di essere spacciata. Sapeva che con quella dichiarazione in parte si riferiva a Miles e, sebbene ciò la imbarazzasse, decise di concentrarsi sul significato dietro le sue parole piuttosto che sulla vergogna per le decisioni che aveva preso in passato.

Riley sembrava innamorarsi sempre profondamente degli uomini. Cercava di frenare il suo entusiasmo quando iniziava a uscire con qualcuno, ma tendeva a voler vedere il buono nelle persone. Ed era sola. Ma dopo Miles, sicuramente il peggior ragazzo che avesse avuto, era stata determinata a non legarsi a nessuno per un po'.

Certo, tutto ciò prima che Porter irrompesse nella sua vita con il suo adorabile nipote.

Adesso voleva uscire con lei. Non aveva nemmeno esitato ad accettare. Era diverso da chiunque avesse frequentato, il migliore in tutti i sensi.

Anche passare del tempo con Logan era divertente. Il ragazzo era intelligente e ogni giorno imparava qualcosa di nuovo su di lui.

Sorrise mentre era seduta sul divano e li ascoltava parlare del modo migliore per preparare una borsa di ghiaccio che non le creasse disagi, trasalendo lievemente per il dolore che le provocò quel movimento.

Il suo telefono vibrò con l'arrivo di un messaggio e Riley si accigliò leggendolo.

Miles era una spina nel fianco da quando lo aveva cacciato. All'inizio non aveva fatto altro che scusarsi e dire che era dispiaciuto, ma poi era cambiato e la insultava in tutti i modi possibili per averlo ignorato. Aveva sperato che avesse capito che avevano chiuso per sempre, ma lui non smetteva di molestarla.

Riley aveva rastrellato l'appartamento da cima a fondo, mettendo tutto ciò che pensava fosse suo in una scatola e l'aveva portata nella stanza della posta del condominio. Lo aveva detto a Miles avvisandolo di andare a recuperarla prima che qualcuno la rubasse. Il giorno dopo aveva notato che la scatola era sparita, ma Miles non aveva smesso di chiamare e mandarle messaggi.

Ora stava dicendo che lei non gli aveva restituito tutto, che voleva andare lì a trovarsi la sua roba da solo. Cosa che non sarebbe accaduta. Riley non era stupida, non l'avrebbe fatto entrare nel suo appartamento. Avrebbe cercato di rivendicare cose che non erano sue e probabilmente l'avrebbe derubata.

Sapeva che Porter l'avrebbe aiutata se glielo avesse chiesto, ma era troppo imbarazzata per coinvolgerlo. Miles avrebbe detto *sicuramente* un sacco di cose orribili vedendo che l'aiutava, e lei sarebbe morta di umiliazione, anche se Porter non avesse creduto a nulla di ciò che avrebbe potuto urlare il suo ex.

Poteva gestirlo da sola. Si sarebbe stancato di molestarla prima o poi, doveva solo avere pazienza.

Ignorò il messaggio, proprio come aveva fatto con quasi tutti gli altri.

Il suo ex e Porter erano diversi come il giorno e la notte. Cercò di immaginare cosa avrebbe fatto Miles se avesse visto che veniva colpita in faccia da una palla da baseball, e decise che probabilmente avrebbe riso dicendole che avrebbe dovuto abbassarsi.

Ricordando la paura e la preoccupazione nel tono e nel tocco di Porter mentre era inginocchiato accanto a lei, Riley chiuse brevemente gli occhi per arginare le emozioni. Era passato molto tempo dall'ultima volta che qualcuno era stato così preoccupato per il suo benessere. I suoi genitori l'avevano amata a modo loro, ma non erano mai stati molto affettuosi. Erano troppo occupati a ubriacarsi o a cercare di difendere le proprie capacità genitoriali davanti alle autorità, per preoccuparsi di fare qualcosa di semplice come abbracciarla.

«Ecco l'acqua, Riley» disse Logan, mentre le porgeva un bicchiere con molta attenzione.

«Grazie. Lo apprezzo.»

Rimase lì a fissarla.

«Che c'è?»

«Oz mi ha detto di assicurarmi che prendessi le pillole e non cercassi di fingere di stare bene.»

Riley ridacchiò. Sembrava che Porter la conoscesse già piuttosto bene. Non le piaceva prendere nessun tipo di farmaco, anche se era solo un antidolorifico, ma non voleva preoccupare Logan ulteriormente, così aprì il flacone e tirò fuori due pillole. Le mise in bocca e le ingoiò con l'acqua.

«Brava ragazza» disse Porter alla sua destra.

Dio, suonava meraviglioso.

Doveva darsi una regolata.

«Abbiamo messo del ghiaccio in un sacchetto avvolgendolo poi con una federa, l'asciugamano era troppo spesso e non avresti sentito bene il freddo e le salviette di carta si bagnano e si inzuppano. Oz ha suggerito la federa. Se si bagna troppo, dimmelo e ne prenderò una nuova.» Il tono di Logan era colmo di inquietudine e agitazione. Era ovvio che fosse preoccupato per lei e ancora pieno di rimorsi.

Prese la borsa del ghiaccio. «Grazie per esserti preso cura di me» disse al ragazzo.

«Stiamo preparando le crocchette di pollo, le girelle di pizza e i bastoncini di formaggio» la informò.

Lo sapeva già, ma annuì comunque. «Fantastico.»

«Non ho mai mangiato le girelle di pizza» ammise Logan.

«Ti piaceranno» gli assicurò. Non ne era sicura, ma non avrebbe detto nulla per scoraggiarlo. Nell'ultima settimana e mezza aveva scoperto che il ragazzino era piuttosto diffidente, ma quando provava qualcosa di nuovo, soprattutto cibo, di solito rimaneva piacevolmente sorpreso.

Porter sollevò la mano per grattarsi il viso e Riley notò

che Logan sussultò, allontanandosi dal braccio dello zio. Anche lui vide la sua reazione, ma non disse nulla. Ci sarebbe voluto ancora del tempo prima che credesse veramente che gli aveva detto la verità sul fatto che non lo avrebbe mai picchiato.

Non ne era sorpresa. Le era stato difficile fidarsi delle persone per molto tempo dopo che si era trasferita lontano da casa. Aveva creduto ai suoi genitori quando dicevano che ci avrebbero provato di più, che non sarebbe stata portata via di nuovo. E ogni volta avevano mentito, erano ricaduti nelle loro vecchie abitudini di bere troppo e trascurarla. Si era fidata delle persone sbagliate quando era poco più che ventenne, e anche ora che aveva ventotto anni si era comunque fidata di Miles quando le aveva detto che avrebbe trovato un lavoro.

Ma per qualche motivo, sapeva che Porter stava dicendo la verità quando aveva detto a lei e a Logan che non avrebbe fatto loro del male. Trasudava bontà da ogni poro, ed era una sensazione piacevole.

Ci sarebbero voluti più turni di cottura con la friggitrice per tutto il cibo, e dopo aver chiesto il permesso, Logan era andato ad aspettare nella sua camera. Così lei e Porter si ritrovarono soli nel soggiorno.

«Ti fa ancora male?» le chiese, sedendosi sul bordo del divano accanto a lei.

«Solo un po'.»

«So che il ghiaccio è fastidioso, ma tienilo sul viso. Aiuterà con il gonfiore e speriamo che impedisca all'occhio di scurirsi troppo.»

«Ok.»

Porter abbassò lo sguardo. «Era così spaventato.»

Sapeva esattamente a chi si riferisse. «È vero» concordò.

«Pensava che lo avrei picchiato» sussurrò.

Riley annuì.

«Voglio dire, non sono un idiota, so che succede in tutto il mondo, ma *odio* che l'abbia imparato a casa di mia sorella. Becky ha cercato di proteggermi da nostro padre, ma non ha mai funzionato, lui la prendeva a schiaffi e poi iniziava con me; la imploravo di stargli alla larga quando era in uno di quegli stati d'animo. Parlavamo a lungo del fatto che quando saremmo cresciuti, non avremmo mai più permesso a nessuno di trattarci così. Non posso credere che sia uscita con uomini che erano proprio come nostro padre e che permettesse che picchiassero suo figlio...» Scosse la testa. «Mi rende davvero triste.»

Riley allungò la mano libera e gliela mise sulla coscia. Non voleva essere un gesto sensuale, voleva consolarlo. «Non puoi incolpare tua sorella. Cadere nell'incubo della droga è orribile, ma una volta che qualcuno ne è dipendente, è difficile liberarsene. Non c'è niente che conti; né mangiare, né fare ciò di cui si ha bisogno per essere al sicuro e, purtroppo, nemmeno i bambini che si potrebbero avere. Ci sono molte persone disoneste. Becky avrebbe potuto iniziare a uscire con un uomo che pensava l'avrebbe aiutata a liberarsi dal vizio, o che avrebbe trattato lei e suo figlio con gentilezza, per poi scoprire che non era affatto come pensava. E quando ti ritrovi invischiata in una relazione abusiva, soprattutto se sei dipendente dalla droga, non è così facile uscirne. Non essere troppo severo, Porter.»

Lui fece un respiro profondo e le coprì la mano con la sua. «Immagino che parli per esperienza, e odio anche questo.»

«Le cose con Miles non sono arrivate fino a quel punto. Ma hai ragione, ho avuto una relazione tossica in passato, e una delle cose più difficili che abbia mai fatto è stata chiuderla e scappare. Ho giurato che non avrei mai più frequentato nessuno così... poi ho incontrato Miles e sappiamo entrambi com'è andata a finire.»

«Ma l'hai buttato fuori prima che le cose andassero troppo oltre» disse Porter.

«Sì. Ma non ho un figlio. Se l'avessi avuto e avessi vissuto con Miles, non sarebbe stato così facile» sostenne, volendo far capire il suo punto.

«Sto cominciando a capirlo e ho Logan solo da poco tempo. Sono sempre stato molto critico nei confronti di chiunque si droghi, e sto iniziando a vedere che non tutto è sempre bianco o nero. Mi sento meglio perché Logan dice che Becky era cambiata di recente. È che odio vedere la paura nei suoi occhi quando mi guarda o quando mi muovo troppo velocemente.»

«Dagli tempo. Lui osserva tutto ciò che fai con molta attenzione. Ti imita sempre. Imparerà che hai a cuore nient'altro che i suoi interessi. Tra non molto guadagnerai la sua fiducia, lo so.»

Porter la studiò. «Mi guadagnerò la tua?» le chiese.

Sbatté le palpebre. «Mi fido di te.»

«Davvero? Ci sono volte in cui penso che sia così... poi ti faccio una domanda innocente sui messaggi che ricevi e tu devii la conversazione, sperando che lasci perdere. Vedo anche che mi guardi con la stessa attenzione di Logan, come se stessi aspettando che mi rivolti contro di te.»

Riley sospirò e cercò di tirare via la mano, ma Porter la tenne stretta. Era imbarazzata per essere stata lì a predicare sulla fiducia e sulla pazienza, mentre lui l'aveva inquadrata perfettamente.

«Mi guadagnerò anche la tua» disse con sicurezza. «Capirai che posso essere il tuo rifugio sicuro. Che se mi darai tutta te stessa, farò tutto ciò che è in mio potere per proteggerti. Da me, dagli stronzi che pensano di potersi approfittare di te semplicemente perché sei una donna, e anche dai tuoi stessi pensieri autodistruttivi. Farò tesoro di te esattamente come sei, perché penso che tu sia davvero eccezionale.»

Lo fissò, insicura di averlo sentito bene.

La friggitrice suonò, avvisando che la prima porzione di

cibo era pronta. Porter sostenne il suo sguardo sporgendosi in avanti e Riley chiuse gli occhi.

Le sfiorò leggermente la fronte con le labbra poi si alzò.

Lei aprì gli occhi e lo guardò entrare in cucina, svuotare il cestello in una teglia e infilarla nel forno per tenere il cibo in caldo, prima di riempire di nuovo il cestello e riavviare la friggitrice.

Tornò in soggiorno e le chiese: «Hai bisogno di qualcosa? Una bevanda diversa? Ma non chiedere alcolici, non sarebbe una buona idea in questo momento. Se vuoi ti porto dell'altra acqua, del tè e potrei riuscire a scovare una bibita gassata da qualche parte.»

«Mi va bene l'acqua che Logan mi ha portato prima» gli disse.

«Ok. Vado a controllarlo. Quando tornerò sarai ancora qui?»

Riley sollevò un sopracciglio. «Credi che me ne andrei di nascosto mentre sei con tuo nipote?»

Porter la studiò per un altro lungo momento. «Forse. So solo che saresti tornata a casa tua se non ti avessi trascinata nel mio appartamento prima che iniziassi a protestare. E per la cronaca, è stato un comportamento inusuale per me, di solito non trascino le donne in giro contro la loro volontà.»

«Non sarei qui se non lo volessi» replicò lei. «Certo, la guancia mi pulsava, magari non volevo fare una scenata davanti a Logan e sono anche trenta centimetri più bassa di te, ma avrei opposto resistenza se davvero non avessi voluto entrare.»

Porter sorrise. «Ne prendo nota. Se la friggitrice finisce, l'ultima busta di porcherie è proprio lì accanto. Basta che svuoti il cestello nella teglia che è in forno e aggiungi la roba nuova.»

«So come usare la *mia* friggitrice ad aria» disse Riley con un sorriso.

«Sei sicura che non possa grigliare una bistecca? Non ci vorrà molto» le chiese, sembrando un bambino che implorava una caramella.

«Sopravvivrai se per una volta mangi del cibo surgelato.»

Sospirando e comportandosi come se gli avesse appena portato via il suo giocattolo preferito, disse: «Oh, va bene.»

Non poté fare a meno di ridacchiare e ciò le fece pulsare la guancia. «Ohi» si lamentò, ma non smise di sorridere.

L'atteggiamento di Porter cambiò subito. «Forse dovrei chiamare Doc e vedere se può venire a darti un'occhiata. Potresti essere ferita più di quanto pensassi.»

Fece per prendere il telefono dal bancone della cucina, ma lei lo fermò. «Sto bene, te lo giuro. Avrò solo qualche dolorino per un po'.»

«Va bene, ma se ti sembra di non migliorare entro la fine della serata, se il ghiaccio e le pillole non alleviano nulla, chiamo Doc.»

In realtà si sentiva già meglio di quando erano tornati all'appartamento, quindi sapeva che il trattamento stava funzionando, ma accettò comunque. «Ok. Vai a controllare Logan.»

La fissò per un attimo, poi annuì e si voltò per percorrere il corridoio.

Una volta che fu fuori dalla vista, Riley si appoggiò al cuscino del divano e sospirò. Aveva pensato che la sua serata sarebbe stata piuttosto noiosa; avrebbe salutato Porter una volta tornato a casa, poi sarebbe andata nel suo appartamento a leggere o a guardare la TV, mentre ascoltava attraverso le pareti sottili i rumori attutiti dei suoi vicini che si sistema-vano per la notte. Invece, si era fatta male, Porter si era più che preso cura di lei, avevano capito che Logan aveva molta strada da fare prima di potersi fidare di nuovo, e infine aveva accettato di uscire con il vicino per cui si era presa una cotta enorme. Era pazzesco quanto velocemente potessero cambiare le cose nella vita.

Quaranta minuti dopo, Riley sorrise a zio e nipote seduti di fronte a lei. Dopo aver guardato con sospetto le girelle di pizza, Logan ne aveva mordicchiato con cautela l'angolo, spalancando gli occhi e dichiarandole "deliziose".

Alla fine i due avevano divorato le crocchette di pollo, le girelle e i bastoncini di formaggio e Porter aveva anche tirato fuori un sacchetto di patatine dal fondo del congelatore e fritto anche quelle.

«Devo ammetterlo... era tutto dannatamente buono» ammise Porter.

Lei si limitò a fargli un sorrisetto compiaciuto.

Poi si rivolse al nipote. «Ma non abituartici. Dobbiamo bilanciare le schifezze con roba salutare. Domani faremo il pieno di verdure per riequilibrare il nostro corpo.»

«Va bene» disse Logan.

Riley poté solo scuotere la testa sorpresa dalla sua risposta. La maggior parte dei bambini che conosceva esitava a mangiare qualsiasi tipo di verdura, ma ovviamente Logan aveva un'alta considerazione di ciò che diceva e pensava suo zio, anche dopo solo una settimana e mezzo.

Porter si voltò verso di lei. «Cos'altro può fare quella friggitrice ad aria?»

«Chips di mele, girelle alla cannella, s'mores di banana, bastoncini di toast alla francese, hamburger, panini al formaggio grigliato, tortini di patate dolci... persino torta all'ananas. Ci sono un sacco di ricette su internet per ogni sorta di cose. Polpette, braciole di maiale, pesce gatto, patate al forno, salmone, pannocchie, persino spanakopita.»

«Spa-na-ko-cosa?» le chiese con un sorriso.

«Spa-na-ko-pi-ta. È una torta salata greca davvero buona» lo informò Riley.

«C'è qualcosa che la tua friggitrice ad aria non possa fare?» le chiese.

Ci pensò per un secondo prima di dire: «La zuppa.»

Risero tutti.

«Giusto, probabilmente verrebbe male.»

«Anche se ho alcune Crock-Pots che potrei prestarti se volessi provare a farne una» gli disse.

Lui sollevò una mano. «Sono un cuoco a malapena decente, ma non ho intenzione di sfidare la fortuna. Inoltre, non lascerei mai accesa una Crock-Pot mentre sono via. Significherebbe cercare guai.»

Riley non ne fu sorpresa. Porter sembrava prendere molto sul serio la sicurezza, compresa la sua, il che le piaceva moltissimo. La guancia stava molto meglio dopo averci tenuto sopra la borsa del ghiaccio prima di mangiare. Aveva visto gli occhi di tutti e due andare più di una volta sul segno rosso sul suo viso, ma non avevano detto nulla, cosa di cui era grata.

«Allora, Logan, domani andiamo a casa di Grover... pensi che dovremmo invitare anche Riley?»

Lei lo guardò a bocca aperta. «Che cosa?»

«Deve smantellare un fienile nella proprietà che ha appena comprato perché è pericolante e andiamo tutti ad aiutarlo. Ci saranno anche Gillian, Kinley, Aspen e Devyn. Vuoi venire?»

«Io? Ehm... non lo so» balbettò.

«Oz ha detto che posso aiutare gli uomini» disse Logan eccitato.

Gli occhi di Riley incontrarono quelli di Porter. «È una buona idea? Voglio dire, è pericoloso?»

Il suo sorriso, se possibile, si allargò.

«Che c'è?» gli chiese.

«Adoro che tu sia così preoccupata per lui, ma andrà tutto bene. Non faremo nulla che possa mettere lui o qualcuno di noi in pericolo. Ti farà bene prendere una boccata d'aria fresca. E mi piacerebbe che incontrassi i miei amici.»

Riley voleva davvero andarci, ma la cosa la rendeva anche nervosa. Le aveva raccontato tutto delle altre ragazze. Era ovvio che le apprezzasse e le rispettasse, e ciò la tranquillizzava, ma la spaventava anche a morte. E se ai suoi amici non fosse piaciuta?

Doveva essere rimasta in silenzio per troppo tempo, perché Logan aggiunse le sue motivazioni a quelle dello zio.

«Nemmeno io li conosco. Possiamo stare tra noi se non piacciamo a nessuno.»

La cosa triste era che sembrava pensasse davvero che fosse una possibilità. «Come potresti non piacere a nessuno?» gli chiese. «Sei dolce e premuroso, e sono sicura che sarai di grande aiuto ai ragazzi.» Guardò Porter. «Sei sicuro?»

Non servì approfondire cosa intendesse. Era sicuro di *volerla* lì? Era sicuro di volere che incontrasse i suoi amici? Sembrava un grande passo, più di un appuntamento ufficiale.

«Sono sicuro.» Quelle due parole in qualche modo trasmettevano esattamente *quanto* fosse sicuro di ciò che stava accadendo tra loro.

«Ok.»

«Grande! Ho detto a Grover che saremmo arrivati verso le dieci. Ti va bene partire per le nove e mezzo?»

«Certo.» Stava quasi per chiedere se voleva che preparasse la colazione per tutti e tre, ma si fermò all'ultimo minuto. Stava cominciando a divertirsi un po' troppo a passare il tempo con loro. Ci era già dentro fino al collo e se, o quando, le cose tra lei e Porter non avessero funzionato, sarebbe stato molto imbarazzante vivere accanto a lui. L'avrebbe distrutta vederlo portare a casa un'altra donna. Vedere Logan tutti i giorni ma non poter partecipare alla sua vita.

Scosse la testa cercando di spingere quei pensieri in un angolo della mente. Lei e Porter non si stavano ancora frequentando, anche se lui le *aveva* chiesto di uscire, e lei pensava già a quando avrebbero rotto, deprimendosi. Era ridicola.

«Assicurati di mettere dei vestiti che non ti dispiace sporcare» la avvisò. «Grover ha dei Quad che ha detto possiamo prendere se volessimo farci un giro. C'è una pista che confina con la proprietà che ha comprato.»

«Jeans e maglietta vanno bene?» gli chiese «È quello che indosseranno le altre?» L'ultima cosa che voleva era presentarsi in jeans se le altre sarebbero state in prendisole o qualcosa del genere.

«Non ne ho idea, ma non saranno vestite come se dovessero incontrare la regina d'Inghilterra» le disse con una risatina. «Smettila di preoccuparti. Ti ameranno.»

Trattenne lo sbuffo che le stava per scappare. Gli uomini erano tutti uguali. Sicuri che un gruppo di donne sarebbe andato d'accordo solo perché erano dello stesso sesso. Sapeva bene che non era così. I ragazzi erano molto più rilassati quando incontravano nuove persone, era come se nulla fosse. Ma il fatto che Porter portasse una ragazza nella sua cerchia ristretta era probabilmente una cosa completamente diversa.

«È così» insistette. «Fidati di me.»

Ecco di nuovo quella storia della fiducia. Sapeva quanto fosse difficile per lei fidarsi degli altri, ma quando guardò Logan, vide che stava annuendo. Se il ragazzo poteva fidarsi di suo zio, poteva farlo anche lei. Così accettò. «Ok.»

Porter sorrise. «Grande. Logan, puoi aiutarmi a portare i piatti in cucina?»

Riley si alzò. «Voi avete cucinato, io pulisco» si offrì.

«No. Hai portato la friggitrice. E devo assolutamente fare qualcosa di più che stare seduto dopo aver mangiato tutta quella roba. Ce ne occuperemo io e Logan.»

Non poteva discutere visto che aveva quasi detto di voler passare del tempo con suo nipote.

«Allora torno a casa» disse alzandosi.

A suo merito, Porter non protestò, si limitò a fissarla per un lungo momento, probabilmente cercando di leggerle nel pensiero per assicurarsi che non se ne andasse perché era a disagio o non si stava divertendo, ma perché ne aveva *davvero* bisogno. Doveva aver visto qualcosa nella sua espressione che lo rassicurò, dato che dichiarò: «Ti accompagno a casa.»

«Sul serio, Porter, sto proprio qui accanto.»

«Un uomo si assicura sempre che la sua donna torni a casa sana e salva» fu tutto ciò che disse. Poi si rivolse a Logan. «Stai bene per qualche minuto qui da solo, Slugger?»

Lui annuì. «Non credo che un velociraptor piomberà giù per rapirmi nei due minuti che impiegherai per accompagnarla a casa» scherzò.

Per un secondo fissò suo nipote, poi scoppiò a ridere. «Giusto. È solo che non volevo che ti innervosissi qui da solo.»

Logan rise insieme allo zio, ma poi si fece serio. «Ero solo tutto il tempo nell'altra casa. Negli ultimi due anni, la mamma ha lavorato molto.»

«Capisco. Ma non me la sento di lasciare un bambino a badare a se stesso. Non dubito che tu sia abbastanza responsabile da stare bene da solo, ma non mi piace. Mi mette a disagio. Il fatto che Riley venga a farti compagnia dopo la scuola non è perché non mi fido di te o perché penso che ti possa mettere nei guai, è per la mia tranquillità. Ok, Slugger?»

«Ok. E... mi piace averla qui.»

Riley aveva di nuovo voglia di piangere. Senza nemmeno provarci, Porter stava mostrando a suo nipote quanto tenesse a lui, spiegando le sue azioni e non facendolo sentire come se fosse un peso o un bambino piccolo.

«Ok, quindi se un T-Rex o qualsiasi altro tipo di dinosauro dovesse capitare qui nei due minuti che mi ci vorranno per accompagnarla alla sua porta e assicurarmi che non ce ne siano altri di spaventosi nascosti a casa sua, usa la mazza da baseball per respingerli finché non posso venire ad aiutarti, va bene?»

Logan sorrise. «Ok, Oz.»

«E apprezzerei se riuscissi a caricare i piatti nella lavastoviglie e facessi il giro dell'appartamento per raccogliere tutta la spazzatura così che possiamo portarla nel cassonetto.»

Invece di essere infastidito che gli affidasse delle faccende, Logan raddrizzò le spalle come se fosse orgoglioso di dare una mano. «Certo che ci riesco.»

«Grazie. Torno subito.» Si avvicinò a Riley, la prese per il gomito e la condusse verso la porta.

«Mi sono divertita oggi, Logan» disse lei. «Prometto di prendere la palla con il guanto la prossima volta, invece che con la faccia. Ci vediamo domani.»

«Ciao» le rispose, mentre si concentrava a portare tutti e tre i loro piatti in cucina senza farli cadere.

Uscirono e camminarono fianco a fianco lungo il corridoio. Riley tirò fuori la chiave dalla tasca e sbloccò la serratura. Lui non si allontanò e quando aprì la porta, non cercò di andare dentro né la fece sentire in alcun modo a disagio. Non che lo fosse con lui; non avrebbe avuto problemi se avesse voluto entrare, ma erano entrambi consapevoli che Logan era da solo. Nonostante le battute sui dinosauri, Porter non si sentiva tranquillo a lasciarlo senza sorveglianza.

«Prendi un altro antidolorifico prima di andare a dormire» le ordinò con dolcezza. «E non sarebbe male mettere di nuovo del ghiaccio sulla guancia.»

«Sto bene» insistette lei.

«Non mi piace vederti soffrire» sussurrò.

Lei scrollò le spalle. «Fa parte della vita» disse filosoficamente.

«Non significa che mi debba piacere» ribatté. Le posò il palmo sulla guancia sana. «Grazie per aver accettato di venire domani.»

«Sei davvero sicuro di volere che venga?» domandò di nuovo.

«Assolutamente. Non ho avuto modo di passare con te tutto il tempo che avrei voluto. E anche se lavorerò al fienile con i miei amici, quindi non staremo insieme tutto il giorno, potrò comunque passare più tempo con te rispetto a quel paio d'ore che abbiamo alla sera.»

Si sentì fremere, estasiata.

«Non ho nemmeno intenzione di lasciarti tutto il giorno con le donne. Voglio davvero portarti fuori sul Quad. Ti dispiacerebbe?»

«No. Non vedo l'ora.»

«Bene.»

Vide gli occhi di Porter scurirsi proprio prima che dicesse: «Vorrei darti il bacio della buonanotte.»

Deglutendo a fatica, si leccò le labbra e annuì.

Lui abbassò la testa lentamente, dandole il tempo di cambiare idea. Ma per niente al mondo avrebbe fatto o detto qualcosa che potesse portarlo a rinunciare. Aveva sognato quel momento più volte di quanto volesse ammettere.

La sua mano rimase sul viso e quando le sfiorò le labbra con le sue, le sembrò che la loro posizione fosse molto intima. Gli appoggiò le mani sulla vita e si alzò in punta di piedi per cercare di rendergli le cose più facili. Lo sentì posare l'altra mano sulla sua schiena... ma poi non riuscì a pensare a nient'altro che alla sensazione che stava provando.

Non la attirò con forza a lui. Non cercò di infilare la lingua nella sua bocca. All'inizio si limitò ad assaporare le sue labbra, mordicchiandole e facendo scorrere la lingua su di loro, come se stesse imparando il suo sapore. Ma nel momento in cui lei aprì la bocca, non esitò ad accettare il suo invito.

Approfondì il bacio, provocandole le vertigini.

Era stata baciata molto nella vita, ma niente l'aveva eccitata quanto il bacio di Porter. Sentì i capezzoli inturgidirsi sotto la maglietta e avrebbe voluto stringersi di più a lui.

Premette il petto contro il suo e aprì ulteriormente la bocca. Le loro lingue duellarono, e quando lui inclinò la testa per spingersi più in profondità, Riley si afferrò alla sua maglietta.

Gemette quando i loro movimenti le provocarono una fitta alla guancia.

Porter si staccò subito.

Non voleva lasciarlo andare, cercò di mantenere il contatto, ma era troppo alto e troppo determinato ad assicurarsi che stesse bene.

«Ti ho fatto male?» le chiese con voce roca. Le sue labbra erano un po' gonfie per il bacio e Riley non avrebbe voluto far altro che abbassargli la testa verso la sua.

«No.»

«Ti sei lamentata» disse, informandola di qualcosa che già sapeva.

Chiuse gli occhi e si sporse per appoggiare la fronte contro il suo petto. Poteva sentire il suo cuore battere forte sotto la maglietta che stava ancora stringendo. Porter spostò la mano dal suo viso e cominciò ad accarezzarle lievemente la schiena.

Dopo un momento, si riprese e sollevò la testa. Tuttavia, non si liberò dal suo abbraccio. Non sapeva cosa dire, ma non dovette preoccuparsi. Porter espresse esattamente quello che stava pensando.

«È stato meravigliosamente incredibile.»

«Già.»

«Non mi è mai piaciuto molto baciare. Voglio dire, è sempre stato un mezzo per raggiungere un fine per me.» Fece una smorfia. «So che fa brutto, ma è così. Con te invece, ho la sensazione che potrei baciarti per ore e non annoiarmi mai.

Adoro sentire il tuo corpo reagire al mio tocco e alle mie carezze. È davvero eccitante.»

Riley aveva sentito anche il corpo di Porter reagire al loro bacio, l'erezione dura contro la pancia mentre erano abbracciati. Le piaceva sapere di averlo eccitato così.

Si leccò le labbra e sentì ancora il suo sapore.

Lui gemette. «A questo punto è meglio che ti lasci andare» disse, lasciando cadere le mani. Ma gli ci volle ancora un secondo prima di allontanarsi davvero da lei. Percorse con gli occhi il suo viso, poi scese lungo il corpo, fermandosi un momento di troppo sul seno prima di incontrare di nuovo il suo sguardo. Era perfettamente consapevole che i capezzoli turgidi erano visibili attraverso la maglietta. Era sempre stata un po' a disagio a causa del suo seno generoso, ma vedere l'approvazione e il desiderio negli occhi di Porter le fece venir voglia di inarcare la schiena e metterlo in mostra.

Lui le passò il pollice sulla guancia dolorante ancora una volta. «Grazie per essere stata così gentile con Logan. Sei stata molto coraggiosa e so che hai minimizzato il dolore che provavi a suo beneficio. Significa tanto per me.»

«È un bravo ragazzo.»

«È vero. Ci vediamo domattina. Vedo se riesco a convincere Logan a mangiare qualcosa di semi-sano per colazione. Dopo questa cena, avrà bisogno di proteine e verdure per superare la giornata di domani. Anche tu. Non mangiare Pop-Tarts e ciambelle, ok? Magari preparati una frittata o qualcosa del genere.»

Dio. Non aveva mai avuto qualcuno che si preoccupasse per il suo benessere quanto lui.

«Ok.»

«Bene.» Le passò il pollice sulle labbra un'ultima volta prima di fare finalmente un passo indietro. «Chiudi a chiave la porta» le ordinò.

Sapendo che sarebbe rimasto lì finché lei non fosse stata

dentro al sicuro, gli sorrise e obbedì. Mise la catena e girò la chiave nella serratura prima di sentire i suoi passi allontanarsi lungo il corridoio.

Attraverso la parete, udì la sua porta aprirsi e chiudersi, poi lo sentì parlare con Logan. Non riuscì a distinguere le parole, ma anche il suono basso della loro conversazione la tranquillizzò. Era contenta che stessero andando d'accordo e che il bambino sembrasse più a suo agio nel suo nuovo ambiente ogni giorno che passava.

Non si era ancora fatto molti amici a scuola e ciò la preoccupava, ma sperava che con il tempo le cose sarebbero cambiate. Logan era un po' timido, ma divertente e dolce, e non riusciva a immaginare che qualcuno non volesse essere suo amico.

Riley andò in camera da letto, prese altri due antidolorifici, inzuppò un asciugamano con l'acqua fredda e se lo posò sul viso. Era troppo stanca per preparare una borsa del ghiaccio, quindi si accontentò di diversi giri di salvietta fredda.

Si cambiò e s'infilò a letto, improvvisamente esausta. Aveva avuto una lunga giornata, tra il lavoro, giocare con Logan, farsi male e godersi la loro compagnia durante la cena.

Poi c'era stato quel bacio.

Porter la faceva sentire bella e amata, ed erano cose che non aveva provato molto nella vita. Ma non era per quello che si stava innamorando di lui. Era vedere quanto fosse fantastico con suo nipote che la faceva sciogliere. Chiunque trattasse un bambino spaventato come faceva lui, era qualcuno che avrebbe trattato la propria ragazza con rispetto. Almeno sperava.

L'indomani lo avrebbe visto interagire con i suoi compagni e le loro ragazze e ciò le avrebbe mostrato ulteriormente che tipo di uomo fosse. Sarebbe stato uno che si comportava da macho con i suoi amici più cari, o lo stesso uomo che aveva conosciuto nell'ultima settimana? L'avrebbe detto il tempo.

CAPITOLO SETTE

Oz NON ERA nervoso di portare Riley a casa di Grover. Aveva detto ai suoi amici che l'avrebbe fatto prima ancora di chiederlo a lei. Era stato abbastanza sicuro di poterla convincere. Sapeva anche, senza ombra di dubbio, che sarebbe piaciuta alle altre donne e che si sarebbe goduta la loro compagnia. Era difficile per lui capire perché Riley non riuscisse a vedere quanto fosse straordinaria, ma pensava che la sua infanzia avesse molto a che fare con la sua ansia. Gli sembrava che le persone che aveva lasciato entrare nella sua vita avessero abusato della sua fiducia. I genitori. Gli uomini che aveva frequentato. E che a causa delle sue esperienze, non avesse ricevuto molto spesso dei complimenti. Si ripromise che quella cosa sarebbe cambiata. Sì, avrebbe fatto tutto il possibile per aiutarla a sbocciare.

Riley non *avrebbe dovuto* aiutarlo con Logan, o con i pasti. Non avrebbe dovuto essere così accogliente e aperta con lui e suo nipote, e non aveva idea di che grande aiuto fosse stata.

La sera in cui gli avevano portato Logan, Oz era andato in crisi. Non era sicuro di riuscire a essere la figura di riferimento di cui suo nipote aveva bisogno, nonostante la determinazione a provarci. Ma con l'aiuto di Riley, dei suoi compagni di squadra e delle loro donne, stava iniziando a entrare nell'ottica di essere un genitore. Sapeva che avrebbe fatto casini in futuro, ma per ora non pensava di star facendo un brutto lavoro.

Guardò Logan e sorrise. Stava lavorando fianco a fianco con Trigger in quel momento, rastrellando fieno vecchio e ammuffito verso le grandi doppie porte che erano state accuratamente smantellate in precedenza e che Grover aveva in programma di utilizzare per un progetto nella casa. I due stavano chiacchierando dietro le maschere che indossavano per proteggere i polmoni; l'integrità strutturale del fienile era stata controllata tre volte prima che qualcuno entrasse.

Doc aveva promesso a Logan che più tardi avrebbe potuto sedersi sul bulldozer per aiutarlo ad abbattere l'edificio e il ragazzo era estasiato. Oz vedeva suo nipote aprirsi ogni giorno di più e anche nel poco tempo che gli era stato vicino, sembrava molto più rilassato.

Ma ogni tanto, come per esempio il giorno precedente quando Riley era stata ferita, vedeva gli effetti degli abusi passati. Lo avevano reso estremamente diffidente e vigile, e anche se aveva iniziato ad aprirsi con lui... sembrava comunque che stesse trattenendo qualcosa. Non parlava molto spesso di quando viveva con sua madre e si chiudeva se gli venivano poste domande dirette sul tipo di vita che faceva.

Suo nipote gli stava nascondendo delle informazioni e non gli piaceva. Capiva che fosse cauto nel condividere qualsiasi dettaglio sulla madre che potesse sembrare negativo, ma non avrebbe potuto superare ciò che aveva passato senza parlarne. La settimana successiva avrebbe chiesto al suo comandante della possibilità di convincere Logan a vedere uno psicologo infantile; se non voleva confidarsi con lui, forse si sarebbe aperto con qualcuno più qualificato per aiutarlo.

Inoltre, non era ancora riuscito a scoprire dove fossero

finite tutte le sue cose. Si era presentato solo con un cazzo di sacchetto di plastica pieno di vestiti; non era possibile che *non* avesse altro. Ma i servizi sociali continuavano a essere vaghi. Era una stronzata, e frustrante, ma Oz non aveva voluto agitare le acque e rischiare che gli portassero via il bambino.

Così aveva lasciato perdere, ma rimanevano comunque le molte domande senza risposta riguardo alla situazione di sua sorella e su ciò che era realmente accaduto. Sapeva solo che c'era stata un'effrazione e lei era stata uccisa. Il colpevole non era stato trovato e gli investigatori stavano ancora indagando.

Aveva bisogno di sapere che chiunque avesse ucciso sua sorella avrebbe pagato per il suo crimine, ma fino a quel momento, tutto ciò che aveva ottenuto erano state rassicurazioni sul fatto che stavano esaminando il caso e che lo avrebbero informato se avessero scoperto qualcosa.

Ma quel giorno era dedicato al divertimento e, sì, a lavorare duramente sotto il sole per abbattere il fienile. Si stavano davvero divertendo ed era piacevole stare fuori, anche se faceva caldo. Oz lanciò un'occhiata alla casa e vide che le donne erano ancora sedute nell'ampio portico coperto. Grover aveva comprato alcune di quelle bellissime sedie a dondolo in legno che si trovavano all'esterno di tutti i ristoranti Cracker Barrel.

Riley era stata silenziosa e nervosa quando erano arrivati, ma la vide ridere per qualcosa che doveva aver detto una delle ragazze. Sorrise.

«È perfetta per te» disse Grover accanto a lui.

Annuì e si voltò verso il suo amico. «Sai, la conoscevo di vista da un po'. La sentivo muoversi nel suo appartamento e la vedevo nei corridoi del condominio, ma non ci ho mai dato molto peso, tranne quando mi arrabbiavo per lei sentendo l'idiota del suo ex urlarle contro. Mi pento di non aver cercato di conoscerla prima, ma mi rendo conto che probabilmente non mi avrebbe degnato di uno sguardo se non fosse stato per Logan.»

«Pensi che stia con te per lui?» gli chiese accigliato.

«No! Cioè, non credo. Penso solo che dopo che le cose con il suo ex sono finite così male, fosse pronta a chiudere con gli uomini. Lo ha detto lei. Non sono sicuro che sarebbe stata aperta a iniziare una nuova relazione. Ma sinceramente non ho idea di cosa avrei fatto senza di lei.»

«Sai che le altre donne si sarebbero fatte avanti per aiutarti» lo ammonì.

«Lo so, ma Logan avrebbe potuto sentirsi un peso. È semplice per Riley abitando alla porta accanto. E poi è... è stata nella sua stessa situazione. Penso che abbiano legato anche per quel motivo.»

«Perché è stata in affidamento?»

«Già.» Oz aveva raccontato ai suoi amici tutto di lei e di ciò che aveva passato.

«Lo è stata anche Kinley» gli ricordò.

«Lo so. Ma non è che potessi andare da Logan e dire: "Ecco, Kinley ti piacerà perché ha avuto un'infanzia di merda proprio come te"» replicò accigliato. «Riley e Logan si sono semplicemente trovati in sintonia e ne sono felice.»

«A volte è difficile crederci, ma penso che tutto accada per una ragione. Può essere dura capire quale sia quando sei nel bel mezzo della merda che la vita ti ha lanciato addosso, ma in seguito, dopo un po' di introspezione, tutto ha un senso.»

Oz ci rifletté per un momento. Non era contento che Becky fosse morta prima che riuscisse a riconciliarsi con lei, ma ora aveva Logan nella sua vita. Non sapeva cosa sarebbe successo in futuro, ma sperava che Grover avesse ragione.

«Come sta Devyn?» gli chiese.

Il suo amico sospirò e scosse la testa. «Non bene. Mi sta nascondendo qualcosa e ciò mi uccide. Eravamo molto legati, ma ora non mi parla e non so perché. Ho sentito mia madre ed è preoccupata, perché si rifiuta di parlare anche con lei. Quindi cerco solo di tenerla d'occhio.»

«Lo sai che non è più la ragazzina fragile con la leucemia, vero?» gli chiese con gentilezza.

«Sì, anche se una parte di me vorrà sempre proteggerla. Sarà sempre la mia sorellina.»

«E Lucky? Eri sincero quando gli hai detto che ti andava bene che uscisse con lei?»

«Assolutamente sì» rispose senza esitazione. «Vi voglio bene ragazzi. E se Lucky o Doc finissero con lei, sarei al settimo cielo. Ma Devyn è scostante, lo sta facendo impazzire.»

Oz non poté fare a meno di ridacchiare. «Probabilmente è un bene per lui. È stato fortunato con quasi tutto nella sua vita, è ora che fatichi per ottenere qualcosa.»

Grover sorrise. «È vero. Sarà interessante vedere chi avrà più pazienza.»

«Per quel che vale... penso che Lucky stia iniziando a piacerle» osservò Oz.

«Già. Forse lui può scoprire quale sia il problema. Gli sarei per sempre debitore se ci riuscisse.»

«Hai più avuto notizie di quella donna in Afghanistan?» gli chiese.

Il suo compagno aggrottò la fronte e scrollò le spalle. «Sierra? No. E detto tra noi... la cosa non mi piace.»

«Era un peperino. Alta poco più un metro e mezzo e aveva il coraggio di sfidarti» gli ricordò.

«Già, il che rende ancora più sospetto che mi abbia, per così dire, scaricato» disse Grover. «Se non avesse voluto che le scrivessi, penso che me lo avrebbe detto la prima volta che ho provato a mettermi in contatto con lei, quando siamo tornati a casa.»

«Hai provato a indagare?»

Scosse la testa. «Non ancora. Voglio dire, uccide l'ego che

sia stata amichevole mentre eravamo lì, e che mi abbia ignorato dopo che me ne sono andato. Sto rimandando perché non sono sicuro di voler davvero scoprire che in realtà sta bene e semplicemente non era interessata me.»

«E se le fosse successo qualcosa e non potesse letteralmente rispondere alle tue mail?»

«L'ho pensato anch'io. Ecco perché parlerò con il comandante per vedere se può chiedere in giro. Se mi sta ignorando, non saprà mai che ho indagato e potrò voltare pagina. Ma se non è così...» Lasciò in sospeso la frase.

Non era sicuro che Grover avrebbe potuto fare qualcosa se ci fossero stati problemi, ma non era il momento di preoccuparsi. Quel giorno c'era il sole e avevano un fienile da radere al suolo.

«Ehi, Oz, guarda cos'abbiamo trovato!» lo chiamò Logan mostrandogli qualcosa.

Il ragazzo teneva in mano la carcassa del topo più grande che avesse mai visto. «Che schifo» mormorò Oz al suo amico prima di rivolgere a suo nipote un enorme sorriso e il pollice alzato.

Grover ridacchiò. «Sì, ne ho trovato qualcuno, motivo per cui ho lasciato volentieri che qualcun altro si occupasse di rastrellare.»

«Uomo intelligente.»

Il suo amico gli diede una pacca sulla schiena e si diresse dall'altra parte del fienile ad aiutare Doc. Lefty si avvicinò pochi minuti dopo e si fermò accanto a lui. «Quindi Riley è stata in affidamento?»

«Sì. Cioè, più o meno.»

«In che senso?» gli chiese, alzando un sopracciglio.

«I suoi genitori hanno perso la custodia della figlia diverse volte e mentre erano occupati a sistemare ciò che volevano i servizi sociali, viveva con altre famiglie.»

Lefty fischiò. «Non è facile. Non so cosa sia peggio, non

avere genitori o essere portato via da loro ogni tot anni mentre si danno una regolata.»

«Già. Sono morti quando lei aveva diciotto anni e da allora è rimasta sola. Lei e Kinley hanno avuto situazioni simili e spero che avranno abbastanza in comune per fare amicizia.»

«Solo perché sono state entrambe in affidamento non significa che diventeranno migliori amiche» lo avvertì.

«Lo so. È che... vorrei che a Riley piacessero. Sta bene anche da sola, ma penso che sboccerebbe veramente se avesse delle amiche che la capiscono davvero.»

Lefty indicò il portico con la testa. «Non penso che tu debba preoccuparti che faccia amicizia.»

Oz si voltò e vide che le donne stavano ancora ridendo insieme di qualcosa. Si rilassò un po'. «Sapevo che sarebbero andate d'accordo» disse più a se stesso che all'amico.

«Sono brave persone. Tutti hanno bisogno di amici. Non so cos'avrei fatto senza voi al mio fianco durante tutti quei mesi in cui Kinley era nel programma di protezione testimoni. Mi avete mantenuto sano di mente quando avrei voluto radere al suolo il Paese per trovarla. Gillian aveva Ann, Wendy e Clarissa prima di mettersi con Trigger, ma erano già sposate con figli o fidanzate. Penso che Kinley e Aspen le abbiano portato giovamento. E so che Kins si sente fortunata ad avere nella sua vita loro due e ora anche Devyn.»

Gli sembrava impossibile che stessero lì a chiacchierare dell'amicizia fra le donne, ma non sembrava affatto strano, anche perché lo faceva per assicurarsi che Riley si trovasse a suo agio. «Grazie, apprezzo la rassicurazione.»

«Nessun problema. Ma non inizierò a parlare con te di mestruazioni e altra roba da donne» disse con un sorriso. «Dai, vediamo di demolire questo fienile così possiamo prenderci una birra e stare con le nostre ragazze.»

Oz ridacchiò. «Buona idea. Mi aiuteresti a tenere d'occhio Logan? Non voglio che si faccia male.»

«Ovvio. Terremo tutti gli occhi su di lui. Starà bene.»

Annuì e guardò ancora una volta il portico, per poi tornare a rivolgere la sua attenzione alle vecchie assi marce intorno a lui. Prima avrebbero demolito il fienile, prima avrebbe potuto controllare Riley e, sperava, portarla a fare quel giro sul Quad che le aveva promesso.

———

Riley rise a qualcosa che stava dicendo Gillian. Fino a quel momento era stata abbastanza silenziosa, lasciando parlare le altre, ma si stava davvero divertendo. Erano tutte alla mano e molto affabili, ed era stato un sollievo.

Non era sicura del tipo di accoglienza che avrebbe ricevuto. Si era sentita un'emarginata per gran parte della vita; per il modo in cui era stata cresciuta, perché aveva solo un'istruzione da scuola superiore, perché lavorava da casa invece che in un ufficio... per tanti motivi.

Ma con Gillian, Kinley, Aspen e Devyn, non si sentiva affatto a disagio. Erano sedute in veranda a guardare gli uomini che smantellavano il fienile. Non poté impedirsi di soffermassi con gli occhi su Porter. Si era tolto la maglietta e lei sentì quasi il bisogno di un ventilatore per raffreddarsi. Aveva le spalle larghe e ogni volta che prendeva qualcosa, i suoi muscoli si contraevano in modo sensuale. Non riusciva a decidere se le piacessero di più le braccia, la schiena o gli addominali.

«Asciugati la bava, ragazza» la prese in giro Gillian, chinandosi e dandole una gomitata sul braccio.

Trasalì sorpresa voltandosi verso le altre donne e vide che la stavano guardando. Arrossì, ma si limitò a sorridere e a scrollare le spalle.

Tutte risero. «Non preoccuparti, vedere Trigger a torso nudo mi fa venir voglia di trascinarlo via e darmi da fare con lui.»

«Gage sta ancora cercando di recuperare il tempo perduto di quando ero nel programma di protezione testimoni» rivelò Kinley con un piccolo sorriso malizioso.

«Penso che sia stata la cosa più coraggiosa che abbia mai visto fare a qualcuno» le disse Gillian. «Sul serio. *E* te ne sei andata che non eri ancora guarita dopo essere stata picchiata e buttata giù da un ponte. O sei pazza o sei a prova di bomba.»

Kinley fece una smorfia. «Probabilmente più la prima ipotesi che la seconda.»

Riley si agitò sulla sedia. «Ma adesso stai bene?» Porter le aveva raccontato solo le basi di ciò che avevano passato le altre donne. Era solo un'altra ragione per cui si sentiva un po' indegna di stare con loro.

«Sto bene. Prima dell'arrivo di un temporale ho notato che mi fanno male le ossa, ma per fortuna il tempo è abbastanza buono da queste parti» rispose con un sorriso. Poi tornò seria. «Ho sentito che abbiamo molto in comune per quanto riguarda la nostra infanzia e adolescenza.»

Capì subito che si riferiva all'affidamento. «Sì. Ma le mie permanenze erano solo temporanee, fino a quando i miei genitori non mettevano la testa a posto e mi riprendevano con loro.»

«Mi dispiace, ma non mi pare sia stato meglio della mia situazione» ribatté Kinley. «Voglio dire, sì, avevi ancora tua madre e tuo padre, ma non sapevi mai quando saresti stata portata via di nuovo, e doveva far male sapere che continuavano a fare cose che ti avrebbero allontanata da casa.»

Era vero. Aveva colto nel segno con la sua osservazione. Riley si era spesso chiesta perché non l'avessero amata abbastanza da fare tutto il necessario per assicurarsi che non gliela togliessero. Perché continuassero a ricadere nelle vecchie abitudini. «Sì, ci sono state molte notti in cui rimanevo sveglia a chiedermi perché non potevo tornare, perché i miei genitori non facessero subito ciò che serviva per riportarmi a casa» ammise.

«È orribile. Pregavo che le famiglie da cui andavo mi volessero abbastanza da adottarmi, ma non è mai successo. Non riuscivo a capire cos'avessi fatto di sbagliato ogni volta che mi trasferivano in un'altra casa» aggiunse Kinley.

«E io mi chiedevo perché i miei genitori amassero l'alcol più di me» incalzò Riley.

L'altra si sporse in avanti e le tese la mano. La prese, sentendosi molto meglio quando le diede una leggera stretta. «È qualcosa che non riesci a scrollarti di dosso, vero?» le chiese con dolcezza.

Annuì.

«Con il tempo migliora. So che può sembrare un po' banale, e per me non lo è, ma con l'uomo giusto» si fermò per guardare il fienile, poi continuò «e con gli amici giusti, è incredibile quanto tu possa dimenticare del tuo passato perché sei finalmente felice e contenta.»

Riley aveva cercato quell'appagamento per dieci anni e non l'aveva ancora trovato. Anche se doveva ammettere che il tempo trascorso con Oz e Logan aveva aiutato molto a farle credere che avrebbe potuto finalmente essere felice.

Kinley le diede un'ultima stretta alla mano, poi si raddrizzò.

«Ho una domanda» dichiarò Gillian.

«Spara» replicò Riley.

«Non per te. Per Devyn.»

Tutte guardarono l'altra donna. Si era sentita intimidita quando gliel'avevano presentata. Era alta, circa un metro e ottanta, aveva dei bellissimi capelli biondi lunghi e gli occhi più azzurri che avesse mai visto. Aveva pensato che dovesse essere una modella o qualcosa del genere e quando l'aveva accennato, Devyn aveva riso dicendo che era "solo" un'assistente veterinaria in una clinica locale.

«Voglio sapere il vero motivo per cui ti sei trasferita in Texas» disse Gillian con tono gentile, ma comunque determinato.

«Lo sai perché» rispose. «Il mio capo voleva uscire con me e non ricambiavo i suoi sentimenti. Quando è diventato violento e mi ha spinto contro un lettino per le visite, mi sono stancata. Avevo bisogno di un nuovo inizio. Mi ci è voluto tanto per trovare finalmente un lavoro qui, ma ora che ce l'ho, sono felice.»

«Mi dispiace, dev'essere stato brutto, ma perché qui? Voglio dire, sei brava in quello che fai. Penso che qualsiasi clinica veterinaria nel Missouri ti avrebbe assunto. Il tuo ex capo è un coglione tale da impedirti in qualche modo di trovare un altro posto lì? E hai un fratello che vive ancora da quelle parti, non ti avrebbe aiutato?»

Devyn rimase in silenzio per un lungo momento. «Diciamo solo che il tempismo è stato davvero buono. Mi ha dato una scusa perfetta per lasciare la città e ricominciare da capo.»

A Riley non piaceva ciò che aveva detto. Affatto.

«E cosa vorrebbe dire?» chiese Kinley. «Ricordo anche che non volevi parlare con tua madre un giorno che era al telefono con Grover.»

«Guardate ragazze, mi piacete, ma non mi interessa parlare così tanto di me. Sto bene. Va tutto bene» disse, suonando un po' disperata.

Riley era sicura che *non* andasse tutto bene, ma non la conosceva abbastanza per osare insistere.

Sembrava che Gillian però non avesse tante riserve. «Ho la sensazione che tu non abbia avuto molta fortuna con gli uomini in passato e so che ti sei sentita soffocata crescendo e che ti sei persa molto a causa della leucemia. Ma puoi fidarti di noi. E anche dei ragazzi. Soprattutto di Lucky. Farebbe di tutto per te.»

«È di questo che ho paura» mormorò Devyn.

«Ci sono *un sacco* di persone che sarebbero pronte a fare qualsiasi cosa per proteggerti. La tua famiglia, Lucky, i ragazzi del team, noi... devi solo lasciarci entrare» insistette.

«A volte le persone che dovrebbero proteggerti sono quelle che ti feriscono di più» mormorò.

Riley sapeva cosa intendeva, lo aveva sperimentato in prima persona con i suoi genitori.

Era ovvio che alle altre donne non piaceva ciò che stavano sentendo, e Kinley aprì la bocca per dire qualcosa, ma Devyn raddrizzò le spalle e chiese ad Aspen con fermezza, facendo capire di voler cambiare argomento: «Come se la cava Brain con tutte le lingue che pensava di aver dimenticato dopo che il tuo ex l'ha colpito in testa?»

Lei esitò, come se volesse tornare al commento preoccupante di Devyn, ma poi fece un piccolo sorriso alla sua amica e rispose. «È incredibile, davvero. Una volta che ha iniziato a ricordare, gli sono venute in mente quasi tutte in un colpo.»

Aveva sentito parlare dell'amnesia temporanea di Brain riguardo alle lingue straniere che conosceva, ma non sapeva che l'ex di Aspen lo avesse ferito. Porter aveva saltato quella parte della storia... probabilmente perché non voleva che si preoccupasse a causa di Miles. «Cos'è successo al tuo ex?» le chiese.

Aspen sospirò. «È morto la stessa notte in cui ha cercato di uccidere Kane. Si è folgorato.»

«E lo stronzo ha avuto una sepoltura da eroe» brontolò Gillian.

«Sul serio?»

«Sì. Era la mia parola contro quella di un morto» spiegò Aspen. «Un uomo morto che aveva diverse medaglie di encomio dall'esercito e che non era mai stato rimproverato di nulla nella sua carriera.»

«È davvero spiacevole» le disse. «Potrei scrivere una lettera a qualcuno, fargli sapere che non era così in gamba come sembrava, se pensi che potrebbe essere d'aiuto.»

Tutte e quattro le donne la fissarono a occhi spalancati.

«Ehm... voglio dire... se vuoi che lo faccia» balbettò.

«Grazie. Ma non importa. Non posso dire di essere contenta di com'è andata a finire, ma io e Kane stiamo bene e siamo felici. Sono soddisfatta così.»

Riley l'ammirava. Non era sicura che sarebbe stata così gentile se fosse stata nei suoi panni. Riflettere su quello che era successo ad Aspen l'aveva portata a pensare a Miles, che non voleva smettere di scriverle e chiamarla. Era sempre più difficile ignorare i suoi messaggi. Nell'ultimo si lamentava del fatto che lei avesse uno dei suoi videogiochi. Aveva controllato tra i CD e DVD e non aveva trovato quello stupido gioco, ma Miles non aveva smesso di molestarla.

Non ci aveva mai pensato ma... se l'avesse vista con Porter o con Logan decidendo di prendersela con loro? Rabbrividì. Non voleva proprio pensare che qualcuno potesse essere ferito a causa delle sue scelte sbagliate.

Non ebbe il tempo di soffermarsi oltre perché Aspen riprese a parlare. «Inoltre, io e Kane abbiamo di meglio a cui pensare del mio ex coglione...»

Tutte si sporsero in avanti quando lei non continuò subito.

«Sì? Tipo cosa?» chiese Kinley impaziente.

Il sorriso sul suo volto era enorme quando rivelò: «Sono incinta.»

Ci fu un attimo di totale silenzio mentre le sue parole penetravano. Poi balzarono tutte in piedi e la circondarono.

«Oh, mio Dio! Congratulazioni!» strillò Gillian con entusiasmo.

«È davvero fantastico!» aggiunse Kinley.

«Meglio te che me» disse Devyn con una risatina.

«Congratulazioni!» Sorridendo, Riley diede un piccolo abbraccio all'altra donna.

Quando si risistemarono sulle sedie, Gillian chiese: «Ci stavate provando? Voglio dire, senza offesa, ma non siete nemmeno sposati.»

«Sì, abbiamo parlato di sposarci un paio di volte, anche se non me l'ha ancora chiesto ufficialmente. Abbiamo parlato anche di bambini e deciso che li volevamo entrambi. Ho avuto da sempre cicli mestruali strani e il mio ginecologo una volta mi ha detto che avrei potuto avere difficoltà a rimanere incinta. Così abbiamo deciso di interrompere la contraccezione e di prendere le cose come venivano. Giuro che Kane ha tipo il super sperma o qualcosa del genere, perché sono abbastanza sicura di essere rimasta incinta praticamente subito.»

«Forte. Può crearti problemi con il lavoro dato che hai appena iniziato come paramedico nel servizio di ambulanze?» le chiese Devyn.

Aspen arricciò il naso. «Lo so e mi sento malissimo per questo. Voglio dire, non è l'incubo di ogni direttore? Assumere qualcuno che poi rimane incinta? Ma sono determinata a lavorare il più a lungo possibile e finché è sicuro per me e mio figlio. Amo il mio lavoro e tornerò a farlo dopo la nascita del bambino. Però mi sento un po' tradita.»

«Riguardo a cosa?» chiese Kinley.

«Non posso usare la scusa "sbrigati a tornare a casa che sto ovulando" per fare sesso» rispose Aspen con un sorriso.

Tutte risero. Quando si calmarono, Gillian chiese: «Allora... quand'è il matrimonio?»

Lei scrollò le spalle. «Non lo so. Kane ha detto che anche se non stavamo facendo le cose in modo convenzionale, non voleva privarmi della proposta. A me va benissimo un matrimonio sobrio. I miei genitori e i suoi vorranno esserci, ma non voglio spendere soldi per il vestito, per un enorme ricevimento e tutto il resto. Vi dispiacerà se non facciamo il ricevimento?»

Era ovvio che Aspen ne fosse preoccupata, ma la rassicurarono subito tutte.

«Assolutamente no. Devi fare ciò che è giusto per te» disse Devyn.

«Ci vediamo ogni giorno, possiamo festeggiare come vuoi» la rassicurò Gillian.

«Non penso che abbiate bisogno di qualcosa per la casa o roba utile per iniziare la vostra vita da sposati, quindi vi regaleremo tutte cose per il bambino» aggiunse Kinley.

«Penso che dovresti fare ciò che è giusto per te e Brain» s'intromise Riley. «Se cerchi di accontentare gli altri, sarà solo più stressante e non farà bene al bambino.»

«Verissimo» disse Aspen con un sorriso. Poi si rivolse a Kinley. «Quando vi sposerete tu e Lefty?»

«Appena possiamo programmare un viaggio a San Francisco. È già irritato che sia passato tutto questo tempo. Credo che sia quasi pronto per fuggire a Las Vegas» rispose sorridendo.

«Onestamente non sarebbe una cattiva idea» disse Gillian. «Con il loro lavoro, so che sentono tutti un po' la pressione di sposarsi il prima possibile. Vogliono solo che siamo protette.»

«Lo so. Ma penso che lo valuteremo se non riusciamo ad andare a San Francisco nel prossimo mese o giù di lì. Vogliamo sposarci. È brutto che voglia che sia già finito tutto così possiamo andare avanti con la nostra vita?» chiese.

«Non credo. Quando trovi la persona con cui vuoi passare il resto dei tuoi giorni, vuoi iniziare a farlo il prima possibile. Almeno è stato così per me» rispose Gillian con un sorriso.

«Sono totalmente d'accordo» ribatté Aspen. «E ora che sono incinta, immagino che la proposta arriverà molto presto, e che si occuperà di organizzare una sorta di cerimonia veloce.»

Riley era abbastanza rilassata da sentirsi a suo agio nel chiedere: «Perché sono nell'esercito?»

Quattro paia di occhi si spostarono verso di lei, e si sentì come se avesse detto qualcosa di sbagliato per il modo in cui la stavano studiando.

«Non sai cosa fanno?» domandò Gillian.

Deglutì a fatica, temendo davvero di aver detto una cazzata. «Ehm... sono nell'esercito, ma non so quale sia il loro lavoro preciso. Non hanno tutti uno specifico... ehm... MOS, penso che si chiami così?»

«Sì, una specializzazione professionale» disse Aspen. «Io ero un Mike Sessantotto, per esempio.» Guardò le altre. «Glielo diciamo? Non sono sicura se ci sia un protocollo per questi casi.»

A Riley venne da vomitare. *Dirle cosa?* Le sembrava di essere tornata all'età di dieci anni, il giorno della festa della mamma a scuola, quando era stata seduta in disparte mentre tutti gli altri pranzavano con le loro mamme. Sempre un'emarginata.

Gillian si sporse in avanti e appoggiò i gomiti sulle ginocchia. «Parlaci di te e Oz» le chiese.

Si sentì estremamente a disagio, le sembrava di essere sotto interrogatorio e non capiva perché. «È il mio vicino. Durante la settimana lo aiuto con Logan finché non torna a casa dal lavoro.»

Gillian agitò la mano con impazienza. «Ok, ma vi state frequentando? Voglio dire, Oz non ha mai portato una donna a uno dei nostri ritrovi prima d'ora.»

Non sapeva come sentirsi nei loro confronti, ma all'improvviso era un po' irritata. «Non sono sicura di cosa vuoi sapere. Mi piace Porter? Sì. E penso di piacergli anch'io. Per quanto riguarda il fatto che ci stiamo frequentando... dipende dalla tua definizione. Abbiamo mangiato insieme quasi tutte le sere da quando Logan è andato a vivere con lui. Ieri sera mi ha baciata e ha detto che vuole portarmi fuori. Ma ancora non ci conosciamo molto bene... come evidenziato da ciò che io non so sul suo lavoro e su cui voi siete così riservate.»

«Scusa se siamo così misteriose» disse Aspen. «Ma il loro lavoro non è qualcosa di cui parlano molto. Una cosa detta alla persona sbagliata potrebbe letteralmente essere una questione di vita o di morte.»

Riley la guardò a bocca aperta. «Allora non dovreste dirmelo. In realtà non sono altro che la sua vicina. Se fa qualcosa di super segreto, allora non voglio saperlo. Almeno non adesso. E non da voi. L'ultima cosa che voglio è metterlo in pericolo.»

«Lo apprezzo, Riley» disse una voce profonda alla sua destra.

Voltandosi, vide Porter vicino al portico. Non aveva idea da quanto tempo fosse lì, ma ovviamente aveva sentito almeno una parte della loro conversazione.

Si rivolse alle altre donne. «E apprezzo che abbiate seguito il protocollo di sicurezza. Ora me ne occupo io.» Le tese la mano. «Che ne dici di quel giro in Quad che ti avevo promesso?»

Lei guardò dalla sua mano al fienile. Con sua sorpresa, avevano quasi finito di smantellarlo. Era stata così concentrata sulle chiacchiere che non se n'era nemmeno accorta. Porter si era rimesso la maglietta, ma del sudore brillava sulle sue tempie. Non era mai stata una ragazza da vita all'aria aperta, ma vedere l'evidenza di quanto lui avesse lavorato duramente, la eccitava ancora più di quando lo aveva guardato senza maglietta.

«Avete bisogno di qualcosa prima che me ne vada?» chiese alle altre.

Le sorrisero tutte.

«Siamo a posto» rispose Kinley. «Vai.»

Riley guardò Aspen. «Sa di... sai?»

L'altra donna le strizzò l'occhio. «Probabilmente no, visto che non ha detto nulla. Sentiti libera di rivelarglielo però. Kane e io sveleremo il segreto agli altri mentre non ci siete.»

«So cosa?» domandò Porter, con aria preoccupata. «Tutto bene?» chiese ad Aspen.

«Benissimo. Ora entrambi avete qualcosa da dire all'altro. Se fossi in te, me ne andrei finché posso» scherzò. «Immagino che tu non abbia molto tempo per te stesso ora che c'è Logan. Hai l'occasione perfetta per passare del tempo da solo con Riley, finché i ragazzi lo intrattengono.»

«Se sei sicura che sia tutto a posto» insistette.

«Sono sicura. Vai» gli ordinò.

Porter fece il giro delle scale e le tese di nuovo la mano.

Lei si alzò subito e andò verso di lui. Si fermò in cima alle scale e guardò di nuovo le donne. «Sarete ancora qui quando torneremo? Mi dispiacerebbe se ve ne andaste senza avere la possibilità di salutarvi.»

«Ci saremo» le disse Gillian. «Promesso.»

Riley annuì e scese i pochi gradini finché non riuscì a prendere la mano di Porter, che chiuse le dita calde intorno alle sue. Era ancora nervosa per ciò che le altre avevano insinuato le avrebbe dovuto dire, ma si fidava comunque di lui.

Mentre camminavano verso un Quad parcheggiato accanto alla casa, gli chiese: «Come va Logan?»

«Alla grande. Credo che stare con i miei amici gli abbia fatto bene. Sembra più rilassato di quanto non lo sia stato da quando si è trasferito da me.»

«Ottimo» disse con un sospiro di sollievo. Se qualcuno ne aveva bisogno, quello era Logan. Sperava potesse vedere che suo zio era un vero amico per gli altri ragazzi, così da farlo sentire più a suo agio con la sua nuova situazione.

Porter si fermò vicino al veicolo. Non le era sembrato così grande dal portico, ma ora che vi era accanto era enorme.

«Non preoccuparti, non succederà nulla» disse lui, come se potesse leggerle nel pensiero. Prese un casco e glielo mise in testa. Riley non poteva fare a meno di sentirsi fremere quando la toccava. Adorava stargli così vicino. Si mise il casco anche lui e gettò la gamba oltre il sedile. «Forza, Riley. Sali dietro di me e tieniti forte.»

Non sapeva esattamente come fare e sperava che nessuno stesse guardando i suoi goffi tentativi. Sentì Porter ridacchiare, ma lo ignorò. Quando fu finalmente seduta dietro di lui, all'improvviso si sentì timida. Gli posò lievemente le mani sui fianchi.

«Ho detto, tieniti forte» le ricordò, prendendole le mani e tirandosele intorno allo stomaco.

Riley si spostò in avanti per stare più comoda. Si ritrovò appiccicata alla sua schiena con i palmi premuti contro la sua pancia. «Non mi romperò, e l'ultima cosa che voglio è che tu cada all'indietro. Quindi reggiti, tesoro.»

Cadere all'indietro?

Si strinse di più a lui e ignorò un'altra risata.

Porter avviò il Quad e il rumore assordante del motore le fece capire che non avrebbero parlato mentre guidava.

«Tieniti forte!» le ricordò ancora una volta da sopra la spalla, poi accelerò e il veicolo sussultò.

Riley chiuse gli occhi mentre scattavano in avanti.

CAPITOLO OTTO

Oz amava sentire le mani di Riley intorno alla vita. Sapeva che appena partiti era terrorizzata, ma più a lungo guidava sul tracciato intorno alla proprietà di Grover, più lei si rilassava. La sentì appoggiare la guancia sulla sua schiena, così le diede una stretta alle mani.

Il suo amico gli aveva parlato di un punto lungo il sentiero, a pochi chilometri da casa sua, che sarebbe stato perfetto per una chiacchierata. C'era un piccolo ruscello lì vicino e anche se fossero passati altri Quad, avrebbero avuto tutta la privacy che serviva.

Non era sorpreso che fosse emerso che lui e gli altri non erano normali soldati, ma era contento che le ragazze fossero state caute nel parlarne. Per quanto lo riguardava, voleva che Riley lo sapesse; non solo si prendeva cura di suo nipote, ma stava rapidamente diventando molto importante nella sua vita.

Se non fosse stato per i suoi compagni di squadra che aveva visto legare rapidamente con le loro donne e le cui relazioni andavano alla grande, Oz si sarebbe spaventato di quanto in fretta si stava innamorando di lei. Trigger era sposato e sapeva che presto

Brain si sarebbe proposto ad Aspen; ne aveva discusso con loro di come avrebbe potuto farlo e tutti avevano offerto suggerimenti. E Lefty non vedeva l'ora di portare Kinley a San Francisco, dove vivevano i suoi genitori, così da poterla rendere ufficialmente sua.

Quindi, i sentimenti di Oz per la sua graziosa vicina non sembravano così fuori luogo quando pensava alle circostanze che avevano permesso ai suoi amici di trovare le loro donne.

Riley si inclinò con lui mentre faceva una curva e non poté fare a meno di sentirsi orgoglioso per la velocità con cui aveva colto le sottili sfumature di come stare in sella a una moto. In realtà non era proprio come andare in motocicletta, ma gli piaceva che fosse in sintonia con i suoi movimenti.

Si concentrò per trovare il punto di cui gli aveva parlato Grover e fu sollevato quando riconobbe subito la piazzola. Si spostò sul lato del sentiero per non essere d'intralcio a chiunque potesse passare, poi spense il motore.

Si voltò e sorrise a Riley. «Allora?» le chiese. «Ti piace correre sul Quad?»

«Lo adoro! Almeno con te alla guida. Non credo che mi sentirei a mio agio a guidarlo io.»

«Te la caveresti bene» la rassicurò. «Scendi che voglio mostrarti perché ci siamo fermati qui.»

Aspettò che smontasse dal veicolo prima di farlo anche lui. Riley fece un passo e barcollò.

«Piano» l'avvertì, circondandole la vita con un braccio.

«Mi sembra di avere le gambe di gelatina!» esclamò.

«Fa piano, tra un po' ritroverai l'equilibrio.»

Oz si slacciò il casco con una mano, non volendo lasciarla andare nemmeno per un secondo. Lo mise sul sedile, poi prese quello di Riley e senza distogliere lo sguardo da lei lo appoggiò accanto al suo. Le prese il viso tra le mani, sfiorandole con il pollice il lieve livido sulla guancia. Il ghiaccio aveva fatto un ottimo lavoro nel ridurre i danni. «Fa male?»

Lei scosse la testa. «No. Ho usato del fondotinta per nascondere quel po' di occhio nero che avevo stamattina. C'era più che altro un'ombra scura.»

La osservò. Se non avesse saputo cos'era successo il giorno prima, avrebbe pensato che non stesse dormendo bene o qualcosa del genere.

Poi fece quello che aveva pensato di fare per tutto il giorno. Le sollevò il mento con un dito e abbassò la testa.

Riley si alzò in punta di piedi per incontrarlo a metà strada e premette il corpo contro il suo usandolo per sostenersi. Per quanto avrebbe voluto divorarla, fece del suo meglio per mantenere il bacio lieve e tranquillo. La mordicchiò e fece scorrere la lingua sul suo labbro inferiore carnoso. Amò che si aprisse subito a lui, mettendo alla prova la sua determinazione leccandogli le labbra. Ma Oz si tirò indietro continuando a tenerla abbracciata, e sorrise.

«Lo chiami bacio questo?» gli chiese facendo il broncio.

Lui ridacchiò. «Per ora sì. Voglio mostrarti una cosa e dobbiamo parlare. Non potremmo farlo se ti baciassi come vorremmo entrambi, e questo Quad sembrerebbe sempre di più un ottimo posto dove farti mia.»

Riley arrossì, ma guardò con interesse la moto.

«Dio. Donna, abbi pietà di me» la implorò baciandole la fronte. «Dai, Grover ha detto che non è lontano da qui.»

La piccola risatina che lasciò le sue labbra lo fece sorridere. Sembrava che anche lei lo desiderasse con altrettanta intensità. La condusse tra gli alberi, allontanando i rami mentre camminavano e udì il ruscello prima di vederlo.

Riley sospirò di piacere non appena vide la loro destinazione. Qualcuno aveva messo una panchina nell'ombra sotto gli alberi. Il ruscello non era altro che un rigagnolo dato che nel Texas non aveva piovuto molto ultimamente, ma Oz non poteva negare che fosse comunque un posto suggestivo.

C'erano uccelli che cinguettavano tutt'intorno e gli alberi gettavano molta ombra sull'area.

La condusse alla panchina e dopo averla testata per assicurarsi che reggesse il loro peso, la esortò a sedersi. Si sistemò accanto a lei tenendole la mano.

«È bellissimo» disse Riley, guardandosi intorno con stupore. «Forse puoi convincere Brain a portare Aspen qui per proporsi.»

«Ottima idea.».

Arrossì. «Voglio dire, se vuole. Non volevo presumere nulla.»

«Non stai presumendo nulla. Brain vuole mettere l'anello al dito di Aspen più di ogni altra cosa al mondo, ma non vuole nemmeno metterle fretta.»

«Ehm... ti ricordi che le ho chiesto se sapevi una cosa?» gli chiese.

«Sì. Ha detto che era tutto a posto, ma è davvero così?»

«È incinta.»

La fissò per un secondo prima di fare un enorme sorriso. «Sul serio?»

Lei sorrise a sua volta. «Sì. Non credo davvero che le metterebbe fretta se le chiedesse di sposarlo.»

«È fantastico. Non sapevo nemmeno che ci stessero provando.»

«Ho avuto l'impressione che non lo stessero facendo. Credo che parlandone abbiano scoperto che entrambi volevano dei bambini e deciso di lasciare che la natura facesse il suo corso. Be', secondo lei... gli spermatozoi di Brain sono super intelligenti quanto lui.»

«Allora sarà ancora più impaziente di sposarla.» Non era turbato che il suo amico non l'avesse ancora detto a lui e agli altri. Immaginò che se Aspen lo aveva rivelato alle ragazze, probabilmente lui lo stava dicendo al resto del team. Oz non poté fare a meno di sentirsi contento che Riley fosse stata inclusa nella grande rivelazione.

«Non è necessario essere sposati per far nascere un bambino» scherzò lei.

«No, mi riferivo a ciò a cui le ragazze stavano alludendo prima che ce ne andassimo» replicò Oz.

Vide Riley aggrottare le sopracciglia per la preoccupazione e decise di non girarci intorno.

«Sono abbastanza sicuro che Logan ti abbia detto che siamo nelle forze speciali. Siamo Delta Force, Ri. Rispetto ai normali soldati, noi veniamo inviati in missioni specializzate più brevi. Di solito sono piuttosto pericolose e so che Brain vorrà assicurarsi che Aspen e suo figlio siano protetti, per ogni evenienza. Se l'è già vista brutta, quindi sa cosa c'è in gioco.»

Cercò di capire a cosa stesse pensando Riley, ma la sua espressione era vuota. «Tutto qua?»

«In che senso?»

«È di questo che stavano parlando? Che siete nelle forze speciali?»

«Credo di sì.»

«Lo *sapevo* già. Logan se l'è lasciato sfuggire quando mi ha mostrato la sua stanza.»

«Le forze speciali sono una cosa, ma essere nei Delta è un po' diverso. Per esempio è più intenso e pericoloso che essere Ranger.»

«Più pericoloso?» chiese accigliata.

«Sì, ma siamo bravi in quello che facciamo. *Molto* bravi.» La osservò assimilare l'informazione.

«Devo dire che prima non avevo capito che stessero alludendo al fatto che siete nelle forze speciali... ehm... Delta Force...» disse Riley. «Voglio dire, è evidente quanto siete uniti e, sinceramente, anche se non sono entusiasta che andiate in missioni pericolose, penso che abbiate le persone migliori possibili che vi coprono le spalle.»

Stava andando molto meglio di quanto avrebbe potuto immaginare. Non che sapesse quale sarebbe stata la sua reazione, ma aveva sentito da altri Delta quanto le loro ragazze non avessero preso bene la notizia. Alcune diventavano persino isteriche ogni volta che i loro uomini andavano in missione, pensando che sarebbero morti. Avrebbe dovuto sapere che lei non avrebbe reagito male.

«Affido a loro la mia vita e viceversa. Stiamo attenti il più possibile, ma ciò non significa che non ci siano rischi. E non sarei sorpreso se Brain e Aspen si sposassero prima della partenza per la nostra prossima missione.»

«Sarà presto?» gli chiese.

«È possibile. Non potrò dirti dove andiamo o per quanto staremo via, ma ci sono alcune situazioni che stanno precipitando e potrebbe esserci bisogno di intervenire e dare un po' di assistenza.»

Riley lo fissò per un lungo momento. Poi annuì. «Ok.»

«Ok?»

«Be', non è *ok*, ma niente di quello che potrei dire cambierebbe ciò che fai e non vorrei nemmeno che lo facesse. È ovvio che ti piace il tuo lavoro e che sei bravo a farlo. Dove starà Logan mentre sei via?»

«Grazie» disse Oz con dolcezza, portandosi la sua mano alla bocca e baciandone il dorso. «Non hai idea di quanto significhi per me il tuo sostegno. Per quanto riguarda Logan ho compilato un piano di assistenza familiare. Gillian si è offerta di tenerlo fino al nostro ritorno.»

All'improvviso si sentì in colpa. Avrebbe voluto spiegarle che aveva organizzato la sistemazione prima di conoscerla, ma lasciò perdere. L'ultima cosa che voleva era mettere una ragazza sul suo piano di assistenza e poi rompere con lei. Non che avesse intenzione di rompere, ma sembrava ancora troppo presto per qualcosa di così importante come prendersi cura di suo nipote nei suoi periodi di assenza.

«Penso che sia un'ottima scelta» replicò, e Oz non percepì alcun risentimento o gelosia nel suo tono. «Hai degli amici meravigliosi, Porter.»

«Lo so. E ora sono anche tuoi amici.».

«Lo spero» disse con un piccolo sorriso.

Rimasero seduti in silenzio per un momento, solo ad ascoltare il canto degli uccelli e il mormorio dell'acqua tra le rocce.

«Porter?» gli chiese dopo un minuto.

«Sì?»

«Grazie per avermi portata qui. E con qui intendo questo ruscello ma anche a casa di Grover. Non esco molto ed è stato un bel cambio di scenario.»

«Prego. Vorrei aver pensato di portare un pranzo al sacco. Non è un gran appuntamento finora.»

Riley gli sorrise. «È il miglior appuntamento che abbia avuto da molto tempo» ammise con dolcezza. «Hai condiviso i tuoi amici con me. Sono stata inclusa quando Aspen ha detto di essere incinta. Sei stato onesto con me su ciò che fai... e non preoccuparti, non dirò niente a nessuno. Non che io conosca qualcuno a cui potrei dirlo, ma comunque... e mi hai introdotto al Quad. Apprezzo che tu non abbia guidato come un pazzo per cercare di impressionarmi, mi avrebbe solo spaventata a morte. Hai condiviso così tante cose con me e io non ho assolutamente niente e nessuno per poter contraccambiare. So che praticamente è una cosa a senso unico, ma te ne sono comunque grata.»

«Non voglio la tua gratitudine» ribatté con sincerità. «E niente è a senso unico. Non lo capisci? Con Logan sono totalmente fuori dal mio elemento. Non so come essere un genitore, soprattutto per qualcuno che ha perso la madre. Sì, Becky era mia sorella, ma praticamente non la conoscevo.

Voglio dire, sapevo chi era quando stavamo crescendo e anche quando ho interrotto i contatti con lei, ma non ho idea di come fosse la Becky mamma. A volte penso di *non volerlo* sapere, che mi farebbe solo incazzare sentire com'è stato trattato Logan, ma poi ci sono volte in cui penso che aveva messo la testa a posto ed era una brava madre.

Comunque, sto blaterando, ma nella nostra relazione non devi portare nient'altro che te. Il fatto che tu stia con Logan nel pomeriggio mi fa rilassare e non preoccupare per lui, e non c'è niente di meglio che tornare a casa al suono della tua risata. Hai aiutato a trasformare il mio appartamento in una vera casa, Ri, e non posso ringraziarti abbastanza per questo. Quindi, non pensare più che non siamo pari, ok?»

«Ci proverò, ma non posso fare a meno di credere che qualcun altro si sarebbe fatto avanti per aiutarti, come ho fatto io. Stare con Logan non è affatto un sacrificio. È meraviglioso, e anche se sta da poco con te, ho visto in lui dei cambiamenti... in meglio. È rispettoso e non ti toglie gli occhi di dosso. Forse pensi di non sapere cosa stai facendo, ma non importa, perché dal mio punto di vista stai andando alla grande.»

«Voglio comunque portarti fuori per un vero appuntamento» le disse.

«Ok, ma questo per me *è* un vero appuntamento» insistette.

«Quindi ci stiamo ufficialmente frequentando, giusto?»

Riley arrossì e annuì.

«E avremo un rapporto esclusivo?»

«Lo spero.»

«Sarà così» ribatté con fermezza.

Lei sorrise. «Forse dovremo siglarlo con un bacio?»

«Ottima idea» concordò abbassando la testa.

Oz non aveva idea di quanto tempo rimasero seduti sulla panchina a baciarsi. Ci stava mettendo tutta la sua buona volontà per non infilare le mani sotto la sua maglietta e sfilargliela dalla testa. Avrebbe voluto toccarla dappertutto. Vedere i suoi capezzoli turgidi senza l'impedimento della maglia e del reggiseno. Ma non voleva nemmeno mancarle di rispetto prendendola proprio lì sulla panchina. Voleva che la loro prima volta succedesse nel suo letto. Voleva prendersi il suo tempo e mostrarle esattamente quanto fosse preso da lei.

Il rumore dei Quad che percorrevano il sentiero interruppe la loro pacifica solitudine.

Riley si tirò indietro, i suoi occhi erano lucidi e le labbra gonfie per i suoi baci, e dovette farsi violenza per non abbassare di nuovo la testa.

Lei si leccò le labbra e arrossì quando lo guardò.

«Dio, sei bellissima» le disse, facendo scorrere il dorso delle dita sulla guancia rosea.

«E per me è difficile resisterti.»

Lui si indicò l'inguine con la testa. «Il sentimento è reciproco. Non credo di essere mai stato così duro solo per aver baciato una ragazza.»

La sua erezione premeva contro la cerniera dei pantaloni cargo ed era decisamente fastidiosa. Era un po' imbarazzato per aver evidenziato il suo bisogno, ma voleva assicurarsi che lei sapesse quanto lo eccitava. Riley si infiammava tra le sue braccia e Oz sapeva che insieme avrebbero fatto faville tra le lenzuola, se e quando ci fossero arrivati.

«Non ho mai desiderato qualcuno così. Di solito sono indecisa riguardo al sesso. Ecco perché Miles e io ci abbiamo provato solo una volta.»

«Questo non ti rende frigida, come ti ha accusato lui, semmai intelligente. Immagino che significhi che non hai mai avuto belle esperienze in passato. Devi sapere, che anche se mi fa sembrare un macho esagerato e presuntuoso, non *vedo l'ora* di mostrarti cosa ti sei persa. Dopo essere stata con me non vorrai farlo con nessun altro.»

«Non credo che sarà un compito duro» gli disse.

«Oh, è duro sì.» Fece una smorfia non appena si sentì pronunciare quelle parole.

Per fortuna lei rise. «Me la sono cercata, vero?»

«Quello che sto cercando di dire è che ciò che provo con te è qualcosa che non ho mai sperimentato prima. Ti rispetto, non vedo l'ora di sedermi a tavola a cena per parlare della tua giornata. Mi piace passare il tempo con te fuori dalla camera da letto e non mi succedeva da molto tempo. Adoro baciarti e sono felice di continuare a farlo finché non ti sentirai pronta a fare qualcosa di più.»

«Non ho mai incontrato un uomo come te» ammise.

«Bene» rispose subito lui. «Perché nemmeno io ho mai incontrato una donna come te.»

Il rumore degli altri veicoli svanì.

«Per quanto voglia star qui seduto a baciarti, probabilmente dovremmo tornare, per assicurarci che Logan stia bene.»

Riley annuì. «Pensi che Aspen e Brain lo abbiano già detto a tutti gli altri?»

«È probabile. Normalmente avrebbero aspettato il mio arrivo, ma sono sicuro che lei sapesse che me lo avresti svelato.»

«Ancora non capisco come mai mi abbiano accolta così bene. Per quanto ne sanno, siamo solo amici.»

«Non sono stupidi» disse Oz alzandosi. Le tenne la mano mentre tornavano al veicolo.

«Cosa vuoi dire?» gli chiese, inclinando la testa in modo adorabile.

«Non ho mai portato "un'amica" a uno dei nostri ritrovi prima d'ora. Non ho mai voluto che una donna con cui non facevo sul serio, potesse farsi un'idea strana.»

Lei inciampò alle sue parole, e colse l'occasione per avvolgerle un braccio intorno alla vita e attirarla contro il fianco.

«E fai sul serio con me?» gli chiese.

Rimase colpito dal suo coraggio di porgli la domanda. «Assolutamente. Sul serio al cento per cento» rispose. Poi, senza perdere un colpo, si chinò e la baciò. Fu un tocco di labbra veloce, ma non meno eccitante dei baci lunghi, lenti e profondi che si erano scambiati poco prima.

«Ottimo allora. Immagino sia un bene che provi gli stessi sentimenti, altrimenti sarebbe stato davvero imbarazzante.»

Oz scoppiò a ridere. «Sì, vero?»

Gli sorrise e lui deglutì a fatica. Era così bella. La luce del sole filtrava tra gli alberi e quando un raggio di luce catturò i suoi capelli castani, scintillarono. Gli occhi color nocciola avevano sfumature grigio verdi a seconda della luce. Non si sarebbe mai stancato di imparare cose nuove su di lei, avrebbe sempre avuto qualcosa di interessante per lui e lo adorava.

La aiutò ad allacciarsi di nuovo il casco, dandole un altro bacio. Poi salì sul veicolo e si infilò il suo. Questa volta quando lo abbracciò, non esitò ad appiccicarsi alla sua schiena. Appiattì le mani contro la sua pancia giocherellando con le dita con l'orlo della sua maglietta.

Gliele coprì con le sue e fece un respiro profondo. Prima di avviare il motore, si voltò a guardarla. «Attenta, Riley. Stai giocando con il fuoco.»

«È bello essere una cattiva ragazza» scherzò. «Vuoi dire che non ti piace?»

Eccome se gli piaceva. Amava la sensazione delle sue dita che lo esploravano. Avrebbe voluto che gliele infilasse sotto la maglia e contro la pelle nuda. Maledizione, sapeva già che più tardi avrebbe avuto delle fantasie su di lei che gli prendeva il cazzo tra le mani e lo masturbava mentre guidava. Ovviamente non era una cosa intelligente o sicura da fare su un tracciato pubblico, ma niente di tutto ciò sembrava importare al suo uccello impaziente.

«Sai che amo avere le tue mani su di me, ma abbi pietà.

L'ultima cosa che voglio è tornare da Grover con un'erezione» le disse con sincerità.

La sentì fare un sospiro frustrato. «Hai ragione. E sono troppo codarda per fare davvero qualcosa qui. Sono più il tipo da sesso dietro la porta chiusa.»

«Non farei mai nulla che potrebbe metterti in imbarazzo. Posso essere bravo con le parole, ma non sono mai stato un esibizionista.» Le prese la mano e ne baciò il palmo, poi se la rimise sulla pancia, qualche centimetro più in alto di un attimo prima.

Lei colse il suggerimento e spostò anche l'altra allacciando le dita. «Andiamo chauffeur» scherzò.

«Sì, signora» rispose con un sorriso, e avviò il motore.

Il viaggio di ritorno sembrò ancora più intimo dell'andata. Riley si tenne più stretta e lui guidò un po' più piano, volendo prolungare quel momento insieme. Amava suo nipote, ma si ripromise di fare tutto il possibile per ritagliarsi del tempo per portarla al più presto a un appuntamento. Sapeva anche che ai suoi amici non sarebbe dispiaciuto prendersi cura di Logan per permettergli di farlo.

Mentre entravano nel cortile di Grover, stava ancora sorridendo, pensando a quanto gli sarebbe piaciuto riavere presto Riley tutta per sé. In quel momento erano riuniti tutti sotto il portico e sorridevano e ridevano. Aveva ragione, Aspen e Brain avevano molto probabilmente rivelato la grande notizia. Oz sapeva che si sarebbero sposati a breve. Se fosse stata la *sua* donna ad essere incinta, non avrebbe aspettato un secondo più del necessario per metterle un anello al dito. Nell'esercito, essere sposati significava molta più protezione e stabilità per il coniuge.

«Forza» le disse, dopo aver parcheggiato il Quad e aver messo i caschi sul sedile. «Andiamo a festeggiare con i nostri amici.»

L'enorme sorriso sul suo volto gli disse tutto ciò che aveva bisogno di sapere. Desiderava avere quel legame, sentirsi parte del gruppo, ma ciò che lei non sapeva era che c'era già dentro, senza fare niente se non essere se stessa. Vide Gillian mimare a Riley "Lo sai adesso?", e non poté fare a meno di ridacchiare per la sfacciataggine della moglie del suo amico, ma vedendo il piacere sul suo volto quando annuì, comprese che si sentiva accettata e ciò gli fece venire voglia di baciarla di nuovo, proprio lì davanti a tutti. Invece, scosse semplicemente la testa quando Gillian batté le mani eccitata.

«Era ora che tornassi» disse Brain quando lo vide.

Prima che Oz potesse chiedergli il motivo di tutta quella fretta, il suo amico si inginocchiò davanti ad Aspen.

Sentì Riley ansimare, ma lui poté solo sorridere.

«Volevo aspettare che fossero tutti qui. Ho cercato di pensare a qualcosa di romantico ed esagerato da fare quando mi sarei proposto, ma niente sembrava giusto. Tranne farlo qui e ora davanti a tutti i nostri amici. Sposami, Aspen. Il prima possibile. Ora che sei incinta, non c'è più bisogno di aspettare. E non te lo sto chiedendo solo perché stai per avere il mio bambino. Voglio solo che tu e il nostro piccolo siate protetti al più presto.»

Aspen sorrise. «Sì, ovvio!»

Tutti intorno a loro applaudirono e fischiarono. Brain si alzò e la prese tra le braccia, facendola girare in cerchio, poi si chinò per baciarla.

Oz guardò Riley. Sorrideva da un orecchio all'altro. Le prese la mano. Adesso faceva parte della loro cerchia ristretta, doveva solo avere pazienza per fare in modo che diventasse una cosa permanente. Il fatto che l'idea non lo spaventasse servì a fargli capire che lei era quella giusta.

Per lui *e* Logan.

CAPITOLO NOVE

Oz ERA SODDISFATTO del suo acquisto. Si era fermato al centro commerciale tornando a casa dal lavoro per prendere un regalo a Logan. Tuttavia, il motivo *dietro* a quell'acquisto non era molto piacevole. Li avevano informati che sarebbero partiti per la Somalia il giorno successivo, quindi doveva preparare il bambino e fargli sapere che sarebbe rimasto con Gillian mentre lui era via.

Sarebbe stato un altro sconvolgimento nella vita del ragazzo, e Oz era più che consapevole che non fosse giusto. Logan meritava una casa stabile e con lui non l'avrebbe ottenuta. Ma era *amato*, e per ora doveva bastare.

Era passata poco più di una settimana da quando avevano abbattuto il fienile di Grover, e Logan sembrava sempre più a suo agio nella sua nuova casa; non era così al di fuori dall'appartamento, ma non diceva se ci fossero problemi. Oz aveva deciso di adeguarsi, di non spingerlo troppo ad aprirsi. Se stava succedendo qualcosa a scuola, sperava che lo avrebbe detto a lui o a Riley al più presto.

Brain e Aspen si erano sposati due giorni prima; lui era uscito per pranzo e quando era tornato alla base, due ore dopo, indossava una fede nuziale. Erano andati in municipio e avevano fatto una cerimonia breve e tranquilla. Non avevano l'intenzione di dare un ricevimento, ma avevano promesso di fare un enorme baby shower quando fosse mancato poco al parto.

Le cose con Riley stavano andando alla grande. Rimaneva a cena tutte le sere, lui l'accompagnava al suo appartamento e si baciavano per un po', poi la lasciava a malincuore per godersi un paio d'ore con Logan, prima che fosse l'ora per lui di andare a dormire.

La situazione non era esattamente ideale, ma Oz stava cercando di essere paziente. Dato che avevano impiegato molto per prepararsi alla missione, non aveva avuto il coraggio di chiedere a uno dei suoi amici di stare con il bambino mentre portava Riley fuori per un appuntamento. Lei capiva, ma gli seccava comunque.

E ora se ne sarebbe andato per un periodo di tempo indeterminato, sperava solo che non rinunciasse a lui prima ancora che avessero davvero iniziato a frequentarsi. Per un operatore delle forze speciali era già abbastanza difficile avere una relazione, l'aggiunta di un bambino faceva aumentare le difficoltà in modo esponenziale. Ma Oz non si era mai arreso in vita sua, e non aveva intenzione di iniziare ora.

Aprì la porta al suono bellissimo di risate.

Logan e Riley erano nel suo soggiorno e non lo avevano sentito entrare. Le loro teste erano chinate sul cellulare e sembrava che stessero guardando un video. Mentre li osservava, Riley si appoggiò allo schienale e fece un cenno con la testa a suo nipote. Lui balzò in piedi e iniziò a fare una sorta di ballo strano; sembravano più sussulti e ondeggiamenti che una vera danza. Durò solo circa quindici secondi, poi entrambi stavano ridendo di nuovo, e suo nipote tornò da lei per controllare il video che aveva fatto.

Ricominciarono a ridere e Riley disse: «È perfetto, Logan! Ottimo lavoro!»

«Cos'è perfetto?» chiese Oz.

Sobbalzarono entrambi nel sentire la sua voce, poi risero di nuovo.

«Ciao! Non ti abbiamo sentito entrare!»

Ovvio. Le sorrise. «Cosa state facendo?»

«Oh, è una sfida di ballo su TikTok.»

«Il che non significa niente per me» disse in tono piatto. «Cos'è TikTok?»

«È un'app dove la gente pubblica cose» lo informò Logan.

«Ah» replicò. Aveva molto da imparare su ciò che poteva piacere ai bambini al giorno d'oggi. Se c'era una cosa che Logan aveva fatto, era farlo sentire completamente fuori dal mondo con la musica pop, i programmi televisivi e la moda.

«Domani ne faremo altri» disse Riley al ragazzino.

«Va bene.»

Oz si schiarì la gola. Doveva dare la notizia della sua partenza, ma odiava rovinare l'atmosfera. Decise di rimandare ancora per un po' e tornò alla porta, dove aveva lasciato il regalo per Logan. A tutti i bambini piaceva riceverne e anche se quello era più pratico che frivolo, sperava che a suo nipote sarebbe piaciuto lo stesso.

«Ti ho preso qualcosa oggi» lo informò, mentre portava la valigia nella stanza. Era andato al centro commerciale, ed era stato un enorme sacrificio dato che odiava quel dannato posto, ma aveva trovato la valigia perfetta per lui. Era bianca e aveva la forma di una palla da baseball. Era un po' più piccola di quanto avrebbe voluto, ma non aveva potuto lasciarsela sfuggire.

Logan la fissò a lungo.

Invece di essere contento del regalo, sembrava sul punto di piangere.

«Slugger?» gli chiese preoccupato.

«Ti *odio*!» gridò con un tono che non gli aveva mai sentito prima. Era colmo di dolore e rabbia, ed era chiaro che l'umore spensierato di quando era entrato fosse svanito.

Il bambino non gli diede la possibilità di dire nulla, lo oltrepassò correndo e andò nella sua stanza, sbattendo la porta più forte che riuscì.

Trasalendo, guardò dal corridoio a Riley, poi di nuovo il punto in cui suo nipote era scomparso. Non sapeva cosa dire, perché non aveva idea di cos'avesse fatto di sbagliato.

Lei si alzò e camminò lentamente verso di lui, con le sopracciglia aggrottate per la preoccupazione.

«Non capisco cosa sia appena successo» ammise Oz.

Gli prese entrambe le mani e chiese con dolcezza: «Perché una valigia?»

«Perché abbiamo appena saputo che domani partiremo per una missione. Andrà a stare da Gillian mentre sono via, e non volevo che dovesse usare di nuovo un maledetto sacchetto di plastica.»

L'espressione di Riley si rilassò e gli mise una mano sul viso. «La prima volta che sono stata portata via ai miei genitori, ho dovuto usare un sacco della spazzatura per mettere alcune cose perché non avevamo una valigia. Ero confusa e spaventata per ciò che stava succedendo. Ma dopo un po' mi sono ambientata nella casa in cui mi trovavo, finché un giorno la mia mamma affidataria mi ha portato una valigia. Mi ha detto che dovevo riempirla con le mie cose perché me ne sarei dovuta andare. Non sapevo dove, ma solo che quel contenitore segnava un altro cambiamento in quello che era un periodo molto confuso. Credo... che quando Logan l'ha vista abbia pensato che lo stessi cacciando via. Che doveva andarsene.»

Oz rimase scioccato, chiuse gli occhi e si sentì travolgere

dallo strazio. Non voleva che pensasse di essere stato cacciato. Proprio per niente.

Aveva fatto un'enorme cazzata.

Aprì gli occhi, prese la mano di Riley dalla sua guancia e ne baciò il palmo, poi si voltò e percorse il corridoio.

Bussò alla porta di Logan e sentì suo nipote urlare: «Vattene! Non ho ancora finito di fare i bagagli!»

Sapendo di dover risolvere subito quel problema, aprì la porta.

Lui era davanti all'armadio, strappava camicie e pantaloni dalle grucce e li lanciava dietro di sé verso il letto.

«Logan, fermati e ascoltami» disse Oz con un tono basso e angosciato.

«No! Non lo farò! Mi hai fatto pensare che mi volessi, che fossi qui per restare! Ma avrei dovuto saperlo! La mamma diceva sempre che eri fantastico, ma ovviamente non ti conosceva *affatto*!»

Non riuscì a sopportarlo. Il dolore nelle parole di suo nipote gli lacerò il cuore. Amava che Becky lo avesse menzionato a suo figlio, ma aveva bisogno che Logan capisse cos'era appena successo.

Entrò nella stanza e lo girò tenendolo stretto per le spalle, non in modo doloroso, ma così non avrebbe avuto altra scelta che guardarlo.

«Ti ho comprato quella valigia perché pensavo ti sarebbe piaciuta. Che ti avrebbe ricordato me. Sono *io* quello che se ne va, Logan, non tu.»

Il ragazzo stava lottando per liberarsi dalla presa di suo zio, ma alle sue parole si fermò.

«Sì. Domani devo partire per una missione. Di solito non riceviamo mai molto preavviso e questa volta non è stato diverso. Sapevo che sarebbe arrivato questo momento, ma speravo di passare ancora un paio di settimane con te prima che accadesse. Ho organizzato per farti stare da Gillian mentre sono via, perché ovviamente non puoi stare qui da solo, ma quando sarò di nuovo a casa, *tornerai qui*. Non ti sto cacciando. Sei una parte di me e non ti lascerò *mai* andare. Ti voglio bene, Logan, così tanto che mi spaventa a morte.»

«Non devo andarmene?» gli chiese sommessamente.

«No. Non per sempre. Solo mentre sono in missione» disse Oz. «Mi dispiace tanto. La valigia è stata un'idea stupida, non ci avevo pensato. Avrei dovuto sapere come ti avrebbe fatto sentire. Non sono ancora molto bravo a fare lo zio, e probabilmente sbaglierò ancora molto, ma il mio cuore sa cosa fare. Non farei mai nulla per ferirti di proposito. Ti voglio bene, Slugger. Puoi perdonarmi?»

«Ti stai scusando?» gli chiese incerto.

«Sì. Quando sbaglio, chiedo scusa. È quello che fanno gli uomini quando commettono errori. Mi dispiace di averti fatto sentire come se non ti volessi qui. Mi *piace* tornare a casa da te. Hai reso la mia vita meno solitaria. Ti prego, dimmi che mi perdoni.»

Logan annuì, ma corrugò la fronte. «La missione sarà pericolosa?»

Sospirò. «Non ti mentirò, Slugger, quasi ogni missione ha un elemento di pericolo. Ma hai incontrato i miei compagni di squadra, mi coprono le spalle. Abbiamo tutti degli ottimi motivi per tornare a casa sani e salvi. Trigger ha Gillian, Lefty ha Kinley, Brain ha Aspen e ora il bambino che aspettano. E anche gli altri ragazzi hanno una famiglia e delle persone care. Là fuori non ci comportiamo da pazzi irresponsabili.»

«Quanto tempo starai via?» gli chiese.

Gli lasciò andare le braccia e si accucciò di fronte a lui. «Non lo so. Mi piacerebbe poterlo dire. A volte le nostre missioni finiscono in fretta, altre richiedono più tempo. Potrebbero durare alcuni giorni, o più di un mese. Se lo sapessi, te lo direi. Questo è l'aspetto negativo di ciò che faccio. Una delle cose *positive* del mio lavoro è che anche se non posso dirti dove vado o per quanto tempo starò via, le mie missioni durano molto meno di quelle dei soldati regolari, che a volte possono rimanere lontano da casa per un anno intero.»

«Un anno?» Logan spalancò gli occhi.

«Sì. Ma io non starò via così a lungo» lo rassicurò.

«Prometti?»

«Prometto. Però devo chiederti un favore.»

«Cosa?» gli chiese sospettoso.

«Ti prego, non giocare a baseball con Riley. Sappiamo entrambi che non riesce a ricevere un bel niente.»

Fu sollevato di vedere un piccolo sorriso spuntare sul viso di suo nipote. Si voltarono tutti e due verso la porta quando sentirono tirare su con il naso. Era Riley che si stava asciugando le lacrime.

«Riley?» le chiese Logan. «Perché piangi? Cosa c'è che non va?»

«Niente. Sono solo contenta che tu e tuo zio non stiate più litigando.»

Il bambino guardò il pavimento per un secondo, poi Oz. «Mi dispiace di aver detto che ti odio. Non è vero.»

«Mi fa piacere. Dobbiamo pensare a come portare la tua roba da Gillian, dal momento che la valigia è stata ovviamente una cattiva idea. E ora che ci penso, non andrebbe bene comunque dato che è così piccola» rifletté. «Vediamo un po'... ho un borsone in più, che ne dici? Non è molto elegante e probabilmente contiene ancora sabbia dall'ultima volta che sono stato in missione, ma potremmo mettere molte delle tue cose lì dentro.»

«Mi daresti uno dei tuoi borsoni?» gli chiese stupito.

«Ovvio. Ma ricorda che ti avevo avvertito che potrebbe essere un po' puzzolente.»

«Forte!» sussurrò il ragazzino.

Oz ridacchiò.

«Oz?»

«Sì, Slugger?»

«Voglio usare il tuo borsone ma... posso vedere la valigia? Non ne ho mai avuta una prima d'ora.»

«Certo. È tua. Puoi metterci quello che vuoi. Scarpe, tutte le cose che usi in bagno, anche il cuscino se vuoi». Era rimasto sorpreso dalla quantità di gel, shampoo e deodorante di cui il decenne sembrasse aver bisogno. Lui non si ricordava nemmeno di pettinarsi quando aveva l'età di Logan, ma nel corso degli anni le cose erano cambiate, quello era certo.

«Il borsone è in fondo al mio armadio. Vai a prenderlo, e anche la valigia, poi sistemiamo il casino qui dentro e vedremo cosa potrebbe servirti per stare da Gillian almeno una settimana. Se dovessi rimanere via più a lungo, può riportarti qui per prendere qualsiasi altra cosa di cui hai bisogno. Va bene?»

«Ok!» disse Logan. Esitò solo per un secondo prima di precipitarsi fuori dalla stanza.

Aveva pensato per un momento che lo stesse per abbracciare, ma era troppo presto per sperarlo. Soprattutto dopo un malinteso così colossale.

«Sei stato bravo» gli disse Riley con dolcezza.

Oz, che era ancora accovacciato, si alzò e guardò i vestiti sparsi per la stanza scuotendo la testa. «No, ho fatto una cazzata.»

«E poi l'hai sistemata. Porter, se pensi che gli altri genitori siano sempre perfetti, ti sbagli di grosso. Guarda i miei. Hanno fatto un casino dopo l'altro, eppure li amavo comunque. Sì, avrei voluto che le cose fossero diverse quando stavo crescendo, ma in quel momento stavano facendo del loro meglio. So che è una cosa diversa dato che erano alcolizzati, ma comunque... E ti sei scusato. Non ricordo che mia madre o mio padre mi abbiano *mai* detto che erano dispiaciuti quando mi portavano via a causa del loro comportamento. Accusavano gli impiegati dei servizi sociali di essere incompetenti, si incolpavano a vicenda, si infuriavano perché secondo loro non era giusto che dovessero dimostrare di essere degni di fare i genitori. Ma mai una volta mi hanno detto di essere dispiaciuti.»

«Non riesco a togliermi dalla testa l'espressione tradita nei suoi occhi» ammise.

Riley guardò in fondo al corridoio per vedere se Logan stava arrivando, prima di avvicinarsi a lui. Lo circondò con le braccia, premendogli la guancia sul petto. «Datti un po' di tregua. Hai fatto qualcosa che pensavi gli sarebbe piaciuto. Non potevi saperlo.»

«Avrei dovuto» borbottò, ma avvolse le braccia intorno a lei e la tenne stretta a sé.

«Anch'io ti avrei voluto come zio» si lamentò «e avere una casa in cui andare quando ne avevo bisogno.»

«*Non sono* tuo zio» disse in tono determinato. «Ma puoi comunque venire nel mio appartamento a qualsiasi ora di qualsiasi giorno, se ne hai bisogno.»

Sollevò la testa e appoggiò il mento sul suo petto. «Grazie» sussurrò.

«Odio dover partire prima di riuscire a portarti fuori per un appuntamento.»

«Io continuo a contare quello del Quad come un appuntamento» insistette.

«Ok. Allora, prima di riuscire a portarti fuori per un *secondo* appuntamento.»

«Dovrai solo assicurarti di tornare sano e salvo così potremo farlo.»

Sapere che fosse preoccupata gli dava una bella sensazione. «Tornerò da te, Ri.»

«Prometti?» chiese, ripetendo la domanda di Logan.

«Prometto» rispose con un piccolo sorriso.

«Ragazzi, non comincerete a baciarvi, vero?» domandò il ragazzino dalla soglia.

Riley sussultò tra le sue braccia, ma Oz la tenne stretta. Guardò il nipote al di sopra della sua testa. Teneva uno dei suoi vecchi borsoni in una mano trascinandone un'estremità per terra, e la valigia a forma di palla da baseball nell'altra. «Potremmo. Ti darebbe fastidio?» gli chiese, curioso di sapere cosa pensasse del fatto che stesse con lei. Se avesse odiato l'idea, non avrebbe comunque rinunciato alla possibilità di frequentarla, ma avrebbe potuto fargli cambiare il modo in cui lo avrebbe fatto.

«No. Finché non devo guardare» rispose entrando nella stanza.

Sorrise a Riley. «Bene, siamo a posto» mormorò.

Lei stava arrossendo, ma si leccò le labbra e disse: «Ok, allora.»

Non riuscendo a trattenersi, si chinò e le sfiorò brevemente la bocca con la sua in un casto bacio. Avrebbe voluto di più, ma doveva assicurarsi che Logan non avesse ancora problemi con ciò che era successo. Si sentiva ancora terribilmente in colpa per avergli fatto pensare, anche solo per un secondo, che avrebbe dovuto andarsene.

Gli sorrise anche lei, poi indietreggiò e si mise le mani sui fianchi. «Sembra che dobbiamo piegare un po' di cose. Inizierò con le magliette. Logan, pensa ai pantaloni. Metti in una pila quelli che vuoi portarti via e quando avrai finito, vieni a esaminare la mia per decidere quali magliette mettere in valigia e quali rimettere a posto.»

«Cosa vuoi che faccia?» le chiese Oz.

Il suo sguardo malizioso lo portò quasi a prenderla in braccio per portarla nella sua camera da letto, ma ricambiò semplicemente il sorrisetto.

«Se quel borsone contiene davvero della sabbia, vedi se

riesci a svuotarla bene. Sono sicura che Gillian non voglia una spiaggia nella sua stanza degli ospiti. E se hai del Lysol, potresti anche spruzzarlo dentro. Logan potrebbe pensare che sia fico puzzare come un soldato maleodorante, ma sono sicura che la sua insegnante e i suoi compagni di classe potrebbero non essere d'accordo.»

Se non avesse saputo che era single e senza figli, avrebbe potuto pensare che fosse madre da anni. Sembrava sapere esattamente cosa dire e fare per far rilassare Logan. Era una manna dal cielo, e non vedeva l'ora di assicurarsi che sapesse quanto fosse importante per lui.

Due ore più tardi, Logan aveva fatto le valigie e avevano mangiato un ultimo pasto insieme. I minuti passarono troppo in fretta, e prima che Oz se ne rendesse conto, Riley stava dicendo che era ora di tornare al suo appartamento.

Diede al bambino un lungo e sincero abbraccio dicendogli che avrebbe potuto chiamarla quando voleva. Anche se era notte fonda. La sua rassicurazione sembrò farlo sentire meglio, anche se Oz non poté fare a meno di pensare a tutte le cose brutte che sarebbero potute succedere per portare suo nipote a chiamarla.

«Accompagno Riley al suo appartamento, ok Slugger?»

Il bambino annuì distrattamente. Ormai era abituato a quella routine.

«Torno subito. Tu intanto preparati per andare a letto, vengo a darti la buonanotte quando torno. Se avrai altre domande da farmi, sarò felice di risponderti.»

Logan raggiunse la fine del corridoio, poi tornò di corsa verso Riley. Le diede un altro abbraccio intenso, poi si voltò e corse di nuovo verso la sua stanza. Lei tirò su col naso.

Odiava sapere che le due persone più importanti della sua vita erano tristi a causa sua.

Intrecciò le dita con le sue e uscirono. Percorsero il corridoio e aspettò che aprisse. Non rimase fuori come al solito, la spinse dentro e, non appena la porta si chiuse, la prese tra le braccia.

Rimasero abbracciati per un lungo momento. Oz sentì le sue dita affondare nei muscoli della schiena mentre lo teneva stretto.

«Ri?» le chiese tra i capelli.

«Sto bene» mormorò senza muoversi.

Ridacchiò. «Perché non mi guardi e cerchi di convincermi?» le chiese.

Sollevò la testa e lui sospirò vedendo le lacrime nei suoi occhi. La sfiorò con i pollici proprio sotto le ciglia. «Tornerò prima che te ne renda conto. Pensa solo a tutto il lavoro che potrai portare avanti senza dover fare anche il genitore per metà del tempo.»

«Mi mancherete entrambi» sussurrò. «Ogni giorno non vedo l'ora di vedere arrivare l'autobus di Logan, e lui è così... interessante. Pensare alle giornate infinite che passerò a trascrivere senza la ricompensa finale di vedervi, è un po' deprimente.»

«Potresti andare a fare compagnia a Logan a casa di Gillian. Sono sicuro che non le dispiacerebbe.»

«Lo so, e sono certa che lo farò, ma mi mancherai anche tu, Porter.»

Il cuore gli si gonfiò nel petto. «Anche tu mi mancherai, Ri. Mi sono abituato a vederti tutti i giorni.»

«Odio non sapere dove stai andando o quando tornerai.»

Si irrigidì. Quella era una delle cose più difficili in una relazione. Avrebbe voluto rassicurarla, dirle che avrebbero lavorato con l'esercito somalo, che non avrebbero fatto nulla da soli, ma non poteva divulgare alcun dettaglio.

«Ma sono davvero molto orgogliosa di te» continuò. «Anche senza sapere nulla di quello che stai facendo, vorrei dire a tutti quelli che conosco, che non sono poi molti, quanto sei straordinario e che stai salvando il mondo. Che ci tieni al sicuro. Che fai cose che tanti altri non sarebbero in grado di fare.»

Dio. Che donna. «Grazie» disse sommessamente.

«No grazie a *te*. Mi preoccuperò ogni secondo mentre sei via, ma starai bene, lo so. Altrimenti prenderò a calci in culo i tuoi compagni di squadra» minacciò scherzosa.

Oz ridacchiò.

Poi lei portò una mano dietro al suo collo e la infilò tra i capelli, attirandolo a sé e alzandosi in punta di piedi.

Non riuscendo a fare a meno di stuzzicarla, resistette alla sua ovvia richiesta e le chiese con un sorrisetto: «Desideri qualcosa?»

Riley ringhiò. «Sì. Te.»

Quell'unica parola glielo fece diventare subito duro. *Lui* sapeva che non lo intendeva in quel modo, ma il suo uccello no. Abbassò la testa e le diede ciò che desiderava. Quello che entrambi desideravano.

Fece un passo, poi un altro, fino a farla posare contro il muro. Mise una gamba tra le sue e premette la coscia contro il suo sesso caldo. Lei gemette nella sua bocca, tirandogli i capelli. La sentì sollevare un po' la gamba, aprendosi a lui.

La tenne stretta a sé con una mano dietro la nuca e infilò l'altra sotto la maglietta posandola su uno dei suoi seni generosi.

Riley staccò la bocca dalla sua e colpì il muro con la testa. «Sssìì» sibilò.

Oz non riuscì a trattenersi dall'abbassarle la coppa del reggiseno e pizzicarle il capezzolo. In risposta, lei inarcò la schiena, spingendo il seno verso di lui e stringendo la gamba intorno alla sua coscia.

Guardò in basso e si leccò le labbra deglutendo a fatica. Era assolutamente bellissima e si infiammava sotto il suo tocco. Spinse i fianchi contro di lei, facendole sentire quanto lo stesse eccitando, prima di abbassare di nuovo la testa.

Si baciarono contro il muro per diversi minuti. Abbastanza a lungo da permettere a Oz di tirare giù anche l'altra coppa e accarezzare l'altro seno. Abbastanza a lungo da poter effettivamente sentire l'odore dell'eccitazione di Riley e fargli capire che se non si fosse fermato, molto probabilmente sarebbe venuto nei pantaloni in un istante.

Lasciare andare il suo capezzolo fu sorprendentemente difficile, ma alla fine spostò la mano sul fianco. Strinse la presa sulla nuca prima di alzare la testa e sistemarle reggiseno e maglietta. Riley protestò, alzando il mento e cercando di tenere le labbra sulle sue. Ma era troppo alto e doveva proprio fermarsi.

Stavano entrambi ansimando, e lei era tutta arrossata intorno al collo della maglia. Non vedeva l'ora di vedere se quel rossore le sarebbe arrivato fino al seno.

«Dobbiamo fermarci» le disse dopo un momento.

«Lo so. Ma non vorrei.»

Le sorrise. Almeno la pensavano allo stesso modo.

«Immagino di non essere frigida, dopotutto» borbottò arrossendo e con un piccolo sorriso.

Oz sbuffò. «Te l'avevo detto.»

Lei sospirò continuando a sorridergli. «Dovresti tornare da Logan. Sono sicura che probabilmente avrà un sacco di domande da porti.»

«Se avrai bisogno di qualcosa, non esitare a chiamare il mio comandante. O Gillian. E se Miles non smette di mandarti messaggi, devi chiamare la polizia e richiedere un ordine restrittivo contro di lui.»

Riley ansimò sorpresa. «Lo sai?»

«Sì. È difficile non notarlo, dal momento che il tuo telefono vibra in continuazione. L'ho guardato l'altra sera mentre eri impegnata con Logan e non ho intenzione di scusarmi. Era bloccato, ma si vedevano le anteprime dei testi. Per la cronaca, penso che probabilmente sia intelligente che tu lo ignori, soprattutto se non hai quel gioco che vuole, ma se degenera, non esitare a informare la polizia. Ok?»

«Lo farò. E non *ho* il suo stupido gioco. L'ho cercato dappertutto. A questo punto, sono quasi decisa a comprarglielo. Voglio solo che smetta. Che se ne vada. Non so dove abbia lasciato quella dannata cosa, ma non è qui.»

Oz appoggiò la fronte contro la sua. «Non dovrei dire nulla ma... non credo che staremo via troppo a lungo questa volta. Le tensioni stanno aumentando in quel posto, ma andiamo come consulenti. Il governo non vuole che ci impegniamo in nessuno scontro a fuoco. Addestreremo alcune delle loro unità e poi, si spera, torneremo a casa.»

«Ok.»

Poté sentire il suo corpo rilassarsi un po'.

«Sii prudente mentre sono via» le disse.

«Lo farò. *Tu* sii prudente mentre sei via.»

Fece un respiro profondo e, sapendo che uno di loro avrebbe dovuto fare la prima mossa per separarsi, si raddrizzò. Le accarezzò i capelli e non poté fare a meno di sfiorarle con il pollice il punto sulla guancia dove l'aveva colpita la palla. «E niente lanci con Logan, capito?»

Sorrise debolmente. «Capito.»

«Ci vediamo presto» le disse, lasciando cadere le mani e facendo un passo indietro. Riley non si mosse dalla parete. Oz sapeva che non sarebbe più riuscito a entrare in quella casa senza ricordare la sessione di baci più eccitante che avesse mai avuto.

«Sii prudente» gli disse di nuovo.

Lui annuì. Alzò il mento in segno di saluto, poi afferrò la maniglia. Non si guardò indietro mentre chiudeva la porta e andava verso il suo appartamento. Doveva tornare da Logan e assicurarsi che il ragazzo fosse sicuro al cento per cento che sarebbe tornato da lui. Aveva avuto già abbastanza perdite nella vita e Oz era determinato a non essere la successiva.

Di solito, la sera prima di una missione era concentrato esclusivamente sulle manovre e sulla logistica che avrebbero dovuto affrontare, ma quella sera era dedicata ad assicurarsi che le persone che amava stessero bene.

Amava...

Amava Logan?

Sì, assolutamente.

Riley?

Annuì tra sé e sé. Era pazzesco, ma pensava di amare anche lei. Non era pronto a sposarla, ma se l'avesse persa, sapeva senza ombra di dubbio che avrebbe perso qualcosa di prezioso, rimpiangendo per sempre ciò che avrebbe potuto essere.

Oz decise in quel momento, nel corridoio del condominio, con la mano sulla maniglia della porta, che una volta tornato dalla missione, non avrebbe più preso con calma la relazione con Riley. Logan la approvava o almeno non si era opposto all'idea, vista la sua reazione davanti al loro abbraccio. Avevano un feeling incredibile e lei gli *piaceva* davvero. Era divertente, premurosa e non era mai stato così attratto da nessuna donna prima.

Se Riley Rogers pensava che fosse un uomo di forti sentimenti ora, non aveva ancora visto nulla. Quando voleva qualcosa, la perseguiva con tutto se stesso. Era così che aveva superato l'addestramento della Delta Force ed era riuscito a sopravvivere a diverse missioni da cui nessuno sarebbe dovuto tornare tutto intero.

La sua determinazione di voler dare al nipote una vita meravigliosa, ma anche di dimostrare a Riley quanto stesse iniziando a significare per lui, era aumentata in modo esponenziale

Non avrebbe voluto partire per quella missione, ma aveva

la sensazione che fosse solo la spinta di cui aveva bisogno per dare una scossa alla sua relazione con Riley.

Sorridendo, Oz aprì la porta e poi la chiuse a chiave. Mentre andava verso la stanza di Logan, giurò di fare tutto il necessario per rendere più forti i rapporti con suo nipote e la sua vicina.

CAPITOLO DIECI

Riley guardò il calendario sopra la scrivania per quella che sembrò la centesima volta quel pomeriggio. Erano passati tre giorni da quando Porter era partito e non si era mai sentita più sola. Era abituata a stare per conto suo la maggior parte del tempo prima che lui e Logan entrassero nella sua vita, ma ora sembrava non riuscisse a concentrarsi. Era preoccupata per loro. Si chiedeva dove fosse Porter e se lui e i suoi compagni di squadra stessero bene, e se il ragazzino si trovasse a suo agio a casa di Gillian.

Era anche turbata per via di Miles che aveva minacciato di andare lì e sfondare la porta se non gli avesse dato il gioco che lui sosteneva di aver lasciato nell'appartamento.

A causa di quello, sobbalzava a ogni piccolo rumore e si vergognava un po' per essere stata egoista e aver pensato, solo un mese prima, di essere contenta di stare chiusa nell'appartamento giorno e notte.

Quando il telefono suonò, non si sorprese di sobbalzare di nuovo, quasi facendo cadere il portatile dal tavolo. Ridacchiando nervosamente, guardò il display e vide che era Gillian.

Il suo cuore iniziò subito a battere forte. Era successo qualcosa? Aveva avuto notizie sui ragazzi da parte dell'esercito? Toccò l'icona verde e rispose.

«Pronto?»

«Ciao Riley, sono Gillian.»

«Cos'è successo? I ragazzi stanno bene?»

«Non è successo niente, mi dispiace di averti spaventata. Non ho sentito nulla da Trigger o dal team. Chiamo per Logan.»

Merda. Non aveva nemmeno pensato che potesse esserci qualche problema con il bambino. «Che c'è?» le chiese.

«Sta bene» rispose subito. «È davvero un bravo ragazzo. Tranquillo. Quasi troppo. Non riesco proprio a farlo interagire con me. Mi chiedevo se ti dispiacerebbe se lo portassi lì dopo la scuola. Penso che vederti gli farebbe molto bene. Sai, tornare alla sua routine.»

«Certo» la rassicurò, sospirando di sollievo. Non poteva negare che le fosse mancato e che le sarebbe piaciuto vederlo.

«E... forse è chiedere troppo e capirei se rifiutassi» continuò Gillian. «Ma penso che potrebbe essere meglio se tornasse a dormire nel suo letto, nell'appartamento di Oz. Sembra... perso. E *odio* vederlo così. Non sto cercando di scaricartelo, mi piace molto averlo qui, ma ha detto più di una volta che gli manchi, quindi ho pensato...»

«Sì» disse interrompendola. «Non c'è problema se vuoi riportarlo qui. Posso dormire a casa loro e farlo salire sull'autobus la mattina. Ma... avremo problemi con l'esercito? Porter mi ha detto che aveva compilato dei documenti in cui diceva che Logan sarebbe rimasto con te.»

«Non ne ho idea» replicò, non suonando affatto preoccupata. «Ma è più importante fare ciò che è giusto per il ragazzino, che seguire alla lettera il piano di assistenza familiare. Sarà in buone mani e al sicuro. È tutto ciò che conta.»

Riley ebbe il fugace pensiero della minaccia di Miles di

andare lì, forse Logan non sarebbe stato al sicuro come pensava Gillian. Ma d'altronde, il suo ex non poteva sapere che sarebbe stata nell'appartamento accanto con il bambino, quindi era tutto ok. «Va bene. Ma se Porter si arrabbia, devi aiutarmi a spiegare» le disse.

«Oz non si arrabbierà, soprattutto con te» la rassicurò. «È pazzo di te... *e* di Logan. Sarebbe più arrabbiato se tornasse a casa e scoprisse che suo nipote stava soffrendo.»

«È vero» ammise.

«Dovrebbe tornare da scuola tra non molto, quindi saremo lì tra circa quarantacinque minuti. Questo dovrebbe dargli il tempo di preparare le sue cose. Ti può andare bene?»

«Certo!» Stava cercando di decidere se ci fosse cibo sufficiente in casa o se avrebbero dovuto andare al supermercato, ma pensò che tra la roba sua e quella di Porter, per quella sera sarebbero stati a posto. «Apprezzo che tu mi abbia chiamato. So di non essere la mamma di Logan, ma mi piace pensare di essere sua amica, e non credo che sia a disagio da te. Sono sicura che non sia colpa tua.»

«Non me la sono presa» la rassicurò. «Ultimamente ha passato un periodo difficile. Avere una routine è importante e adesso è abituato a te e alla sua nuova stanza. Ci vediamo tra poco.»

«Guida con prudenza.»

«Lo farò. Ciao.»

«Ciao.»

Chiuse la chiamata e fissò il vuoto per un minuto, chiedendosi se Logan sarebbe stato bene... e gli mancò ancora di più Porter. Lui avrebbe saputo cosa fare per aiutare suo nipote a sentirsi meglio. Anche se era appena agli inizi di quell'esperienza genitoriale, sembrava riuscire a stare al passo molto rapidamente. Non era perfetto, bastava ricordare l'episodio della valigia, ma aveva subito sistemato l'errore parlando con suo nipote, scusandosi e assicurandosi che il ragazzo sapesse che non aveva avuto intenzione di turbarlo.

Riley scosse la testa e si alzò. Aveva un sacco di cose da fare in meno di un'ora, prima che Gillian arrivasse con Logan. Doveva prepararsi una borsa, pensare a cosa avrebbero mangiato per cena e inviare alcune mail per far sapere ai clienti quando avrebbe restituito loro le trascrizioni.

Stava sorridendo mentre si precipitava in camera da letto. Non vedeva l'ora di riprendere la sua routine di lavoro mattutino per passare il pomeriggio con Logan. Non avrebbe visto Porter per cena, ma almeno non sarebbe stata sola.

———

Due ore dopo, era seduta accanto a Logan sul divano di Porter. Il bambino l'aveva abbracciata forte quando l'aveva vista, ed era stata una bellissima sensazione. Gillian non era rimasta a lungo, solo il tempo necessario per assicurarsi che il ragazzino capisse che non lo stava scaricando e che aveva il suo numero di telefono nel caso avesse avuto bisogno di qualcosa.

Riley aveva preparato delle pizzette fatte in casa, e ora voleva vedere se riusciva a convincere Logan ad aprirsi un po' di più.

«Allora... stai bene?» gli chiese.

Lui annuì.

«Gillian è gentile, vero?»

«Mm-mm.»

Ok, la conversazione non stava andando bene. Il ragazzo non era mai stato un chiacchierone, ma non aveva avuto così tanti problemi a convincerlo a parlarle dopo i primi due giorni che era stata con lui.

«Mi manca Porter» gli disse con sincerità. «È un po' strano perché non ci conosciamo da molto tempo, ma c'è qualcosa nella sua presenza che mi fa sentire al sicuro. Ed è divertente, anche se non cerca di esserlo. Mi piace sapere che si trova nell'appartamento accanto al mio, per ogni evenienza, e ora che se n'è andato è tutto troppo silenzioso.»

«Russa» mormorò Logan, guardandosi le dita in grembo. «Be', non è che russa proprio, ma respira davvero profondamente. Lo sento dalla mia stanza. Sapere che è qui, che non sono solo nell'appartamento, fa sentire al sicuro anche me.»

Riley si sforzò di mantenere un tono tranquillo. «Eri spesso da solo nell'altra casa?»

Scrollò le spalle. «La mamma lavorava di notte. Quindi se ne andava dopo cena e di solito tornava a casa poco prima che andassi a scuola.»

Si sentì malissimo per lui e sua madre. Non riusciva a immaginare come ci si potesse sentire a lasciare il proprio bambino a casa da solo mentre si era al lavoro, che fosse di giorno o di notte.

«Una volta usciva sempre di sera con i suoi amici, ma aveva smesso di farlo. Ha fatto tanta fatica a trovare un lavoro, e l'unico che è riuscita a trovare era di notte.»

Si avvicinò a lui. «Sono sicura che non le piaceva lasciarti.»

«No» concordò. «Si scusava molto, ma diceva che si fidava del fatto che mi comportassi bene mentre era via.» La guardò. «So che non era la migliore mamma del mondo, non sono stupido, ma era cambiata. Non si drogava più molto.»

Riley era così dispiaciuta per il bambino. Sapeva che non era facile smettere da un giorno all'altro di usare droghe, ma sembrava che sua madre ci avesse provato. «Ti amava» gli disse.

Lui annuì.

«Mi dispiace tanto che sia morta.»

Passarono diversi istanti prima che rispondesse. «Anche a me. Ma mi rende una persona cattiva dire che mi piace di più stare qui?»

«Oh, Logan. No, non preoccuparti. Mi sono sentita allo stesso modo parecchie volte quando mi hanno mandata in una nuova famiglia affidataria. La maggior parte di quelle case mi piaceva molto. Erano pulite e non c'erano scarafaggi che mi camminavano addosso quando dormivo. Mangiavo regolarmente, nessuno si dimenticava di comprare il cibo. E non dovevo sentire i miei genitori che si urlavano contro quando erano ubriachi. Ricordo che ero triste quando dovevo tornare a casa. Li amavo, ma anche se ci provavano, non erano molto bravi a prendersi cura di me.»

Logan annuì come se avesse completamente capito cosa intendesse. Dato che sembrava che si stesse aprendo un po' con lei, gli chiese: «Allora, sei felice di vivere con tuo zio e ti piace Gillian... c'è qualcosa che invece non ti piace in questo momento? Come va la scuola?»

Vide il suo labbro inferiore tremare prima che riuscisse a controllarsi, e capì di aver colpito nel segno.

Lui scrollò le spalle.

Decise che il modo migliore per farlo aprire era continuare a dirgli che probabilmente avevano molte esperienze in comune. «Più o meno alla tua età, avevo una migliore amica. Eravamo davvero legate. Ma un giorno ha deciso che non le piacevo più e ha cominciato a frequentare una delle ragazze più popolari della scuola. Mi hanno reso la vita impossibile per molti anni. Mi prendevano in giro e nessuno voleva mangiare con me a pranzo. Dicevano che puzzavo e facevano il verso del maiale quando passavo. È stato orribile. Odiavo andare a scuola.»

«Poi cos'è successo?» le chiese sommessamente. «Che cos'hai fatto?»

«Sono stata trasferita in un'altra famiglia in quel periodo, e dato che era un po' lontano da dove vivevano i miei genitori, ho dovuto iscrivermi a una nuova scuola. Anche lì è stato difficile, perché non conoscevo nessuno, ma mi piaceva perché non dovevo avere a che fare con la mia ex migliore amica e il suo nuovo gruppo di ragazze malvagie. Quando sono tornata a casa dei miei genitori, ho detto che volevo continuare a frequentare la nuova scuola, e loro hanno compilato i documenti necessari per permettermelo.»

Logan alzò lo sguardo su di lei. «Odio la mia scuola» ammise. «La maggior parte dei ragazzi sono cattivi. Non solo con me, ma con tutti.»

Riley non sapeva cosa dire. Avrebbe voluto assicuragli che poteva cambiarla, ma non spettava a lei deciderlo. E non sapeva se fosse solo triste per aver dovuto lasciare quella vecchia con gli amici che magari aveva lì, o se c'era davvero altro. Non si sentiva all'altezza di aiutarlo con quel particolare problema, ed era spiacevole.

Si avvicinò di più a lui e gli mise un braccio intorno alle spalle. «Mi dispiace» gli disse con dolcezza. «Non so perché i bambini siano così cattivi l'uno con l'altro. Vorrei poterti dire che migliorerà, ma non so se sarà così. Forse puoi vedere chi altro viene maltrattato e provare a fare amicizia con loro? Voglio dire, se tu soffri, scommetto che è così anche per loro e potrebbero essere felici di avere un nuovo amico.»

«Forse» replicò con un'alzata di spalle.

«E se davvero odi così tanto la tua scuola, scommetto che se parlassi con tuo zio potrebbe cercare di vedere se può iscriverti a un'altra.»

«Gli avevo già detto che non volevo andare alla scuola della base dell'esercito» ammise Logan.

«Quindi?» gli chiese.

Alzò lo sguardo su di lei e la speranza nei suoi occhi fu quasi dolorosa da vedere.

«Sai, le persone cambiano idea in continuazione. Non è la fine del mondo.»

Lui annuì.

«Pensaci. Ti sei aperto con me ed è andato tutto bene,

giusto? Parla con Porter. Ti vuole bene e odierebbe sapere che eri infelice e non gliel'hai detto. Non sto dicendo che sarà in grado di far sparire magicamente tutti i tuoi problemi, ma a volte parlare con qualcuno fa sembrare le cose meno brutte.»

«Ok» mormorò.

«Ok. Ora... cosa facciamo questo pomeriggio? Vuoi andare al parco a fare qualche lancio?»

Spalancò gli occhi e scosse la testa. «Oz mi ha detto di non farlo con te, non importa quanto avresti supplicato.»

Riley ridacchiò. «Non sono *così* male.»

Inarcò le sopracciglia.

«Giusto, ok, quindi lo sono. Ma voglio fare qualcosa con te che ti piaccia. E ti piace il baseball. Allora... cosa suggerisci?»

Logan ci pensò su per un momento, poi disse incerto: «E se trovassimo un bersaglio e io mi esercitassi a lanciarci contro le palle? Tu potresti guardare e aiutarmi a raccoglierle.»

«Perfetto.» Sorrise raggiante. Non le sembrava così eccitante, ma se il bambino era felice, lo era anche lei. «Penso che dovremmo anche andare a fare la spesa, ma cosa ne pensi degli hot dog ricoperti di chili, formaggio e fagioli stufati per stasera?»

Logan sorrise. «Buonissimi!»

«Bene. Vai a prendere le palle e la mazza e andremo al parco dall'altra parte della strada.»

Si alzarono e lui si avviò verso la sua stanza per prendere le sue cose, ma si voltò prima di entrare nel corridoio. «Riley?»

«Sì?»

«Mi dispiace che la tua amica si sia comportata così con te.»

«Anche a me.»

«E grazie per avermi permesso di tornare qui. Mi piace Gillian. È davvero gentile. Ma lei non è te.»

Sentì gli occhi riempirsi di lacrime. «Prego. Mi sei mancato molto.»

Logan annuì, poi si voltò e andò nella sua stanza.

Riley fece alcuni respiri profondi per ritrovare il controllo delle sue emozioni, poi andò nel bagno di Porter per prendere un po' di crema solare. Anche se era tardo pomeriggio, voleva che il bambino fosse protetto.

———

Più tardi, dopo aver visto Logan lanciare un milione di palle (non erano così tante, ma le erano sembrate infinite), aver mangiato una cena discutibilmente nutriente e visto una replica della Ruota della fortuna in TV, Riley annunciò che era ora di andare a letto. L'indomani era giorno di scuola e sebbene sapesse che non era entusiasta di andarci, doveva comunque essere riposato.

«Dove dormirai?» le chiese.

Lei scrollò le spalle. «Qui sul divano.»

Aggrottò la fronte confuso. «Perché? Puoi usare il letto di Oz.»

Il solo *pensiero* di dormire nel letto di Porter le faceva desiderare cose che non era sicura sarebbero accadute. «Starò bene anche qui.»

Dallo sguardo testardo di Logan, capì che non gli piaceva. «Va bene. Puoi avere il mio letto e *io* dormirò qui sul divano».

«Ma non è un problema» cercò di dirgli, ma lui fu irremovibile.

«No. Sei una donna e dovresti avere un letto comodo. Se ti sembra che ci sia qualcosa che non va nel letto di zio Oz, allora dovresti prendere il mio e io starò sul divano. Non è che non l'abbia mai fatto prima.»

Le sue parole la resero orgogliosa e allo stesso tempo le fecero venire un po' da piangere. «Non c'è niente che non va nel letto di tuo zio. È solo che... è il suo letto. Mi sembra strano usarlo.»

«Ma lui non è qui. Che t'importa?»

Non c'era modo di spiegare a un bambino di dieci anni che le lenzuola probabilmente profumavano di Porter e ciò glielo avrebbe fatto desiderare ancora di più. Ma le piaceva davvero che fosse preoccupato per lei.

Sapendo che se ne sarebbe pentita, disse: «Immagino che non abbia importanza. Hai vinto, dormirò nella sua stanza e tu potrai restare nella tua. Va bene?»

«Ok» rispose felice. «Non serve che ti alzi domani mattina. Imposto la mia sveglia.»

A volte diceva delle cose che la rendevano davvero triste. Ricordò che anche lei alla sua età aveva imparato a impostare la sveglia, perché era impossibile che i suoi genitori si svegliassero dopo aver bevuto tutta la notte, per farla alzare e andare a scuola. Era chiaro che fosse stato così anche per Logan, dato che le aveva detto che la madre lavorava tutta la notte.

«Non preoccuparti, credo che andrò a letto non molto dopo di te. Inoltre, voglio assicurarmi che tu faccia una colazione sana e accompagnarti all'autobus.»

«Va bene.» Il ragazzino si alzò e scomparve, poi lo sentì aprire l'acqua nel piccolo bagno del corridoio.

Chiuse gli occhi e cercò di ricomporsi. Era troppo tardi per fare il bucato. Avrebbe dovuto farlo appena arrivata nell'appartamento. Ora avrebbe dovuto dormire nel letto di Porter, sotto le sue lenzuola, e immaginare quanto sarebbe fantastico se lui fosse stato lì con lei.

Si prese il tempo di ripulire la cucina, già pulita, e di rimettere tutto a posto prima di avviarsi lungo il corridoio. Bussò lievemente alla porta di Logan.

«Sì?» chiese.

Infilò dentro la testa. «Tutto bene?»

«Mm-mm.»

«Ok. Dormi bene. Non so se russo o respiro profondamente, dato che nessuno me l'ha mai detto, ma lascerò la mia porta aperta così se hai bisogno di qualcosa nel cuore della notte, puoi venire da me.»

Logan esitò, poi annuì. «Grazie. Io... so di essere una seccatura, ma mi piace qui.»

«Non sei una seccatura» lo rassicurò. «Te lo giuro. E piace anche a me che tu sia qui. Ora dormi. Ti vanno bene i pancake per colazione?»

«Fantastico» rispose con un sorriso.

«Buonanotte, Logan.»

«Notte, Riley.»

Lasciò la porta lievemente aperta, fece un respiro profondo e andò nella stanza di Porter. Aveva già portato dentro la borsa e quando entrò dovette fare un altro respiro per calmarsi.

Sembrava che lui si fosse appena alzato. Le coperte sul letto erano tirate indietro, come se le avesse gettate via quando si era svegliato il giorno in cui era partito per andare a salvare il mondo. C'era una poltrona in un angolo della stanza e il primo cassetto del comò era parzialmente aperto. Andò nel bagno annesso e non riuscì a trattenere un sorriso.

Poteva anche essere un soldato delle forze speciali fenomenale, meticoloso nella maggior parte degli aspetti della sua vita, ma era tutt'altro con il suo bagno.

C'era un asciugamano gettato sopra la barra della doccia invece che appeso ordinatamente al porta salviette sul muro. C'erano resti di crema da barba nel lavandino e il dentifricio non aveva il tappo. Era strano, ma vedere quanto fosse disordinato, in un certo senso la fece sentire meglio.

Riley ripulì velocemente la stanza, allineando la bottiglia del collutorio, la crema da barba e il flacone di vitamina C sul bancone. Chiuse il dentifricio in modo che non si seccasse e rimise lo spazzolino nell'apposito supporto vicino al lavandino. L'asciugamano sopra la barra era asciutto, quindi lo piegò e lo appese al porta salviette vicino alla doccia.

Era un po' imbarazzante trovarsi nello spazio personale di Porter, ma non poteva negare che le piacesse. Andò in camera e prese la borsa, frugò dentro per prendere la maglietta over-size con cui le piaceva dormire, poi tornò in bagno e si cambiò.

Se le sembrava strano essere nel suo spazio, spogliarsi in una stanza dove lui era spesso nudo lo era ancora di più. Chiudendo gli occhi, poteva immaginarlo togliersi gli slip prima di entrare nella doccia. Poteva quasi vederlo strofinarsi l'asciugamano sul corpo per asciugarsi, probabilmente con impazienza e non completamente.

Scosse la testa sforzandosi di tenere sotto controllo la sua immaginazione. Era lì per prendersi cura di Logan, non per desiderare il suo vicino. Riuscì a lavarsi i denti e a trovare un asciugamano pulito per il mattino, prima di tornare in camera.

Salì sul letto e si tirò le coperte fino al mento. Il materasso era comodo e le lenzuola erano molto morbide. Si ripromise di chiedergli dove le avesse comprate, poi scacciò subito l'idea. Non avrebbe detto a Porter di aver dormito lì, assolutamente no. Ovviamente prima o poi a Logan sarebbe sfuggito, ma lei non avrebbe fornito volontariamente quelle informazioni.

Era troppo... intimo. Non pensava gli sarebbe dispiaciuto che fosse rimasta nel suo appartamento mentre lui era via, soprattutto perché lo aveva fatto nell'interesse del nipote, ma non voleva che si arrabbiasse per aver invaso il suo spazio personale.

Di certo, non era sembrato riluttante a invadere il *suo* di spazio personale qualche sera prima, quando l'aveva spinta contro la parete e aveva fatto vagare le mani sotto la sua maglietta.

Inspirando profondamente, Riley si sentì circondata da Porter. Il suo profumo leggermente muschiato e terroso era su tutte le lenzuola e sui cuscini. Quando Logan le aveva suggerito di dormire lì, sapeva sarebbe successo, che si sarebbe eccitata semplicemente perché era nel suo letto, sotto le sue coperte. Dove probabilmente si era masturbato...

Si rifiutava di pensare a lui lì con un'altra donna. Le aveva detto che non usciva con nessuno da molto tempo.

Mentre lo immaginava, la sua mano si mosse senza che lei se ne rendesse conto, passando sopra il capezzolo turgido prima di fermarsi sull'elastico delle mutandine. Lanciò un'occhiata alla porta, poi chiuse gli occhi. Logan stava bene, dormiva. Poteva farlo.

Infilò le dita sotto l'elastico, aprì di più le gambe e girò la testa nel cuscino. Si sentì di nuovo avvolgere dal profumo di Porter. Cominciò ad accarezzarsi il clitoride, pensando alla meravigliosa sensazione delle sue mani su di lei di qualche sera prima.

Non ci volle molto. Era passato un po' dall'ultima volta che si era masturbata, ed essere circondata dal suo profumo sembrò spingerla oltre il limite ancora più velocemente.

Riley immaginò come sarebbe stato essere in quel letto *con* Porter. Avere le sue mani tra le gambe, fissarlo mentre entrava in lei con delicatezza, facendo attenzione a non farle male. All'inizio l'avrebbe presa lentamente, assicurandosi che raggiungesse l'orgasmo prima di cercare il proprio piacere. Poi l'avrebbe scopata con forza. Ogni spinta l'avrebbe spostata più su sul letto, finché avrebbe dovuto mettere le mani sopra la testa per evitare di sbattere contro il muro.

Porter avrebbe gettato indietro la testa e lei avrebbe visto le vene pulsare nel suo collo, mentre esplodeva di piacere. Avrebbe ringhiato il suo nome mentre veniva, tenendole i fianchi in posizione mentre si spingeva il più possibile all'interno del suo corpo.

Bastò quello. La sua vivida immaginazione mentre accarezzava freneticamente il clitoride la portò al culmine e venne con un piccolo gemito. Il suo corpo tremò di piacere mentre ansimava per lo sforzo.

Tolse la mano da in mezzo alle gambe e chiuse gli occhi rimanendo sdraiata così, sentendosi soddisfatta... ed estremamente in colpa. Dio, si era appena masturbata nel letto di Porter.

Ma non poteva negare di sentirsi anche magnificamente.

E assonnata.

Era stata una lunga giornata e Riley era esausta.

Si addormentò con il suo profumo nelle narici, contenta che Logan fosse al sicuro. Pregò anche che Porter tornasse a casa illeso. Si era abituata a loro e non vedeva l'ora di avere un altro appuntamento con lui.

CAPITOLO UNDICI

Oz era sporco e stanco, ma molto felice di essere di nuovo in Texas. Erano stati via per otto giorni e non aveva mai provato una trepidazione così intensa di tornare a casa, come dopo quella missione.

Doveva vedersi sul suo viso, perché Trigger gli diede una spinta con la spalla e disse: «È diverso, non è vero?»

«Cosa?» gli chiese.

«Tornare a casa quando sai di avere qualcuno che ti aspetta.»

«Non sono sicuro che qualcuno mi stia aspettando» replicò.

«Bugiardo» ribatté il suo amico con un sorriso. «Ho visto il modo in cui tu e Riley vi guardavate quando eravamo a casa di Grover. Direi che probabilmente sarà molto contenta di vederti.»

Non aveva torto. Cercò di nascondere un sorriso, senza fortuna.

Il telefono nella mano di Trigger squillò e stava ancora sorridendo quando rispose. «Ehi, Di, siamo appena atterrati...

ok... va bene... sono sicuro che è tutto a posto... glielo dirò. A presto. Ti amo.»

«Gillian sta bene?» gli chiese.

«Sì. Ma devi sapere che... qualche giorno fa, Logan è tornato a casa tua.»

«Che cosa?» Si sentì andare nel panico.

«Aspetta, non agitarti. Non conosco tutti i dettagli, ma a quanto pare Gillian ha chiamato Riley e le ha chiesto se poteva stare con lui da te. Lei ha acconsentito e Logan ha ricominciato a prendere l'autobus originale per tornare a casa tua ogni giorno dopo la scuola.»

Non gli dispiaceva che Riley fosse stata nel suo appartamento con suo nipote, ma si chiedeva il motivo di quel cambiamento. Aveva dato problemi a Gillian? Era ammalato? Nella sua mente passarono tutti i tipi di scenari negativi e quando ricontrollò il telefono, non aveva alcun messaggio da Riley che spiegasse ciò che era successo.

Stava decisamente andando fuori di testa.

«Vai» gli disse Trigger. «Ci occuperemo noi delle cose qui. Ma domani abbiamo l'analisi post operazione» lo avvertì.

Oz annuì, grato verso il suo amico e leader del team. «Sono in debito.»

«Figurati. Ma guida con prudenza. Non sarai d'aiuto a nessuno guidando come un pazzo e facendo un incidente. Logan dovrebbe essere ancora a scuola in questo momento. Vai a casa, scopri da Riley cosa sta succedendo e, per l'amor di Dio... fatti una cazzo di doccia. Puzzi.»

Fece un cenno con la mano al suo amico, ma una doccia era l'ultima cosa che lo preoccupava. Doveva tornare a casa. Assicurarsi che Logan stesse bene. E anche Riley. Tutti i pensieri sulla missione che avevano appena completato svanirono dalla sua mente.

Non ricordava il viaggio dalla base all'appartamento, tranne che gli era sembrato troppo lungo. Salì le scale a due a due mentre correva al secondo piano. Ci vollero tre tentativi per infilare la chiave nella serratura, e quando aprì finalmente la porta, lasciò cadere il borsone sul pavimento e urlò: «Riley!»

Non ci fu risposta, il che lo preoccupò ancora di più. In un angolo della mente, sapeva di non avere motivo di essere così preoccupato, ma quel cambio di programma lo turbava decisamente.

Fece una rapida perlustrazione dell'appartamento per assicurarsi che lei non stesse dormendo, esitando solo quando vide una borsa sul pavimento della sua camera da letto, che sicuramente non c'era quando se n'era andato. La stanza sapeva di caprifoglio cosa che, ancora una volta, una settimana prima non c'era. Era una fragranza che associava a Riley. Qualche tempo prima le aveva fatto i complimenti per il suo profumo e lei gli aveva detto che era la sua lozione, una cosa chiamata Aerin Mediterranean Honeysuckle. Non gli importava come si chiamasse, sapeva solo che gli avrebbe sempre ricordato lei.

Si voltò e tornò alla porta d'ingresso. L'aprì di scatto, pronto ad andare da Riley, ma si fermò di colpo quando si trovò di fronte la donna che stava cercando disperatamente.

La prese per le spalle e la trascinò dentro.

«Sei tornato!» gli disse con un enorme sorriso. «Ti ho sentito attraverso le pareti. Quando hai...»

Interruppe le sue parole con le labbra. La assaporò come se stesse morendo di sete, e lei fosse un enorme bicchiere d'acqua. Non fece resistenza, aprì la bocca e lo lasciò entrare, rispondendo con lo stesso entusiasmo.

Oz si staccò ansimando, la tenne per le spalle e fece scorrere gli occhi lungo il suo corpo. «Stai bene?»

«Certo. E *tu*?»

«Anche. E Logan? Perché non è rimasto da Gillian? C'è qualche problema?»

«Sta bene. Immagino che tu abbia già capito che sono rimasta qui con lui» disse in tono ironico.

Si voltò, la trascinò in soggiorno, e la fece sedere sul divano prima di parlare. «Trigger ha ricevuto una chiamata da Gillian, ma non gli ha detto molto. Solo che Logan era tornato qui con te. Cos'è successo?»

«Niente di grave» lo rassicurò con calma. «Gillian pensava che non si sentisse molto a suo agio a casa sua e che gli sarebbe piaciuto tornare qui. E aveva ragione. Questo appartamento può anche essere nuovo per lui, ma è la sua casa. E con le cose che vanno male a scuola, è come un rifugio. Mi ha fatto piacere stare con lui fino al tuo ritorno.»

Tirò un sospiro di sollievo, poi si rese conto di ciò che aveva detto. Si sedette sul divano accanto a lei. «Le cose vanno male a scuola? Come? In che senso?»

«Penso che dovresti parlarne con lui» gli suggerì, dopo un momento di esitazione.

Lui scosse la testa. «No. Ho bisogno di sapere cosa ti ha detto. Non ho idea di come convincerlo a fidarsi di me. Voglio dire, penso che sotto sotto lo faccia, ma secondo me qualcosa lo trattiene. È evidente che con te si senta a suo agio, dato che gli è andato bene che stessi qui e si è aperto su qualunque cosa stia succedendo a scuola. Per favore, dimmelo così posso aiutarlo. Ho paura che se dovessi aspettare che me lo dica lui, le cose peggioreranno.»

La sua espressione si addolcì. «È solo che non riesce a farsi degli amici come dovrebbe. Credo che ci sia un gruppo di ragazzini piuttosto cattivi, che se la prendono con lui e con altri, e si sente solo.»

Oz fece un respiro profondo. «Ma non è indietro dal punto di vista scolastico?»

«Non per quanto ne so. L'ho aiutato con i compiti e sembra che non abbia difficoltà a farli. Sono abbastanza sicura che sia frustrato solo perché è il nuovo arrivato e gli altri non lo hanno accettato molto.»

«Può essere. Vedrò se riesco a convincerlo a parlare con me.» Le prese le mani. «E tu, tutto a posto? Com'è la situazione con Miles?»

Riley arricciò il naso.

«Così brutta?» le chiese.

Lei scrollò le spalle e capì che avrebbe minimizzato qualunque cosa stesse combinando il suo ex in quel momento. «È ok. Pensa ancora che io tenga in ostaggio uno dei suoi giochi.»

«Continua a scriverti?»

«Sì.»

Fece scorrere il pollice sul dorso della sua mano. «Grazie per esserti presa cura di mio nipote per me. Onestamente, la sera in cui sono venuto a chiederti cosa diavolo avrei dovuto dargli da mangiare per colazione, non avrei mai immaginato che ti avrei scaricato sulle spalle questo peso.»

«È un bravo ragazzo, Porter. E mi piace passare il tempo con lui.»

«Allora... sei rimasta qui. Nella mia camera?»

Osservò il rossore divampare sulle sue guance. «Scusa. Non l'avevo previsto, ma quando Logan si è reso conto che avrei dormito sul divano, mi ha chiesto il motivo. Non capiva perché non volessi usare la tua stanza.»

«Ho sentito il tuo profumo lì dentro. Caprifoglio.»

Il suo rossore si fece più intenso. «Ho portato la mia lozione perché ho la pelle molto secca ultimamente. Scusa.»

«Non c'è niente di cui scusarsi. Mi piace.» Poi gli venne in mente un'altra cosa. «Hai dormito nel mio letto...»

Si morse il labbro e annuì.

«Dio, è eccitante» mormorò

I grandi occhi nocciola di Riley erano fissi nei suoi, e notò che aveva il respiro accelerato. Amava pensarla lì. Nel suo letto. Sui suoi cuscini. La pelle nuda contro le sue lenzuola. Sentì l'uccello contrarsi nei pantaloni e iniziò ad abbassare la testa.

Lei stava sollevando il mento per incontrare le sue labbra, quando sentirono un rumore.

Riley si allontanò da lui e guardò verso la porta. Oz girò la testa in tempo per vedere Logan entrare. Il sollievo di vedere suo nipote sorridente e tutto intero fu travolgente. Si alzò dal divano e andò verso di lui.

Senza pensarci, si inginocchiò e lo abbracciò forte.

«Sei tornato» mormorò Logan contro la sua spalla.

«Sì, Slugger. È così bello vederti. Mi sei mancato!»

«Davvero?» gli chiese.

Si tirò indietro. «Certo. Mi è mancato anche lanciare la palla da baseball con te. Preparare la cena. Anche lavorare su quei fastidiosi problemi matematici. Stare qui con te è molto meglio che essere sdraiati a terra e mangiare le razioni da campo per cena.»

Logan arricciò il naso. «Hai un cattivo odore.»

Oz scoppiò a ridere. Si era completamente dimenticato del fatto che non si faceva la doccia da giorni. Era così intento ad arrivare da loro che non aveva pensato a nient'altro.

«Scusa, Slugger. Ero troppo impaziente di tornare qui. Com'è andata a scuola?»

Non gli sfuggì la lieve smorfia che fece prima di dire: «Bene.»

«Ok. Penso che ci siano alcune cose di cui dobbiamo parlare. Non sono arrabbiato che tu abbia voluto tornare qui invece di stare con Gillian, ma dovremmo discuterne. E non percepisco delle sensazioni felici da parte tua riguardo alla scuola. Non dico che andarci sia sempre divertente, ma è necessario farlo affinché tu possa crescere ed essere intelligente e non un cretino.»

Le labbra di Logan si contrassero, ma Oz continuò.

«Ma per ora, sono solo felice di essere a casa e che tu stia bene. Che ne dici se mi faccio una doccia e poi lanciamo un po' la palla? Poi possiamo cenare prima di parlare di tutto quello che è successo mentre ero via. Va bene?»

«Preparo le mie cose e torno nel mio appartamento. Mi tolgo di mezzo e vi lascio avere un po' di tempo tra zio e nipote» disse Riley, alzandosi dal divano.

«No!» dissero Oz e Logan contemporaneamente.

Lui sorrise a suo nipote prima di voltarsi verso di lei. «Perché non vieni con noi al parco? Puoi darci la tua opinione sui lanci. Sono sicuro che hai lavorato sodo questa settimana. Che ne dici se io e Logan ti prepariamo la cena stasera?»

«Come se tu non avessi lavorato sodo» mormorò lei. Poi più forte disse: «Non lo so, voi ragazzi avete bisogno di un po' di tempo per legare.»

«Siamo a posto. Non è vero, Logan?» gli chiese, sperando che il ragazzo fosse d'accordo con lui.

«Sì, siamo a posto. Per favore, Riley? Rimani?»

Oz sapeva che non sarebbe stata in grado di resistere a quello sguardo da cucciolo, e aveva ragione.

«Oh, va bene, ma solo fino a dopo mangiato.»

Le fece un sorriso enorme alzandosi in piedi. Le era mancata. Certo, anche suo nipote, ma non nello stesso modo in cui gli era mancata Riley.

«Vado a cambiarmi e a prendere la roba da baseball» disse il ragazzino mentre lasciava cadere lo zaino in mezzo al corridoio e andava verso la sua stanza.

Oz scosse la testa ma lasciò lo zaino dov'era. Poi si avvicinò a Riley e le prese il viso tra le mani. «Scusa se puzzo» disse.

Lei ridacchiò. «Non c'è problema.»

«Racconta, hai fatto la doccia qui? O hai aspettato che Logan andasse a scuola prima di tornare nel tuo appartamento a prepararti?»

La vide deglutire a fatica e il rossore che era svanito dalle sue guance tornò.

«Qui» ammise sommessamente.

Il pensiero di lei nuda nella sua doccia era dannatamente erotico. «Dimmi che hai dormito nuda» la pregò.

Riley rise. «Assolutamente no. Non con tuo nipote in fondo al corridoio.»

«Maledizione» si lamentò.

«Sei pazzo» disse, dandogli una piccola spinta. «Vai a fare la doccia. Hai davvero un cattivo odore.»

«Quindi, se volessi baciarti di nuovo, mi diresti di andare all'inferno?» la prese in giro.

«No. Ma dai rumori provenienti dalla stanza di tuo nipote, mancano circa due secondi al suo ritorno. Sarà impaziente di andare al parco, quindi è meglio se ti sbrighi.»

Oz amava tutto questo. Gli piacevano i loro scambi di battute scherzose. Con lei non si sentiva come se avesse dovuto stare attento a ogni parola che diceva. «Forse dovrei farti puzzare quanto me, così non ti darebbe fastidio che non mi lavi da giorni.»

«Non mi dà fastidio nemmeno ora» ammise. «Significa che eri là fuori nel mondo a fare il possibile per renderlo un posto più sicuro. Ammiro ciò che fai, Porter. Sono orgogliosa di conoscerti.»

Anche se non sapeva cosa diavolo facesse, o dove, era comunque fiera di lui. Ciò lo rese più determinato che mai a tenersela.

La baciò, assicurandosi di non toccarla con nessuna parte della sua uniforme sporca. Diede un'occhiata al corridoio e non vedendo Logan, si sentì abbastanza sicuro da osare strofinarle il naso sull'orecchio e dirle: «Vado a farmi una doccia, e mi immaginerò che tu sia lì, bagnata e scivolosa di sapone, e mi masturberò per liberarmi di questa erezione che non riesco a sgonfiare da quando sono tornato a casa. Ti voglio, Riley. Quando sarai pronta, però. Non voglio farti pressione.»

Lei lo sbalordì tirandosi indietro in modo da poter incontrare i suoi occhi e dicendo: «Anch'io ti voglio, Porter. E chi la fa l'aspetti.»

Corrugò la fronte. «Che vuoi dire?»

«Hai detto che ti masturberai sotto la doccia. Be' è giusto... dato che ho fatto la stessa cosa nel tuo letto.»

Oz quasi si strozzò. Il pensiero di lei che si procurava un orgasmo nel suo letto, praticamente lo costrinse ad afferrarle la mano per trascinarla con lui nella doccia e prenderla come aveva sognato per settimane. Aveva fatto a malapena due passi con Riley al seguito, che Logan apparve nel corridoio, bloccandoli.

«Ho la roba!» annunciò. Poi aggrottò la fronte. «Dovresti essere sotto la doccia» lo accusò. «Diventerà buio se ci metterai troppo tempo!»

Le lasciò andare la mano e la sentì ridacchiare e accarezzargli il braccio. «Forza, fusto, ti aspettiamo qui.»

«Più tardi» la avvertì con voce bassa e roca.

«Non vedo l'ora» ammise lei.

Per quanto non volesse allontanarsi, oltrepassò Logan e gli arruffò i capelli. «Non ci metterò molto» disse a suo nipote. «Perché non raccogli lo zaino da terra e magari inizi a fare i compiti mentre aspetti. In questo modo, non dovrai farli più tardi.»

«Ok» rispose il ragazzino in un tono che rivelava di non essere troppo felice di fare qualsiasi cosa riguardante la scuola, ma non tentò nemmeno di disobbedire.

Oz guardò Riley e sentì il cazzo contrarsi. Era decisamente il momento di fare la doccia. Ma si consolò al pensiero che presto sarebbe stata nel suo letto... mentre c'era anche lui. Non vedeva l'ora.

CAPITOLO DODICI

ERANO PASSATI due giorni da quando Porter era tornato dalla missione. Riley non riusciva a credere di essere stata così audace l'altra sera, e arrossiva ancora al pensiero di avergli rivelato che si era masturbata nel suo letto.

Ma era a suo agio con lui, non si sentiva molto timida. Peccato che il giorno del suo ritorno le cose non fossero andate oltre qualche bacio. Quella sera, dopo cena, quando Porter aveva chiesto a Logan perché non avesse voluto stare da Gillian, si era resa conto che avevano davvero bisogno di sistemare le cose solo tra loro due e, anche se avevano protestato, era tornata a casa; non aveva voluto prolungare la sua permanenza. Così aveva salutato Logan, e Porter l'aveva accompagnata come sempre al suo appartamento. Si era rifiutato di entrare, dicendo che se lo avesse fatto non sarebbe ritornato subito dal nipote. L'aveva baciata quasi con disperazione sulla soglia e lasciata con un lungo sguardo colmo di desiderio che prometteva future cose piacevoli.

Porter aveva avuto riunioni per tutto il giorno successivo, e quella mattina le aveva detto che sarebbe tornato a casa tardi. Le era sembrato che si sentisse in colpa per averle chiesto di assicurarsi che Logan cenasse, ma lei aveva fatto del suo meglio per rassicurarlo che non era un problema. Che le piaceva stare con suo nipote.

Tuttavia, Riley non vedeva l'ora di rivederlo. Lo voleva. Era quasi disperata di avere le sue mani su di lei. Non aveva idea di come avrebbero risolto la cosa, ma magari, invece di tornare al suo appartamento dopo cena, avrebbe potuto aspettare che Logan si addormentasse per poter finalmente provare l'esperienza di essere nel letto di Porter insieme a lui.

Avrebbe dovuto sentirsi in colpa di voler fare sesso mentre il bambino era in casa, ma le aveva detto proprio quella sera che non lo turbava che frequentasse suo zio. Che in realtà gli faceva piacere. Era stato un po' imbarazzante, ma non poteva negare di esserne stata felice.

Così ora, stavano aspettando che Porter tornasse a casa. Riley perché voleva fare sesso con lui e Logan semplicemente perché si divertiva a stare con suo zio, anche se non lo aveva mai espresso.

Stavano guardando la *Ruota della Fortuna* quando sentirono confusione nel corridoio del condominio.

«Apri questa dannata porta, stronza!»

Riley si irrigidì riconoscendo la voce di Miles.

«Giuro su Dio che se non apri questa porta, la butto giù, Riley! Hai già ignorato abbastanza i miei messaggi e le mie chiamate. Questa storia deve finire!»

Dal tono minaccioso dei messaggi scritti e vocali che le aveva lasciato, era ovvio che si stesse arrabbiando sempre di più con lei.

«Fammi entrare così posso trovare la mia roba da solo. Sei così incapace che sono sicuro non sai nemmeno dove guardare!»

Scosse la testa frustrata. Non aveva davvero il suo stupido gioco. Aveva perquisito l'appartamento da cima a fondo e glielo aveva detto. Ma lui non le credeva. Aveva pensato che alla fine si sarebbe stancato di molestarla e avrebbe lasciato perdere. Ovviamente si era sbagliata.

Logan emise un gemito accanto a lei e il suo senso di colpa aumentò quando vide quanto fosse spaventato. Poi il bambino si alzò e le prese la mano. La tirò in piedi con urgenza e la trascinò intorno al divano. Indicò il piccolo spazio tra il muro e il mobile. «Vai tu per prima!»

Aggrottò la fronte. «Come scusa?»

«Nasconditi! C'è spazio. L'ho già verificato. Se ti infili sul fianco, ci starai. Sei piccola.»

Avrebbe voluto piangere. L'aveva già provato?

Aprì la bocca per dire che non era necessario che si nascondessero. Che erano al sicuro nell'appartamento di Porter e che Miles non sapeva che fossero lì, quando il suo telefono iniziò a squillare. Era appoggiato sul bancone della cucina, e vibrava rumorosamente insieme alla suoneria vecchio stile che aveva programmato.

«Lo sapevo!» Miles gridò dal corridoio. «Sapevo che ti stavi scopando il tuo vicino! Puttana infedele!»

Pochi secondi dopo, iniziò a battere contro la porta di *Porter*. «Apri, stronza! So che ci sei! Sento il tuo telefono!»

«Riley!» esclamò Logan con un tono basso e urgente.

Si mosse senza pensarci. Non pensava che Miles sarebbe riuscito a entrare, ma se lo avesse fatto? Avrebbe dovuto essere coraggiosa e dire al bambino di nascondersi mentre lei affrontava il suo ex, ma sembrava troppo incazzato. E onestamente non aveva idea di cosa le avrebbe fatto se avesse aperto la porta o se in qualche modo fosse riuscito a sfondarla. Quindi... nascondersi sembrava assolutamente la cosa più giusta da fare in quel momento.

Si stese sul pavimento, poi si girò su un fianco e si dimenò nel piccolo spazio dietro al divano. Poteva anche essere magra e solo un metro e sessantaquattro ma non era propriamente facile infilarsi in quel nascondiglio. Il divano si allontanò un po' dal muro, ma sperava che Miles non se ne sarebbe accorto se fosse entrato.

Si spinse il più avanti possibile, dando anche a Logan lo spazio per nascondersi. I suoi respiri le risuonavano nelle orecchie mentre ansimava in preda alla paura.

Il suo ex non aveva smesso di battere sulla porta e il telefono continuava a suonare. Faceva cinque squilli prima che partisse la segreteria quindi era ovvio che Miles riattaccava e la richiamava mentre la insultava dal corridoio.

Non riusciva a capire perché fosse così disperato di riavere un gioco. Sì, gli piacevano i videogiochi, ma quel comportamento era folle ed eccessivo.

La stava offendendo in tutti i modi possibili e si sentì malissimo che Logan dovesse ascoltare le cose orribili che le stava vomitando addosso. Mai una volta, mentre si frequentavano − tranne forse l'ultimo giorno quando l'aveva cacciato − aveva pensato che Miles si sarebbe comportato *così*. Era stato offensivo, soprattutto verso la fine, ma non violento fisicamente.

Ora, ogni parola che usciva dalla sua bocca era una minaccia. Aveva anche iniziato con Porter, definendolo un mostro, un cavernicolo, uno Yeti. L'aveva accusata di essere andata a letto con lui mentre stavano insieme, dicendo che si sarebbe pentita di averlo tradito.

Era tutto completamente ridicolo, ma era ovvio che Miles fosse lanciato e oltremodo irrazionale. Non aveva idea se fosse ubriaco o fatto o cosa, ma per quanto fosse stato cattivo in precedenza, quello *non* era l'uomo che aveva frequentato.

La porta sembrava scuotersi sui cardini. Non aveva un buon punto di osservazione da dietro il divano, ma pensò che prima o poi le serrature avrebbero ceduto.

Chiuse gli occhi sussultando a ogni colpo; sarebbe riuscito a sfondarla da un momento all'altro... e se l'avesse trovata, non aveva idea di cosa le avrebbe fatto.

Riley stava tremando, aveva i nervi a pezzi. Sentì la mano di Logan intorno alla caviglia e si concentrò su quella. Doveva mantenersi calma. Per lui. Se Miles fosse entrato in qualche modo, non gli avrebbe permesso di mettere le mani sul ragazzo. Per niente al mondo.

Poi, all'improvviso il trambusto si fermò.

Sentì ancora urla nel corridoio ma erano attutite, come se provenissero da lontano, e grazie a Dio non stava più battendo sulla porta.

Prima di riuscire a strisciare fuori da dietro il divano per cercare di capire cosa stesse succedendo e come comportarsi, la porta dell'appartamento si aprì di colpo sbattendo contro il muro, e lei si immobilizzò. Sentì qualcuno entrare di corsa nel soggiorno. Per fortuna, chiunque fosse, continuò verso il corridoio dove si trovavano le camere da letto.

Pochi secondi dopo tornò e lo sentì dire: «Cazzo!»

Porter.

Era tornato.

Riley si spostò in avanti abbastanza da far sporgere la testa da dietro il divano. Lo vide vicino all'ingresso del corridoio, mentre si passava una mano tra i capelli agitato e fissava il suo telefono sul bancone della cucina.

«Porter?» sussurrò, facendo il possibile per strisciare fuori.

Lui girò la testa di scatto e si mosse nel momento stesso in cui la vide.

«Riley!» esclamò. Prima ancora che lei si rendesse conto di averlo di fronte, l'afferrò per i bicipiti e l'aiutò ad alzarsi. «Dov'è Logan?»

«Sono qui» rispose lui, mentre strisciava all'indietro per uscire.

Porter la tenne per un braccio e la trascinò dall'altra parte del divano. Si inginocchiò portandola giù con sé e avvolse un braccio intorno al bambino e l'altro intorno a lei. Appoggiò la testa sulla spalla di Logan e rabbrividì.

«Porter? Stiamo bene» disse Riley, cercando di calmarlo. Nel momento in cui lo aveva visto, si era resa conto che erano al sicuro, che non avrebbe permesso a Miles di toccarli.

«Dammi un secondo» mormorò contro la maglietta di suo nipote.

«Logan è stato bravo. Ci ha trovato un posto dove nasconderci nel caso in cui Miles fosse riuscito a entrare. A proposito... dov'è?»

Lo sentì fare un bel respiro, poi alzò la testa e la guardò. «Uno dei nostri vicini ha chiamato la polizia. Siamo arrivati insieme. L'hanno trascinato giù per le scale, spero l'abbiano gettato nel retro della loro macchina, e io sono venuto qui per controllare voi. State bene?»

Logan annuì.

Porter mise la sua grande mano sul collo del bambino e appoggiò per un momento la fronte contro la sua. Si alzò lentamente, aiutando anche Riley a mettersi in piedi.

«Ok, quindi... a quanto pare ignorare il tuo ex non ha funzionato così bene.»

Lei non poté fare a meno di ridacchiare. Non riusciva a credere di poter trovare divertente quella situazione, ma le parole di Porter erano state l'eufemismo dell'anno. Poi si fece seria. «Forse dovrei parlargli.»

«No!» sbottò lui. «Assolutamente no. Non ti voglio vicino a quello stronzo.»

Riley inarcò le sopracciglia e indicò Logan con la testa mentre diceva: «Occhio al linguaggio.»

«Non c'è problema» disse il bambino tra di loro. «Ne ho già sentite di parolacce. Quel ragazzo alla porta ne ha dette molte. Alcune non so cosa volessero dire, ma era ovvio che non fossero gentili.»

Lei chinò la testa e sospirò. Una cosa in più di cui essere dispiaciuta.

Porter le mise una mano sulla guancia. «Guardami, Ri» le ordinò.

Sollevò lo sguardo su di lui. Il grigio era molto meno tempestoso rispetto a pochi minuti prima. «Non ti voglio vicino a quel tipo.»

«Lo so, ma forse posso convincerlo che davvero non ho la sua roba» gli disse.

Oz strinse le labbra. «Crederà solo a ciò che vuole. Non è una buona idea vederlo, soprattutto in questo momento, ma dovrai rilasciare una dichiarazione alla polizia.»

«Va bene» acconsentì.

Porter guardò il nipote. «Slugger?»

«Sì?»

«Hai fatto un ottimo lavoro nel mettervi al sicuro. Ho attraversato questa stanza e non ho pensato di guardare dietro al divano.»

Invece di essere orgoglioso di se stesso, Logan sembrò solo sconvolto mentre annuiva.

Riley avrebbe voluto sapere il motivo, ma qualcuno si schiarì la gola sulla soglia.

Porter si mosse velocemente come non gli aveva mai visto fare, mettendosi davanti a loro per proteggerli dalla persona alla porta. Ma era solo un agente di polizia, non Miles o qualcuno che avrebbe potuto essere una minaccia.

«Sembra che li abbia trovati» gli disse il poliziotto.

«Sì, stanno bene» replicò.

«Ci servirà una dichiarazione.»

Lei annuì e fece un respiro profondo. Cercò di girare intorno a Porter ma lui la fermò mettendole un braccio intorno alla vita. La guardò e disse: «Se hai bisogno di più tempo, non ci sono problemi.»

«No, è tutto a posto. Voglio farlo, così possiamo rilassarci. Non vedevo l'ora che arrivasse stasera.»

«Anch'io» sussurrò Porter. Poi le baciò la fronte e fece un cenno all'agente.

Trascorse l'ora successiva a raccontare a due diversi poliziotti cosa fosse successo, inclusa la sua storia con Miles. Le chiesero di poter perlustrare l'appartamento per cercare il gioco per cui smaniava e lei acconsentì. Non aveva nulla da nascondere, soprattutto il suo ridicolo gioco. Disse agli agenti che era disposta a dare a Miles cinquanta dollari per comprarsene uno nuovo, ma Porter l'avvertì di non dare nemmeno un centesimo al suo ex.

Quando chiuse la porta dietro l'ultimo agente, Riley riusciva a malapena a tenere gli occhi aperti.

«Andiamo» le disse.

Lo seguì senza parlare mentre la trascinava nella sua camera e in bagno. Aprì l'acqua nella vasca e, quando si scaldò, mise il tappo. Versò una buona quantità del suo bagnoschiuma prima di girarsi verso di lei.

«So che non è una vasca idromassaggio di lusso, ma penso che tu abbia bisogno di un lungo bagno caldo.»

Le si inumidirono gli occhi. Non riusciva a ricordare un momento in cui fosse stata coccolata in quel modo.

Le prese il viso tra le mani e glielo sollevò. «Ero così spaventato quando non riuscivo a trovarvi. Penso di aver perso dieci anni di vita questa sera.»

«Anch'io» ammise.

«Rilassati. Starò con Logan per un po' e mi assicurerò che stia bene.»

«Ha detto che aveva già esaminato quel nascondiglio. Scommetto che l'ha persino provato, per assicurarsi che si adattasse» gli disse.

Lui si accigliò. «Gli parlerò. Resterai qui stanotte? Non per fare sesso... voglio solo... voglio tenerti tra le braccia. Essere sicuro che tu stia bene.»

«Mi piacerebbe.» Ed era così. Avrebbe potuto fare il bagno

a casa, ma le piaceva stare lì con loro. E il pensiero di dormire nel suo letto, insieme a lui, era troppo allettante.

Porter si chinò e lei si alzò in punta di piedi. Il bacio che si scambiarono fu intimo e gentile invece che appassionato ed esplosivo. Era come se sapesse che aveva bisogno di tenerezza in quel momento. Odiava aver portato un pericolo alla sua porta e che Logan avrebbe potuto essere ferito a causa sua. I poliziotti le avevano detto che pensavano che Miles finalmente si fosse convinto che il gioco non era nel suo appartamento, ma non aveva idea se ciò lo avrebbe tenuto lontano. Era esageratamente incazzato quella sera e la cosa l'aveva spaventata a morte.

Scacciando quel pensiero, tornò al presente. Alle labbra di Porter sulle sue. Un attimo dopo si allontanò da lei e le accarezzò i capelli. «Metterò sul letto una delle mie magliette per te. Non ho dubbi che ti coprirà fino alle ginocchia. Ma se vuoi qualcosa da casa tua, fammelo sapere e vado a prenderla.»

Era sempre così dolce con lei. «La tua maglia va bene.» Aveva la sensazione che una volta infilata non gliel'avrebbe più restituita. Anche se non fosse successo nulla tra loro, cosa di cui dubitava, voleva qualcosa che le ricordasse quel momento. Come si fosse sentita amata. Desiderata e coccolata.

«Prenditi il tuo tempo» le ordinò prima di allontanarsi. Chiuse la porta del bagno e lei chiuse gli occhi e sospirò, indietreggiando fino ad appoggiarsi al ripiano, aggrappandovisi con le mani. Si spogliò ed entrò nella vasca.

Era stata una serata spiacevole. Spaventosa. Aveva programmato di andare a letto con Porter, ma non per dormire nel vero senso della parola. Anche se non poteva negare che il pensiero di rannicchiarsi contro di lui e addormentarsi tra le sue braccia fosse davvero allettante.

Riley non aveva idea di quanto tempo rimase nella vasca, ma si sentì molto più stabile quando alla fine uscì. Meglio ancora, profumava come Porter. Aprì la porta solo con un asciugamano intorno al corpo e vide che la camera era vuota. Prese la maglietta che le aveva lasciato sul letto e tornò di corsa in bagno.

Era più che pronta a fare l'amore con lui, ma non era comunque troppo ansiosa che la vedesse in tutta la sua gloriosa nudità.

Si infilò la maglietta e sorrise perché effettivamente la copriva quasi fino alle ginocchia. Si lavò i denti e pettinò i capelli, poi uscì. Avrebbe voluto sdraiarsi, ma prima si sarebbe assicurata che lui sapesse che aveva finito il bagno ed era presentabile.

Stava andando in soggiorno ma si fermò quando guardò nella camera di Logan.

Porter era seduto per terra accanto al letto e fissava il nipote che dormiva profondamente.

«Porter?» sussurrò.

Lui sollevò lo sguardo e si alzò subito. Il desiderio intenso nei suoi occhi mentre percorrevano il suo corpo dalla testa ai piedi quasi la bruciò.

«Sta bene?»

Annuì e uscì dalla stanza, lasciando la porta socchiusa. Le posò la mano sulla schiena e la condusse di nuovo nella sua camera.

Una volta entrati, non chiuse del tutto la porta ma la lasciò aperta di circa dieci centimetri, poi finalmente parlò. «È che... quando si è addormentato, non sono riuscito ad andarmene. Voglio così tanto bene a quel bambino, e odio aver perso tutti quegli anni. Stasera mi ha detto che odia la sua scuola. Che c'è un gruppo di ragazzi nella sua classe che sono cattivi, non solo con lui, ma con quasi tutti. Sono entusiasta che alla fine si sia aperto, ma mi dispiace di non poter fare di più per aiutarlo.»

«Penso che stasera tu gli abbia dimostrato di poter contare su di te quando ne ha bisogno» gli disse.

«Credo di sì. Ma penso che mi stia ancora nascondendo delle cose.»

«Porter, non ti dirà ogni piccola cosa che lo preoccupa. Devi dargli più tempo.»

«Lo so, ma mi lacera avere la sensazione che mi stia nascondendo qualcosa di importante.»

Riley si rese conto che non era l'unica che aveva bisogno di essere coccolata. Porter era appena tornato da una missione che doveva essere stata stressante, e ora aveva un bambino a cui badare. Quella sera si era spaventato, lo aveva ammesso, quindi anche lui aveva bisogno che lei fosse lì a sostenerlo.

«Vai a cambiarti» gli ordinò. «Poi vieni a letto.»

Sorrise stancamente. «Se fosse una qualsiasi altra notte, quelle parole mi avrebbero fatto venire subito un'erezione.»

«È un bene che avessimo già deciso che questa sera non saremmo arrivati a quel punto, vero?»

«Sono contento che tu sia qui e che stia bene» le disse.

«Anch'io. Ora vai. Io spengo le luci.»

Annuì, si voltò e andò verso il bagno.

Riley spense la luce sul soffitto e si infilò sotto le coperte. Porter non ci mise molto a unirsi a lei. Riuscì a intravedere le sue spalle larghe, la peluria sul petto e le gambe lunghe e muscolose prima che lui si sdraiasse a letto.

Poi si ritrovò tra le sue braccia. La sua pelle era calda e liscia, e sapeva che avrebbe dovuto sentirsi timida, ma essere lì le sembrava giusto. La maglietta che indossava le scivolò su lungo la gamba quando si voltò verso di lui e piegò il ginocchio, appoggiandolo contro la sua coscia.

Oz fece un sospiro profondo e Riley sentì la tensione lasciare il suo corpo. *Quello* era ciò di cui aveva bisogno. Quello di cui entrambi avevano bisogno. Non si sentiva a disagio, non era preoccupata di cosa avrebbe dovuto fare o di come toccarlo. Erano semplicemente due adulti che si confortavano a vicenda.

«Sai di me» mormorò.

«Lo so.»

«Mi piace di più quando profumi di te» le disse.

Riley sorrise. «Lo terrò a mente.»

Nessuno parlò per un minuto, poi Porter sussurrò: «Mi piace molto questa cosa.»

«Anche a me.»

«Mi dispiace di non essere tornato a casa prima.»

«No, no» lo rimproverò. «Miles lo avrebbe fatto a prescindere. È finita. Sto bene. Logan sta bene. Tu stai bene. Voltiamo pagina.»

Lo sentì sorridere contro i suoi capelli. «Ok, Ri.»

«Cosa c'è in programma domani?» gli chiese.

«Ho altre riunioni per concludere tutti gli aspetti della missione da cui siamo appena tornati. Devo occuparmi della scuola di Logan, perché se non è felice devo vedere cosa posso fare per rimediare. Credo che smetterò di cercare di combattere la burocrazia riguardo alle cose che potrebbe aver lasciato a casa di Becky. Odio questa situazione, ma sembra che non gli manchi davvero nulla di ciò che potrebbe aver avuto prima, quindi andremo avanti così. Voglio anche aggiornare il piano di assistenza familiare e inserirti come la persona con cui starà quando sarò di nuovo in missione... se sei d'accordo.»

«Certo che lo sono. Non è un problema. Non è difficile stare con lui quando non ci sei.»

«È solo che non vorrei pensassi che sia l'unica ragione per cui voglio stare con te. Ti vorrei anche se lui non ci fosse.»

«Lo so. È strano che poco tempo fa fossi pronta a farla finita con gli uomini. Poi ho incontrato te e Logan e ora non riesco a immaginare di non vedervi tutti i giorni.»

«Rimpiangi la velocità con cui ci muoviamo?» le chiese.

«No.» Ed era vero. Porter era completamente diverso da chiunque avesse frequentato. Sarebbe stata una stupida a mettervi un freno quando era più felice di quanto non fosse mai stata.

«Come va il lavoro? Ti stiamo ostacolando?»

«No. È tutto a posto» gli disse, contenta che l'avesse chiesto. «Non ho cambiato il numero di ore che lavoro al giorno, ma solo gli orari in cui lo faccio. È bello mettere via il computer e le cuffie al pomeriggio e rilassarmi con Logan, e con te quando torni a casa.»

«Bene. L'ultima cosa che voglio è che uno di noi due crei problemi al tuo sostentamento.»

E quello era solo un altro dei motivi per cui aveva perso la testa per l'uomo tra le sue braccia.

Non dissero nient'altro. Riley adorava la sensazione delle dita di Porter sulla sua schiena. La accarezzava distrattamente mentre la stringeva a sé. Alla fine, si rilassò completamente e lei si rese conto che si era addormentato.

Sorrise sentendo il suo respiro profondo – non russava, ma non era decisamente silenzioso – e chiuse gli occhi anche lei. Immaginò che ad alcune donne avrebbe potuto dar fastidio, ma quel sottofondo la faceva sentire meno sola. Come per Logan, le piaceva sapere che era lì, per ogni evenienza.

CAPITOLO TREDICI

Oz IMPIEGÒ qualche secondo per ricordare dove fosse e chi c'era a letto con lui, ma nel momento in cui successe, non poté fare a meno di sorridere. Il giorno precedente era stato terribile. Non era presente quando Riley e Logan avevano avuto bisogno di lui, ma suo nipote aveva fatto un ottimo lavoro nel non perdere la testa e a far nascondere entrambi.

Quando il bambino si era finalmente addormentato Oz era esausto; il ritorno a casa emotivamente difficile e la chiacchierata che aveva avuto con lui riguardo alla scuola, lo avevano stremato.

Addormentarsi con Riley tra le braccia era stato esattamente ciò di cui aveva bisogno. Non c'era stato nulla di imbarazzante la notte precedente, anche se era la prima volta che condividevano il letto. Era stato troppo stanco per fare qualcosa di più che pensare per un istante di toglierle la maglietta, ma poi la sua voce bassa e rassicurante lo aveva fatto addormentare.

Aveva davanti a sé un'altra lunga giornata. Lui e il resto della squadra dovevano finire la relazione su tutto ciò che avevano detto e fatto mentre erano in Somalia, e anche se di solito non gli dispiacevano i rapporti post operazione intensi, quello odierno sembrava più irritante del solito. Oz sapeva che il motivo era che voleva essere a casa con Logan e Riley.

Aveva chiesto a Brain se la sensazione di insofferenza verso il lavoro sarebbe mai svanita, e il suo compagno di squadra si era limitato a sorridere e a scuotere la testa. «Impari a conviverci. Ma aiuta che la tua donna accetti il tempo che l'esercito vi sottrae.»

Riley *accettava* il suo lavoro. Aveva fatto il possibile per rassicurarlo e assicurarsi che né lui né Logan si sentissero un peso. Oz sapeva che avrebbe dovuto fare di più per dimostrarle quanto la apprezzasse, ma non sapeva come.

Era bravissima a dimostrare con dei piccoli gesti quanto spesso li pensava. Per esempio, qualche giorno prima, aveva comprato loro dei vassoi uguali a scomparti... per far sì che i vari cibi non si toccassero. Era stato un regalo carino e pratico. Si era sentito un po' sciocco a mangiare da un vassoio, ma aveva adorato il sorriso di Riley quando aveva visto che li stavano effettivamente usando.

Le cose tra loro si erano mosse velocemente, ma sapeva fin nel profondo che era quella giusta per lui. Aiutava che la sua squadra lo supportasse totalmente. Nessuno aveva messo in dubbio il loro rapporto. Nessuno lo aveva avvertito di rallentare. Trigger, Lefty e Brain ci erano passati, e Oz era determinato a non permettere che un pazzo terrorista, sicario o ex, facesse del male alla sua donna.

Pensare al suo ex ragazzo lo rendeva ansioso. Miles non era solo uno stronzo, ma anche stupido per averla lasciata andare. Quell'uomo non aveva idea di quanto fosse straordinaria. Ma peggio per lui e meglio per Oz; avrebbe fatto tutto ciò che era in suo potere per assicurarsi che il bastardo rimanesse lontano dalla sua famiglia.

La sua famiglia...

Avrebbe dovuto andare fuori di testa anche solo pensando

a quelle parole, invece si sentiva contento. Era per *quello* che faceva quel lavoro. Perché la sua donna e suo nipote potessero essere protetti dai mali del mondo.

Riley si mosse contro di lui e Oz abbassò lo sguardo. Aveva le labbra un po' arricciate e sentì la sua gamba liscia e setosa contro la coscia. Sembrava che nessuno dei due si fosse spostato durante la notte. Si sentiva ben riposato, e più a lungo restava lì accanto a lei, più si eccitava.

Ma in quel momento invece di sentirsi obbligato a fare sesso, preferì godersi semplicemente l'intimità di svegliarsi accanto a un'altra persona.

Notò un movimento con la coda dell'occhio, alzò lo sguardo e vide Logan sulla soglia della camera da letto. «Buongiorno, Slugger. Vuoi unirti a noi?»

Anche se aveva parlato a bassa voce, Riley si stiracchiò contro di lui.

«Siete vestiti, vero?» chiese il bambino.

Lei doveva aver sentito la sua domanda, perché si mosse nervosamente. La gamba nuda che scivolava sopra la sua smentì le sue parole successive.

«Ovvio. Vieni qui.»

Logan entrò e salì sul letto. Si distese perpendicolarmente ai loro piedi, appoggiando la testa sulla mano e fissandoli.

Oz si mise seduto, tenendo il braccio avvolto intorno a Riley così non ebbe altra scelta che farlo anche lei. Le coperte nascondevano le parti basse e, fortunatamente, l'apparizione di suo nipote aveva ucciso la sua erezione mattutina.

«Hai dormito bene?» gli chiese.

Il ragazzo annuì, ma era ovvio che avesse qualcosa in mente.

«La situazione è complicata in questo momento, ma ieri sera ti ho promesso che saremmo andati a visitare le altre scuole della zona per vedere se ce n'è una che ti piace di più.

So che non volevi andare a quella della base, ma potrebbe piacerti se ci provassi» gli disse.

Logan annuì di nuovo.

«C'è qualcos'altro nella tua mente, ragazzo?»

«È... è sempre giusto mantenere dei segreti? Cioè, tipo quelli davvero grandi?» gli domandò Logan.

Oz sentì Riley irrigidirsi contro di lui, ma fece del suo meglio per non reagire in modo esagerato. Non era sicuro di essere qualificato per affrontare delle questioni complesse, ma ci provò. «È una domanda difficile a cui rispondere senza conoscere il segreto, ma per come la vedo io, i segreti crescono e diventano un peso sempre più grande con il tempo. Condividerli con qualcuno di cui ti fidi può aiutarti a non sentirli così opprimenti.»

Logan lasciò cadere la mano e si girò sulla schiena fissando il soffitto mentre Oz continuava.

«Il fatto è che per alcuni segreti può essere giusto, come quando Riley non ci ha detto di averci comprato quei fantastici vassoi. Sapevamo che ci stava nascondendo qualcosa, ma poi la sorpresa è stata emozionante e divertente. Ma altri possono essere dannosi, o per la persona che li tiene o per quella di cui si tratta. Quelli non sono positivi.»

Il bambino annuì. «È difficile capire di chi ci si può fidare.»

Oz odiava l'incertezza nel tono di suo nipote. Avrebbe voluto dirgli che poteva assolutamente fidarsi di lui, e chiedergli quale segreto stesse nascondendo, ma si prese un momento per pensare alla risposta da dargli.

Riley fu più veloce.

«Quando avevo la tua età, nessuno sapeva della mia situazione con mia madre e mio padre. Ero la nuova ragazza a scuola, dato che ho dovuto cambiarla quando mi hanno portata via da casa mia, e non avevo dei buoni amici di cui fidarmi. Una volta la mia insegnante mi ha chiesto di rimanere dentro durante la ricreazione. Ero spaventata a morte, pensando di essere nei guai. Ma lei mi ha abbracciato e detto che aveva notato che faticavo con i compiti in classe e mi ha chiesto se c'era qualcosa che non andava. Se a casa fosse tutto a posto. Ho pianto e le ho raccontato che vivevo con degli estranei e stavo aspettando che i miei genitori venissero a prendermi non appena avessero potuto farlo. E sai cos'è successo?»

La guardò. «Cosa?»

«La mia insegnante mi ha dato più tempo per portare a termine il mio lavoro. Non era a conoscenza dei miei problemi, ma dato che gliel'avevo detto, è stata più tollerante. Ogni giorno mi chiedeva come stavo e si assicurava che stessi bene. La sua attenzione mi ha aiutato molto. È stato difficile fidarsi di lei con il mio segreto, ma dopo che l'ho fatto, mi sono sentita molto meglio. Non l'ho detto ai miei compagni di classe, ma anche solo il fatto che lo sapesse quell'unica persona, e che mi abbia dato più tempo per i compiti, mi ha tolto un gran peso.»

Logan annuì e girò la testa per guardare di nuovo il soffitto.

Oz avrebbe voluto pregarlo di condividere qualunque cosa ritenesse fosse un grande segreto, ma voleva anche che lo facesse di sua spontanea volontà. Che si fidasse di lui abbastanza da dirgli qualunque cosa lo stesse angustiando. Guardò Riley e capì che condivideva la sua preoccupazione, ma era disposto a dare al bambino il tempo di pensare a ciò che avevano detto.

Le strinse la spalla e sentì la punta delle sue dita premere sul suo petto in risposta. Amava il modo in cui riuscivano a comunicare senza parlare.

«Stavo pensando... a Killeen c'è un programma di baseball giovanile. Saresti interessato a dare un'occhiata?» chiese Oz a Logan.

Suo nipote si sedette di scatto. «Davvero? Tipo, per poter giocare, non solo guardare?»

«Sì davvero. E ovvio, per farti giocare.»

«Ma non è costoso?»

«Non ho idea di quanto costi, ma ho la sensazione che sarai davvero bravo, Slugger. Hai un ottimo braccio per lanciare e non hai problemi a colpire la palla quando te la lancio. Se vuoi giocare, troverò un modo per assicurarmi che tu lo faccia.»

Gli occhi di Logan si fecero grandi e annuì lentamente, come se avesse paura che mostrando troppo entusiasmo, il suo più grande desiderio sarebbe svanito.

«Va bene allora. Farò qualche ricerca per vedere come iscriverti a una società e quando fanno gli allenamenti. Se riusciamo a farti entrare in una squadra, inizierai non appena te lo permetteranno.»

Il bambino a quel punto fece un sorriso enorme e spensierato che Oz non aveva mai visto sul suo viso. «Fantastico!» gridò, poi scese dal letto e andò verso la porta.

«Dove stai andando?»

«Devo controllare la mia roba da baseball. Assicurarmi che sia pulita così da poter essere pronto per quando inizierò gli allenamenti!» esclamò, senza voltarsi indietro. Scomparve dalla porta prima che Oz potesse dire altro.

«Penso che sia eccitato» disse in modo ironico Riley.

«Tu dici?» Si mosse così rapidamente, che all'improvviso si ritrovò distesa sulla schiena a fissarlo sorpresa mentre incombeva su di lei. «Sei bellissima.»

Non si stupì quando lei arrossì. «Sì, come no. Mi sono appena svegliata e probabilmente i miei capelli sono un disastro.»

«È così» concordò, sorridendo quando lei arricciò il naso. «Ma è perché hai dormito tra le mie braccia. Nel mio letto. Tutta la notte. Quindi, è la cosa più bella che abbia mai visto.»

«Porter» sussurrò.

«La scorsa notte ha significato tutto per me» le disse. «Avevo bisogno della connessione con un altro essere umano. Con *te*. Ma ha anche rafforzato il mio desiderio che tutto questo» fece un gesto tra loro con una mano, «accada. Io e te. Frequentarci. Fare l'amore. Cercare di capire come far crescere Logan in modo che sia un bambino normale e ben adattato. Quando penso a tutti i modi in cui potrei rovinargli la vita mi spaventa a morte. Ma insieme formiamo una bella squadra. Dimmi che lo vuoi anche tu. Che vuoi essere mia. Che il fatto che io abbia un bambino non ti spaventa.»

«Non mi spaventa» ribatté subito Riley. «Ho sempre desiderato una grande famiglia.»

L'uccello di Oz si contrasse a quelle parole. Ovviamente lei lo sentì, perché gli sorrise timidamente.

«Cazzo. Giusto. Ok, in questo momento non c'è tempo per dimostrarti perché *amo* quell'idea, ma salvo altri disastri, ex fidanzati che impazziscono o l'esercito che mi chiama in missione domani, stasera mi assicurerò che tu sappia quanto significhi per me. Voglio sprofondare così tanto dentro di te da farci sentire come fossimo una cosa sola. Voglio vederti raggiungere un orgasmo così intenso, da farti perdere i sensi per poi esplodere di piacere anch'io. Succederà, Ri. Qui. Da quando mi hai detto che ti eri masturbata nel mio letto, giuro che ti sento sulle lenzuola. Ho bisogno di te. E non solo per il sesso, anche se ho la sensazione che sarà strepitoso, ma perché tu sei *tu*.»

«Oh... wow» sussurrò lei.

«Lo so. È stata una bella tirata. Ma fanculo. La vita è troppo breve per non inseguire ciò che vuoi. E io voglio te, Riley Rogers. Tutto di te.»

«Ti voglio anch'io.»

«Bene. Ora... per quanto ami averti qui con nient'altro che

la mia maglietta, devo chiederti per favore di metterti i jeans prima che andiamo là fuori per far mangiare mio nipote.»

Riley ridacchiò. «Posso farlo. Ma tu devi metterti una maglia. Vederti a torso nudo potrebbe essere troppo per la mia libido.»

Oz scoppiò a ridere. «Giusto.» Poi si fece serio. «Funzionerà tra di noi» dichiarò.

«Lo spero. Non desideravo così tanto qualcosa da molto tempo.»

«Funzionerà. Vuoi che prepari io i pancake stamattina o vuoi farli tu?»

«Io preparo la pastella se tu li cucini. A Logan piace quando crei le forme, io faccio schifo. I miei sembrano solo strane masse informi.»

«D'accordo.» Si chinò e le baciò la fronte. «Ti bacerei come si deve, ma ho l'alito mattutino. E comunque se cominciassi, potrei non essere in grado di smettere» ammise.

Gli sorrise. «Non credo di aver mai sentito un uomo ammettere che il suo alito potrebbe essere cattivo.»

«Sarò il tuo primo in molte cose» dichiarò con sicurezza. Dopo aver sentito alcuni dei suoi commenti, aveva la sensazione che nessun ragazzo si fosse mai preso il tempo per soddisfarla veramente e lui era decisamente pronto a farsene carico.

Oz si sollevò e rotolò di lato. Intravide la sua coscia nuda e le mutandine rosse prima di distogliere lo sguardo. Più tempo passava con Riley, più ne *voleva* trascorrere con lei. E poteva dire onestamente che non era mai successo in passato.

«Userò il bagnetto in corridoio» gli disse.

«Grazie per essere rimasta» ribatté dalla sicurezza della soglia del bagno.

«Grazie per avermi *permesso* di rimanere»

«L'invito è valido a vita» gli sfuggì. Non aveva avuto intenzione di invitarla praticamente a trasferirsi, ma stava già trascorrendo un sacco di tempo a casa sua, già che c'era, poteva assicurarsi che sapesse quanto fosse davvero la benvenuta.

Lei strinse le labbra e annuì.

Rimase un po' deluso. Avrebbe voluto che accettasse subito e iniziasse a discutere quali cassetti usare, ma d'altronde non era da lei, sarebbe stata cauta per non imporsi.

Oz aveva la sensazione che non sarebbe mai stata un'imposizione.

«Il tempo stringe» scherzò. «Vai a preparare la pastella. Controllerò Logan e mi assicurerò che sia pronto per andare a scuola e non sia troppo preso dalla roba da baseball.»

«Goditi la doccia» gli disse con un sorriso, poi scese dal letto, si infilò i jeans e uscì dalla stanza.

La osservò finché non scomparve nel corridoio, poi si costrinse a chiudere la porta del bagno. Avrebbe dovuto sicuramente occuparsi della sua erezione sotto la doccia, ma per come si sentiva in quel momento e con il ricordo ancora fresco di Riley tra le sue braccia, sapeva che non ci sarebbe voluto molto per raggiungere l'orgasmo. Lo teneva in pugno senza nemmeno rendersene conto, e gli piaceva.

———

Era stato difficile per Riley concentrarsi sul lavoro dopo essere tornata nel suo appartamento. Le ci era voluta un'ora o due per prendere il ritmo. Pensieri su Logan e Porter le riempivano la mente. Non riusciva a credere di aver passato tutta la notte tra le sue braccia ed era stato molto meglio di tutte le sue fantasie. Il suo corpo l'aveva tenuta calda, ma non troppo, e si era sentita al sicuro accanto a lui. Più di quanto si fosse sentita da molto tempo... forse mai.

Se la sera precedente fosse tornata al suo appartamento, probabilmente avrebbe avuto degli incubi in cui Miles sfondava la porta e le metteva le mani addosso. Invece, aveva dormito come un bambino. Porter non avrebbe permesso a nessuno di farle del male. Era confortante ed emozionante allo stesso tempo.

Logan continuava a spezzarle il cuore. Odiava che avesse trovato un nascondiglio nel caso gli fosse servito. Non avrebbe dovuto avere quel tipo di preoccupazioni, avrebbe dovuto sentirsi al sicuro con suo zio. Ma dato che Porter era un estraneo, e il bambino aveva chiaramente avuto un'infanzia difficile fino a quel momento, aveva sentito il bisogno di elaborare un piano di emergenza, nel caso le cose si fossero messe male.

E quella mattina, quando aveva parlato di segreti... Riley avrebbe voluto prenderlo in braccio e tenerlo stretto, e dirgli che poteva assolutamente fidarsi di loro. Ma era chiaro che gli servisse più tempo. Sperava solo che non ci mettesse molto. Aveva la sensazione che i due avessero bisogno l'uno dell'altro, e prima Logan si fosse reso conto di potersi fidare dello zio, prima sarebbero stati felici entrambi.

Tuttavia, sapeva meglio di chiunque altro che la fiducia non poteva essere forzata. Porter avrebbe dovuto in qualche modo dimostrare a suo nipote che poteva fare affidamento su di lui per qualunque cosa.

Dopo pranzo, mentre lavorava, notò qualcosa con la coda dell'occhio che attirò la sua attenzione. Era il suo telefono. Dato che usava le cuffie antirumore, attivava sempre l'avviso flash che le faceva capire quando riceveva una chiamata. Non che ne ricevesse tantissime, ma quando succedeva, voleva rispondere.

Si tolse le cuffie e prese il cellulare. Rispose con un po' di diffidenza, dato che non riconobbe il numero.

«Pronto?»

«Parla Riley Rogers?»

«Sì.»

«Salve. Sono il preside McClain. C'è stato un incidente con Logan Reed e non siamo riusciti a contattare il suo tutore. Lei è elencata come contatto di emergenza.»

Le sembrò che il cuore smettesse di battere. «Logan sta bene?»

«Sì, sta bene. Ma abbiamo bisogno che qualcuno venga a scuola a prenderlo. È stato sospeso con effetto immediato.»

Che cazzo? Sospeso? Riley aveva un milione di domande, ma si stava già muovendo. Non aveva idea di cosa fosse successo, sapeva solo che doveva andare da Logan. «Sto arrivando. È sicuro che stia bene?»

«Sì. Entri dalle porte principali. Dovrà suonare per farsi aprire, poi venga direttamente in presidenza. Si trova alla sua destra non appena entra.» La voce dell'uomo era chiara e impassibile.

«Va bene. Arrivo tra dieci minuti.»

«A presto» disse il preside, e chiuse la chiamata.

Mentre correva giù per le scale, provò a chiamare Porter, ma rispose la segreteria telefonica. Una volta le aveva detto che quando erano in riunione, spegnevano i cellulari per potersi concentrare. Aveva senso, dato che non si sedevano a parlare del tempo, probabilmente stavano discutendo di sicurezza nazionale, cose estremamente delicate e super-segrete, ma al momento l'agitava non riuscire a contattarlo.

Mise il telefono nella borsa e corse alla sua macchina nel parcheggio del condominio. La Toyota Camry era vecchia e decisamente non di lusso paragonata all'Expedition di Porter, ma la portava in giro in sicurezza, quindi le andava bene.

Dopo otto minuti e mezzo si fermò davanti alla scuola. Parcheggiò nel posto dei visitatori e corse fino alle porte. La fecero entrare subito e si affrettò ad andare in presidenza. Doveva vedere Logan di persona. Assicurarsi che stesse davvero bene.

Quando entrò c'era un ragazzo seduto contro la parete in

un lato della stanza. Aveva i capelli rossi e teneva un impacco di ghiaccio sul viso e invece di essere sconvolto per la botta, ebbe l'audacia di farle un sorrisetto compiaciuto.

Si sentì rabbrividire. Il ragazzino poteva essere un coetaneo di Logan, ma le ricordava fin troppo bene i bulli con cui aveva avuto a che fare quando aveva la sua età; sembrava che non gli importasse di nulla, di certo non di ferire i sentimenti di qualcun altro.

Rivolse l'attenzione alla segretaria e disse: «Sono Riley Rogers. Sono qui per Logan Reed.»

«Vada pure nell'ufficio del signor McClain. Logan è lì.»

Annuì, e ignorando il bambino che sentiva la stava fissando, aprì la porta cercando di non sentirsi a disagio di trovarsi nell'ufficio del preside. Era un'adulta, ma supponeva che alcune cose non cambiassero mai.

Logan era su una sedia, con le gambe che penzolavano. Teneva la testa abbassata, ma la sollevò quando lei entrò, e l'espressione di assoluto terrore sul suo viso quando la guardò la fece vacillare. Aveva paura di *lei*?

Andò dritta da lui e gli si inginocchiò davanti. Posò lievemente le mani sulle sue ginocchia. «Tutto bene?»

Annuì.

«Sicuro?»

Annuì di nuovo.

Riley avrebbe voluto dire di più. Voleva che le parlasse, ma era ovvio che in quel momento era completamente chiuso. Avrebbe dovuto scoprire cos'era successo dal preside.

«Grazie per essere venuta così in fretta. Sono il dottor Leonardo McClain» disse l'uomo, tendendole la mano.

Avrebbe voluto alzare gli occhi al cielo. Aveva usato il suo titolo di proposito. Probabilmente voleva assicurarsi che sapesse che lì era lui quello importante, quello con il dottorato.

Gli strinse la mano e disse: «Riley Rogers.»

«Bene.» Il preside si sedette, poi fece un cenno a Logan. «Oggi abbiamo avuto un grosso problema. Il signor Reed ha dato un pugno a Gary Wittingham, un altro studente della sua classe, abbastanza forte da lasciargli un livido sul viso.»

«Perché?»

L'uomo sbatté le palpebre.

Riley non interruppe il contatto visivo con lui.

«Non credo che importi il motivo. Il punto è che non tolleriamo nessun tipo di aggressione fisica nella nostra scuola».

«Lo capisco e penso che sia un'ottima politica. Vorrei comunque sapere perché Logan ha picchiato questo ragazzo. Il contesto ha importanza.»

«In realtà, no» ribatte il preside in modo pomposo.

Era già stufa del suo atteggiamento, così si rivolse al bambino. «Perché hai picchiato Gary?»

Per un secondo, pensò che non le avrebbe risposto. Si guardò le mani in grembo, rifiutandosi di incontrare il suo sguardo, ma alla fine disse: «Ha toccato Lacie.»

Riley si accigliò. «Cosa?»

Questa volta la guardò e ripeté a voce più alta. «Ha toccato Lacie. È nella mia classe ed è grassa, quindi nessuno le parla molto. Ma è sempre gentile con me. Durante la ricreazione, Gary la prendeva in giro. Parlava delle sue... *tette*.» Sussurrò l'ultima parola, era ovvio che fosse imbarazzato anche solo a pronunciarla e ancor di più a parlare di quella parte dell'anatomia di una ragazza. «Poi l'ha spinta contro il muro, lontano dalla vista degli insegnanti, e le ha messo le mani addosso. *Là*. Ho visto che Lacie era davvero spaventata e ho detto a Gary di smetterla, ma lui mi ha chiesto cosa avevo intenzione di fare se non l'avesse fatto. Così gli ho dato un pugno. Lacie è scappata piangendo. Gary è andato dritto dall'insegnante a dire che l'avevo picchiato.»

Riley non ci vide più. Non era arrabbiata con Logan. No,

era estremamente incazzata che gli adulti avessero tradito non solo Lacie, ma anche Logan.

Si alzò in piedi e fissò il preside. «Bene, quindi lo sta sospendendo per aver protetto una bambina?»

L'uomo non batté ciglio. «No, è stato sospeso per aver picchiato un altro bambino. Come ho detto, qui non tolleriamo la violenza fisica.»

«Ma le molestie sessuali *sono* accettabili?» ribatté.

Sembrò sorpreso per un momento, poi disse: «I ragazzi qui sono troppo piccoli per sapere cosa siano. Logan avrebbe dovuto chiedere a un insegnante di gestire la situazione. La violenza non è la soluzione.»

Riley avrebbe voluto strapparsi i capelli. «Quindi mi sta dicendo che Logan avrebbe dovuto lasciare Lacie da sola con quel prepotente, che le stava toccando le *parti intime*, per andare a cercare un insegnante? È ridicolo! Chissà cos'avrebbe potuto farle il ragazzino nel tempo impiegato per chiedere aiuto.»

«Non possiamo permettere che i bambini si picchino a vicenda» insistette.

«Non può nemmeno permettere che si aggrediscano sessualmente a vicenda» sbraitò di rimando.

Un trambusto nell'anticamera le impedì di dire altro.

Sentirono la segretaria dire: «Non può semplicemente...»

E Porter entrò.

Andò dritto da Logan, proprio come aveva fatto lei, e gli mise una mano sulla spalla. «Stai bene, Slugger?»

Lui annuì, ma tenne di nuovo lo sguardo abbassato, rifiutandosi di incontrare quello di suo zio.

«Cosa sta succedendo? Ero in riunione e non potevo rispondere al telefono, ma quando abbiamo fatto una pausa ho visto che la scuola aveva chiamato diverse volte, e anche Riley. Ho pensato che fosse successo qualcosa e sono venuto dritto qui. Ho chiamato mentre ero per strada ma la sua segretaria non ha voluto dirmi niente, solo che Riley era qui e Logan era nei guai»

«Si sieda per favore, signor Reed» disse il preside.

«Preferisco stare in piedi» replicò Porter in tono duro.

Riley non poté fare a meno di ammirare la sua fermezza.

«Va bene, sono il dottor Leonardo McClain, il preside.»

«Quello l'avevo capito. Qualcuno può dirmi per favore cosa cazzo sta succedendo?»

Notò il preside accigliarsi, e pensò che fosse perché non gli piaceva che avesse imprecato. Ma quello era sicuramente il momento giusto per dire qualche parolaccia, e Porter non sapeva ancora cosa fosse successo.

Decise di chiuderla con le stronzate e di renderlo partecipe di quel casino. «Logan ha visto un bambino di nome Gary toccare il petto di una ragazza e gli ha tirato un pugno. Al *dottor* McClain non importa il *motivo* per cui ha picchiato il bullo, solo che l'abbia fatto. Così l'ha sospeso.» Non riuscì a impedirsi di mostrare disprezzo nella voce.

Vide il corpo di Porter irrigidirsi, la sua mascella contrarsi.

Non.

Era.

Felice.

«Guardami, Logan» ordinò a suo nipote.

Con riluttanza, il bambino sollevò il mento e guardò in alto – molto in alto – negli occhi di suo zio.

«È quello che è successo? Stavi proteggendo quella ragazza?»

«Sì, signore.»

Non lo aveva mai sentito chiamare suo zio "signore"; era evidente quanto fosse terrorizzato di essere nei guai.

Porter strinse di nuovo la spalla di Logan, poi guardò il preside. «Quindi sospende mio nipote perché ha colpito qualcuno che stava aggredendo una delle sue studentesse. Cosa succederà all'altro bambino? Suppongo che sia quello seduto nell'altra stanza.»

«Suo padre sta venendo a prenderlo per portarlo in ospedale e assicurarsi che non sia ferito più di quanto pensi la nostra infermiera» rispose.

«E?» sbraitò.

«E dovrà scusarsi con la ragazzina in questione.»

Riley pensò che gli occhi di Porter gli sarebbero usciti dalle orbite. «Non può parlare seriamente, cazzo.»

«Devo chiederle di fare attenzione al linguaggio.»

«*Non* sta scherzando» disse scuotendo la testa. «Ha proprio intenzione di costringere quella ragazzina, che probabilmente era terrorizzata quando Gary l'ha toccata, ad affrontare il suo aggressore e accettare le sue scuse *forzate e false*. È la cosa più stupida che abbia mai sentito. Cosa farà per proteggere lei e le altre ragazze da questo idiota d'ora in poi? E presumo che le sue patetiche ragioni significhino che l'altro ragazzino non è stato sospeso, vero?»

«Lui non ha picchiato nessuno» rispose con un po' meno arroganza.

«Giusto. Ha solo toccato una ragazza in modo inappropriato senza il suo permesso. È *molto* meglio. Quanto durerà la sospensione?»

«Una settimana.»

Lui annuì. «Dai, Logan. Abbiamo finito qui.»

Riley era sicura che l'autocontrollo di Porter fosse aggrappato a un filo, ma non poteva fare a meno di rispettarlo ancor più di quanto già non facesse. Non aveva intenzione di rimanere e permettere che il presuntuoso dottor McClain lo trattasse con supponenza per un altro secondo.

Logan si alzò. Aveva le spalle curve ed era ovvio che temesse di trovarsi da solo con suo zio. Lui gli tenne una mano sulla spalla mentre lo accompagnava fuori dall'ufficio del preside.

Gary aveva ancora un'espressione compiaciuta seduto lì contro il muro, e Riley era sicura che Porter l'avesse notato, ma non disse una parola mentre camminavano verso l'uscita. Il suo silenzio di tomba era un po' intimidatorio anche per lei, nonostante non aveva dubbi sul fatto che non fosse un uomo violento.

Parlò solo quando furono fuori dall'edificio. «Tu vieni con noi.» le ordinò.

Non si rifiutò; avrebbe pensato più tardi a come andare a riprendere la macchina. Non era che uscisse molto, poteva farne a meno per un po'. Sperava solo che la scuola non la facesse portare via.

Dimostrando di essere più vigile che mai, le disse: «Chiederò a uno dei ragazzi di riportare la tua macchina a casa.»

Lei si limitò ad annuire.

Porter aprì la portiera per Logan e aspettò che salisse. Prima di chiuderla, lo avvertì: «Devo parlare un attimo con Riley, Slugger. Porta pazienza.»

Aspettò che suo nipote annuisse poi la chiuse. La prese per il braccio e la condusse dietro alla macchina. Si fermò e la attirò a sé così velocemente che le girò la testa per un secondo, ma non esitò ad abbracciarlo. Lo sentì tremare mentre la stringeva.

«Porter?»

«Sto bene. Sono solo *molto* incazzato in questo momento.»

Tenne la bocca chiusa, non sapendo cosa dire per aiutarlo. Tutto ciò che poteva fare era tenerlo stretto.

Non ci volle molto perché Porter riprendesse il controllo. Alzò la testa e le disse: «Grazie per essere arrivata da lui velocemente. Mi dispiace di non essere stato raggiungibile.»

«Nessun problema. È per quello che mi hai indicato come contatto di emergenza.»

«Essere un genitore è dannatamente più difficile di quanto pensassi. Non sono sicuro che sopravvivrò» ammise.

«Lo farai» lo rassicurò.

Lui sospirò. «Ok, Logan è spaventato e devo calmarlo. Grazie per essere venuta con noi.»

«Figurati.»

Le prese la mano e la condusse sul lato del passeggero del SUV. Aspettò che si sistemasse sul sedile prima di tornare al posto di guida. Senza dire una parola, avviò il motore e uscì dal parcheggio.

Riley pensava che stessero andando dritti a casa, ma si rese conto abbastanza presto che non fosse quella la destinazione. Non aveva idea di dove stesse andando, ma non disse nulla.

Rimase piuttosto scioccata quando si fermò in un centro commerciale e parcheggiò proprio di fronte a una gelateria.

Porter spense il motore e iniziò a scendere dall'auto. «Dai, non statevene lì» disse, quando nessuno dei due si mosse.

Era confusa, non capiva cosa volesse fare, ma fece come aveva chiesto e scese dalla macchina.

Li condusse nella gelateria e comprò per tutti e tre delle enormi coppe di gelato, poi trovò un tavolino nella parte anteriore del locale.

Logan sembrava sul punto di piangere, ma continuava a non parlare. Mangiò qualche cucchiaiata, ma era ovvio che non avesse appetito.

«Ok, allora, penso di essere abbastanza calmo ora per parlarti di quello che è successo» disse Porter. «Se ho capito bene, una ragazza in cortile è stata toccata da questo Gary, e non le piaceva. Quindi gli hai tirato un pugno per farlo smettere e lui l'ha spifferato. Giusto?»

Il bambino annuì. «Lacie è timida. È anche grassa. Non lo dico con cattiveria, ma è così. È più grossa delle altre ragazze della mia classe. Gary la prende sempre in giro. La insulta e grugnisce quando l'insegnante non può sentirlo. La rende davvero triste. Lei è stata gentile con me, non come Gary o gli altri bambini. Durante la ricreazione l'ha portata dietro a un angolo del cortile, dove gli insegnanti non potevano vederlo, l'ha spinta contro il muro e le ha strizzato... lo sai. Lacie era spaventata, si vedeva, e gli ha detto di smetterla, ma lui non l'ha fatto. Lei ha iniziato a piangere così sono andato lì e gli ho detto anch'io di smetterla. Ha risposto di no. Poi mi ha detto di provare a farlo smettere. Così l'ho fatto.»

Le parole di Logan erano affrettate, come se volesse tirare fuori tutto prima che suo zio iniziasse a urlargli contro.

Porter gli mise una mano sulla nuca, sporgendosi in avanti in modo che il loro visi fossero solo a pochi centimetri di distanza. «Sono orgoglioso di te, Slugger.»

Logan sembrò scioccato. «Eh?»

«Sono orgoglioso di te» ripeté. «Non eri obbligato a intervenire. Avresti potuto ignorare ciò che stava succedendo, ma non l'hai fatto. Hai aiutato Lacie quando ne aveva bisogno. Sai che io e tua madre non eravamo in buoni rapporti, ma devo dire che è riuscita a crescere un bambino molto bravo. So che lei ha commesso degli errori, ma non potrei essere più felice di ciò che hai fatto.»

«Ma ho dato un *pugno* Gary.»

«Vero» concordò. «E il coglione se lo meritava. Nessuno dovrebbe toccare le parti intime di qualcuno senza il suo consenso. Sai cos'è il consenso?»

«Sì. Significa senza che dicano che va bene» rispose.

«Esatto. Non mi interessa se qualcuno ha cinque anni o novantacinque. Non va *mai* bene. E questo vale per uomini e donne, bambine *e* bambini. Non si fa. Mai. Hai fatto la cosa giusta e avrai sempre il mio appoggio per quanto riguarda proteggere gli altri da qualcosa del genere.»

«Ma... sono stato sospeso» disse, con le labbra tremanti.

«Sì. Il che ci dà del tempo per capire a quale altra scuola iscriverti.»

Logan sembrò speranzoso. «Veramente?»

«Non sei soddisfatto di quella che frequenti e ce ne sono altre in questa zona. Non molte, ma ci sono. Possiamo andare a visitarle e vedere se riusciamo a trovarne una che ti piace. Te l'avevo già detto che ero disposto a farti cambiare, ma dopo ciò che è successo oggi non ti lascerei mai tornare alla scuola di quello stronzo, anche se tu lo volessi.»

Riley vide gli occhi del bambino riempirsi di lacrime. Mise la mano sul braccio di Porter, volendo sentirsi connessa a entrambi. Anche lei era orgogliosa di quello che aveva fatto, ed era così sollevata che lo zio lo stesse lodando invece di urlargli contro. Non che pensasse che si sarebbe arrabbiato con suo nipote, ma la sospensione era una cosa seria.

«So che gli ultimi mesi non sono stati facili, Slugger. Voglio fare tutto ciò che è in mio potere per aiutarti a sentirti a tuo agio. Non mi aspetto che tu sia perfetto, ma insisterò che tu sia rispettoso e una brava persona. E finora, sono stato sconvolto positivamente dal tipo di giovane che stai diventando. Avresti potuto essere pieno di rabbia e cattivo come quell'idiota di Gary, ma non lo sei. Hai dimostrato compassione ed empatia per gli altri, come con Lacie. Questo ti porterà lontano nella vita, e anche se odio il fatto di non averti conosciuto prima, sono davvero felice di averti con me ora.»

Logan non replicò, ma le lacrime traboccarono dai suoi occhi. Li strinse forte, come se si vergognasse.

«Non essere imbarazzato di piangere, Slugger» gli disse, asciugandogli le guance con la mano libera. «Preferisco di gran lunga che mostri le tue emozioni piuttosto che affronti la vita come un robot.»

«Tu piangi mai?» gli chiese.

Annuì. «Sì. Ho visto molto nella mia vita, quindi ce ne vuole per commuovermi fino alle lacrime, ma quando succede, non cerco di trattenerle.»

«Tipo quando?»

Riley stava vedendo un lato di Porter che non si aspettava, ed era interessata alla sua risposta tanto quanto Logan.

«Ero in missione. Eravamo in un paese molto povero, e anche se so che abbiamo vite privilegiate qui negli Stati Uniti, non ero comunque pronto per quello che ho visto. Stavamo pattugliando, abbiamo girato l'angolo e c'era un vicolo. Ho guardato in basso, per assicurarmi che non ci fossero nemici in agguato e ho visto un ragazzino, probabilmente della tua età, anche se pesava una trentina di chili in meno di te; era estremamente magro. Stava sopra un mucchio di una decina di cani morti. Cercava di venderli come carne.

È stata la cosa più triste che avessi visto da tempo. Mi dispiaceva che il ragazzo dovesse farlo, e per quei cani. Ho pianto per almeno un'ora dopo averlo visto. Dovevo continuare a pattugliare, quindi non potevo fermarmi e sfogare il mio dolore. Ma le lacrime non si fermavano. Gli altri ragazzi non mi hanno preso in giro. Non mi hanno detto di "fare l'uomo" o qualche altra ridicola cosa da macho. Mi hanno sostenuto in silenzio lasciandomi esternare le mie emozioni. Voglio che lo faccia sempre anche tu. Se sei felice, triste o frustrato... puoi piangere. Non ti rende meno uomo, capito?»

Logan annuì.

Riley sentì le lacrime sul proprio viso. Non riusciva a immaginare il tipo di cose che poteva aver visto durante le sue missioni. Aveva solo pensato che fossero tutte pericolose e che passasse il tempo a sparare, ma era ovvio che gli aveva fatto un torto.

«Riley sta piangendo» fece notare Logan.

Porter si voltò e senza togliere la mano dal collo di suo nipote, le prese il viso e le asciugò una lacrima sulla guancia con il pollice.

«Oz?» mormorò il bambino.

«Sì?»

«Pensavo fossi davvero arrabbiato.»

«Lo ero. Lo sono ancora. Ma non con te, Slugger. Sono incazzato con il padre di Gary, che non gli ha insegnato a rispettare gli altri. Con il preside per non aver protetto Lacie e per averti sospeso. Ma non sono arrabbiato con *te*.»

«Anche Riley era arrabbiata» disse.

«Lo era, eh?»

«Sì. La sua faccia è diventata tutta rossa e non sapevo cosa stava per fare. Probabilmente è stato un bene che tu sia arrivato in quel momento.»

Lo sguardo che Porter le rivolse la fece dimenare a disagio sulla sedia. Logan aveva ragione. Era stata un'ottima cosa che fosse arrivato in quel momento, perché stava per andarci pesante con il *dottor* McClain.

«È bello che ti protegga» disse a suo nipote. Poi studiò a lungo il suo viso prima di chiedergli: «Tutto a posto?»

«Sì.»

«Ottimo. Il nostro gelato è diventato poltiglia, ma non ho intenzione di buttarlo, che dici?»

«Assolutamente no!» ribatté Logan con un sorriso.

Riley era sollevata di sentire spensieratezza nel suo tono. Era evidente che fosse stato spaventato a morte per quello che lo zio avrebbe potuto dire o fare, ma ora che sapeva di non essere nei guai e che era persino orgoglioso di lui, era come se gli avessero tolto un enorme peso dalle spalle.

Porter si voltò verso di lei. «*Tu*, tutto a posto?» le chiese.

«Sì. E tu?».

«Ci sto arrivando» le disse. «Ho solo bisogno di passare un po' più di tempo con le mie due persone preferite e starò meglio.»

Dovette trattenersi per non saltargli addosso. Quel giorno aveva capito con chiarezza di essersi innamorata di lui. Si stava impegnando così tanto per essere un buon genitore per Logan e per quanto la riguardava, stava facendo un lavoro straordinario.

Finirono di mangiare il gelato mezzo sciolto e tornarono a casa. Non aveva idea di come sarebbero andate le cose tra loro, ma sapeva dove *voleva* che andassero, anche se comunque non aveva intenzione di approfittare della sua ospitalità.

Ma non avrebbe dovuto preoccuparsi. Mentre stavano camminando lungo il corridoio che portava ai loro appartamenti, Logan le chiese: «Rimani a cena, vero?»

«Sì, rimani, vero?» ripeté Porter.

«Avevo intenzione di lasciarvi un po' di tempo tra ragazzi» rispose. «Dovete parlare della scuola e decidere cosa fare.»

«Abbiamo un sacco di tempo per parlarne, giusto, Slugger?» gli chiese lo zio.

«Giusto. E hai detto che potevo aiutarti a fare i tacos. Voglio mescolare la carne!»

«Ok, ok. Mi hai convinta» accettò Riley con una risatina.

«Tieni la chiave, vai avanti e apri la porta» disse Porter a suo nipote. Logan la prese e corse davanti a loro.

Si chinò su di lei, mettendo le labbra contro il suo orecchio, e le sussurrò: «Vuoi mescolare la *mia* carne?»

Quasi si strozzò ridendo. «Porter!» esclamò.

Lui sorrideva da un orecchio all'altro e non poté fare a meno di sentirsi sollevata. La giornata era stata emotivamente intensa, ed era felice che riuscisse a scherzare dopo tutto quello che era successo. Poi tornò serio. «Rimani. Ho bisogno di te. Ero così incazzato oggi che ho dovuto fare uno sforzo immane per trattenermi e non avventarmi su quello stronzo. Mi dispiace per Lacie, ma non posso permettere che Logan resti lì. Non con persone come McClain che gestiscono quel posto.»

«Lo so, ero pronta a massacrarlo anch'io» ammise Riley.

«Quindi rimarrai?»

«Per cena?»

«Sì. E anche per la notte.»

Si morse il labbro incerta, poi si lasciò sfuggire: «Ti desidero. Non sono sicura di poter dormire di nuovo con te e mantenere le cose non vietate ai minori.»

«Non vietate ai minori» ripeté Porter con una risatina. «Sei adorabile. Io sono pronto, letteralmente, per qualsiasi cosa tu voglia fare. Stasera comandi tu. Non andrò oltre a ciò che sei disposta a fare.»

«E se sono disposta ad andare fino in fondo?» si costrinse a chiedere.

«Allora ti farò perdere interesse per qualsiasi altro uomo» le rispose con sicurezza.

«Penso che tu l'abbia già fatto» ammise Riley.

Aprì la bocca per dire qualcosa, ma Logan lo interruppe. «Fatto! Dai! Ho fame!»

«Quel ragazzo ha sempre fame» borbottò Porter scherzoso. «Abbiamo appena mangiato un gelato, per l'amor di Dio.»

«Sai che non t'importa e comunque ha bisogno di mettere su qualche chilo» disse Riley.

«Hai ragione. Ri?»

«Sì?»

«Non prendo alla leggera che tu rimanga. So che le cose sono progredite in fretta con il fatto di stare qui con Logan e rimanere anche la sera. Non ti chiederei di restare se non volessi una relazione duratura con te, se non fossi convinto che le cose tra noi funzioneranno.»

Le sue parole lenirono qualcosa dentro di lei che non sapeva nemmeno avesse bisogno di essere lenito. «Provo gli stessi sentimenti. Voglio bene a Logan, ma non starei con te solo per averlo nella mia vita.»

«Bene. Più tardi ti riaccompagno a casa così puoi prendere un po' di roba per passare la notte.»

Pensò che avrebbe dovuto arrossire, ma non era per niente imbarazzata. Desiderava stare con lui. Voleva essere in intimità con lui. Non era mai stata così felice come lo era con Porter, era tutto ciò che aveva sempre desiderato in un partner.

«Va bene» gli disse con un enorme sorriso.

«Cazzo, sarà una serata lunghissima» si lamentò.

«Ho sentito dire che l'attesa rende il piacere più intenso.»

«Oh, sarà davvero intenso» le assicurò, con uno sguardo malizioso.

«Comportati bene» gli disse dandogli un colpetto sul braccio. «Il tuo impressionabile nipote sta guardando.»

Porter non rispose, si limitò a sorridere. Le mise una mano sulla schiena e la condusse con gentilezza alla porta. Ma fece scivolare le dita sotto l'orlo della maglia posandole sulla sua pelle calda, provocandole dei brividi. Non stava giocando lealmente ma, d'altra parte, alla fine della serata la ricompensa per entrambi avrebbe ripagato per quei preliminari. Almeno sperava.

CAPITOLO QUATTORDICI

Oz era travolto dalle emozioni. Si stava ancora riprendendo dal fatto che Logan fosse stato sospeso per aver protetto una bambina da un'aggressione sessuale. Era assurdo che l'avesse commessa un ragazzino di quinta elementare, ma ancora di più che di conseguenza avessero sospeso suo nipote. Non aveva mentito, era orgogliosissimo di lui, ma lo faceva ancora incazzare che fosse stato punito per aver fatto la cosa giusta.

Allo stesso tempo, era quasi stordito al pensiero che Riley avrebbe trascorso di nuovo la notte lì. Non riusciva a smettere di pensare a lei, a come fosse diventata estremamente protettiva davanti a quello stronzo del preside. A essere sinceri, quando le aveva chiesto di essere il contatto di emergenza, non aveva pensato che ci sarebbe stato bisogno di intervenire, ma era stata fantastica.

Avevano passato una bella serata. Logan sembrava in un certo senso più leggero, più aperto. Aveva sorriso e riso durante tutta la preparazione dei tacos e, dopo cena, si era seduto con lui a cercare tutte le scuole della zona discutendone i pro e i contro. Certo, non sapevano come fossero i bambini che le frequentavano, ma avrebbero potuto visitarle per verificarlo.

Avevano anche parlato di baseball e il bambino era ancora entusiasta di iniziare, ma aveva anche espresso preoccupazione per la possibilità di non essere bravo come gli altri ragazzi della sua età che giocavano da più tempo. Oz gli aveva assicurato che l'avrebbe aiutato a esercitarsi per arrivare al loro livello.

Infine, dopo aver accompagnato Riley al suo appartamento per preparare una borsa, si erano trasferiti in soggiorno a guardare tutti insieme la televisione.

Col passare dei minuti, diventava sempre più consapevole della tensione sessuale tra loro.

Logan era completamente ignaro, perso nell'azione che si svolgeva sullo schermo, ma lei lo stava lentamente facendo impazzire... e lo sapeva; la sua mano sulla coscia si era avventurata in un territorio pericoloso un paio di volte, e lui aveva dovuto spostare Riley fisicamente, mettendosela in braccio e circondandola con le braccia per tenere ferme quelle mani vaganti.

Ma ovviamente, così si era ritrovato il suo delizioso sedere contro l'inguine, e il suo cazzo era più che felice di quella nuova posizione. Aveva un braccio posato tra i suoi seni e giocherellava con le sue dita mentre erano semisdraiati sul divano.

Proprio quando pensava di non poter resistere un secondo di più, il film terminò e Logan si alzò in piedi.

«Vado a letto. Oz?»

«Sì, Slugger?»

«Ehm...» Guardò Riley, poi di nuovo lo zio.

Oz si irrigidì. Non gli piaceva lo sguardo negli occhi di suo nipote.

«Posso parlarti domani? Da solo?»

«Certo. C'è qualche problema?» gli chiese.

«No. Cioè, non proprio. Ma penso di essere pronto a dirti il mio segreto.»

«Va bene, Slugger. Puoi parlarmi di qualsiasi cosa, spero che tu lo sappia.»

«Non ne ero sicuro fino a oggi. Grazie per non esserti arrabbiato con me.»

«Mi sarei arrabbiato se non avessi fatto nulla per aiutare Lacie» lo rassicurò. «Vai a dormire. Ho chiamato il mio comandante e mi ha lasciato la giornata libera domani, così possiamo restringere il campo sulla scelta della scuola. Parleremo domani mattina.»

Logan annuì. «Non serve che vieni a rimboccarmi le coperte stasera. Non mi dispiace. Puoi stare con Riley.»

Per una frazione di secondo, intravide il futuro: un Logan adolescente che lo saluta con un virile cenno del mento prima di andare in camera sua a dormire, mentre lui va verso la propria stanza per trovare Riley che lo aspetta nel loro letto. Lo rattristava pensare che il ragazzino sarebbe cresciuto prima che Oz se ne potesse rendere conto, ma lo eccitava il pensiero che Ri potesse essere ancora con lui.

«Com'è possibile, sembra maturare ogni giorno di più davanti ai nostri occhi. È qui da pochissimo» disse lei scuotendo leggermente la testa.

Non fu sorpreso che stessero praticamente pensando le stesse cose.

Si piegò all'indietro per poterlo guardare negli occhi mentre diceva: «Hai un'ottima influenza su di lui.»

«Non sei preoccupata di quale possa essere il suo segreto?» le chiese.

«Non proprio. Voglio dire, lui è ovviamente preoccupato, ma sono più emozionata perché il tuo sostegno di oggi è stato la spinta di cui aveva bisogno per fidarsi finalmente di te. Non sarebbe disposto ad aprirsi se non provasse così tanta fiducia.»

«Mi dispiace che non voglia parlarne anche con te.»

«A me no» disse senza esitazione. «Sei suo zio. È giusto che sia tu quello con cui vuole parlare. Io sono solo la sua babysitter.»

Oz si mosse rapidamente, la girò facendola sdraiare sui cuscini e incombendo su di lei. «Non sei "solo" nessuna cosa. Hai passato con lui tanto tempo quanto me, forse di più.»

«Va tutto bene, Porter. Sul serio. Sono così felice che si apra con te per qualunque cosa lo stia turbando. Solo... non perdere la testa se ti dice qualcosa che non ti piace. Avete fatto molta strada, e l'ultima cosa che vorrei è che una tua reazione possa farlo tornare a rinchiudersi nel suo guscio.»

«Pensi che lo farei?» le chiese.

Lei scosse la testa. «Non di proposito. Ma se dovesse dire che ha subito abusi in passato, magari da uno dei fidanzati di sua madre o qualcosa del genere, posso assolutamente vederti perdere la testa.»

Chiuse gli occhi provando una fitta al cuore. Poi li riaprì. «Pensi che sia quello? Dopo tutti i discorsi sul consenso e tutto il resto?»

Gli accarezzò dolcemente la guancia. «Non ne ho idea. Sto solo dicendo che qualunque cosa ti dica, non puoi reagire in modo eccessivo.»

«Capisco cosa intendi» rifletté, sapendo che era un buon consiglio. «Cercherò di fare del mio meglio, ma se è una cosa troppo brutta... non so *come* mi comporterò.»

«La affronterai e basta. Logan è un bambino meraviglioso, ha avuto momenti difficili, ma è evidente che tua sorella lo amasse. Poteva anche avere dei problemi, ma non significa che gli volesse meno bene.»

«Lo so. Sto ancora venendo a patti con il fatto che mi abbia tenuto lontano mio nipote, ma le ho detto delle cose piuttosto dure l'ultima volta che abbiamo parlato, e probabilmente ha pensato che non fossi cambiato. Mi fa sentire un po' meglio sapere che negli ultimi anni si fosse rimessa in carreggiata e che abbia parlato un po' di me con Logan. Mi piace pensare che prima o poi mi avrebbe contattato. Soprattutto perché viveva ad Austin; eravamo così vicini, eppure così lontani.»

«Sei un brav'uomo, Porter» gli disse con dolcezza, ripetendo ciò che gli aveva già detto più volte.

Distogliendo la mente dalla sorella e dai suoi problemi, osservò Riley. Si era messa una canottiera quando era tornata al suo appartamento. Era del tutto decente, ma lui aveva avuto un sacco di pensieri *indecenti* su di lei dopo che era uscita dalla camera da letto. Indossava un paio di pantaloni con l'elastico in vita che erano molto setosi al tatto. Amava la sensazione che davano quando faceva scorrere la mano lungo la sua gamba, anche se avrebbe preferito sentire la sua pelle calda. Ne aveva bisogno.

Abbassò la testa e la sfiorò con il naso sotto l'orecchio, lei piegò il collo dandogli più spazio. «Mmmmm» mormorò.

«Non vedo l'ora di averti sotto di me» ammise.

«E se volessi stare sopra?» gli chiese con un sorriso.

«Ti direi, cazzo, sì. Sopra, sotto, dietro, comunque tu mi voglia, sarò felice di accontentarti.»

«Non mi interessa. Voglio solo te» mormorò timidamente.

«È ora di andare a letto» annunciò Oz. Il suo cazzo pulsava nei jeans e non poteva più rimanere sul divano senza prenderla. Non avrebbe mai rischiato che Logan entrasse e li scoprisse. Avrebbe segnato per sempre sia lui sia Riley.

Si alzò e le prese la mano, tirandola in piedi davanti a sé. Percorse con lo sguardo il suo corpo e notò i capezzoli turgidi. Gli venne l'acquolina in bocca per il bisogno di prenderli tra le labbra.

La sentì ridacchiare mentre si sforzava di stare al passo

con lui quando la trascinò lungo il corridoio fino alla sua camera. La porta di Logan era socchiusa come al solito, e si ripromise di fare meno rumore possibile. Poi entrò nella sua stanza.

Chiuse la porta dietro di loro tenendo la mano di Riley, si avvicinò al letto e si sedette sul materasso portandola con sé. Lei si mise a cavalcioni e Oz si spinse indietro tenendola ferma dov'era per tutto il tempo. Il suo cazzo premeva tra le sue gambe e dovette sforzarsi di non spingersi contro di lei come un maniaco assatanato.

Quando arrivò al centro del letto e le sue gambe non pendevano più dal bordo, si girò insieme a lei così che fossero sdraiati in modo appropriato.

«Sai che è dannatamente sexy che tu riesca a farlo» gli disse.

«Fare cosa?»

«Girarti con me seduta sopra come se non fosse affatto difficile.»

Le sorrise. «*Non* lo è. Sei piccola rispetto a me, sei un po' come il mio zaino.»

Riley alzò gli occhi al cielo. «Oh, sì, proprio quello che ogni ragazza vuole sentirsi dire.»

Gli piaceva che scherzassero tra loro. Si rese conto che si stava divertendo. Sì, la voleva con ogni fibra del suo essere. Voleva essere dentro di lei così tanto che il suo cazzo pulsava nei jeans, ma amava stuzzicarla e che lei lo accettasse.

Infilò le mani sotto la sua canotta fino a posarle sui seni. Li strinse dolcemente e Riley inarcò la schiena, premendogli la carne tra le mani.

«Voglio andare piano. Assicurarmi di non farti male» disse, con l'acquolina in bocca.

Si strusciò, premendosi forte contro il suo cazzo. «Per la prima volta nella vita, provo un disperato bisogno» ammise, guardandolo negli occhi. «Non mi sono mai sentita così verso il sesso prima. L'ho quasi sempre temuto. Lo facevo perché sapevo che era quello che ci si aspettava da me. Ma con te... ne ho *bisogno*. Non vedo l'ora di averti dentro di me. Sono un po' nervosa perché sei grande, e presumo che sia così dappertutto, ma confido che non mi farai male.»

Le sue parole provocarono la fuoriuscita di una goccia di liquido preseminale dalla punta del suo cazzo. Sentì i boxer bagnarsi della sua eccitazione. Lo avrebbe fatto venire nei pantaloni se non avesse fatto qualcosa. «Puoi prendermi» disse, pregando che fosse così. *Era* un uomo grosso... dappertutto. Non si era mai lamentato prima, ma Riley era più piccola di chiunque altra con cui fosse stato. Sarebbe stata una nuova esperienza per entrambi.

Gli sorrise, prese l'orlo della canotta e se la tolse prima che lui potesse battere le palpebre. I suoi grandi seni traboccavano dalle coppe, e lui tirò giù il tessuto per il bisogno di vederla.

Il suo cervello impiegò un secondo per elaborare ciò che stava guardando, ma nel momento in cui lo fece, Oz si raddrizzò a sedere, tenendola ferma con una mano sulla schiena, e con l'altra si portò un seno alla bocca. Le sue areole erano grandi e rosa scuro e i capezzoli erano inturgiditi come piccoli boccioli. Aprì la bocca, prendendone quanto più poteva. Poi succhiò. Forte.

Riley fece un verso stridulo che si trasformò in un gemito mentre lui banchettava con il suo seno. Senza nemmeno rendersene conto, l'aveva sdraiata sulla schiena, incombendo su di lei. Ora le loro teste erano rivolte ai piedi del letto, ma non gli importava. Nulla importava tranne Ri.

Lei non protestò per il cambio di posizione, ma non rimase nemmeno sdraiata passivamente sotto di lui. Oz sentì le sue mani scivolare lungo il corpo, ma invece di andare alla maglietta, iniziò a tirare il bottone dei jeans. Ogni volta che le sue dita gli sfioravano il cazzo, lui sussultava di piacere. Riley sarebbe stata la sua morte.

Non voleva staccare la bocca dal capezzolo, ma aveva bisogno di spogliarsi e che anche lei fosse nuda. Emise uno schiocco staccandosi dal seno, e anche quello gli fece contrarre il cazzo. Scacciò via le sue mani dai pantaloni e si mise in ginocchio. «Togliti i vestiti» le ordinò, suonando come un cavernicolo.

Ma non si lamentò. Non gli disse che stava procedendo troppo in fretta. Andò all'elastico dei pantaloni e sollevò i fianchi per abbassarli.

Il modo sensuale in cui si dimenava sotto di lui, e la sensazione delle sue cosce contro le proprie, gli resero quasi impossibile spingere i jeans oltre l'erezione. Ma con alcune agili mosse, che sarebbero state davvero impressionanti se non fosse stato così disperato di spogliarsi, Oz riuscì a sfilarsi i pantaloni e i boxer.

Stava per togliersi la maglietta quando sentì le dita di Riley circondare il suo cazzo.

Si bloccò con la maglia appena sopra la testa, e tutto ciò che riuscì a fare fu cercare di ricordarsi di respirare.

Quei pochi secondi furono più che sufficienti per far aumentare l'erezione tra le sue mani. Si tolse completamente la maglietta e la fissò. Poteva anche trovarsi sopra, ma era lei ad avere il controllo completo. Riley era nuda tranne che per il reggiseno. Le coppe, già tirate giù, le spingevano in su le tette. I suoi capezzoli erano ancora turgidi e notò che si era rasata il pube.

Gli sorrise timidamente mentre le sue piccole mani gli accarezzavano il cazzo. «Avevo ragione, *sei* grande» gli disse.

Oz avrebbe voluto spostarsi più su, scoparle le tette, farle leccare la punta del suo uccello ad ogni spinta, ma avrebbe potuto farlo più tardi. Ora doveva prepararla per prenderlo, e in fretta, prima che le schizzasse sulle mani e sulla pancia.

«Per favore, dimmi che hai un preservativo» gli sussurrò, arrossendo.

Avrebbe voluto ridere. «Come puoi essere imbarazzata a parlare di contraccettivi quando hai le mani intorno al mio cazzo e posso sentire l'odore della tua eccitazione sprigionarsi da quella bellissima fica?»

Si era dimenticato di avvertirla che quando era eccitato parlava sporco.

«Non lo so» mormorò

Scosse la testa divertito. «Ho i preservativi, Ri. Non ti metterei mai a rischio in quel modo. Ma sono pulito. Vengo testato dall'esercito su base regolare.»

«Davvero?» gli chiese inclinando la testa.

Inspirò quando lei fece scorrere un'unghia lungo la parte sensibile sotto il suo cazzo. «Sì, davvero» rispose distrattamente, chiudendo gli occhi e facendo il possibile per memorizzare quel momento.

«Ottimo. Io... ehm... anch'io. Voglio dire, non sono stata con così tanti uomini, ma mi sono assicurata che mettessero sempre il preservativo e faccio una visita ginecologica una volta all'anno.»

Per lui quella conversazione era finita, ma non poté fare a meno di avere una momentanea visione di Riley con la pancia ingrossata che portava il loro bambino.

Si girò sulla schiena portandola con sé. Tenendola per il sedere con una mano, la spinse verso l'alto. Lei rise, finché la prese per i fianchi e la incoraggiò a mettersi a cavalcioni sul suo viso.

«Ehm, Porter... non penso...»

«*Non* pensare» le ordinò, guardando il suo corpo. Era dannatamente stupenda. Amava quel punto di osservazione. Poteva sentire di più l'odore della sua eccitazione, vedere la lieve pancetta, e i suoi capezzoli erano, se possibile, ancora più turgidi. Lo guardò incerta, e pensò che probabilmente non lo avesse mai fatto con nessun ragazzo. Almeno non in quella posizione.

Guardando la sua fica, si leccò le labbra. Poi sollevò la testa e gliela accarezzò con il naso. Riley gemette.

«Stai buona, Ri» le ricordò. «Non dobbiamo svegliare Logan.» Poi iniziò a compiacere la sua donna.

Le aprì le pieghe con la lingua e diede una lunga leccata. Il suo sapore gli esplose in bocca. Era pungente e ne voleva di più. Voleva che gli ricoprisse il viso con la sua eccitazione.

Affondò le dita nella carne dei suoi fianchi e fece del suo meglio per farle perdere la testa. Le ci volle un po' per sentirsi a suo agio con lui che la divorava in quella posizione, ma quando la sentì rilassarsi, Oz chiuse gli occhi e banchettò.

I suoi fianchi iniziarono a ondeggiare sopra di lui, ed ebbe difficoltà a tenere la lingua sul clitoride. Ma non si arrese, amando che avesse iniziato a scopargli il viso. Riley fece il possibile per essere silenziosa, ma continuavano a sfuggirle dalle labbra piccoli grugniti e gemiti. Era impetuosa e aveva la sensazione che in seguito si sarebbe imbarazzata quando avesse ricordato la sua reazione mentre la leccava. Ma cazzo se gli piaceva.

Non passò molto prima che le sue cosce iniziassero a tremare per lo sforzo necessario a non cadergli sopra. Oz usò le braccia per tenerla proprio dove voleva, e sentì quando il suo orgasmo fu vicino; i muscoli della sua pancia si contrassero e trattenne il respiro mentre stringeva le cosce intorno alla sua testa. Mosse la lingua più velocemente contro il clitoride. Era gonfio e sporgeva, e lui non le mostrò alcuna pietà. Voleva che provasse l'orgasmo più intenso della sua vita.

«Porter!» esclamò in un sussurro, un istante prima che il suo corpo iniziasse a scuotersi in modo incontrollabile.

Guardarla e sentirla esplodere di piacere era la cosa più sexy che avesse mai visto. *Doveva* averla. Doveva sperimentare in prima persona tutto ciò che era Riley.

Quando cadde sulla schiena accanto a lui, sfinita, Oz si girò e prese un preservativo dal cassetto del comodino. Si sistemò in ginocchio tra le sue gambe, allargandole, mentre se lo infilava sul cazzo pulsante, poi si spostò in avanti fino a sfiorarle le pieghe bagnate con la punta. Se lo prese in mano e lo strofinò sul clitoride sensibile.

Riley gemette e si contorse sotto di lui. «Oh, Dio, Porter. Di più. Ho bisogno che tu mi dia di più.»

Avrebbe voluto toglierle il reggiseno. Stuzzicarla. Ma il suo cazzo non era d'accordo; voleva essere dentro di lei. Subito.

Toccò con la punta l'entrata della sua fica, poi si librò sopra di lei sostenendosi con le braccia. «Guardami» le ordinò con tono basso e roco.

Portò subito lo sguardo sul suo afferrandosi ai bicipiti. La sentì allargare ancora di più le gambe, facendogli capire che voleva che continuasse.

«Sei mia» le disse, mentre iniziava lentamente a spingersi dentro il suo corpo.

«E tu sei mio» rispose lei, ansimando lievemente.

«Puoi dirlo forte» concordò, amando che lo avesse detto.

Poi nessuno dei due riuscì più a parlare quando iniziò a riempirla con il suo cazzo. Era davvero stretta, e ci vollero alcune piccole spinte prima di riuscire a penetrarla completamente. Ma quando il loro inguini si toccarono, sospirarono contenti.

«Ci stai» sussurrò.

«Come un guanto» sussurrò lui a sua volta.

«Perché non ti muovi?» gli chiese.

«Perché se mi sposto di un centimetro vengo, e l'ultima cosa che voglio è perdermi la sensazione di scoparti.»

Riley ridacchiò sotto di lui, e quel movimento gli strizzò l'uccello.

«Oh, merda» disse Oz tirando indietro i fianchi involontariamente e spingendosi di nuovo dentro.

La sua risatina si trasformò in un gemito. «Dio, Porter, ti sento così in profondità.»

Ogni parola che usciva dalla sua bocca lo eccitava sempre di più, e non poté fare a meno di ripetere il movimento. Abbassò lo sguardo mentre continuava a spingersi dentro e fuori e vide i suoi abbondanti umori ricoprire il preservativo.

Provò risentimento verso quel pezzetto di lattice, cosa che non era mai successa. Voleva sentire il suo sesso bagnato contro la pelle. Le sue pareti interne calde e scivolose contro il cazzo nudo.

Alla spinta successiva lei sollevò i fianchi per incontrare i suoi, facendogli dimenticare il dannato preservativo. Amava che non rimanesse passiva sotto di lui. Pensò che avrebbe potuto durare più a lungo se le avesse dato il controllo, così si chinò e le sussurrò: «Aspetta» prima di farli rotolare. Le lenzuola sotto di loro si erano ammucchiate e si ritrovò con una montagnola sotto la schiena, ma la ignorò. Poteva concentrarsi solo su Riley che stava cercando di ritrovare l'equilibrio in quella nuova posizione.

Aveva i capelli arruffati e il petto arrossato, ed era la donna più bella su cui avesse mai posato gli occhi.

«Scopami» le ordinò.

Un sorriso le attraversò il viso e all'improvviso si rese conto di aver commesso un errore tattico.

Aveva pensato di riuscire a durare più a lungo se lei fosse stata sopra, se avesse controllato la velocità del loro amplesso, ma si era sbagliato. Vedere il suo corpo nudo su di lui e l'eccitazione nei suoi occhi mentre muoveva i fianchi, sarebbe stata la sua rovina.

Sollevò un po' il busto e portò la mano dietro la sua schiena, sul gancio del reggiseno. Glielo slacciò in fretta e le abbassò le spalline lungo le braccia. Ora i suoi seni erano liberi e quando iniziò a muoversi su di lui, ondeggiarono e rimbalzarono.

Oz non aveva idea del perché il petto di una donna eccitasse così tanto gli uomini, forse perché era molto diverso dal loro. Sapeva solo che la vista dei seni di Riley che rimbalzavano su e giù a tempo con le spinte profonde sul suo cazzo, lo fece sentire come se avesse di nuovo quattordici anni, quando guardava di nascosto una rivista di *Playboy*.

Percorse il suo corpo con lo sguardo fino al punto in cui erano uniti. Aveva difficoltà a credere che stesse accadendo davvero. Di essere dentro a Riley. Finalmente. Lei si sosteneva con una mano sul suo petto mentre lo scopava, e Oz strinse i pugni lungo i fianchi permettendole di prendere ciò che voleva, di cui aveva bisogno.

Quando si portò una mano sul clitoride e iniziò ad accarezzarselo, decise di toglierle il controllo.

«Aspetta» le ordinò mettendole le mani sui fianchi. Fu tutto l'avvertimento che le diede.

***

Riley era persa nel piacere. Le sembrava quasi di essere ubriaca e sentiva che dentro di lei stava montando un altro orgasmo. Porter era enorme e la riempiva così tanto che faticava a capacitarsi di che sensazione fantastica fosse averlo dentro di sé. Ogni volta che entrava nel suo corpo, sentiva il suo cazzo sfiorarle la cervice. Non faceva male, ma la rendeva molto consapevole di lui, di quanto fosse grande.

Amava che le avesse dato il controllo. Di poter guardare il suo ampio petto mentre lo prendeva. Amava persino il rumore che facevano i loro corpi quando si univano. Ma aveva bisogno di qualcosa di più.

Portò una mano tra loro e iniziò a strofinarsi il clitoride. Era ancora gonfio e sensibile da quando l'aveva leccata.

Sapeva che avrebbe rivissuto *quell'esperienza* nella sua testa in continuazione, fino alla morte. All'inizio si era imbarazzata, ma lui l'aveva fatta sentire così bene che si era completamente dimenticata che probabilmente lo stava soffocando e gli aveva scopato il viso fino a esplodere di piacere.

Gli sfiorò il cazzo con le dita mentre lui entrava e usciva dal suo corpo, e ciò la eccitò ancora di più. Riley non si riconosceva nemmeno. Non era mai stata così carnale prima. Non aveva mai sentito il bisogno di essere riempita da un cazzo come bramava quello di Porter in quel momento.

Era sul punto di avere un altro orgasmo quando lo sentì stringerle i fianchi.

«Aspetta» le disse.

Non era sicura di poterlo fare e affondò con più forza le unghie nel suo petto allargando ancora un po' le gambe. La tensione sull'interno delle cosce era immensa, ma non le importava.

Poi Porter cominciò a scoparla. Poteva anche esserci lei sopra, ma di certo non era al comando. Non più. La tenne ferma mentre lui muoveva con violenza i fianchi verso l'alto, spingendo il suo enorme cazzo dentro di lei ancora e ancora. La loro pelle sbatteva e tutto ciò che poteva fare era cercare di ricordarsi di respirare.

«Continua a toccarti» le ordinò. «Voglio sentirti venire sul mio cazzo. Voglio sentire i tuoi umori colarmi sulle palle.»

Dio. Era sexy da morire quando parlava sporco e con il suo uccello dentro di lei le provocava sensazioni che non aveva mai sperimentato prima, facendole amare l'amplesso ancora di più.

I suoi muscoli interni si strinsero forte quando lui si tirò fuori, cercando di impedirgli di uscire, poi si rilassarono quando la penetrò con foga ancora una volta. Dentro. Fuori. Dentro. Fuori.

«Cazzo, stai uccidendo il mio autocontrollo» gemette Porter.

Se questo era lui senza controllo, le andava più che bene.

Riley sentì i segni rivelatori di un altro orgasmo crescere dentro di lei. Ansimò e smise di toccarsi per appoggiargli la mano sul petto.

Ma Porter non fu felice e prese il suo posto. Le sue dita callose le accarezzarono il clitoride con un tocco più duro, e bastò per lanciarla verso la vetta. Si contrasse sulla sua erezione e chiuse gli occhi.

«Sì! Cazzo, così. È una sensazione incredibile» sussurrò.

Poi ringhiò piano e si spinse dentro di lei ancora più a fondo, la tenne ferma contro i suoi fianchi ed emise un gemito lungo e basso quando finalmente venne.

Rimasero così uniti per quella che sembrò un'eternità prima che le cedessero le braccia facendola cadere sopra di lui. Porter la chiuse nel suo abbraccio e la tenne stretta al petto.

Dopo quelli che sembrarono minuti, ma probabilmente erano solo pochi secondi, le chiese: «Stai bene?»

«Più meglio di così sarei morta» scherzò Riley.

«Più meglio?» le chiese con una risatina.

«Hai intenzione di tirar fuori il libro di grammatica in un momento come questo?» mormorò contro il suo petto.

«No. Io no di certo.» Lo sentì baciarle la testa prima di dire: «È stato fantastico.»

«Mmmm.» Era cotta. Era stata una lunga giornata ed era esausta. E i due orgasmi che Porter le aveva procurato avevano fatto il resto del lavoro. La spostò di nuovo – adorava tanto la semplicità con cui la maneggiava – e anche se avrebbe voluto protestare quando si tirò fuori da lei, non ne aveva l'energia.

«Torno subito. Devo occuparmi di questo preservativo e controllare Logan.»

«Mmm... ok» mormorò.

«Cazzo, sei adorabile» disse, prima di rotolare via. Sistemò il lenzuolo e la coperta e la baciò ancora una volta prima di andare in bagno. L'ultima cosa che Riley ricordò, fu di aver visto il suo culo sodo prima che scomparisse dalla vista.

———

Non voleva separarsi da Riley, ma doveva sbarazzarsi del preservativo e assicurarsi che non avessero svegliato Logan. Quando se lo tolse, lo fissò con risentimento. In vita sua non gli era mai dispiaciuto metterlo, lo aveva sempre usato perché era la cosa giusta, intelligente e sicura da fare.

Ma con Riley, voleva vedere il suo seme fuoriuscire da lei. Sapere che l'aveva riempita fino a farlo traboccare. Era proprio un cavernicolo, ma non poteva negare che fosse ciò che provava.

Era sua. Gliel'aveva detto e lei non aveva protestato, anzi, aveva ricambiato dicendogli che anche lui le apparteneva. La vita ultimamente era stata folle, ma stare con lei sembrava giusto. Avere Logan con lui e Riley al suo fianco, e ora nel suo letto... sembrava che tutto fosse com'era destinato a essere. Aveva solo bisogno di capire quale fosse il grande segreto di suo nipote, occuparsene, poi avrebbero potuto dedicarsi ad andare avanti con le loro vite.

Oz si pulì con una salvietta, poi tornò in camera per mettersi un paio di boxer e andare a controllare il bambino. I suoi occhi si posarono subito sul letto e vide che Riley dormiva. Era davvero adorabile e sembrava così piccola su quel materasso enorme. Non vedeva l'ora di tornare da lei e prenderla tra le braccia; aveva dormito incredibilmente bene la notte prima e non aveva dubbi che sarebbe stato di nuovo così.

Iniziava a sentirsi esausto, ma lo ignorò. Percorse il corridoio e sbirciò nella stanza di Logan; era profondamente addormentato. Era sdraiato in mezzo al letto con le braccia e le gambe aperte e aveva scalciato via quasi del tutto le coperte. Soddisfatto che dormisse così pacificamente, socchiuse di nuovo la porta.

Poi, come faceva di solito quando si svegliava nel cuore della notte, controllò la porta d'ingresso per assicurarsi che fosse chiusa a chiave, e fece lo stesso con le finestre. Non che si sentisse in pericolo nel suo appartamento, ma aveva visto abbastanza cose da volere la certezza di essere al sicuro da qualunque pazzo si potesse nascondere nell'oscurità.

Soddisfatto che andasse tutto bene, tornò in camera da letto. Si chiese se svegliare Riley per farle indossare la sua maglietta che aveva messo anche la sera prima, ma decise di essere egoista. Voleva sentire la sua pelle contro la propria. Aveva la sensazione che non si sarebbe mai stancato di averla lì nuda. Se avesse potuto fare a modo suo, sarebbe stata senza vestiti tutto il tempo. Ma ovviamente non avrebbe funzionato con Logan che viveva lì, quindi, doveva prendersi il suo piacere dove poteva.

Per quanto volesse togliersi i boxer, sapeva che sarebbe stato più intelligente tenerli addosso. Anche se Riley lo aveva preso con entusiasmo, probabilmente al mattino sarebbe stata dolorante. Non gli era sfuggito che fosse stato difficile per lei prenderlo fino in fondo, nonostante l'orgasmo avuto prima che la penetrasse, perciò l'ultima cosa di cui aveva bisogno era avere il suo cazzo impaziente premuto contro di lei tutta la notte.

Cercando di calmare mentalmente il suo uccello, si infilò sotto le coperte. Le lenzuola sapevano di sesso e di lei. Gli piaceva da morire. Nel momento in cui il materasso si abbassò Riley si voltò verso di lui, posò il viso sul suo petto e sospirò profondamente, come se fosse contenta.

Si sentì gonfiare il cuore d'emozione. Se quello era ciò che

Trigger, Lefty e Brain provavano con le loro donne, non c'era da meravigliarsi che fossero così ansiosi di tornare a casa dalle missioni. La vita di Oz era cambiata in modo significativo quando avevano lasciato Logan sulla soglia di casa sua, ma non era quasi nulla in confronto al cruciale cambiamento che percepì in quel momento dentro di sé.

Se Riley lo avesse lasciato, probabilmente non si sarebbe più ripreso. Lo sapeva senza ombra di dubbio. Si ripromise di fare tutto il necessario per mantenerla soddisfatta, non solo a letto, ma nella vita in generale. Non era facile essere sposati con un militare, ed essere nelle forze speciali aumentava di dieci volte il livello di difficoltà. Aggiungere un bambino al mix era quasi la ricetta per un disastro.

Avrebbero avuto sicuramente bisogno di un posto più grande. Uno in cui lei avrebbe potuto avere un ufficio. Le avrebbe preparato una stanza professionale in modo che potesse continuare a fare il suo lavoro senza distrazioni. Avrebbe fatto il possibile perché coltivasse i suoi rapporti con Gillian, Kinley e Aspen. Aveva sentito dai suoi compagni di squadra che era importante per le loro donne avere delle amiche con cui parlare, soprattutto durante le missioni.

Doveva trovare una scuola dove anche Logan potesse essere felice, così Riley non avrebbe dovuto correre a difendere suo nipote quando non aveva fatto nulla di male.

Avevano tutti bisogno di un po' di stabilità e giurò di fare tutto il necessario per conquistarla.

I suoi occhi si fecero pesanti e si costrinse a spegnere la mente. La sua vita aveva cambiato completamente rotta nell'ultimo mese e non ne era affatto risentito. Come poteva, quando gli aveva portato Logan e Ri?

Oz si addormentò con una mano sul sedere di Riley e la bella sensazione dei suoi respiri caldi contro il petto. Non era mai stato così felice, e già non riusciva a immaginare una vita senza di lei. Era un bastardo fortunato e lo sapeva. E ora che l'aveva trovata, non avrebbe permesso a niente e a nessuno di portargliela via.

Né il suo lavoro. Né il suo ex. Niente.

Riley era sua. Lei aveva acconsentito e reclamato lui come suo.

Era meravigliosamente fantastico.

CAPITOLO QUINDICI

Oz si svegliò, più felice di quanto non succedesse da molto tempo. Era mattiniero, grazie agli anni nell'esercito. Lui e Riley si erano spostati durante la notte e ora era accoccolato dietro il suo piccolo corpo, con la mano sul suo seno e il suo sedere premuto contro il cazzo.

Sorridendo pensò che non avrebbe potuto tenere ferma quella mano nemmeno se la sua vita fosse dipesa da quello. Iniziò a giocherellare con il capezzolo, amando che si inturgidisse subito sotto il suo tocco.

Riley si mosse e sospirò.

«Buongiorno» le disse con dolcezza. Si adattava perfettamente a lui, rannicchiata contro il suo corpo come se fosse nata per stare lì.

«Buongiorno» rispose assonnata. «Che ore sono? Dobbiamo svegliare Logan?»

«Abbiamo tempo. Pensa solo a rilassarti.» Poi scese con la mano lungo il corpo e la posò sulla sua fica.

Lei inspirò profondamente e gli afferrò il polso. «Porter?»

«Rilassati» ripeté. «Permettimi di farti stare bene.»

«Io... credo che m'imbarazzi farlo quando fuori c'è luce.»

Lui ridacchiò. «Allora chiudi gli occhi.»

Girò la testa per guardarlo da sopra la spalla. «Vuoi fare...» La sua voce si affievolì.

Era difficile credere che la donna passionale della sera prima ora fosse imbarazzata, ma non la prese in giro. Era accattivante.

«Immagino che probabilmente sei tutta indolenzita stamattina» disse, mentre le passava un dito tra le pieghe.

«Non proprio» rispose, allontanandosi allo stesso tempo dal suo dito.

«Ho promesso di non farti male la scorsa notte e vale anche per questa mattina. Fidati di me.»

«Mi fido» disse subito, rilassandosi e allentando le dita intorno al polso, senza però lasciarlo andare.

Oz salì con il dito e girò intorno al clitoride. Lo accarezzò pigramente, prendendosi il suo tempo, senza premere troppo. Ci vollero un minuto o due, ma alla fine sentì il suo corpo rilassarsi completamente contro di lui... e i suoi fianchi iniziarono a inclinarsi leggermente verso il suo tocco.

«Così, Ri. Donati a me. Ti farò stare bene.»

«Mi sento sempre bene con te» mormorò, facendolo sorridere.

Spostò il dito verso il basso, bagnandolo dei suoi umori per poi tornare a occuparsi del clitoride. Nonostante la frenesia della sera prima, aveva prestato attenzione a ciò che le piaceva e a come si era toccata quando si era fatta venire. Avrebbe voluto che fosse sdraiata sulla schiena con lui tra le gambe, toccarla guardandola, ma amava averla così tra le braccia. Sentiva ogni suo movimento, quando si spingeva contro di lui... quando si contorceva se il suo tocco diventava troppo da sopportare.

Mosse più velocemente il dito, il respiro di Riley accelerò e gli strinse più forte il polso; era una sensazione ancora più intima sentirla afferrarsi al polso della mano che le dava piacere.

«Porter» sussurrò.

«Così» la incoraggiò. «Sei bellissima. I tuoi capezzoli sono come piccoli sassolini duri e posso sentire l'odore della tua eccitazione. Ho adorato il tuo sapore ieri sera e non mi basta, ma il pensiero di te che ti sei masturbata nel mio letto mentre ero via è ancora più eccitante ora. Promettimi che da adesso in poi, ogni volta che dovremo dormire separati, ti farai venire. Voglio immaginarti qui, in questo letto, proprio in quel modo.»

Lei ansimò per prendere fiato, ma non gli rispose.

«Riley?» le chiese, smettendo di muovere il dito. «Promettimelo.»

«Prometto» gemette. «Non fermarti! Ci sono quasi.»

Lo sapeva. Stava imparando in fretta le sue reazioni. Ondeggiava tra le sue braccia premendo il sedere contro il suo cazzo duro e palpitante. Avrebbe voluto venire anche lui, sollevarle la coscia e sprofondare nella sua fica bagnata, ma quella mattina era dedicata a lei.

Ricominciò a muovere il dito, premendo contro il clitoride sensibile. Riley gemette e cercò di allargare le gambe, ma la posizione in cui si trovavano glielo impedì.

Oz continuò a stuzzicarla il più a lungo possibile, amando quanto fosse sensuale e che si godesse il momento, quando si dimenticava di essere imbarazzata. Frigida? Che stronzata. S'infiammava più di chiunque altra con cui fosse stato.

Lei strinse la presa sul suo polso finché non fu quasi doloroso, prima di iniziare a tremare tra le sue braccia travolta dall'orgasmo. Fu troppo per Oz e anche se aveva pensato di poter resistere fino a quando non fosse entrato in doccia, si era sbagliato. Sentì il suo seme schizzare fuori dal cazzo mentre si strofinava sul sedere di Riley. Avrebbe dovuto sentirsi in imbarazzo, ma non riuscì a provare altro che soddisfazione. Si portò in bocca la mano che era stata tra le sue gambe e leccò i suoi umori dal dito, limitandosi a grugnire.

Una volta finito, le avvolse il braccio intorno alla vita e la tenne stretta a sé.

«Sei venuto?» gli chiese sommessamente.

«Sì. Dentro ai boxer. Non ho potuto farne a meno. Sentire il tuo culo spingere contro di me, respirare la tua fragranza e sentirti esplodere di piacere sotto il mio tocco... eri troppo sexy per riuscire a resistere.»

«È sbagliato che adori questa cosa?»

«No. Far venire il tuo uomo non è mai sbagliato» le rispose.

Riley si contorse finché si girò sulla schiena a guardarlo. «Mi fai paura, Porter» disse.

Era l'ultima cosa che pensava gli avrebbe detto in un momento come quello. La guardò accigliato. «Non mi piace.»

Lei scosse la testa. «È solo che... sto provando così tante emozioni in questo momento. È travolgente. Se tu decidessi che sono troppo introversa, o non abbastanza istruita, o un milione di altre ragioni per cui meriteresti qualcuno molto migliore di me, ho la sensazione che mi distruggerebbe.»

Lui scosse subito la testa. «Non hai capito niente, Ri. Sono io quello che dovrebbe essere spaventato. Stai diventando tutto per me, troppo in fretta. La mia vita è pazzesca in questo momento. Sto cercando di capire come essere un buon esempio e un genitore per mio nipote, che non è qualcosa che la maggior parte delle donne sarebbe disposta ad accettare in una nuova relazione. Per non parlare del fatto che domani potrei essere chiamato in missione per un periodo di tempo indeterminato. Ho paura che ti stancheresti di essere al terzo posto dietro a Logan e all'esercito. Non che sarai mai veramente al terzo posto nella mia vita, ma ci *saranno* momenti in cui dovrò dare la priorità a una di quelle cose.»

Riley portò una mano dietro la sua testa, tirandolo giù

verso di lei, e lo baciò. A lungo e lentamente. Quando entrambi iniziarono ad ansimare, Oz si staccò per fissarla.

«Non ho problemi con il tuo lavoro» gli disse. «E mi va bene che Logan sia la tua preoccupazione principale. È giusto così. Ha bisogno di te, e penso che anche tu abbia bisogno di lui. Ti copro le spalle, Porter. Sempre che tu voglia che lo faccia.»

Oz avrebbe voluto dire "per sempre", ma non voleva spaventarla. Tutto sarebbe stato diverso da lì in poi, ora che erano sessualmente intimi, ma era elettrizzato di vedere dove sarebbero andate le cose tra loro. Così si accontentò di dire: «Grazie.»

«Prego» ribatté dolcemente.

«Ora che abbiamo risolto questa questione... devo davvero alzarmi. Ho i boxer bagnati e mi dà fastidio. Devo svegliare Logan e pensare a cosa preparargli per colazione. E di recente sono stato un fannullone agli allenamenti. Ti dispiacerebbe restare qui con lui mentre vado a correre? Non ci metterò più di quaranta minuti o giù di lì. Poi puoi tornare a casa tua mentre gli parlo. Vuoi venire con noi a dare un'occhiata alle scuole oggi?»

«Vorrei, ma non posso. Ho del lavoro da fare» rispose con un'espressione accigliata.

«Avrei dovuto saperlo. Non permettermi mai di impedirti di fare ciò che devi. Va bene?»

«Va bene. Ma non voglio nemmeno dare l'impressione di mettere il lavoro al di sopra di voi.»

«Non mi sentirò mai così. Sono orgoglioso di ciò che fai. Hai un'attività straordinaria che ti mantiene dignitosamente. Non voglio fare nulla per danneggiarti.»

Riley annuì.

Si fissarono per un momento prima che Oz ridacchiasse. «Dio, di solito non è così difficile per me alzarmi dal letto la mattina, ma ho la sensazione che da adesso cambierà tutto.»

Lei arrossì e lo spinse sulla spalla. «Be', allora vai. Muoviti, pigrone.»

Scosse la testa, godendosi la sua presa in giro. «Grazie per esserti fidata di me ieri sera e stamattina. E per la cronaca... sei tutt'altro che frigida. Chiunque riesca a farmi venire nei boxer è una donna molto sensuale.»

Notò che le sue parole le fecero piacere, anche se alzò gli occhi al cielo. «Se lo dici tu.»

Oz la baciò un'ultima volta, poi scese dal letto. Si tolse i boxer bagnati e li gettò nella cesta, ripromettendosi di caricare la lavatrice prima di uscire con Logan. Andò verso il bagno e si voltò per dirle qualcosa, ma dimenticò cosa fosse quando vide il modo in cui gli stava fissando il culo. «Mi stai mangiando con gli occhi, donna?»

«Sì» rispose senza vergogna. «Un culo come il tuo merita di essere guardato.»

Si appoggiò allo stipite della porta, per nulla imbarazzato di essere nudo e avere una mezza erezione. «Quando mi sono svegliato ho pensato che non mi dispiacerebbe se tu fossi nuda tutto il tempo... almeno quando Logan non c'è.»

Riley si sedette sul letto tenendosi il lenzuolo sul seno. «Non succederà.»

Lui fece il broncio. «Perché?»

«Perché no. Molte donne non sono a loro agio con il proprio corpo come lo sono gli uomini. Inoltre, tu sei molto più carino da guardare rispetto a tutte le mie parti ballonzolanti.»

«Mi piacciono le tue parti ballonzolanti» le disse. «E non vedo l'ora di poterle ispezionare di nuovo tutte da vicino.»

Gli sorrise, poi spalancò gli occhi quando vide che la sua erezione era aumentata. «Riuscirai a camminare così?»

Oz ridacchiò. «No. Il che significa che dovrò fare due docce stamattina. Una adesso per occuparmi di questo» si indicò il cazzo «e un'altra quando tornerò dalla corsa. Credo che stare con te mi farà essere più pulito di quanto sia stato in tutta la vita.»

Arrossì e si morse il labbro. «Allora controllerò come sta Logan mentre tu... ehm... fai la doccia.»

«D'accordo. Ri?»

«Sì?»

«Mi piace averti qui. Nel mio letto. Nella mia vita.» Era andato il più vicino possibile a dirle ciò che provava per lei senza esprimere apertamente le parole.

«Mi piace stare qui» ammise.

«Bene. Adesso vado a farmi una doccia» mormorò, e si costrinse a staccarsi dallo stipite. Entrò in bagno e chiuse bene la porta. Quello che avrebbe davvero voluto fare era chiederle di unirsi a lui, ma sapeva che non avevano tempo. Prese mentalmente nota di mettere in un futuro bagno padronale una doccia enorme con una seduta, in modo da poterla scopare con più facilità anche lì. Poi si sporse e aprì l'acqua.

———

Un'ora e mezza dopo, Oz era seduto sul divano con Logan. Quando era tornato da una lunga e faticosa corsa, Riley aveva preparato le omelette per colazione, facendo del suo meglio per far ridere e rilassare il bambino, ma era ovvio che avesse nella mente qualcosa che pesava molto.

Quando l'aveva accompagnata a casa, lei lo aveva abbracciato dicendogli di rilassarsi. «Qualunque cosa ti dica, ricorda che lo sta facendo perché ha fiducia che non perderai la testa.»

Era vero. Il suo sostegno dopo l'incidente a scuola aveva dimostrato a Logan che poteva davvero fidarsi di suo zio. C'era voluto un po', ma Oz aveva capito la sua riluttanza.

«Hai dormito bene?» chiese a suo nipote.

Il ragazzo annuì. «Ho pensato a una cosa la scorsa notte.»

«Sì?»

«Perché Oz? Voglio dire, Riley ti chiama con il tuo vero nome, anche la mamma lo faceva. Ma tutti gli altri ti chiamano Oz. Cosa significa?»

Lui scrollò le spalle. «Quando ero più giovane, mi piaceva molto Ozzy Osbourne. Ascoltavo sempre i suoi CD. Alcuni dei ragazzi con cui ho vissuto alla mia prima sede di servizio nell'esercito hanno iniziato a chiamarmi Ozzy. Poi è stato abbreviato in Oz.»

«CD? Penso che la mamma ne avesse a casa da qualche parte.»

Ridacchiò. «Mi ero dimenticato che sono quasi obsoleti. Già, CD. Mi piaceva ascoltarli in macchina a tutto volume. Sono sorpreso di non avere perso l'udito.»

«Pensi che mi piacerebbe?»

«Ozzy Osbourne?» gli chiese.

«Sì.»

Scrollò le spalle. «Non lo so. Non è per tutti e la sua musica è piuttosto dura. Ma puoi ascoltarla e vedere cosa ne pensi. Probabilmente ho ancora tutti quei vecchi CD qui da qualche parte.»

«Ehm, posso semplicemente andare su YouTube o Spotify» disse Logan.

«Giusto. Ovviamente. Voi ragazzi e la vostra tecnologia» scherzò. Anche lui con i Delta era aggiornato per quanto riguardava la roba digitale e la tecnologia, ma si sentiva un po' nervoso a perdersi in chiacchiere quando sapeva che Logan doveva svelargli qualcosa di importante.

Il bambino gli rivolse un piccolo sorriso poi distolse lo sguardo.

«Puoi dirmi qualsiasi cosa, Slugger» lo rassicurò. «Fino a non molto tempo fa potevo non sapere della tua esistenza, ma ti voglio bene. Farei *qualsiasi cosa* per te, per tenerti al sicuro, per assicurarmi che tu sia felice e in salute»

«Sono felice qui» mormorò. «E a volte mi fa sentire in colpa.»

«Non eri felice con tua madre?» gli chiese con dolcezza.

«Non tutto il tempo. Non ricordo molte cose di quando ero piccolo, ma so che si drogava molto. Venivano un sacco di ragazzi diversi nel nostro appartamento e lei mi diceva di stare nella mia stanza.»

«Qualcuno ti ha fatto del male? Toccato le parti intime?» Non era sicuro di come gestire quella situazione. Sperava solo di non fare un gran casino. Si ripromise di trovare al più presto uno psicologo infantile, ma per ora avrebbe ascoltato qualunque cosa Logan volesse svelargli. Non avrebbe giudicato e avrebbe cercato di mantenere il controllo.

«No! La mamma urlava a chiunque cercasse di entrare nella mia stanza. È stato difficile però. Dovevo prendermi cura di lei, assicurarmi che mangiasse, e a volte dovevo rubare soldi per poter andare al negozio e prendere del cibo, robe del genere. Ma poi le cose sono migliorate. Gli ultimi anni sono stati più belli. Non si drogava più così tanto e stava cercando di smettere. Ma quando stava troppo a lungo senza farlo, tremava tanto e vomitava. Stava davvero male finché non ne trovava altra. Ma ci stava provando» disse Logan sulla difensiva.

Gli faceva male il cuore. Per il piccolo e per sua sorella. Becky era sempre stata indipendente, voleva fare tutto da sola. Se lo avesse contattato, avrebbe potuto aiutarla. Ma se voleva essere onesto con se stesso, non era sicuro di *come* avrebbe reagito. L'aveva già praticamente rinnegata per aver fatto uso di droghe. Se fosse andata da lui e avesse chiesto aiuto per ripulirsi, avrebbe fatto qualcosa? Gli piaceva pensare che l'avrebbe aiutata, ma ora non aveva più importanza.

«Mi pare una cosa positiva» disse con sincerità.

«Ha incontrato un ragazzo e per un po' ho pensato che fosse gentile. Ma poi lui e la mamma hanno iniziato a litigare.

Molto. Non gli piaceva che lei stesse cercando di smettere di drogarsi. Voleva ancora andare alle feste e avere un sacco di persone in casa e cose del genere, e invece lei no. Ha rotto con lui e io ero felice, ma continuava comunque a venire da noi.»

«Ah sì? Se tua madre aveva rotto con lui, perché continuava a tornare?»

Logan deglutì a fatica e si guardò le mani. «Perché... voleva vedere sua figlia.»

Ci volle un secondo prima che quelle parole penetrassero.

Quando successe, le implicazioni di quell'affermazione lo colpirono duramente. «Che cosa?» sussurrò.

Il bambino sollevò lo sguardo e fissò suo zio. «Questo è il mio segreto. Ho una sorella» mormorò. «Abbiamo papà diversi. Si chiama Bria e ha sei anni e mezzo. Quando la mamma è stata uccisa, è andata con suo padre e io sono venuto qui. Mi manca tanto. Nell'altra casa mi sono preso cura di lei, l'ho protetta, e non l'ho vista né le ho parlato da quando siamo stati portati via. Pensi di poterla trovare così da accertarmi che stia bene?»

A Oz girava la testa e dovette fare uno sforzo immenso per non lanciare qualcosa.

Non solo non era stato messo a conoscenza di avere un nipote, a quanto pareva ne aveva un altro, una bambina. Che viveva Dio sa dove con un uomo che si drogava.

«Sei arrabbiato?» sussurrò Logan.

Quello bastò per obbligarlo a trattenere le sue emozioni. «No» disse con sincerità. «Sono entusiasta di avere una nipote e triste che ti manchi. Sono sicuro che anche tu le manchi.»

Il sollievo sul viso di Logan valse lo sforzo necessario per non perdere la testa.

«I nostri piani per la giornata sono cambiati» informò il ragazzo.

«Ah sì?»

«Sì. Possiamo andare a dare un'occhiata alle scuole più tardi. Voglio vedere se riesco a trovare dove vive tua sorella e portarti a trovarla.»

Logan spalancò gli occhi. «Oggi?»

«Sì, Slugger. Ti manca... Bria, hai detto che si chiama così, vero?»

Annuì.

«Bene. Quindi, Bria ti manca e scommetto che manchi anche a lei, perché sei un bambino fantastico e so che sei un fratello straordinario. Ma ho bisogno di fare alcune telefonate. Puoi trovare qualcosa da fare nel frattempo?»

Annuì, ma sembrava di nuovo preoccupato. «Non vuoi che ti senta quando parli con le persone che devi chiamare?»

Oz sospirò. «Il punto è che hai fatto bene a parlarmi di tua sorella, ma avrei dovuto essere informato che avevo una nipote nel momento in cui mi hanno portato te. E non lo hanno fatto. Probabilmente userò delle parole non molto gentili quando chiamerò i servizi sociali. Sto cercando di fare la cosa giusta proteggendoti da tutto questo.»

«Ho dieci anni» sbuffò. «Non sono un bambino, ho già sentito parolacce.»

«Lo so, ma non dovresti sentirle da tuo zio.»

Logan tenne gli occhi fissi su di lui per un lungo momento prima di annuire e chiedere: «Riley può venire con noi? So che probabilmente le piacerebbe Bree.»

«È così che le piace essere chiamata? Bree?» gli chiese.

«Sì.»

«Bene. Non c'è dubbio, Riley la *adorerà*. E sì, posso chiederle se vuole venire con noi, ma aspetterò a dirglielo fino a quando non avrò fatto le mie telefonate. Deve lavorare, Slugger. Anch'io voglio che venga, ma potrebbe volerci un po' di tempo per contattare le persone giuste per poter andare a trovare tua sorella. Ok?»

Vide suo nipote rifletterci per un momento. «Ok.»

«Perché non vai in camera mia e guardi la TV lì. Sono sicuro che puoi trovare qualcosa che ti piace mentre cerco di superare l'iter burocratico dei servizi di protezione dell'infanzia.»

«Cos'è l'it-er bu-cratico?» chiese con un'adorabile inclinazione della testa.

Oz ridacchiò, il che fu un miracolo perché di sicuro non aveva voglia di farlo. «Sono tutta una serie di procedure da seguire per ottenere determinate cose» spiegò in modo semplice. Mise la mano sulla spalla del nipote. «Grazie per avermi rivelato il tuo segreto, Slugger. So che non è stato facile. Posso chiederti una cosa però?»

«Mm-mm.»

«Perché ora? Eri arrivato a sentire troppo la mancanza di Bree che hai dovuto dirmelo?»

Scosse la testa e guardò lo zio negli occhi. «Perché hai detto che ho fatto bene a colpire Gary. Non sapevo nemmeno se avresti voluto incontrare Bree, soprattutto perché eri arrabbiato con la mamma, ma quando hai parlato di quella cosa del consenso, sapevo di potermi fidare di te.»

Oz chiuse gli occhi e inspirò a lungo dal naso prima di riaprirli. «La tua fiducia significa molto per me. Non sono tua madre o tuo padre, ma farò tutto ciò che è in mio potere per non tradirla. Voglio solo il meglio per te e tua sorella, e farò sempre ciò che penso sia giusto per te. Ciò potrebbe non renderti sempre felice, ma spero che un giorno tu possa guardarti indietro e capire perché ho preso determinate decisioni. Grazie per avermi svelato il tuo segreto. Come ti ho già detto, a volte condividerne uno può essere davvero spaventoso, ma dopo è come se ti fosse stato tolto un peso dalle spalle.»

«Mi sento meglio» ammise.

«Bene. Ora vai a cercare qualcosa in TV che ti frigga il cervello.»

Logan sorrise. «Sei strano. Guardare la televisione non frigge il cervello.»

Si alzarono insieme e osservò suo nipote percorrere il corridoio verso la camera da letto principale. Rimase calmo finché non scomparve dalla vista, poi strinse i pugni e gli occhi. Tutto il suo corpo tremava. Ci volle uno sforzo immane per non perdere la testa, per non prendere a pugni il muro o lanciare qualcosa, ma ciò avrebbe spaventato il bambino ed era l'ultima cosa che voleva fare.

Era inconcepibile che nessuno gli avesse detto che aveva una nipote! E anche se in parte capiva perché Bria fosse stata affidata al padre biologico, lo faceva comunque arrabbiare. Non gli piaceva affatto che quell'uomo potesse fare uso di droghe. Sua nipote era con lui da più di un mese. Odiava pensare che potesse essere in una situazione precaria da così tanto tempo.

Ma magari si sbagliava. Forse suo padre era entusiasta di avere la sua bambina a tempo pieno e la stava viziando.

Quando si riprese, il suo primo istinto fu di chiamare Riley. Aveva bisogno di lei. Aveva bisogno del suo sostegno e del suo modo equilibrato di vedere le cose, ma aveva dei lavori da finire e doveva permetterglielo, perché avrebbe avuto *sicuramente* bisogno di lei quando avrebbe portato Logan a vedere la sorella. E niente gli avrebbe impedito di farlo quel giorno.

Entrò in cucina dove aveva lasciato il telefono dopo la colazione e prese un pezzo di carta e una penna. Si sedette al tavolo della sala da pranzo e aprì il browser sul cellulare. Aveva bisogno di risposte. Subito.

———

Tre ore dopo, Oz aveva ottenuto le informazioni che gli servivano. Ci erano volute diverse telefonate e aveva dovuto aspettare troppo a lungo che qualcuno lo richiamasse, ma alla fine era riuscito a mettersi in contatto con la donna responsabile della sistemazione di Logan e Bria. Lo aveva subito informato che non avrebbe potuto permettergli di visitare la bambina da sola. Ma alla fine, aveva accettato di incontrarli nella casa in cui viveva con suo padre. Aveva detto che avrebbe anticipato la visita programmata per il mese successivo.

Sembrava che qualcuno avrebbe dovuto visitare anche il *suo* appartamento, per assicurarsi che Logan si fosse sistemato bene e che non ci fossero problemi, ma Oz non ne era stato informato quando glielo avevano portato, e non aveva idea di quando sarebbe dovuto accadere.

Fino a quel momento non era rimasto impressionato dai servizi sociali, ma cercò di non giudicarli troppo severamente. C'erano molti bambini nel sistema degli affidi e non abbastanza dipendenti per controllarli, ma ciò non significava che non gli si contorcesse lo stomaco.

Era andato a dare un'occhiata a Logan e l'aveva trovato addormentato nell'enorme poltrona nell'angolo della sua camera. Probabilmente aveva dormito di merda la notte prima, preoccupato di rivelare il suo segreto.

Prese il telefono e mandò un messaggio a Riley. Sapeva che se fosse andato a bussare avrebbe potuto non sentirlo se stava lavorando con indosso le cuffie.

Oz: Ho bisogno di te.

Avrebbe potuto dirle di più, ma non voleva spiegare in un testo la schifosa mattinata passata al telefono.

Lei rispose subito.

. . .

Riley: Arrivo.

Adorava quella risposta. Nel momento in cui diceva che aveva bisogno di lei, mollava tutto per andare da lui. Ed era per quello che non l'aveva disturbata prima. Gli sarebbe rimasta seduta accanto, tenendogli la mano e aiutandolo a trovare i numeri giusti da chiamare. Ma non voleva essere il motivo per cui avrebbe potuto perdere dei clienti.

Si alzò per andare alla porta. Quando l'aprì, lei era a metà del corridoio. Non aveva perso tempo. Appena fu abbastanza vicina, la cinse con le braccia e la attirò a sé. Lei si lasciò prendere con piacere e si tenne stretta mentre lui indietreggiava portandola dentro e chiudeva la porta.

«Cosa c'è che non va? Il segreto di Logan era così brutto? Sta bene? *Tu* stai bene? Cosa posso fare?»

Gli si strinse la gola e deglutì a fatica, poi senza spostarsi dalla piccola entrata, le spiegò tutto.

«Stiamo bene. Il segreto di Logan era che ha una sorella.»

Riley lo fissò per un secondo prima che le sue parole penetrassero. «Porca puttana, hai una nipote?»

«A quanto pare. Il suo nome è Bria. È stata mandata a vivere con il padre biologico.»

«Come mai non sapevi di lei?» gli chiese, mentre la sua rabbia cresceva. «È una stronzata! Avresti dovuto essere informato fin dall'inizio che tua sorella aveva due figli.»

Sapeva che era sbagliato, ma amava che lei fosse così incazzata per lui. «Lo so. E credimi, mi sono assicurato che anche la povera donna dei servizi sociali che ha avuto la sfortuna di rispondere al telefono lo sapesse. Ci sono voluti un bel po' di lavoro e diverse telefonate, prima che accettassero di lasciarmi portare Logan a vedere sua sorella oggi.»

Spalancò gli occhi. «Oggi?»

«Sì. Come sei messa con il lavoro stamattina?»

«Ho finito quasi tutto» rispose subito. «Sembra che quando ho la motivazione giusta, lavori molto più velocemente. E prima che tu me lo chieda, *tu* sei la mia motivazione.»

«Quindi verrai con noi?» le chiese.

«Ovvio. Come sta Logan?»

«Sta dormendo adesso. Penso che probabilmente sia stato sveglio gran parte della notte a stressarsi per il suo segreto.»

«Povero piccolo» mormorò, aggrottando la fronte.

Era evidente che sarebbe stata una grande madre, ma allontanò quel pensiero. Non erano a quel punto nella loro relazione... ancora. «Ci incontreremo con un'assistente sociale ad Austin, dove vive la bambina. Possiamo fermarci a pranzare lungo la strada.»

«Ok, devo solo prendere la borsa e mettermi le scarpe, poi sarò pronta per andare.»

Guardò in basso e si rese conto che era a piedi nudi. Aveva avuto così tanta fretta di raggiungerlo, che non si era nemmeno presa la briga di mettersi le scarpe. Dio, era mai stato con qualcuno così altruista? Non pensava proprio. «Fai un respiro, Ri. Abbiamo tempo.»

Lo fece e appoggiò la fronte in mezzo al suo petto. «Hai una nipote» sussurrò.

«Lo so.»

«Quanti anni ha?»

«Sei e mezzo.»

«Allora significa che è in prima elementare?»

«Non ne ho idea» ammise. «Possiamo chiedere a Logan maggiori dettagli su di lei mentre andiamo ad Austin.»

Lo guardò, accarezzandogli dolcemente la schiena. «Come stai, *davvero?*»

«Onestamente? Sono incazzato. Era stato già abbastanza brutto quando ho scoperto di avere un nipote che non conoscevo, ma questo in un certo senso mi sembra peggio. Non sono arrabbiato con Logan per avermelo tenuto nascosto. Non si fidava di me ed era abituato a essere il protettore di Bree. Ma sono davvero incazzato con le istituzioni. Mi ha anche detto che pensa che faccia uso di droghe.»

«Chi?» chiese confusa, aggrottando le sopracciglia.

«Il padre di Bree.»

Spalancò gli occhi. «E l'hanno data comunque a lui? È totalmente sbagliato!» sibilò.

«Non è che possano semplicemente credermi sulla parola che quell'uomo sia un tossicodipendente. Sono sicuro che sentano ogni sorta di storie da persone che vogliono la custodia di un bambino. Un padre è un parente più stretto di uno zio» disse, ripetendo ciò che gli era stato detto più volte al telefono.

«Non. Me. Ne. Frega. Sei un soldato. Sei impiegato in un lavoro rispettato. Avresti dovuto almeno essere preso in considerazione. Per non parlare del fatto che hanno separato due fratelli!»

«Che è ciò che ho detto alla donna al telefono.» Ancora una volta, non poté fare a meno di amare quanto fosse incaz- zata per lui. «Sono anche un uomo single, e ciò va a mio svantaggio. Non erano sicuri di potermi lasciare una bambina.»

«E anche questa è una stronzata.» sibilò. «Suo padre è sposato?»

«Vive con una ragazza» rispose.

«Quindi cosa c'è di diverso?» Era una domanda retorica perché continuò. «Essere sposato o vivere con un altro non ti rende una brava persona, o la persona giusta a cui affidare un bambino. E se Logan dice che fa uso di droghe, è anche peggio! Quando andiamo? Devi andare a svegliarlo così possiamo partire. Vado a prendere la mia roba.»

Si scostò e si voltò per aprire la porta dell'appartamento.

Lui le afferrò dolcemente il braccio e la attirò di nuovo

contro il suo petto, mettendole una mano sulla nuca e l'altra sulla schiena. «Shhh, Ri. Va tutto bene.»

Lei scosse la testa. «Non è vero!» insistette. «La sorella di Logan è probabilmente spaventata e confusa. Non sopporto il pensiero che si chieda dove sia finito suo fratello. E se il padre non si prende cura di lei come si deve? Dobbiamo andare lì per vedere di persona che sta bene.»

«E lo faremo.» Cercare di calmarla fece miracoli anche per la sua ansia, per aiutarlo a schiarirgli la mente. «Fai un bel respiro, Ri.»

La sentì inspirare, poi lasciar uscire il fiato lentamente. Le prese il viso tra le mani e lo avvicinò al suo. «Meglio?»

Lei annuì ma disse: «No.»

Sorrise. Dio, solo il fatto che rimanesse se stessa lo faceva sentire molto meglio. Poi tornò serio. «Ho bisogno che tu mi aiuti a mantenere la calma oggi» le disse. «Se penso che abbiano torto anche un solo capello a Bree, avrò bisogno che tu mi tenga a freno.»

Annuì subito.

«Dico sul serio, Ri. Non farmi fare nulla che possa mettere in pericolo la custodia di Logan.»

«Non te lo permetterò» gli assicurò. «Starà bene. Sarà una bella visita.»

Era evidente che stesse facendo il possibile per trattenere la propria frustrazione e rabbia verso la situazione, e l'amò ancora di più per quello.

Già...

L'amava.

«Grazie» le disse, chinandosi a baciarla per cercare di distrarsi. Non era il momento di dichiarare i suoi sentimenti, ma sapeva che non sarebbe stato in grado di tenerli per sé a lungo e non aveva problemi a essere il primo a farlo. Rimasero a baciarsi lì nel corridoio per diversi minuti. Alla fine, Oz si tirò indietro e fece un grande respiro. Dovevano andare. «Resti stanotte, vero?»

Lei lo guardò sbattendo le palpebre. «Perché?»

«Dopo oggi, avrò bisogno di tenerti tra le braccia» ammise senza il minimo imbarazzo.

«Resto se è ciò che vuoi.»

«Lo voglio.»

Gli sorrise. «Allora credo che lo farò.»

«Grande. Adesso vai a metterti le scarpe, donna. Sveglio Logan e ce ne andiamo.»

Riley annuì e si voltò verso la porta. Si girò di nuovo un secondo prima di aprirla. «Porter?»

«Sì?»

«Penso che tu stia facendo un ottimo lavoro con Logan. Non tutti sarebbero sconvolti quanto te dall'apprendere che hanno una nipote di cui non erano a conoscenza. Sarebbero solo grati che non avessero lasciato due bambini alla loro porta senza preavviso.»

«Allora sarebbero stupidi» ribatté senza esitazione. «Non sto dicendo che tenerlo sia stato facile, ha sconvolto quasi tutto nella mia vita, ma lui è una benedizione che ho il privilegio di avere. E due bambini affidati alle mie cure sarebbero stati un doppio sconvolgimento, ma anche una doppia benedizione.»

Vide le lacrime negli occhi di Riley mentre gli faceva un piccolo cenno del capo e apriva la porta.

Quando si voltò per andare a svegliare suo nipote, pensò a quanto fosse cambiata la sua vita. Non si era mai reso conto di quanto fosse difficile essere un genitore single, specialmente uno che lavorava nell'esercito. Amava il suo lavoro, ma il governo non rendeva facile conciliare il compito di genitore con il dare il cento per cento per il proprio Paese. Aveva temuto di dover lasciare la Delta Force, ma con l'aiuto dei suoi compagni di squadra, delle loro donne e di Riley, era diventato più sicuro di poter continuare la sua carriera. Pensare di lasciare la Delta era doloroso quanto perdere un arto.

Scacciò quei pensieri dalla mente e aprì la porta della sua camera da letto. Era arrivato il momento di riunire Logan con sua sorella. Erano stati separati troppo a lungo. Una piccola parte di lui sperava di piacere anche a Bria. Magari non subito; non era stato facile conquistare la fiducia del nipote ma, in futuro, anche lei avrebbe potuto chiamarlo zio Oz.

Per prima cosa doveva trovare la casa di Seth Matthews ad Austin e riunire fratello e sorella. Non poteva fare a meno di pensare che se il tizio e la sua ragazza, Vanessa Huff, non avevano trattato la bambina come la cosa più preziosa del mondo, qualcuno l'avrebbe pagata cara.

CAPITOLO SEDICI

Il cuore di Riley batteva all'impazzata. Era eccitata e nervosa all'idea di incontrare la nipote di Porter. Logan aveva parlato senza sosta mentre andavano ad Austin.

Avevano scoperto che in effetti era in prima elementare e che i due bambini avevano viaggiato sullo stesso scuolabus ogni giorno. Da quello che diceva aveva ereditato i capelli ramati del padre, ma gli occhi nocciola della madre. Le piacevano i Pokémon e prima che la loro mamma morisse, Logan le stava leggendo Harry Potter.

L'amore nella voce del bambino era evidente e quasi troppo doloroso da sopportare. Era ovvio che gli mancasse terribilmente la sorella e che fosse preoccupato per lei.

«Siamo arrivati?» chiese dal sedile posteriore.

Riley sorrise.

«Quasi, Slugger» lo rassicurò Porter.

«Le ho insegnato a nascondersi, lo sai?» disse di punto in bianco.

«Cosa?» chiese Riley.

«Sai, come ci siamo nascosti dietro il divano quando quel tizio ti stava cercando?»

«Sì, ricordo. È stato molto intelligente.»

«L'ho insegnato anche a Bree.» La sua voce si abbassò. «Il giorno in cui nostra madre è stata uccisa, era malata. Era rimasta a casa da scuola. Mi ha raccontato che qualcuno aveva bussato alla porta e la mamma le ha detto di nascondersi. Si è nascosta dove le ho insegnato.»

Riley guardò Porter, che le lanciò a sua volta un'occhiata. Immaginò che l'incredulità sul suo volto si riflettesse anche sul proprio. «Bree era nell'appartamento quando tua madre è stata uccisa?» gli chiese.

Annuì. «Era spaventata ed è uscita solo quando è arrivata la polizia. Ha detto che le persone che hanno fatto del male alla mamma non sapevano nemmeno che fosse lì.»

«Cazzo» mormorò Porter.

Stava pensando la stessa cosa. Per quanto ne sapevano, gli investigatori non avevano ancora scoperto chi avesse ucciso Becky. E se la bambina era nell'appartamento in quel momento, sarebbe stata un'importante fonte di informazioni.

«Cos'ha detto alla polizia riguardo a quello che è successo?»

Logan scrollò le spalle. «Niente. Molte persone hanno cercato di parlarle, ma lei ha detto solo che si è nascosta e non ha visto nulla. Aveva paura. Non ne ha parlato nemmeno con me. Poi ci hanno portati via.»

Riley prese la mano di Porter; era teso e accigliato. Fece un respiro profondo. «Be', direi che sei davvero bravo a trovare nascondigli.»

«Sì» concordò.

In auto calò il silenzio dopo la bomba sganciata dal bambino. Le cose sembravano diventare sempre più complicate e si sentiva davvero dispiaciuta per tutta la famiglia Reed. Se Porter avesse ottenuto la custodia di Bria, e lo sperava davvero, gli avrebbe suggerito di portarla da uno psicologo infantile, uno di quelli esperti nel far parlare i bambini di eventi traumatici e crimini. Ma la cosa doveva essere gestita con la massima attenzione. L'ultima cosa che voleva era che la bambina rimanesse ancora più traumatizzata per dover rivivere ciò che era successo a sua madre.

Ci vollero altri venti minuti per arrivare a casa di Seth Matthews. Si accigliò mentre percorrevano la strada. Erano decisamente in una parte brutta della città. Ciò non significava che le persone che vivevano lì non stessero facendo del loro meglio per provvedere alle famiglie, ma i prati erano incolti e pieni di erbacce, le recinzioni rotte e cadevano a pezzi, tutto dava un senso di trascuratezza.

Porter accostò l'Expedition al marciapiede di fronte all'indirizzo che gli avevano dato. C'era una Crown Victoria bianca parcheggiata nel vialetto e una signora in abito blu scuro davanti alla porta d'ingresso stava chiaramente litigando con una donna.

«Restate qui» ordinò loro con la mano sulla maniglia della portiera.

«Respira, tesoro» disse Riley toccandogli la schiena.

Annuì, poi uscì e si chiuse la portiera alle spalle.

«Cosa sta succedendo?» chiese Logan.

«Non lo so, ma tuo zio lo scoprirà. Abbi pazienza.»

Lo osservò avvicinarsi alle due donne. Si fermò a una certa distanza, ma ogni muscolo del suo corpo era teso mentre ascoltava lo scambio.

Senza pensarci, Riley prese il cellulare. Non sapeva cosa stesse succedendo, ma era ovvio che quella non sarebbe stata la visita piacevole che avevano sperato. Porter aveva bisogno di appoggio, forse più di quello che lei poteva offrirgli, e non riusciva a pensare a niente di meglio dei suoi compagni di squadra per coprirgli le spalle. Ci sarebbe voluto del tempo prima che uno di loro arrivasse lì, ma aveva la sensazione che avrebbero avuto bisogno del loro supporto. Mentale, emotivo e forse fisico.

Toccò il primo nome che le venne in mente: Grover.

«Ehi, Ri, che succede?»

«Grover, sono ad Austin con Porter. E penso che abbiamo bisogno di te.»

«Che problema c'è? Dove sei?»

Gli fece un breve riassunto, restando sul vago dato che Logan era lì ad ascoltare ogni parola.

«Sto arrivando e chiamo anche i ragazzi.»

«Non so esattamente cosa stia succedendo, probabilmente sto esagerando.»

«Non credo» affermò.

«Non serve che veniate tutti. Mi ero dimenticata che eravate al lavoro» disse.

«Vorrei che potessimo venire tutti. Ci sono alcune riunioni delicate in corso in questo momento, ma non deve partecipare tutto il team. Chiamerò Lefty e Doc. Va bene?»

«Grazie.»

«Arriviamo appena possibile. Tenete duro.» Interruppe la chiamata senza aggiungere altro e Riley lasciò andare il respiro che non si era accorta di aver trattenuto.

«Ho paura» sussurrò Logan. «Vanessa sembra arrabbiata.»

Era vero. Proprio in quel momento, alle spalle della donna apparve un uomo con i capelli rossi e la barba molto trasandata. Pensò che dovesse essere il padre di Bria.

Logan piagnucolò e le si gelò il sangue. Era terrorizzato.

«Quello è Seth? Il papà di Bria?» gli chiese.

«Mm-mm. Non mi piace quando urla.»

Potevano sentirlo gridare fin dall'altra parte del cortile, anche dentro la macchina chiusa.

«Va tutto bene» disse cercando di calmarlo. Doveva ammettere che non piaceva nemmeno a lei quando urlava, e non lo conosceva. «Tuo zio si occuperà di tutto.»

Osservò Porter infilarsi la mano in tasca e tirare fuori il telefono. Non aveva idea di chi stesse chiamando, ma sapeva che la situazione era sul punto di andare completamente fuori controllo.

———

Oz aveva finito la pazienza.

Tutta la situazione era una stronzata. Vanessa si rifiutava di far entrare l'assistente sociale in casa e anche di far andare Bria alla porta. Si lamentava che la visita era stata improvvisa e non si era preparata per l'ispezione, il che era ridicolo perché era esattamente così che funzionava.

Poi Seth Matthews arrivò alla porta e Oz si irrigidì. L'uomo sembrava strafatto. Avrebbe scommesso tutto ciò che possedeva che fosse drogato. Iniziò subito a urlare anche lui contro la donna, dicendo che sarebbe potuta entrare in casa sua quando l'inferno si fosse congelato, e non avrebbe permesso a sua figlia di vedere *nessuno*.

Oz era ben consapevole di Logan e Riley seduti in macchina dietro di lui, e anche se era contento che per il momento fossero al sicuro, non se ne sarebbe andato senza aver visto sua nipote. Gli si accapponò la pelle. C'era qualcosa di strano lì. Si era sempre fidato del suo sesto senso in passato, e non aveva intenzione di smettere adesso.

Non era una missione, ma il pericolo era reale. Tirò fuori il telefono e compose il 9-1-1.

«Nove-uno-uno. Ha bisogno di polizia, vigili del fuoco o assistenza medica?» chiese la voce dall'altra parte.

«Polizia.»

«Qual è il problema, signore?»

Oz diede l'indirizzo all'operatrice e spiegò brevemente cosa stava succedendo. Sottolineò il fatto che l'assistente sociale era in pericolo e forse anche la vita di un bambino. Si assicurò anche di dire alla donna che sospettava che Seth fosse sotto l'effetto di stupefacenti. Non sapeva se c'erano armi coinvolte, ma non ne sarebbe stato sorpreso.

L'operatrice gli disse di rimanere in linea, ma lui riattaccò. Aveva bisogno di essere completamente concentrato su ciò che stava accadendo davanti a lui. Avrebbe potuto sottomettere Vanessa o Seth, ma non tutti e due allo stesso tempo. Per il momento, non avrebbe fatto nulla cercando di non aggravare la situazione, ma non riusciva a smettere di chiedersi dove diavolo fosse Bria e se stesse bene.

Si rese conto che avrebbe dovuto chiedere a uno dei suoi compagni di squadra di andare con lui, ma ormai era troppo tardi.

Dopo diversi minuti di tensione, con quel pazzo che aveva gridato per tutto il tempo, Oz tirò un sospiro di sollievo quando sentì le sirene avvicinarsi.

Purtroppo le sentirono anche Vanessa e Seth, facendoli scatenare ancora di più.

La donna cerco di sbattere loro la porta in faccia, ma l'assistente sociale allungò la mano e impedì che la chiudesse del tutto.

Oz si mosse d'istinto. Non avrebbe mai permesso che la situazione si trasformasse in un sequestro. La coppia avrebbe potuto restare rintanata in casa per ore, mentre la polizia faceva del suo meglio per convincerli a uscire. Nel frattempo, sua nipote sarebbe rimasta intrappolata con due persone molto instabili e disperate.

Non sarebbe successo davanti ai suoi occhi.

Corse al fianco dell'assistente sociale che protestava e aggiunse la sua forza per impedire ai due bastardi di chiuderla.

«Lasciatela andare!» strillò Vanessa.

«Per niente al mondo. Portate qui mia nipote e ce ne andremo» ribatté Oz mentendo spudoratamente. La situazione era degenerata troppo perché se ne andassero. Era ovvio che la coppia nascondesse qualcosa.

«Togli le tue cazzo di mani dalla mia proprietà!» ringhiò Seth mentre aggiungeva il suo peso a quello della sua ragazza.

Mettendoci tutta la forza, sapendo che se avessero chiuso la porta, la situazione sarebbe stata ancora più fottuta, mantenne la sua posizione.

Il rumore più bello che avesse mai sentito fu quello delle portiere delle auto che si chiudevano e delle voci che gridavano a tutti di togliersi di mezzo.

«Venite fuori con le mani in alto!» gridò un poliziotto.

Oz sentì l'assistente sociale spiegare cosa stesse succedendo all'agente più vicino e gliene fu grato. L'ultima cosa di cui aveva bisogno era che gli sparassero mentre cercava di trovare Bria.

«Uso un'arma non letale» disse un altro poliziotto al suo partner.

Quindi avrebbero usato un Taser su Seth o Vanessa, ma dovevano sbrigarsi. Si spostò di lato per dare loro un po' di spazio in modo da non essere colpito accidentalmente, e contemporaneamente spinse più forte sulla porta, allargando il varco in modo che Seth fosse chiaramente visibile.

«Esci subito!» gridò uno degli agenti.

«Vaffanculo!» urlò il bastardo.

Un secondo dopo, udì il rumore della scarica elettrica del Taser. Quando Seth cadde a terra con un forte tonfo, fu abbastanza facile spalancare la porta. Vanessa cadde all'indietro sopra il suo ragazzo, e i poliziotti si avvicinarono.

Oz indietreggiò con le mani aperte ai lati, per dimostrare di non essere in alcun modo una minaccia, ma sembravano aver capito che non fosse lui l'aggressore.

Seth combatté contro gli agenti, anche con i dardi del Taser ancora conficcati nel petto. Vanessa era passata dal lottare come una pazza a piangere in modo isterico; dovette essere trascinata fuori di casa da un altro poliziotto.

Odiava che Logan stesse assistendo a quel casino, ma doveva concentrarsi a trovare Bria.

Il cortile brulicava di polizia. Alla fine ci vollero tre persone per sottomettere Seth, che continuava a urlare oscenità e ad accusare i poliziotti di violare i suoi diritti. Che non avevano l'autorità di entrare in casa sua e che avrebbe fatto causa a tutti.

«Può dirmi cosa sta succedendo?» gli chiese una donna poliziotto dopo che Seth fu sottomesso e infilato nel retro di una delle auto della polizia.

Oz cercò di spiegare alla meglio perché fossero lì, poi domandò: «Per favore, posso entrare e cercare mia nipote?»

La donna gli rivolse un'espressione comprensiva, ma scosse la testa. «Temo di no.»

«Allora può entrare l'assistente sociale? O uno di voi? Mia nipote potrebbe essere terrorizzata oppure ferita.»

Lei annuì. «Ci pensiamo noi. Dobbiamo controllare la casa per assicurarci che non ci sia un'ulteriore minaccia all'interno. Troveremo sua nipote. Per favore, si faccia da parte e ci lasci fare il nostro lavoro.»

Oz digrignò i denti. Ci avrebbero messo un'eternità. Aveva sperato che sarebbe stata una visita tranquilla, nonostante avesse temuto di dover lasciare lì Bria, sapendo che la cosa avrebbe devastato Logan, ma quello era anche peggio di qualsiasi scenario avesse potuto immaginare.

Indietreggiò e sentì le porte della sua Expedition aprirsi. Poi Riley fu lì. Si appoggiò al suo fianco mentre Logan andò dall'altro lato. Li abbracciò, facendo il possibile per controllarsi.

«Be', non è andata bene» mormorò lei.

Sorprendentemente, si ritrovò a sorridere. «Tu credi?»

«Oz, dov'è Bree?» gli chiese suo nipote.

«Non lo so, Slugger, ma la polizia andrà dentro e la troverà.»

Il bambino annuì, ma strinse le braccia intorno alla sua vita.

Era sollevato che si fosse rivolto a lui per cercare conforto, anche se lo faceva incazzare che ce ne fosse bisogno.

I tre osservarono mentre un gruppo di agenti entrava in casa ad armi spianate.

«Non spareranno a Bree, vero?» domandò Logan, con voce tremante.

«No» rispose Riley prima che potesse farlo lui. «Vogliono solo assicurarsi che non ci siano altri adulti che potrebbero far del male a qualcuno.»

Tenendo gli occhi sulla porta d'ingresso, Oz aspettò che gli agenti uscissero con Bria da un momento all'altro, ma a ogni minuto che passava e non ricomparivano, diventava sempre più nervoso.

Ne uscì uno e fece un cenno all'assistente sociale che entrò in casa... ma Bria non si vedeva ancora.

Poi lo stesso agente uscì ancora una volta e si avvicinò a loro tre, parlando con un tono basso e preoccupato: «Abbiamo trovato la bambina, ma è spaventata e non vuole uscire.»

«Vado a prenderla io» disse Logan. «Se mi vede, uscirà.».

Oz stava serrando i denti così forte che avrebbero potuto spezzarsi. Non sapeva *perché* non volesse uscire, ma non gli piaceva nulla di quella situazione.

«Mi dispiace, ma no» gli disse con dolcezza il poliziotto.

«Vado io» si offrì Riley.

«No. Sono suo zio, andrò *io*.» Se c'era droga in casa, o chissà cos'altro, non voleva che loro vedessero. E dal comportamento dell'agente poteva dire che qualunque cosa ci fosse all'interno non era piacevole, perché era chiaro che non volesse che Logan ne fosse testimone. Se la sorella fosse stata ferita, era l'ultima cosa che avrebbe dovuto rimanere nella sua mente.

«Mi segua» gli disse.

Suo nipote gli afferrò l'orlo della maglietta e lui lo guardò.

«C'è qualcosa che non va» sussurrò.

Oz si inginocchiò davanti al bambino e gli mise le mani sulle spalle. «Lo so» gli disse, non volendo minimizzare l'ovvio.

«A volte giocavo a nascondino con Bree, di solito quando la mamma faceva venire delle persone spaventose. Le dicevo che non le era permesso uscire finché non avessi pronunciato le parole magiche.»

«E quali erano?» gli chiese.

«Le dicevo che c'era il coniglietto pasquale. So che è stupido, ma lei avrebbe voluto coglierlo sul fatto. Penso che sapesse che non era davvero lì, ma veniva sempre fuori quando lo dicevo. E non era qualcosa che qualcuno avrebbe detto a caso.»

«Non penso affatto che sia stupido. Penso che sia stato molto intelligente da parte tua. Porterò fuori tua sorella. Riesci a fare il coraggioso ancora per un po' e restare qui con Riley?»

Lui annuì.

Si sporse in avanti e gli baciò la fronte. Era la prima volta che faceva qualcosa del genere, ma il bambino non si ritrasse al suo tocco, gettandosi invece tra le sue braccia e aggrappandosi disperatamente per un lungo momento. Poi si staccò e si asciugò una lacrima. «Sto bene.»

«Lo so, Slugger.» Si alzò e baciò anche Riley. Avrebbe avuto bisogno della sua tenerezza e affetto, ma non c'era tempo. Si voltò e corse dietro all'agente, facendo un respiro profondo prima di entrare in casa.

Era peggio di quanto avesse immaginato.

C'era spazzatura ovunque. Pile di giornali. Cartoni di latte rancido rovesciato. Ovunque guardasse sul pavimento c'erano persino escrementi di topo. Quel posto non era adatto a *nessuno*, tantomeno a una bambina.

Passò vicino a un bagno dove un'agente stava scattando foto di polvere sul pavimento e sul sedile del water. Non era difficile indovinare cosa stesse facendo Seth mentre Vanessa guadagnava tempo con l'assistente sociale.

Più si addentrava in casa, peggiore era la puzza. Era ovvio che uno o entrambi gli inquilini fossero accumulatori seriali. C'erano pile di vestiti e scatole ovunque. Dovettero scavalcare montagne di cianfrusaglie per raggiungere la camera da letto sul retro.

Quando entrarono, l'assistente sociale era in ginocchio davanti a quella che sembrava una gabbia per cani.

Una cazzo di gabbia!

Quando li vide, si alzò e il dolore nei suoi occhi era evidente.

Sebbene Oz fosse felice che la donna sembrasse preoccuparsi ancora dei bambini di cui era responsabile, non poté fare a meno di sentirsi amareggiato. Se fosse andata a controllare Bria prima di quel giorno, forse tutto quello non sarebbe successo. Si chiese per quanto tempo la bambina sarebbe stata costretta a vivere così se lui non avesse chiamato perché Logan avesse la possibilità di vedere sua sorella. Sapeva che il sistema era sovraccarico, ma quello era inaccettabile.

«Ha paura» gli disse la donna inutilmente.

Oz annuì e si fece forza prima di inginocchiarsi davanti alla gabbia.

Niente avrebbe potuto prepararlo a ciò che vide.

Un visetto lo fissò dall'altra estremità. Era sporco e il fetore era quasi opprimente. Le unghie di Bria erano nere e sembrava che i suoi capelli non venissero spazzolati e lavati da giorni. Settimane. I riccioli ramati erano arruffati e unti e le pendevano intorno al viso.

«Ehi, Bree» disse Oz dolcemente, respingendo la sua

repulsione e l'odio per Seth e Vanessa. Quella preziosa bambina era tutto ciò che contava in quel momento. «Sono Oz... tuo zio.»

Continuò a fissarlo, senza muoversi di un centimetro.

«So che hai paura e non posso biasimarti. Questa casa è davvero spaventosa. Ma tuo padre e la sua ragazza non possono più farti del male. Sono stati arrestati.»

Bria si spostò, non vide più il viso ma notò la catena intorno alla caviglia.

La sua rabbia ebbe quasi la meglio su di lui e dovette chiudere gli occhi per cercare di tenere sotto controllo le emozioni. Non poteva perdere la testa. Logan, Riley e Bria contavano su di lui ed era ben consapevole degli agenti e dell'assistente sociale alle sue spalle. Doveva portarla fuori di lì. Subito.

«Vuoi sapere perché sono venuto qui oggi?» le chiese, quando riprese il controllo. Non importava che Bria non lo stesse guardando, sapeva che poteva sentirlo. «Logan ha sentito la mancanza di sua sorella. E il bello è che non sapevo nemmeno che ne *avesse* una. Lo so, è pazzesco, vero? Come potevo avere una nipote e non sapere nulla di lei? Soprattutto una adorabile come te. Ci è voluto un po', ma alla fine Logan ha deciso che poteva fidarsi di me, mi ha raccontato tutto di te stamattina. Ed eccoci qua. Sono arrivato appena ho potuto. Mi dispiace di non esserci stato prima d'ora.»

Vide i suoi occhi scrutarlo da dietro i capelli arruffati.

«Niente mi avrebbe tenuto lontano se avessi saputo che eri qui. E sai cos'altro? C'è anche Logan. È fuori che aspetta di vederti. Gli sei mancata tantissimo.»

Sentì un lamento sommesso provenire dall'interno della gabbia.

Dato che gli sembrò di aver fatto progressi, si trascinò un po' più avanti fino a infilare la testa dentro. Abbassò la voce come se le stesse svelando un segreto. «E sai cos'altro mi ha detto Logan?»

Bria scosse la testa e Oz si rallegrò dentro di sé. Stava interagendo con lui. «Mi ha detto che il coniglietto pasquale è qui.»

A quel punto, la bambina si voltò di scatto. Lo sguardo colmo di speranza sul suo viso gli riempì gli occhi di lacrime. Non si preoccupò di asciugarsele mentre gli cadevano sulle guance.

«Lo so, anch'io ero scettico. Voglio dire, Pasqua non è nemmeno vicina. Ma è quello che Logan mi ha detto di dirti.»

Sua nipote allungò una mano verso di lui per toccargli le guance bagnate. «Perché piangi?» gli sussurrò. «Hai fame anche tu?»

Dio, lo stava uccidendo, cazzo.

Scosse la testa. «Sto piangendo perché sono davvero felice di conoscerti. Tua madre era mia sorella, ma molto tempo fa abbiamo litigato e smesso di parlarci. Logan ha detto che vi ha parlato di me. Mi manca così tanto mia sorella. Proprio come a Logan manchi tu. Vuoi venire con me a vederlo? Così vediamo se riusciamo a trovare quel coniglietto pasquale?»

Oz non era mai stato così contento come in quel momento che suo nipote gli avesse detto delle parole in codice. «La mamma mi ha parlato di zio Porter.»

«Sono io» le disse, indietreggiando leggermente e tendendole una mano.

L'istante in cui Bria la prese, Oz si sentì spacciato. Quella bambina lo aveva già in pugno e non erano passati che pochi secondi. Giurò di fare tutto il necessario per assicurarsi che nessuno le facesse mai più del male.

Le tenne la mano e aspettò pazientemente mentre lei si trascinava in avanti sulle ginocchia. La catena intorno alla caviglia sbatteva contro la plastica dura della gabbia mentre si muoveva. Seth e Vanessa non si erano nemmeno presi la briga di mettere dentro una coperta.

Senza preoccuparsi che avesse bisogno di un bagno, non appena si avvicinò abbastanza la prese in braccio. Lei gli avvolse le braccia intorno al collo affondandovi il viso.

Oz sentì uno dei poliziotti farsi avanti e tagliare la catena dalla piccola gamba. Si alzò senza problemi, dato che sua nipote non pesava niente e cominciò a camminare per tornare fuori con Bria disperatamente aggrappata a lui.

«Sei alto» sussurrò.

«Sì, ma non ti lascerò cadere» la rassicurò. Si accigliò quando lei si aggrappò ancora più forte. Merda, aveva detto la cosa sbagliata. Non aveva avuto intenzione di spaventarla. Ma lei non cercò di liberarsi dalle sue braccia o di allontanarsi, quindi continuò a camminare. Doveva uscire da quella casa. Aveva bisogno che *Bria* fosse fuori da quella casa.

Stava trattenendo le sue emozioni per miracolo. Sarebbe bastata una minima cosa per farlo esplodere, e lo sapeva. Era a pochi secondi dall'inseguire l'auto con Seth e pestarlo a sangue. L'unica cosa che lo tratteneva non era la minaccia di essere buttato in prigione, ma Bria e Logan. Avevano bisogno di lui.

E non se ne sarebbe andato senza sua nipote. Per niente al mondo.

Quando uscì alla luce del sole, Oz fece un respiro profondo e le accarezzò i capelli. «Sei libera, piccola.»

Lei alzò la testa e lo fissò negli occhi. «Promesso?» sussurrò.

«Promesso» rispose.

«Bree!»

Si voltò e vide Logan correre verso di loro. Si inginocchiò a terra e mise in piedi Bria, tenendo un braccio intorno a lei in modo protettivo. Fermò gentilmente suo nipote e gli disse: «Piano, Slugger.»

Lui spalancò gli occhi e fu facile vedere la rabbia contro cui stava lottando. Ma il ragazzo era un guerriero e si riprese subito.

Abbracciò con tenerezza sua sorella, poi si ritrasse. «Hai fame? Ti ho tenuto un po' del mio Happy Meal che abbiamo preso venendo qui. Questo è Oz, è nostro zio. È buono. Puoi fidarti di lui. E lei è Riley» disse, indicando dietro di sé. «Anche lei è fantastica. Vive nell'appartamento accanto al nostro ed è la ragazza di Oz. Rimane la notte e non si urlano contro. Prepara le colazioni migliori del mondo, anche se Oz sa fare le forme dei pancake più belle. Lo zio mi ha regalato una palla da baseball e un guanto, e mi unirò a una squadra!»

«Non devi dirle tutto ciò che è successo dall'ultima volta che l'hai vista» lo rimproverò con dolcezza.

Provò una stretta al cuore quando lui disse: «Ma non so quando la rivedrò.»

Sapeva che non avrebbe dovuto dire ciò che stava per dire... ma lo fece comunque. «Torna a casa con noi. D'ora in poi vivrà con noi, quindi non devi sopraffarla in questo momento.»

«Davvero?» chiese Bria, la speranza nella sua voce era quasi dolorosa da sentire.

«Davvero?» fece eco Logan.

«Ehm, dobbiamo parlarne, signore» s'intromise l'assistente sociale accanto a loro.

Oz scosse la testa e si alzò, tenendo una mano sulle spalle di Logan e di Bria. «No, non dobbiamo» ribatté enfatizzando ogni parola.

«C'è un protocollo da seguire. Non può semplicemente decidere di prenderla e basta.»

«È mia *nipote*» disse a denti stretti. «Mi avete nascosto la sua esistenza e non ne sono molto felice. Ora che suo padre si è dimostrato un poco di buono, voglio la custodia.»

«Comunque sia, dobbiamo indagare sulla situazione e potrebbe avere altri parenti che vogliono la custodia.»

«Indagare?» chiese incredulo. «Era incatenata in una dannata gabbia per cani» sbraitò. Prese fiato per continuare a rimproverare la donna, ma sentì una mano posarsi sul suo braccio.

Riley.

«Respira, Porter» sussurrò. Poi si rivolse all'assistente sociale. «La prego, lo perdoni, è stata una giornata molto difficile. Vuole il meglio per sua nipote e in questo momento è un po' sconvolto.»

L'espressione della donna perse parte della sua aggressività. «Penso che lo siamo tutti.»

«Si stava ancora riprendendo dalla scoperta di avere anche una nipote, e trovarla in queste condizioni... è stato troppo. Sono sicura che ci saranno pratiche e indagini da svolgere, ma è disposto a fare tutto il necessario per evitare che i suoi nipoti vengano separati di nuovo.»

Dio, era così diplomatica, e fu ancora più grato che fosse al suo fianco.

Un'ambulanza si fermò vicino al marciapiede insieme a un pick-up da dove scesero Grover, Lefty e Doc che andarono dritti verso di loro.

Poté solo fissare incredulo i suoi compagni di squadra. Non sapeva cosa ci facessero lì. Era ovvio che fosse rimasto in casa con Bria più a lungo di quanto avesse pensato. E Lefty doveva aver guidato come un pazzo per arrivare ad Austin il più velocemente possibile.

Guardò Riley e capì che li aveva chiamati lei. Dio, la consapevolezza che si prendeva cura di lui e lo proteggeva gli si insediò nel profondo.

Non l'avrebbe lasciata andare. Mai.

«Bria deve andare all'ospedale» gli disse l'assistente sociale.

«Poi dovremo parlare con lei... abbiamo uno psicologo molto competente che la sta aspettando.»

Non voleva essere separato da Bree. L'aveva appena trovata, e il pensiero che venisse portata via per essere esaminata da estranei non gli piaceva.

«Può andare con lei» aggiunse la donna, e lui tirò un enorme sospiro di sollievo.

«Anch'io?» chiese Logan.

Guardò in basso e vide che teneva stretta la mano di sua sorella. Non sembrava preoccuparsi che fosse sporca e puzzolente. Era chiaramente solo felice di essere tornato con lei. E anche Bria era più che contenta di avere il fratello al suo fianco.

«Anche tu» gli rispose con un sorriso.

Oz sapeva che la donna stava facendo del suo meglio, ma non poteva fare a meno di pensare che fosse un po' troppo tardi.

«Seguirò l'ambulanza» gli disse Riley.

Gli dispiaceva che non potesse andare con lui, ma sapeva che non glielo avrebbero permesso. Non era imparentata in alcun modo con loro e quel pensiero gli fece provare un po' di rimpianto, ma lo respinse. Doveva concentrarsi sul momento.

«Accompagno io Riley» s'intromise Grover, avendo sentito l'ultima parte di conversazione. I suoi occhi erano incollati su Bria, e Oz poteva vedere la rabbia sul suo volto. Anche Lefty e Doc erano più che incazzati, ma il solo fatto di averli lì lo aiutò a tenere a bada il suo temperamento.

«Grazie» disse al suo amico.

«È una piccola bugiarda!» urlò Vanessa quando un agente aprì la portiera posteriore della macchina in cui l'avevano fatta salire. La stavano tirando fuori per spostarla su un'altra auto e continuava a vomitare le sue parole ignobili.

«Bisogna insegnarle a non mentire! Bria mente su *tutto*! La sua immaginazione è fuori controllo. Non potete credere a niente di quello che dice!»

Le sue parole lo resero solo più determinato a prendere seriamente qualsiasi cosa avesse da dire la bambina. Vanessa era un po' troppo disperata di far credere a tutti che fosse una bugiarda. La domanda era: perché?

Incontrò lo sguardo di Riley e capì che stava pensando la stessa cosa.

«Sono stati loro» sussurrò incredula.

Oz annuì cupamente. Era abbastanza sicuro che Seth avesse ucciso la madre di sua figlia. Non sapeva perché, al momento non gli importava molto, ma era ovvio che anche la sua ragazza fosse coinvolta.

Sentì Bria appoggiarsi alla sua gamba e guardò in basso. Stava fissando Vanessa terrorizzata e si sentì morire. Si inginocchiò e le mise un dito sotto il mento, girandole la testa in modo che lo guardasse. «A me sembri una ragazzina molto sincera» le disse. «Crederò a tutto ciò che mi dirai, e puoi fidarti che anche i poliziotti lo faranno. Non aver paura, sei al sicuro e mi assicurerò che sia sempre così.»

Non sapeva se gli avrebbe creduto e fu sollevato quando intervenne Logan.

«Ti crederò anch'io, Bree. Siamo io e te insieme, giusto?»

Lei annuì.

«Signore?» lo chiamò un paramedico da una distanza rispettosa.

«Che ne dici se andiamo a farci un giro?» chiese Oz a Bria.

«Anche Logan?»

«Anche Logan.» Non era convinto che fosse permesso, ma non avrebbe separato i fratelli. Avevano bisogno l'uno dell'altro in quel momento.

«Vado a prenderle il mio Happy Meal!» esclamò il bambino.

«Aspetta, Slugger, penso che dovremo aspettare, ma gliene prenderemo uno nuovo il prima possibile, ok?»

«Basta che parli e porterò tutto ciò di cui hai bisogno all'ospedale o alla stazione di polizia» disse Lefty.

«Grazie.»

«Ora ti prendo in braccio di nuovo, piccolina. Ok?»

Bria annuì e lui si chinò, sospirando soddisfatto quando gli cinse di nuovo il collo. Logan afferrò il piede di sua sorella e rimase al suo fianco mentre andavano verso l'ambulanza.

Dopo aver rassicurato la bambina e averla consegnata al paramedico, si girò verso Riley.

Lei si abbandonò subito contro il suo petto, abbracciandolo forte.

«Come posso amarla così tanto se l'ho appena incontrata?» sussurrò Oz.

«Perché tu sei tu» gli disse. «Starà bene. Ora ha te. Ce la potete fare.»

La sua sicurezza e fiducia in lui erano travolgenti. Esattamente ciò di cui aveva bisogno. Guardò i suoi compagni di squadra. «Vi prenderete cura di lei per me?»

«Certo, amico» rispose Grover. «Ci vediamo in ospedale.»

Era in debito con i suoi amici. Si chinò e diede un breve bacio a Riley. «Ti amo» sussurrò.

Lei spalancò gli occhi e replicò subito: «Ti amo anch'io.»

Non era così che aveva pensato avrebbero condiviso i loro sentimenti per la prima volta, ma sembrava giusto. Gli aveva mostrato quanto fosse equilibrata nel bel mezzo di una crisi. Era una sensazione bellissima sapere che era forte come aveva sempre pensato fosse.

«Se hai bisogno di qualcosa, mandami un messaggio» gli disse.

«Lo farò.»

«Mi fermo in qualche negozio a prendere dei vestiti per Bree mentre vengo in ospedale.»

Non ci aveva nemmeno pensato, ma annuì con gratitudine.

«E anche tu ne hai bisogno. Quella maglia è da buttare.»

Si guardò e vide che la sua polo era imbrattata e aveva la sensazione che Riley avesse ragione, se non altro, non sarebbe mai stato in grado di indossarla di nuovo senza pensare a quel giorno, e probabilmente non era una buona cosa.

«Sono sicura che i ragazzi conoscono la tua taglia e mi aiuteranno» continuò. «Vai. Assicurati che stia bene. Parlerò con l'assistente sociale e i poliziotti riguardo ai nostri sospetti. Quando avrò finito con loro, non permetteranno più che quella ragazzina torni a casa con qualcun altro che non sia tu.»

Le sorrise. *Cazzo*, l'amava. «Ci vediamo dopo.»

«Dì a Logan che ho detto che è un ragazzo straordinario. Ha mantenuto bene il controllo, Porter. Sono orgogliosa di lui.»

«Lo farò.»

«Signore?» lo chiamò il paramedico. «Siamo pronti a partire.»

Riley indietreggiò e gli rivolse un sorriso coraggioso. «Ti amo» sussurrò.

«Ti amo anch'io. A dopo.» Salì sull'ambulanza. Bria sembrava incredibilmente piccola sulla barella. Le avevano tolto la maglietta e alla vista dei lividi sul suo petto fu travolto di nuovo dalla rabbia. Ma poi vide Logan spaventato e preoccupato e capì che doveva fare tutto il possibile per confortare suo nipote.

Si sedette sul sedile che gli indicarono e prese la mano del bambino. Quando l'ambulanza iniziò a muoversi, gliela strinse. Sarebbero stati bene. Tutti e tre. Se ne sarebbe assicurato.

CAPITOLO DICIASSETTE

Oz non aveva idea di che ora fosse. Sapeva solo di essere stanchissimo. Gli sembrava di essere sveglio da giorni.

Dopo che Bria era stata visitata in ospedale – e trovata disidratata, con lividi su tutto il corpo e gravemente sottopeso – un'infermiera l'aveva portata a fare il bagno. Poi le avevano messo i vestiti che aveva comprato Riley ed erano stati portati al quartier generale del Dipartimento dei servizi di protezione dell'infanzia, in centro città.

Oz era riuscito a passare solo un minuto o due da solo con Riley, ma aveva avuto bisogno di quel poco tempo. Lei lo teneva con i piedi per terra. Gli aveva impedito di lasciare l'ospedale per andare a uccidere Seth e Vanessa.

La coppia era stata arrestata per abuso di minori. Le accuse di possesso di droga e armi erano pendenti, in attesa di una perquisizione molto più approfondita che i poliziotti stavano conducendo nella loro casa. E sperava che le accuse di omicidio di primo grado non tardassero ad arrivare.

Sapeva che Grover aveva accompagnato Riley al dipartimento, ma non aveva idea di dove fosse, o se fosse ancora lì. Bria si era addormentata durante il viaggio e Oz aveva insistito affinché gli psicologi la lasciassero dormire. Si era svegliata poche ore dopo e aveva mangiato un altro pasto con suo fratello.

Miracolosamente, la bambina sembrava stare abbastanza bene. Finché Logan era vicino, sorrideva e rideva e non aveva problemi a parlare con estranei. Ma una psicologa aveva commesso l'errore di chiedere al fratello di andarsene e Bria era andata in crisi. Aveva cominciato a piangere e a tremare, e solo Logan era riuscito a farla calmare sedendosi sul pavimento e mettendosela sulle ginocchia.

Oz aveva dovuto guardare tutto da dietro un vetro unidirezionale, e ciò aveva fatto aumentare la sua ansia. Aveva bisogno di stringere quella bambina, di sistemare tutto, e non poteva.

Una volta permesso a Logan di rimanere, Bria si era aperta con la psicologa. La donna era stata abile, aveva fatto sembrare che stessero parlando del più e del meno, non degli abusi che la bambina aveva subito da quando era stata affidata alla custodia del padre.

Aveva raccontato a lei e a suo fratello, che viveva all'interno di quella gabbia per cani da molto tempo. Non era più tornata a scuola, e Vanessa e suo padre non l'avevano fatta mangiare molto. Le avevano permesso di uscire dalla gabbia una volta al giorno per usare il bagno, ma a volte non era riuscita a trattenerla e aveva dovuto pulire la propria urina e talvolta le feci quando capitava.

Era tutto assolutamente orribile e Oz non riusciva a capire perché l'avessero fatto. Probabilmente anche la psicologa aveva avuto la stessa domanda e aveva chiesto a Bria perché suo padre e Vanessa si fossero comportati così.

«Perché volevano che dicessi quello che ho visto il giorno in cui la mamma è stata uccisa» aveva detto la bambina, tirando su col naso.

«E l'hai fatto?»

Scosse la testa. «No. Avevo paura. Si arrabbiavano quando non volevo dirlo.»

«Dire cosa?»

Bria aveva guardato Logan e lui le aveva stretto la mano dicendo: «Va tutto bene. Ci sono io ora. Sei al sicuro.»

E a quanto pareva, quello era bastato per farle dire alla psicologa ciò che aveva sentito quel fatidico giorno.

Che suo padre aveva bussato forte alla porta e sua madre le aveva detto di andare a nascondersi, così si era messa dietro il divano come le aveva insegnato suo fratello. Che il padre aveva urlato contro sua madre. Che li aveva sentiti lottare e lui aveva detto a Vanessa di prendere una corda. Aveva sentito sua madre supplicarli di non ucciderla... e poi non aveva più sentito la sua voce.

I due erano andati in giro per casa a cercare qualcosa e se n'erano andati senza sapere che lei era stata lì per tutto il tempo.

Oz si era allontanato brevemente a quel punto. Era uscito, e per fortuna fuori aveva trovato Doc che gli aveva impedito di salire in macchina e fare qualcosa di stupido. Il pensiero della sua fragile nipote che sentiva il padre uccidere sua madre era devastante.

Dopo aver parlato ancora con la psicologa, sempre con il fratello al fianco, Bria era sembrata stare meglio. Oz aveva pensato che avrebbe dovuto tenerla d'occhio e continuare a portarla da un terapista per un po', solo per essere sicuro.

Aveva anche appreso, dopo aver parlato con il detective che aveva interrogato Seth e Vanessa, che i due dopo aver scoperto che Bria non era a scuola il giorno in cui sua madre era stata uccisa, avevano temuto che avrebbe detto a qualcuno che li aveva visti o sentiti, così l'avevano rinchiusa nella loro casa per assicurarsi che non accadesse. Era stata essenzialmente una confessione e sperava che i due avrebbero trascorso il resto della vita in prigione.

Il fatto che Bria sembrasse stare bene dopo il calvario che aveva subito era un miracolo. Era anche spiacevole in un certo senso, perché probabilmente significava che la sua vita *prima* che la madre venisse uccisa non era stata esattamente l'ideale. Aveva sentito abbastanza cose da Logan da crederlo.

La confessione di suo nipote sul fatto che la sorella fosse stata in casa il giorno dell'omicidio, era stata passata al detective che stava indagando sulla morte di Becky. L'uomo era andato alla sede dei servizi sociali per ascoltare la conversazione della psicologa con Bria, chiedendo alla terapista di porle altre domande. La faccenda era stata gestita con delicatezza, in modo da non traumatizzare i due bambini più di quanto già non fossero.

In seguito Oz aveva dovuto incontrare altri impiegati dei servizi per l'infanzia, per ottenere l'approvazione e il permesso di portare Bria a casa, a Killeen, i quali avevano anche contattato il suo comandante per ottenere delle referenze. Era stato anche informato dai detective, che Seth e Vanessa avevano impegnato tutto ciò su cui erano riusciti a mettere le mani nell'appartamento di Becky. Lo rattristava non avere alcun ricordo della loro mamma da poter dare ai bambini, ma avrebbe fatto tutto il possibile per assicurarsi che non la dimenticassero mai.

Becky non era stata la madre migliore, ma ci aveva provato e sembrava che negli ultimi anni avesse fatto tutto il possibile per ripulirsi, e la ammirava per quello.

Oz stava affrontando le conseguenze di ciò che era successo a sua nipote e a sua sorella da ore ormai, e solo cinque minuti prima, finalmente, gli era stato dato il via libera per portare a casa Bria. Era buio e la piccola era a malapena sveglia quando la prese in braccio.

«Andiamo a casa» disse ai suoi nipoti.

«Tutti e due?» chiese Logan.

«Sì, Slugger. Tutti e due.»

«L'avevi promesso» mormorò Bree.

«Esatto» concordò.

«Anche Riley?» domandò il bambino. Poi si rivolse a sua sorella. «Ti piacerà. Ti ho detto tutto di lei, ed è fantastica. Profuma di fiori.»

La piccola sorrise debolmente al fratello. Era chiaro che non fosse del tutto convinta, ma Oz sapeva che avrebbe cambiato idea. Come poteva non farlo? Riley *era* fantastica.

«Non lo so» rispose. «È tardi e siamo qui da molto. Probabilmente è tornata a Killeen ormai.»

Finì la frase proprio mentre entravano nella grande sala d'attesa del dipartimento. Si fermò di colpo fissando la scena davanti a sé.

La stanza era piena di gente. Non solo Grover, Lefty e Doc erano ancora lì, ma era arrivato anche il resto del team. Trigger, Brain e Lucky si erano alzati mentre loro tre entravano.

C'erano anche Gillian, Kinley, Aspen e Devyn.

Aspen si portò un dito alle labbra e disse piano: «Si è addormentata finalmente.»

Oz guardò dove stava indicando con la testa e vide Riley accasciata su una sedia, con la testa appoggiata al muro, che dormiva profondamente.

«Puoi restare un attimo qui con tua sorella, Slugger?» chiese a Logan mentre metteva giù Bria.

«Ok.»

Andò verso la sua donna, fermandosi per abbracciare ognuno dei suoi amici lungo il percorso. Era estremamente emotivo dopo quella lunga giornata e vedere il sostegno riservato a lui e alla sua famiglia fu quasi travolgente.

Ma vedere Riley lì, esausta per essere corsa di qua e di là per assicurarsi che lui e i bambini avessero tutto ciò di cui avevano avuto bisogno, gli fece venire voglia di scoppiare a piangere. Non si era sentito così destabilizzato da molto tempo, se non mai.

I compagni parlavano tranquillamente dietro di lui, ma Oz aveva occhi solo per la donna che possedeva il suo cuore.

Si inginocchiò davanti a lei, e quasi sorrise pensando a quante volte si era messo in ginocchio ultimamente. Essere alti era una rottura di palle quando dovevi trovarti faccia a faccia con dei bambini per rassicurarli.

Posò una mano sulla sua gamba, sperando di svegliarla con dolcezza, ma nel momento in cui la toccò, lei balzò in piedi e si guardò intorno allarmata.

«Va tutto bene, Ri. Sono io.»

«Porter. Dove sono i bambini?»

«Sono qui. Siamo pronti per tornare a casa.»

«Anche Bria?»

«Anche Bree» la rassicurò.

Scoppiò in lacrime. Era come se avesse trattenuto le sue emozioni per tutto il giorno e solo in quell'istante, sapendo che tutto andava bene, si fosse concessa di crollare. La prese tra le braccia e si alzò. Non era mai stato così grato per la sua forza come in quel momento. La sua donna aveva bisogno di lui, ed era felice di esserci per lei. Quel giorno e tutti gli altri a venire.

«Sto bene» mormorò Riley contro il suo petto.

«Lo so. Pronta per andare a casa?»

«Sì» disse con enfasi. «Mettimi giù, posso camminare, Porter.»

«Ok.» La mise in piedi ma tenne saldamente il braccio intorno alla sua vita. Si appoggiò a lui con tutto il peso mentre andavano verso i bambini.

«Riley?» chiese Logan mentre si avvicinavano.

«Sta bene» rispose Oz a suo nipote. «È solo felicissima che torniamo a casa tutti insieme.»

«Anch'io.»

Continuando a tenere il braccio attorno a lei, prese la mano di Logan. Suo nipote prese quella della sorella e uscirono nella notte. Oz poteva anche non aver mai immaginato che avrebbe avuto una famiglia in quel modo, ma non l'avrebbe cambiata per niente al mondo.

———

Il viaggio di ritorno a Killeen fu tranquillo. Nonostante Riley poco prima fosse stata esausta, ora era completamente sveglia. Logan e Bree si erano addormentati praticamente nel momento in cui avevano chiuso la portiera e le era sembrato giusto tenere la mano di Porter mentre guidava. Non avevano parlato durante il tragitto, ma solo vissuto nel momento. Felici di stare insieme.

Una volta a casa, Porter portò Bria su per le scale e Riley tenne per mano Logan mentre entravano nell'appartamento.

«Può avere la mia stanza» disse il piccolo non appena chiusa la porta. «Posso dormire sul divano, proprio come hai fatto tu quando sono arrivato qui e mi hai lasciato il tuo letto.»

Gli occhi di Riley si riempirono di lacrime. Era ovvio che Logan prestasse molta attenzione a *tutto* ciò che faceva suo zio, e non avrebbe potuto avere un esempio migliore.

Porter non disse una parola, portò Bria nella stanza del fratello e la adagiò sul letto a una piazza e mezza. Non occupava molto spazio e la mente di Riley era già al lavoro per pensare a tutto ciò che voleva dar da mangiare alla bambina, per aiutarla a tornare a un peso consono a qualcuno della sua età e altezza.

Poi Porter prese Logan per mano e lo condusse in soggiorno. Lo fece sedere sul divano e si accomodò accanto a lui. «Il punto è questo, Slugger. Come sai, ho solo due camere da letto. Apprezzo che tu sia disposto a rinunciare alla tua stanza, ma non voglio nemmeno che tu dorma *qui*. Cercherò un posto più appropriato in cui vivere, ma pensi che nel frattempo saresti disposto a condividere la camera con Bree? La mia è più grande, possiamo mettervi entrambi lì e io posso prendere la tua. So che non è l'ideale condividere una stanza con la tua sorellina, ma ti prometto che troverò una casa più grande.»

Logan spalancò gli occhi. «Ci vuoi dare la tua stanza?»

Porter annuì. «Assolutamente sì.»

Riley trattenne il respiro. Dio, amava quell'uomo. Non molte persone avrebbero rinunciato al comfort della loro camera da letto per dei bambini che conoscevano appena, imparentati o meno.

«E se mettessimo un letto a castello? Amo il mio così grande, ma occupa molto spazio. Se avessimo un letto a castello, ne occuperebbe meno e io potrei stare su quello sopra e Bree su quello sotto» disse Logan. «Non dovresti rinunciare alla tua stanza, e poi non sono sicuro che ci stareste in due nel mio.»

Il cuore di Riley smise quasi di battere. Non riusciva a credere che il bambino avesse pensato a *lei* in tutta quella situazione. Gli occhi di Porter si alzarono per incontrare i suoi. Vide in loro un'emozione intensa e dovette trattenersi per non andare subito ad abbracciarlo.

«Sei un bravo ragazzo. Penso che il letto a castello sia un'ottima idea. Vedo se uno dei miei amici può tenere il tuo finché non trovo una nuova casa, così potrai riaverlo quando ci trasferiremo. Va bene?»

«Ok» rispose, poi fece un enorme sbadiglio.

«Ti va bene condividere il letto con Bree, per ora?»

«Sì, lo facevamo anche nell'appartamento in cui vivevamo con la mamma. Mi va benissimo.»

«Ok, Slugger. So che è stata una giornata lunga ed emozionante, ma non dimenticare di lavarti i denti. Non vuoi di certo che marciscano e cadano.»

Logan sorrise e si allungò per abbracciarlo. «Grazie per aver salvato mia sorella.»

«Non l'ho salvata io, sei stato *tu*» gli disse, avvolgendo le braccia intorno al piccolo corpo del nipote. «Se non fossi stato abbastanza coraggioso da condividere il tuo segreto, non ti avrei portato a trovarla e non l'avremmo portata via da quella casa.»

«Perché le persone sono così cattive?» gli chiese quando si raddrizzò.

«Non lo so. Ma la cosa positiva è che Bree ha *te* che la proteggi. E io proteggo *te*. E Riley protegge me. Staremo bene.»

A quello, Logan annuì come se le parole di suo zio fossero legge e si alzò per andare in camera.

«Vengo a controllarvi tra un minuto.»

Il bambino scomparve nel corridoio.

«Vieni qui» disse Porter tendendo il braccio a Riley.

Si avvicinò subito e si mise a cavalcioni su di lui sul divano. La strinse come se fosse l'unica cosa che gli impediva di frantumarsi in mille pezzi. «Va tutto bene» gli mormorò. «È al sicuro.»

«È stato orribile» ammise lui con un tono di voce tormentato.

«Lo so.» Ed era così. Non aveva visto Bria in quella gabbia di persona, ma aveva sentito dagli agenti sulla scena quanto fosse stato terribile. «Non crollare ancora. Devi dare la buonanotte a Logan. Poi vieni a letto e io ti terrò stretto mentre fai uscire tutto.»

Riley non sapeva da dove provenisse quella forza, sapeva solo che odiava vedere Porter soffrire. Ed era evidente che stesse soffrendo.

Annuì contro di lei e si tirò indietro. «Ti amo. Oggi è stata una giornata atroce, ma non voglio dimenticare il momento in cui ci siamo detti che ci amiamo.»

Gli sorrise. «Anch'io ti amo. Così tanto che mi fa un po' paura.»

«Non aver paura di me» le ordinò. «Mi ami abbastanza da prendermi così come sono... con due bambini e tutto il resto?»

Lo guardò accigliata. «Non posso credere che tu me l'abbia chiesto» lo rimproverò.

«Per alcune donne sarebbe troppo.»

«Non sono come alcune donne» ribatté.

«No, non lo sei. Pensavo fossi tornata a casa. Non avrei pensato male di te se l'avessi fatto.»

«Non ti avrei mai lasciato lì. Assolutamente no. E se mi dici che avrei dovuto, mi arrabbierò. Vai a dare la buonanotte ai tuoi nipoti» gli ordinò.

«Prepotente» osservò Porter. «Mi piace.»

Si alzò all'improvviso, e Riley si trattenne all'ultimo secondo dallo strillare, non volendo svegliare Bria.

Lui sorrise mentre la lasciava mettersi in piedi. «Grazie per essere stata con noi oggi.»

«Non avrei voluto essere da nessun'altra parte» replicò con sincerità.

Percorsero il corridoio mano nella mano e la lasciò andare solo quando furono davanti alla stanza di Logan. La baciò sulla fronte prima che lei proseguisse verso la sua camera.

Lei si preparò velocemente per andare a letto e Porter entrò quando si stava infilando sotto le coperte. Scomparve in bagno e uscì un minuto dopo. Lo guardò togliersi i vestiti e mettere un paio di boxer puliti. Era così a suo agio con il suo corpo, non aveva problemi a spogliarsi di fronte a lei. Riley ancora non ci riusciva, non era sicura che sarebbe mai successo, ma le piaceva poterselo mangiare con gli occhi.

Quando fu sotto le coperte, la prese tra le braccia. Erano

praticamente incollati... e non passò molto tempo prima che sentisse il corpo di Oz iniziare a scuotersi.

Le inzuppò la maglietta mentre piangeva, lasciando uscire tutte le emozioni intense che aveva tenuto sotto controllo per tutto il giorno. Riley gli tenne la testa contro il proprio petto accarezzandogli i capelli mentre lui crollava. Gli sussurrò parole d'amore e di lode per come aveva gestito la situazione quel giorno.

Alla fine i singhiozzi si calmarono, le lacrime si asciugarono ma rimase immobile contro di lei. Non si era mai sentita così vicina a nessuno come in quel momento.

«Grazie per essere stata lì oggi e per aver chiamato il mio team. E per avermi aiutato a non andare via di testa. Non so cosa farei senza di te.»

«Non vado da nessuna parte» gli disse.

«Puoi scommetterci.» Si spostò più su sul letto girandosi sulla schiena prima di prenderla di nuovo tra le braccia.

Riley appoggiò la testa sul suo petto e sentì il suo cuore battere sotto la guancia.

«Non ho idea di cosa mi riserva il futuro. Devo trovare una scuola che piaccia ai bambini, dire al mio comandante che ora sono padre di *due* figli, non uno, e rifare il piano di assistenza familiare. Ho bisogno di trovare un letto a castello, comprare vestiti appropriati per una bambina di prima elementare, capire cosa fare in modo che mia nipote non abbia il terrore di stare da sola con me e trovare uno psicologo infantile con cui farla parlare così che tra quindici anni non salti fuori che è una serial killer.

Non sono *ancora* riuscito a portare la donna che amo a un vero appuntamento e ora non ho idea se e quando accadrà. Ma quello che *so* è che ti voglio nella mia vita. Sarà pazzesco e potrei non essere in grado di darti l'attenzione di cui hai bisogno tra i bambini e il mio lavoro, ma non voglio perderti, Riley. Dimmi cosa devo fare per farlo accadere.»

«Amami» gli rispose. «Non chiedo altro.»

«D'accordo» sussurrò Porter. «Non lasciare che mi approfitti di te. Non sei la mia domestica, la mia cuoca o la mia babysitter. So di essere sprovveduto in un sacco di cose, e non voglio che arrivi a provare risentimento verso di me se dovessi servirmi troppo di te per *quelle* cose.»

«Non lo farò. E per la cronaca, amo passare il tempo con Logan e so che sarà così anche con Bria. Sarò felice di mantenere le cose come sono, cioè rimanere con loro dopo la scuola finché non torni a casa.»

«Sono un bastardo fortunato.»

Lei sorrise. «Penso di essere io quella fortunata. Ho sempre desiderato una famiglia numerosa, ed è proprio quello che mi stai dando.»

«Ti darò tutti i bambini che vuoi» replicò serio. «Devi solo dirlo.»

Il cuore di Riley sussultò. «Ehm... penso che dobbiamo fare un po' di pratica con i due che hai, prima di decidere di iniziare a gettarne altri nella mischia.»

«Però non hai rifiutato del tutto l'idea» ribatté con un sorriso. «Posso lavorarci.»

«Sei pazzo.»

«La mia vita è stata completamente sconvolta negli ultimi due mesi e non posso fare a meno di pensare a quanto sono fortunato, e sono più che consapevole che non sarei mai stato in grado di farlo senza di te.»

«Sbagliato. Ce l'avresti fatta benissimo. Porter Reed è un implacabile soldato delle forze speciali Delta Force che non ha paura di nulla.» Gli sorrise per fargli capire che lo stava prendendo in giro. Ma lui non ricambiò il sorriso.

«Ho il terrore di perdere la cosa migliore che mi sia mai capitata» disse serio. «Tu.» Poi la baciò a lungo, con foga e passione.

Si tirò indietro e si premette la sua testa sul petto.

«Dormi, Ri. È tardissimo. Non ho idea di che ora sia, ma so che presto dovremo alzarci.»

Adorava che Porter la volesse lì per qualcosa di più del sesso. Che volesse dormire abbracciato a lei. Le scaldava il cuore. Glielo faceva amare ancora di più.

«Ti amo e sono orgogliosa dell'uomo che sei.»

«Ti amo anch'io.»

Avrebbe voluto restare sveglia, crogiolarsi nel momento, ma era troppo stanca. Sentendosi completamente al sicuro tra le braccia di Porter, si addormentò dopo pochi minuti.

CAPITOLO DICIOTTO

I GIORNI successivi furono estremamente frenetici. Riley trascorreva ogni notte con Porter e dopo colazione, tornava nel suo appartamento per lavorare il più possibile. Aveva spiegato la situazione ai suoi clienti e la maggior parte era stata comprensiva; aveva aiutato che fosse sempre riuscita a consegnare nei tempi stabiliti i documenti trascritti. Per le poche persone che avevano bisogno di grandi lavori il più presto possibile, aveva dato loro il nome di un amico fidato che si era fatta nel settore, il quale le era molto grato per le referenze.

All'ora di pranzo, tornava all'appartamento di Porter e si informava su ciò che i tre avevano fatto di mattina, poi si dedicavano a varie commissioni. Aveva già portato Bree due volte da uno psicologo infantile e le sedute erano andate bene. Il medico pensava fosse una bambina straordinaria e sebbene potesse soffrire un po' di disturbo post-traumatico da stress, avere suo fratello vicino stava facendo miracoli per la sua salute mentale.

Erano andati alla base e procurato a Bree la sua carta d'identità, che non riusciva a smettere di mostrare a quasi tutti quelli che incontravano. Erano andati a fare la spesa al supermercato, a comprare vestiti e giocattoli, e un pomeriggio Logan aveva aiutato suo zio a montare il letto a castello che aveva comprato per lui e la sorella.

Avevano persino trovato il tempo di uscire una sera per andare a casa di Brain e Aspen. C'erano tutti i suoi compagni di squadra, e naturalmente le donne, e anche la loro vicina novantenne, Winnie, con la nipote e il suo fidanzato. Riley era stata orgogliosa di entrambi i bambini, erano stati educati con tutti gli adulti e non erano sembrati preoccupati di avere tutta quella gente intorno. Quando era arrivato il momento di tornare a casa, Bria stava dormendo profondamente in braccio a Winnie.

Quel giorno stavano andando tutti insieme alla scuola elementare Gerry Linkous. Porter aveva preso molto sul serio quel compito. Anche se ormai Logan aveva quasi finito le elementari, era importante trovare un posto dove si sarebbe trovato a suo agio. Per non parlare del fatto che Bria sarebbe rimasta lì per molti anni.

La Gerry Linkous sembrava avere una buona reputazione. Porter sapeva che c'era stata una sparatoria a scuola anni prima, ma era rimasto colpito da come era stata gestita l'intera situazione. Aveva persino chiamato Fletch per avere la sua opinione sul posto, dato che sua figlia Annie l'aveva frequentata.

«Mi è piaciuta la scuola della base» disse al nipote mentre viaggiavano verso la Gerry Linkous, «ma penso che questa potrebbe essere un'ottima soluzione. È nello stesso distretto del liceo che ha la squadra di baseball migliore.»

Riley si voltò in tempo per vedere Logan annuire dal sedile posteriore. Sembrava preoccupato.

«Che c'è, Slugger?» domandò Porter, alternando la sua attenzione dalla strada allo specchietto retrovisore in modo da poterlo vedere.

Lui scrollò le spalle. «Non lo so. È solo che non ho avuto fortuna con la scuola.»

Riley odiava la paura che percepì nel suo tono. Bria non era sicura se essere eccitata o terrorizzata e continuava a guardare il fratello per cercare di capire come dovesse sentirsi.

La piccola si era attaccata allo zio molto in fretta. Forse perché era stato lui a tirarla fuori dall'incubo in cui viveva, o forse perché era un maschio, come suo fratello, ma Bree lo adorava. Riley era determinata a piacere alla bambina allo stesso modo. Non importava quanto tempo ci sarebbe voluto, voleva che Bria si fidasse anche di *lei*.

«Penso che tu la stia guardando nel modo sbagliato» gli disse calma. «Se non fossi stato nell'altra scuola, cosa pensi sarebbe successo alla povera Lacie? L'hai difesa e so che l'ha apprezzato.»

Logan scrollò le spalle.

«Ho un buon presentimento su questa. Tuo zio mi ha detto che la maestra di ginnastica è un soldato in pensione. Scommetto che è fantastica.» Riley si rivolse a Bria. «E il signor Santoro, uno degli insegnanti di prima elementare, ha vinto molti premi. Magari sarà il *tuo*.»

Gli occhi della piccola brillarono di eccitazione, ma dopo aver guardato suo fratello, copiò la sua alzata di spalle disinteressata.

Sospirando, si voltò a guardare avanti. Ci aveva provato. Sperava che la giornata andasse bene.

Un'ora dopo, lasciarono Bria nella classe del signor Santoro. Avrebbe assistito alla lezione mentre loro andavano a parlare con la preside, Jane Allen. Aveva un dottorato, ma non usò il suo titolo quando si presentò. Sembrava una persona semplice e disponibile, ed era un bel cambiamento rispetto al signor McClain.

L'ufficio era grande e accogliente e dopo le presentazioni, Riley si sedette su una sedia posta su un lato, mentre

Logan e Porter si accomodarono sul quelle più vicine alla scrivania.

«Piacere di conoscerti, Logan. Puoi dirmi perché vuoi cambiare scuola dopo solo poche settimane che vivi in questa città?»

Quando lui non rispose, suo zio lo sollecitò: «Ti è stata posta una domanda, Slugger.»

Il bambino teneva le spalle curve ed era ovvio che fosse a disagio. Porter lo aveva avvertito che avrebbe dovuto spiegare perché era stato sospeso e volesse cambiare scuola, ma il bambino non era stato molto contento di doverlo fare.

«Sono stato sospeso» disse dopo un momento.

Grazie a Dio la signora Allen non sembrò affatto allarmata.

«Spiegale perché» lo incoraggiò Porter.

«Ho tirato un pugno a Gary Wittingham» mormorò così piano che fu difficile sentirlo.

«Perché?»

Riley si rilassò. Il fatto che chiedesse dettagli era già molto più di quanto avesse fatto il *dottor* McClain.

«Perché stava toccando Lacie e lei non voleva.»

La signora Allen appoggiò i gomiti sulla scrivania e si sporse in avanti mentre diceva: «Ah, capisco. E immagino che l'altra scuola avesse tolleranza zero per la violenza fisica.»

Logan annuì.

«Bene, abbiamo la stessa politica qui, ma teniamo anche conto di quello che è successo prima e dopo che si è verificata la violenza. Non perdoniamo i bambini che si picchiano a vicenda, ma penso che sia importante sapere cos'ha provocato l'alterco. Pensi che avresti potuto fare qualcosa di diverso se avessi saputo delle conseguenze delle tue azioni?»

Il bambino ci pensò su per un minuto, poi disse: «Probabilmente avrei potuto mettermi tra Gary e Lacie, così non avrebbe più potuto toccarla.»

«Mi sembra ragionevole» disse la signora Allen, annuendo. «Ora, tuo zio mi ha detto che ti piace il baseball, è vero?»

Guardò la preside confuso.

«Che c'è?» gli chiese.

«Io... abbiamo già finito di parlare del fatto che ho picchiato Gary e della sospensione?»

La preside sorrise. «Sì. Il tuo comportamento non è stato corretto, ma l'hai fatto perché stavi difendendo qualcun altro. Preferisco di gran lunga avere una classe piena di studenti che vogliono proteggere gli altri piuttosto che una piena di bulli. Allora... per il baseball?»

Era come se al ragazzino avessero tolto un peso dalle spalle. Si raddrizzò sulla sedia e iniziò a raccontare alla signora Allen tutto di Shin-Soo Choo, che secondo lui era il miglior esterno del mondo.

Riley scambiò una rapida occhiata con Porter e non poté fare a meno di sentirsi sollevata. Sembrava che avessero trovato la nuova scuola per Logan e Bria. Anche se non era imparentata con nessuno dei due, era coinvolta quanto lui nel trovare una buona sistemazione per i suoi nipoti.

Mentre andavano al Whataburger per pranzare, Logan e Bria chiacchierarono senza sosta sul sedile posteriore. La piccola stava raccontando al fratello tutto ciò che era successo nella classe del signor Santoro e quanto le piacevano gli altri bambini. Logan aveva incontrato brevemente gli insegnanti di quinta elementare e alcuni ragazzi. Ovviamente non aveva ancora espresso un giudizio sugli altri alunni, ma tutto sommato le cose sembravano promettenti.

Porter le prese la mano. Sembrava stanco, il che la preoccupava. Stava lavorando molto duramente e non era abituato a essere padre di un bambino, figuriamoci di due. Ma non si lamentava mai. Si alzava alle cinque del mattino per andare ad allenarsi con la sua squadra e fare qualche riunione veloce prima di tornare alle otto per fare colazione con i bambini e intrattenerli mentre lei lavorava per qualche ora.

Il suo comandante era stato meraviglioso nell'ultima settimana, concedendogli tutto il tempo che gli era servito, ma stava arrivando il momento per tutti loro di tornare alla normalità. I ragazzi ne avevano bisogno tanto quanto Porter.

Si erano accordati affinché Logan e Bria iniziassero la scuola il giorno successivo. Avrebbero preso l'autobus insieme sia la mattina sia il pomeriggio. Riley avrebbe potuto mettersi al passo con il suo lavoro e Porter riprendere il ritmo di qualunque cosa dovesse fare durante il giorno alla base.

Arrivati al fast food scesero tutti dall'Expedition e rimase scioccata quando sentì la mano di Bria scivolare nella sua mentre camminavano verso la porta.

Non era mai stata così felice come in quel momento. Aveva il fidanzato più straordinario, Bree stava iniziando a fidarsi di lei ed era uscita dal suo orribile calvario relativamente illesa, e la personalità di Logan stava davvero iniziando a sbocciare.

Porter le cinse la vita con il braccio e la attirò a sé, chinandosi per baciarle la testa. Non aveva bisogno di dire nulla, ma era ovvio che fosse contento anche lui di come stessero andando le cose.

Quella sera, dopo che Porter dovette andare nella stanza dei bambini per dire loro di stare zitti, perché era tardi e ora di dormire, tornò in camera sorridendo. Salì sul letto e si rannicchiò contro di lei. «Dio, chi avrebbe mai pensato che sarei stato felice di dover sgridare i miei figli?»

«Sgridare?» gli chiese con un sorrisetto.

«Ok, non li ho sgridati, ho solo ordinato loro di stare zitti» chiarì.

«Adoro quando dici che sono i tuoi figli.»

«Perché lo *sono*. Potrei non essere stato con loro all'inizio della loro vita, ma mi assicurerò di esserci da adesso in poi. E nessuno li ferirà finché sarò vivo. Bree ne ha già passate troppe e Logan si sente responsabile. Darò loro la vita migliore che posso.»

«Lo so che lo farai» gli disse, sopraffatta dall'amore per lui. Alcune persone si sarebbero irritate e infastidite se avessero scaricato loro un bambino, ma sembrava che con l'aggiunta di Bria, Porter fosse ancora più determinato a proteggere, educare e amare i suoi nipoti.

Con la notizia che Seth e Vanessa sarebbero rimasti in prigione per molto tempo con l'accusa di abuso di minori e omicidio di primo grado, e dopo essersi lasciato alle spalle la decisione sulla scuola, Porter sembrava più rilassato, come se si fosse tolto il peso del mondo dalle spalle.

Ascoltando attentamente, Riley sentì solo silenzio dalla stanza in fondo al corridoio.

Non avevano fatto l'amore da quando Bria si era trasferita da loro, ma all'improvviso aveva *bisogno* di Porter.

Si liberò dalle sue braccia e scese lungo il suo corpo, fermandosi per succhiargli un capezzolo.

«Ri» gemette lui, e il desiderio nella sua voce la incoraggiò a continuare. Aveva già fatto pompini prima, ma non ne era mai stata così entusiasta. Adesso, non vedeva l'ora di mettere la bocca e le mani sul cazzo di Porter.

Non esitò quando arrivò ai boxer, fece scivolare le dita sotto l'elastico e li spinse verso il basso. Lui sollevò i fianchi per aiutarla, e gli prese l'uccello in mano prima che potesse calciarli via.

«Merda, Ri» gemette di nuovo, mentre lei gli afferrava la base del cazzo semi duro e metteva le labbra sulla punta.

Non sapeva cosa le fosse preso, ma sentiva che se non lo avesse preso in bocca in quel momento, sarebbe morta. La sua sicurezza aumentò quando lo sentì indurirsi in fretta sotto il suo tocco. Succhiò, facendo scorrere la lingua lungo la corona sensibile del glande. Gli provocò i brividi sulle cosce e la sua reazione la fece sentire estremamente potente.

Si sollevò in ginocchio tra le sue gambe e iniziò a muovere la testa su e giù, leccando e succhiando mentre faceva del suo meglio per farlo impazzire.

«Porca puttana!» imprecò Porter, e Riley sorrise, continuando a succhiarlo mentre la sua fica si bagnava. Si sentiva forte e sexy, e quando lui le infilò le mani tra i capelli e le tenne ferma la testa iniziando a scoparle piano la bocca, non poté fare a meno di gemere. Gli strinse le palle, manipolandole con una mano mentre si teneva su di lui con l'altra.

Gli accarezzò il perineo, e uno schizzo di liquido preseminale le atterrò sulla lingua.

«Fallo di nuovo» le ordinò.

Lo fece e fu ricompensata da un'altra esplosione di sapore pungente in bocca.

«Basta» le disse, spostando le mani sulle sue spalle. La girò mettendola a carponi prima che lei se ne rendesse conto.

«Non avevo finito» si lamentò.

«*Io* stavo per finire» ribatté lui. Le tirò la camicia da notte sopra il sedere e gemette quando si rese conto che non indossava le mutandine. Le sfiorò la fica con il cazzo, come se volesse vedere se era davvero pronta. Poi andò con le dita ad accarezzarle il clitoride.

«Porter, sono pronta, per favore» gli disse dimenandosi, desiderando che entrasse subito in lei.

Gemettero entrambi quando penetrò il suo sesso stretto e bagnato. Poi rimase immobile e imprecò.

«Cosa? Che c'è che non va?» gli chiese.

«Preservativo» disse, uscendo dal suo corpo.

Avrebbe voluto dirgli di non preoccuparsi, di prenderla senza, ma sapeva che non era una cosa responsabile da fare. Non era stato intelligente da parte sua *penetrarla* senza. Non prendeva la pillola e dopo il pompino gli stava uscendo del liquido preseminale.

Aspettò con impazienza mentre si allungava per prendere un preservativo dal cassetto del comodino. Lo sentì strappare l'involucro, poi le mise una mano sotto la pancia e la penetrò.

«Cazzo, è bellissimo sentirti così» le disse. «Ma quella spinta dentro di te senza niente mi ha rovinato per tutta la vita. Ucciderei per farlo di nuovo, scoparti pelle a pelle. Riempirti con il mio sperma, riempirti la pancia con il mio bambino.»

Riley rabbrividì. Adorava quando si eccitava così tanto e parlava in quel modo. E non era turbata al pensiero che lui venisse dentro di lei. I suoi muscoli interni gli strinsero il cazzo mentre la scopava lentamente da dietro.

«Ti piace questo pensiero, Ri? Vuoi dei bambini con me?»

«Voglio tutto con te.»

«Cazzo, sì» disse Porter mentre i suoi fianchi iniziavano a muoversi più velocemente. «Toccati. Non durerò a lungo finché avrò questo culo sensuale davanti e ricordando come hai preso il mio cazzo in bocca. Non ho mai visto niente di più sexy di te che ti eccitavi facendomi un pompino.»

Posando il peso su una spalla, andò con la mano a strofinarsi il clitoride, mentre l'uomo che amava più di quanto avesse mai pensato di poter amare qualcuno, la scopava con foga. Le sue palle le colpivano la mano ad ogni spinta e lei si prese il tempo di accarezzarlo mentre entrava e usciva da lei.

«Smettila di cazzeggiare» le ordinò. «Fatti venire così posso farlo anch'io.»

Amava che aspettasse di venire finché non l'avesse fatto lei. Non era mai stata con nessuno così sensibile ai suoi desideri e al suo piacere.

Sapendo che quando iniziava ad accarezzarsi il clitoride non ci metteva molto a raggiungere l'orgasmo, si diede da fare.

Sentì Porter che le diceva quanto fosse sexy, quanto fosse bello essere dentro di lei e quanto l'amava, ma cercò di ignorarlo mentre il suo corpo richiedeva di più. Nel momento in cui cominciò a tremare contro di lui, la tenne per i fianchi e la scopò più forte che mai, facendo risuonare i colpi contro il suo sedere nella stanza altrimenti tranquilla. Bastarono quattro spinte prima che si bloccasse profondamente dentro di lei gemendo silenziosamente.

Riley spostò le dita nel punto in cui erano uniti e gli accarezzò il perineo ancora una volta. Lui spinse ancora più a fondo e disse sussultando: «Porca puttana!»

Sorrise, più soddisfatta di quanto potesse ricordare di essere stata dopo un amplesso, e aspettò che Porter riprendesse il controllo.

«Sei letale» borbottò mentre si tirava fuori. Ma invece di farle cambiare posizione, rimase dietro di lei. Giocherellò con le dita tra le sue pieghe e poi le infilò nel suo sesso ancora gonfio.

«Porter?» gli chiese nervosamente.

«Fidati di me» sussurrò con dolcezza.

Lo fece, ma sussultò quando le toccò il clitoride con l'altra mano. Si era a malapena ripresa dal suo primo orgasmo che Porter la mandò in estasi ancora una volta. La scopò con due dita mentre le stuzzicava il clitoride, e presto iniziò a tremare.

«Cazzo, mi piace vederti così. Vieni per me, Ri. Voglio vedere i tuoi umori scivolare fuori dalla tua fica.»

Dio, il suo parlare sporco sarebbe stato la sua morte e non aveva altra scelta che fare esattamente come aveva detto. Inarcò la schiena e venne di nuovo. Le sembrò che l'unica cosa che la sosteneva fossero le sue mani.

Poi la sciocò chinandosi e leccando gli umori che fuoriuscivano dal suo corpo.

Rabbrividì, e sapendo che sarebbe crollata sul materasso lo avvertì: «Porter!»

Lui sollevò la testa. «Lo so. Sei così maledettamente bella e ti amo da morire.»

La aiutò a sdraiarsi su un fianco e andò in bagno prima che lei potesse sbattere le palpebre. Aveva la maglietta ancora sopra i seni, ma non riuscì a trovare l'energia per abbassarla. Porter tornò in pochi secondi salendo sul letto dietro di lei, infilò un braccio sotto le sue spalle e posò l'altra mano sopra la sua fica ancora pulsante.

Riley sussultò quando il palmo le sfiorò il clitoride. «Tranquilla, Ri. Ho finito.»

Sospirò di sollievo e sussultò di nuovo, stavolta per la sorpresa, quando le sollevò una gamba per mettersela sopra la coscia, aprendola alle sue dita che fece scorrere delicatamente sul suo sesso bagnato.

«Cosa fai?» gli chiese un po' timidamente.

«Sto immaginando come sarà quando verrò dentro di te.»

«Porter!» protestò.

«Che c'è?»

«È... è...»

«È sexy da morire» disse senza esitazione. «So che è stato irresponsabile da parte mia penetrarti senza preservativo, ma accidenti, Ri, non hai idea di quanto sia stato fantastico. Non l'avevo mai fatto e sono contento che tu sia stata la prima. E l'ultima. Sapere che Aspen è incinta e vedere quanto Brain sia felice e orgoglioso... mi fa desiderare di avere la stessa cosa. So che è pazzesco. Stiamo insieme da poco e non è che non sia già abbastanza impegnato con Bria e Logan, ma voglio di più. Adoro già essere un papà, anche se è davvero spaventoso e ho paura ogni giorno di rovinare quei bambini, ma ti amo e voglio avere dei figli con te.»

Riley non sapeva cosa dire. Anche lei lo voleva, ma qualcosa le impediva di ammetterlo. Il suo passato, probabilmente. L'incertezza di non sapere se tra un anno Porter avrebbe voluto stare ancora con lei.

«Stai pensando troppo» la accusò. «Qualunque cosa ti stia passando per la mente, a meno che non sia quanto mi ami e ti fidi di me, è una stronzata.»

Non poté fare a meno di ridacchiare.

Porter sospirò contro il suo collo, poi le sistemò la gamba e prese le coperte. Coprì i loro corpi e posò la mano su uno dei suoi seni. La tenne stretta a sé e lei chiuse gli occhi contenta. Era stata scopata fino a farla quasi svenire, il suo ragazzo l'amava e aveva ammesso di volere dei figli con lei, e i suoi nipoti sembravano essersi sistemati nella loro nuova vita. Tutto era meraviglioso.

Allora perché si sentiva un po' a disagio?

Forse perché in passato quando le cose sembravano andare bene, all'improvviso le veniva sempre strappato via tutto. Non sapeva come sarebbe sopravvissuta se avesse perso non solo Porter, ma anche i suoi due adorabili bambini.

«Ti amo» gli sussurrò.

«E io ti adoro in modo indescrivibile» replicò lui. «Grazie per essere te stessa.»

Riley sospirò. Non sapeva come rispondere. Sperava solo che essere se stessa sarebbe stato abbastanza per lui, a lungo. Lo avrebbe detto il tempo.

CAPITOLO DICIANNOVE

UNA SETTIMANA DOPO, Oz faticava a concentrarsi sulle riunioni che aveva con i suoi compagni di squadra. Adorava svegliarsi con Riley ogni mattina, e si divertiva con i bambini mentre facevano colazione e li preparava per la scuola.

La sera prima mentre erano al parco a fare qualche lancio, Logan gli aveva detto che gli piaceva molto la nuova scuola e che si era fatto un amico nella sua classe a cui piaceva il baseball quanto a lui.

Anche Bria si stava ambientando bene. C'erano momenti in cui mostrava segni degli abusi che aveva subito, ma con il fratello al suo fianco, stava sbocciando.

E poi c'era Riley. Oz non era mai stato così felice in una relazione come lo era con lei. Lavorava sodo, non si lamentava mai e sembrava felice quanto lui della loro routine. Non sapeva cos'avrebbe fatto senza di lei. Probabilmente se la sarebbe cavata, ma Ri gli aveva reso la vita molto più facile e soddisfacente, solo essendo se stessa.

Nel pomeriggio andava a prendere Logan e Bria quando scendevano dall'autobus e li intratteneva fino a quando lui non tornava a casa. Li portava al parco, faceva fare loro dei lavoretti e qualsiasi altra cosa potesse tenerli occupati fino all'ora di cena. Anche Gillian, Aspen e Kinley si alternavano ad aiutarla con i bambini.

Era un uomo fortunato. Non si sarebbe mai stancato dei momenti che passava con lei.

«Lo senti adesso, vero?» chiese Trigger, mentre erano seduti in una sala conferenze in attesa che iniziasse la riunione successiva.

Per nulla imbarazzato che i suoi compagni di squadra stessero ascoltando spudoratamente la loro conversazione, Oz annuì. «Intendi se mi spaventa a morte che possa succederle qualcosa quando non ci sono? Se mi sembra che la giornata non finisca mai abbastanza presto? Se penso che se mai dovesse lasciarmi, non sarei altro che l'ombra dell'uomo che sono? Sì, lo sento.»

Il suo amico sorrise. «È straordinario, vero?»

«Non pensavi che lo fosse quando credevi avessero sparato a Gillian e sei letteralmente andato fuori di testa come un soldato novellino che vedeva il sangue per la prima volta» scherzò Lucky.

«Vaffanculo» disse Trigger al suo compagno lanciandogli una matita. «Aspetta di trovarti una donna e vedrai. Basterà che si tagli un dito e anche tu ti sentirai svenire in preda al panico.»

Lucky sorrise. «Non succederà. Qualsiasi donna finirà con me sarà contagiata dalla mia fortuna.»

«Oh, merda» borbottò Brain. «Le ultime parole famose.»

«E dato che sei interessato a mia sorella, ovviamente non ne hai idea. Devyn è terribile. Ti terrà sulle spine, e ti garantisco che vomiterai anche le budella la prima volta che ti dirà che vuole fare bungee jumping dal fianco di una montagna» disse Grover.

Lucky in effetti impallidì e Oz non poté fare a meno di ridacchiare.

La porta si aprì, interrompendo la conversazione. Un maggiore entrò nella stanza e posò una cartella sul tavolo prima di sedersi.

Qualsiasi battuta e presa in giro che il team Delta si stava scambiando fu interrotta immediatamente, poiché era ovvio che l'uomo non fosse contento di qualcosa.

«C'è stata una serie di rapimenti in Afghanistan» li informò serio. «Sembra che Abdul Shahzada abbia preso il posto del Mullah Abbas Akhund.»

«Lo stronzo che abbiamo ucciso» borbottò Lefty.

«Sì, lui. Eravamo abbastanza sicuri che Shahzada fosse il vero capo dell'organizzazione, ma che per qualche motivo avesse lasciato il comando ad Akhund. Avevamo ragione. Ora sono spariti dalla base alcuni collaboratori e nessuno dei loro cari ha avuto notizie. C'è motivo di credere che il responsabile possa essere Shahzada. Ma è ancora introvabile. Non abbiamo alcuna informazione su di lui, tranne che sta guadagnando potere. Circola voce che stia facendo pratica con le sue tecniche di tortura prima di colpire duramente le unità dell'esercito che sono laggiù a proteggere l'area.»

«Qual è il piano?» chiese Doc.

«Nessuno per ora. Stiamo osservando e aspettando.»

«E i collaboratori scomparsi?» domandò Grover.

Il maggiore sospirò. «Abbiamo le mani legate. I loro datori di lavoro hanno assunto degli investigatori privati per cercare di rintracciarli, ma noi siamo solo in attesa.»

«Sono stronzate. I collaboratori sono lì al servizio del loro Paese proprio come i soldati.»

«Lo so e sono d'accordo. Ma dato che i politici sono quello che sono, non siamo stati ancora autorizzati ad andare lì a vedere se riusciamo a trovarli.»

«Una delle collaboratrici della mensa non ha risposto alle mie mail dopo la nostra ultima missione in Afghanistan» disse

Grover, con evidente tensione nella voce. «È elencata tra le persone scomparse?»

«Come si chiama?»

«Sierra Clarkson.»

Il maggiore sfogliò alcune carte e Oz notò l'impazienza del suo compagno mentre aspettava di sentire cos'avrebbe detto l'ufficiale.

«Nessuno ha notizie di Sierra Clarkson» confermò il maggiore. «Sembra che se ne sia andata non molto tempo dopo che Akhund è stato ucciso. Si è portata via tutti i suoi effetti personali.»

«È una stronzata pensare che una mattina si sia alzata e se ne sia andata» ribatté con rabbia. «Soprattutto dato che sono scomparsi anche altri collaboratori. Nessuno sparisce da lì e basta.»

«Alcune persone hanno sposato gente del posto» suggerì l'ufficiale.

«Sierra si trovava lì da troppo poco per aver potuto incontrare qualcuno del posto» ringhiò Grover.

Oz sapeva che se il suo amico avesse continuato a contraddire il maggiore, avrebbe potuto farlo arrabbiare, e anche se era preoccupato per Sierra, non era sicuro che avrebbero potuto effettivamente fare qualcosa per la sua scomparsa. Prima che potesse pensare a cosa dire per distogliere l'attenzione dal suo compagno di squadra agitato e ovviamente sconvolto, intervenne Lucky.

«Quante altre persone devono sparire prima che ci permettano di intervenire?»

«Non ne ho idea. Speriamo nessun'altra» rispose il maggiore.

L'uomo sembrava stressato, e gli credette sul fatto che sperava che nessun altro dovesse scomparire prima che riuscissero a capire cosa diavolo stesse succedendo laggiù.

«Proseguiamo» disse l'ufficiale «il Venezuela è ancora in una situazione pericolosa ed estremamente instabile.»

Trigger sbuffò ma non commentò ulteriormente. Non ne aveva bisogno; ricordavano tutti l'ultima volta in cui erano stati in quel Paese, quando l'aereo su cui viaggiava Gillian era stato dirottato, e le conseguenze di quell'evento.

Oz ascoltò attentamente mentre discutevano dei vari luoghi che gli Stati Uniti stavano tenendo d'occhio. Mentre il maggiore elencava un paese dopo l'altro, si rese conto che una delle cose che gli piaceva di più della sua nuova vita era quanto fosse... *normale*.

Bria si rifiutava di mangiare hotdog, ma adorava le crocchette di pollo. Logan poteva parlare di statistiche sul baseball giorno e notte e Riley era sempre pronta con una parola gentile e incoraggiante. La sua vita familiare era completamente diversa dal suo lavoro di Delta, dove affrontava conflitti e disordini tutto il giorno.

Era un uomo *dannatamente* fortunato e lo sapeva. Ora che aveva potuto sperimentare il tipo di vita che avrebbe potuto avere con Riley, non avrebbe fatto nulla per rovinare tutto... almeno sperava.

———

Miles Bowen sedeva nella sua Kia Rio grigia e fissava con odio il condominio dall'altra parte della strada. Non riusciva a capire il motivo per cui si fosse messo con Riley Rogers. Probabilmente per convenienza. Un modo per rimanere nascosto dai poliziotti. Poi lei aveva rovinato tutto rompendo con lui e cacciandolo via.

Nessuno rompeva con Miles. Era lui quello che mollava, non il contrario.

Ma non era per quello che era incazzato in quel momento. Non gliene fregava un cazzo di Riley. Non gli piaceva nemmeno, ma gli serviva quel CD che aveva lasciato nel suo appartamento. Se l'avesse fatto entrare per riprendersi la sua roba, ormai sarebbe sparito da un pezzo.

Aveva pensato che continuando a mandarle messaggi, chiedendole di poter andare lì a prendere ciò che era suo, alla fine si sarebbe arresa. Invece lei gli aveva detto di aver raccolto tutto in una scatola che aveva lasciato nella cazzo di stanza della posta! Aveva quasi perso la testa, pensando a ciò che avrebbero trovato dentro se l'avessero rubata prima che lui fosse riuscito ad andare a prenderla, ma si era reso conto che era impossibile che il suo gioco fosse in quella scatola.

Perché non era un gioco, ovviamente. Era un video che aveva masterizzato su un CD e nascosto nel suo appartamento. Un video che avrebbe potuto mandarlo in prigione per il resto della vita, e sarebbe stata essenzialmente una condanna a morte.

Miles sapeva come venivano trattati i pedofili in prigione. Non sarebbe durato una settimana.

Non era colpa sua se era attratto dai bambini. No! Lui era così, da sempre. Quel video sarebbe stato la sua rovina e doveva riappropriarsene.

Mentre era seduto in macchina, uno scuolabus si fermò vicino al parcheggio e i ragazzini scesero di corsa. Si raddrizzò. Alcuni erano troppo vecchi o troppo giovani per i suoi gusti, ma ce n'erano molti che erano perfetti per ciò che gli piaceva fare. Che aveva bisogno di fare.

Mentre osservava fu scioccato di vedere nientemeno che la sua ex, Riley, uscire dal condominio e spalancare le braccia come in un invito. Un ragazzino carino con i capelli castani corse verso di lei, abbracciandola forte. Una bambina più piccola dai capelli rossi le sorrise timidamente mentre si avvicinava.

Era sorpreso, non aveva idea di chi fossero, ma era ovvio che fossero molto legati a lei. Aveva dei figli di cui non era a conoscenza? Scosse la testa. No. Assolutamente no. Dovevano essere dei nipoti o qualcosa del genere. Magari faceva da babysitter ai figli di altre persone per guadagnare qualcosa di più.

I suoi occhi rimasero incollati al ragazzo. Doveva recuperare il CD, era lì per quello. Aveva deciso di introdursi in casa sua, sperava solo che a un certo punto sarebbe uscita. L'aveva nascosto in una custodia dei suoi DVD, dov'era improbabile che potesse trovarlo per sbaglio... ma non riusciva a tenere sotto controllo la sua eccitazione guardando il ragazzino.

Se lui era importante per Riley, avrebbe potuto entrare, riprendersi il suo disco – e qualsiasi altra cosa gli interessasse – e ferirla ancora di più rapendo il bambino. Si sarebbe pentita di averlo insultato e di aver ignorato i suoi messaggi e chiamate.

Nessuno ignorava Miles Bowen.

Guardò l'orologio e pensò a quanto tempo gli sarebbe servito per entrare nell'appartamento, occuparsi di lei, riprendersi il CD e poi andare a prelevare i ragazzini alla fermata dell'autobus.

I bambini erano stupidi. Conosceva abbastanza cose di Riley da poterli convincere ad andare con lui. Sarebbe stato divertente terrorizzarla con ciò che stava pianificando di fare. Si sarebbe resa conto che qualsiasi cosa fosse successa loro, sarebbe stata colpa *sua*.

Non vedeva l'ora.

CAPITOLO VENTI

QUEL GIORNO PROMETTEVA di essere una bella giornata. Nel pomeriggio sarebbero andati tutti a vedere un'amichevole di baseball al liceo. Porter sarebbe tornato a casa un po' prima dal lavoro per far sì che potessero arrivare prima dell'inizio della partita. Logan era così eccitato quella mattina prima di andare a scuola, che era stato difficile convincerlo a concentrarsi su qualcosa di diverso dall'evento imminente.

Riley a volte non riusciva a credere con quanta facilità si fosse adeguata alla routine con due bambini e un fidanzato molto scrupoloso. Le piaceva preparare la colazione per tutti, poi aiutava a trovare le cose per scuola e faceva uscire i bambini di casa. Successivamente, lei e Porter di solito avevano una trentina di minuti per loro. Un paio di volte l'aveva riportata in camera e fatto l'amore con lei in fretta e con foga. Altre volte, si erano seduti sul divano a parlare dei programmi per la giornata.

Le piaceva passare del tempo da sola con lui, ma anche stare con Bria e Logan. Amava letteralmente *tutto* dei Reed. Bree era ancora un po' timida, ma si ispirava al fratello e la sua personalità si stava manifestando sempre di più. Era molto sensibile verso gli altri e voleva sempre compiacerli. Non rispondeva in modo insolente e in genere faceva ciò che le veniva detto senza lamentarsi. Riley sapeva che quando sarebbe diventata più grande molto probabilmente quell'atteggiamento sarebbe cambiato, quindi ne avrebbe goduto finché fosse durato.

Ogni mattina, dopo che Porter andava alla base, tornava al suo appartamento per lavorare un po'. Ora la sua vita era molto più completa di quanto non fosse stata prima. Usciva di più e adorava avere amici. Il giorno precedente aveva parlato al telefono per venti minuti con Aspen, di come stava procedendo la gravidanza e dei dettagli sulla cerimonia di matrimonio in municipio.

Poteva certamente dire di essere molto contenta di come stava procedendo la sua vita.

«Dovrei essere a casa per le quattro» le disse mentre erano davanti alla porta. Era pronto per andare al lavoro e le piaceva vederlo con la divisa. Non era niente di eccezionale, ma c'era un non so che in un uomo in uniforme. No, non era vero, c'era un non so che in *Porter* in uniforme.

«D'accordo. Così i bambini avranno circa un'ora per fare uno spuntino e cominciare i compiti dopo essere tornati da scuola. La partita inizia alle cinque, giusto?» gli chiese.

«Sì. Non credo che saranno nove inning completi poiché è un'amichevole. È solo un'opportunità per la squadra di giocare davanti a un pubblico e presentare tutti i giocatori» spiegò.

Riley annuì. Non capiva nulla di baseball, ma aveva la sensazione che avrebbe imparato se l'interesse di Logan fosse continuato.

«Non sei molto entusiasta di andare, vero?» le domandò con un sorriso.

Lei scrollò le spalle. «Non importa ciò che provo io, se Logan vuole guardare il baseball, è quello che faremo.»

«Cazzo, ti amo. Bree potrebbe annoiarsi, quindi sentiti libera di portarla in giro se dovessi annoiarti anche tu.»

Non si sarebbe mai stancata di sentirgli dire quelle due parole. «Anch'io ti amo. E non preoccuparti per noi. Staremo bene.»

«Hai molto lavoro da fare oggi?»

Sorrise. Sembrava che stesse temporeggiando e amava il fatto che non volesse andarsene. «Non troppo, ma comunque abbastanza da tenermi occupata per la maggior parte della mattinata.»

«Dovrei lasciarti andare.»

«Sei di riunioni oggi, giusto? Niente addestramento?»

«Giusto. Penso che lavoreremo sul campo per il resto della settimana, ma oggi abbiamo riunioni tutto il giorno.»

Riley arricciò il naso e lui ridacchiò.

«Sì, è quello che penso anch'io. Ma raccogliere informazioni è un'ottima cosa, ci aiuta a capire come fare le missioni in sicurezza.»

«Lo so, ma comunque... So che ti piace essere attivo, riesci difficilmente a stare fermo anche quando sei a casa. Stare seduto tutto il giorno non fa per te.»

Le sorrise.

«Che c'è?»

«Mi conosci bene» rispose semplicemente. «Ora devo proprio andare. I ragazzi non mi daranno tregua se dovessi arrivare in ritardo... di nuovo.»

«Ti stai facendo una cattiva reputazione.»

«No, capiscono. Lefty, Trigger e Brain si comportavano allo stesso modo quando hanno iniziato a frequentare seriamente le loro donne.»

Riley sapeva di star arrossendo, ma non poté impedirselo.

«Che resti tra noi, ma Lefty mi ha detto che era stanco di cazzeggiare – parole sue – e ha comprato i biglietti aerei per lui e Kinley per andare a San Francisco a sposarsi.»

«È fantastico!»

«Sì, penso che l'abbia un po' sconvolto che Brain lo abbia battuto sul tempo.»

«Siete così competitivi» si lamentò con ironia.

«Sì. E quando decidiamo di fare qualcosa, la facciamo.»

Non riusciva a decidere se ci fosse un messaggio nascosto nelle sue parole, ma gli sorrise comunque.

«Buona giornata» le disse con un piccolo sorriso. «Se fai la brava, forse possiamo provare la mia doccia stasera. So che sarà stretta in due, dovrò solo essere creativo.»

Riley poté solo annuire con entusiasmo. Avevano pianificato da tempo di farlo, ma la vita continuava a intralciarli. Non che pensasse che il sesso sarebbe stato migliore sotto la doccia, ma non l'aveva mai fatto e voleva provare tutto con lui.

Si alzò in punta di piedi e lui le andò incontro. Il suo breve bacio per salutarla si trasformò in molto di più e quando finalmente si separarono, Porter aveva un bel rigonfiamento nei pantaloni e lei le mutandine bagnate.

«Cazzo, sarai la mia morte» le disse scuotendo leggermente la testa. «Buona giornata.»

«Anche a te.»

Lo seguì fuori dall'appartamento e si avviò verso il suo dopo che lui chiuse a chiave la porta. Lo salutò con la mano mentre percorreva il corridoio. Entrò in casa, chiuse a chiave anche lei e andò in cucina. Si versò un grande bicchiere di succo d'arancia e notò che il frigorifero era quasi vuoto. Non ne fu sorpresa, dato che faceva colazione e cenava da Porter.

Nella dispensa e nel frigorifero aveva roba sufficiente per i pranzi e pensò che il suo appartamento ormai fosse diventato essenzialmente un ufficio. Aveva spostato un bel po' di indumenti a casa di Porter, e piano ma inesorabilmente con il suo incoraggiamento, anche molte delle altre cose stavano migrando di là. Coperte, cuscini... una volta le aveva detto che gli piaceva una delle foto sul muro e aveva portato anche quella. CD, DVD appropriati per i bambini, libri... se non fosse stata attenta, si sarebbe trasferita completamente prima di rendersi conto di cosa fosse successo.

Sarebbe stato così brutto?

Non pensava proprio, ed era abbastanza sicura che anche lui sarebbe stato d'accordo. Era stato molto chiaro sul fatto di volere dei figli con lei... e non l'avrebbe detto se non avesse pensato a una relazione duratura.

Sorridendo, prese il bicchiere di succo d'arancia e se lo portò nella seconda camera da letto che aveva allestito come ufficio. Non aveva idea di quanto spazio Porter pensasse sarebbe servito per la nuova casa, ma avrebbero avuto bisogno di almeno quattro camere, due per i bambini, una per loro e una per il suo ufficio. Per fortuna non aveva intenzione di chiederle di smettere di lavorare. Capiva quanto per lei fosse importante contribuire alle spese e necessario per il suo benessere mentale.

Si sedette davanti al computer e pensò allo spazio di cui avrebbero avuto bisogno ricalcolandolo nella sua testa. Se Porter avesse voluto altri bambini, avrebbero avuto bisogno di cinque o sei camere da letto. Probabilmente avrebbe potuto ricavare un ufficio dal seminterrato o qualcosa del genere.

«Stai correndo troppo» disse ad alta voce scuotendo la testa. «Non hai idea se questa cosa con Porter funzionerà.»

Certo, *sperava* di sì. Lo amava, difetti e tutto il resto. Poteva sopportare la sua incapacità di sedersi e rilassarsi, o il suo bisogno ossessivo di guardare o leggere le notizie, o il casino che faceva in cucina ogni volta che preparava qualcosa. Neanche lei era perfetta, nemmeno lontanamente.

Fece un respiro profondo e si costrinse a mettere da parte il pensiero di avere dei bambini con Porter e accese il computer. Controllò le mail e vide che aveva ricevuto tre lavori per la giornata. Due provenivano da clienti abituali e uno era nuovo.

Grata che le trascrizioni le avrebbero tenuto la mente occupata, prese le cuffie antirumore e se le infilò in testa. Appoggiò il telefono accanto allo schermo del computer in modo da vedere il lampeggio se qualcuno l'avesse chiamata o fosse arrivato un messaggio, aprì il primo file audio e un documento Word vuoto e si mise al lavoro.

Miles non aveva preparato un piano vero e proprio. Sapeva quando i bambini tornavano da scuola e voleva coordinare il momento in cui sarebbe andato a recuperare il CD con l'arrivo dello scuolabus. Era ben consapevole di quanto fossero ficcanaso i vicini di Riley. L'ultima volta che era stato lì a sorvegliare il condominio, qualcuno aveva chiamato la polizia senza nemmeno preoccuparsi di nascondere che lo stessero denunciando. Quindi, avrebbe dovuto stare molto attento. Doveva introdursi nel suo appartamento senza fare molto rumore per non allertare quei maledetti vicini. Sapeva già che lei non lo avrebbe semplicemente lasciato entrare se avesse bussato.

Sapeva anche che sarebbe stata nella camera degli ospiti con le cuffie. Era una creatura abitudinaria, cosa che lo aveva fatto andare fuori di testa; non era affatto spontanea. Le piaceva stare seduta a casa tutto il cazzo di giorno. Era davvero noiosa.

Il piano era di entrare, prendere il CD e qualsiasi altra cosa avrebbe potuto impegnare per guadagnare qualcosa, poi trovare Riley e fargliela pagare.

L'aveva frequentata solo per avere un posto dove stare durante il giorno. All'epoca viveva in macchina, e stare nel suo appartamento con l'aria condizionata e mangiare il suo cibo, era preferibile che rimanere seduto nell'auto calda e angusta. Era stata una situazione ideale, prima che lei decidesse che non lo voleva intorno tutto il giorno. Lo aveva lasciato da solo a fare qualsiasi cosa volesse mentre lei scriveva cazzate nel suo ufficio. Non si era nemmeno dovuto preoccupare di scoparla; Riley era frigida e indifferente. Una volta aveva fatto un tiepido tentativo, ma non era nemmeno riuscito a farselo alzare.

Per fortuna in seguito si era accontentata dei baci. Non aveva provato assolutamente nulla quando la baciava e non aveva avuto problemi a farle credere che fosse colpa sua se non avevano una vita sessuale.

In realtà, lei non era il tipo di persona da cui era attratto; era troppo vecchia. E del sesso sbagliato.

Miles all'inizio si era preoccupato delle sue preferenze sessuali, ma nel corso degli anni ne era venuto a patti. Gli umani erano tutti fatti in modo diverso e, inoltre, non prendeva mai con la forza nessuno dei ragazzi con cui usciva. No, li corteggiava. Proprio come avrebbe fatto con una donna, se fosse stato attratto da loro. Meritava l'amore, come tutti gli altri.

Il ragazzino che sarebbe sceso dall'autobus entro un'ora circa era più giovane di chiunque avesse mai frequentato, ma Miles lo avrebbe tenuto con sé per un po' per farlo diventare il tipo di fidanzato che desiderava. In un anno o giù di lì, sarebbe stato pronto per una relazione sessuale. Forse avrebbero vissuto felici e contenti... e lui non avrebbe dovuto guardarsi costantemente alle spalle per paura che le autorità lo scoprissero.

Soddisfatto del suo piano, ignorando il fatto che fosse moralmente e legalmente sbagliato, Miles infilò su per la manica della sua maglietta il piede di porco preso dal portabagagli. Era fastidioso, ma l'ultima cosa che voleva era che uno dei maledetti vicini diventasse di nuovo sospettoso.

Ma non avrebbe dovuto preoccuparsi. Quando entrò nel condominio, non incontrò nessuno. Era consapevole delle telecamere all'ingresso e fece del suo meglio per sembrare disinvolto mentre proseguiva a grandi passi. Dato che era metà pomeriggio, la maggior parte dei residenti era al lavoro e ciò avrebbe reso molto più facile quello che stava per fare.

Salì al piano di Riley e fissò la porta del suo vicino oltrepassandola. *Odiava* quello stronzo. Il tizio dell'esercito pensava che la sua merda non puzzasse. Ricordava ancora com'era rimasto sulla soglia con le braccia incrociate sul petto quando lei lo aveva cacciato. Era sicuro di poterlo prendere a calci in culo, ma si sarebbe accontentato di portargli via suo figlio.

Alla fine aveva fatto due più due. Il giorno in cui aveva cercato di riprendersi la sua roba, lei era nell'altro appartamento. Probabilmente lo aveva frequentato alle sue spalle per tutto il tempo. Sapeva che il bambino non era di Riley, quindi significava che doveva essere del vicino. Era probabile che quel tizio avesse una dozzina di figli fuori dal matrimonio con donne diverse. Non riusciva proprio a capire perché tutte desiderassero così tanto il cazzo di un soldato.

Concentrandosi sul lavoro da svolgere, Miles estrasse il piede di porco dalla manica e ne incastrò un'estremità nel punto in cui la serratura della porta incontrava il muro. Non ci volle molto per romperla, quell'affare era scadente, si incastrava nello stipite solo di due o tre centimetri.

«Avrei dovuto farlo prima» mormorò, mentre entrava nell'appartamento e chiudeva alla meglio la porta, non volendo lasciarla aperta mentre si riprendeva il CD.

Andò direttamente alla collezione di DVD di Riley e perse un battito quando vide che ne mancava la metà, ma sospirò di sollievo quando vide quello che stava cercando: *Spice Girls - Il film*. Quando le aveva chiesto perché diavolo ce l'avesse, lei aveva riso dicendo che era in saldo e l'aveva comprato su due piedi. Aveva anche ammesso di essere arrivata solo a metà visione prima di rinunciare. Quando le aveva chiesto perché lo avesse ancora nella sua collezione, aveva scrollato le spalle dicendo che un giorno avrebbe potuto provare a guardarlo di nuovo.

Si era sentito abbastanza sicuro a nascondere il CD sotto quel DVD e aveva avuto ragione. Fece un lungo sospiro quando aprì la custodia e vide che il disco che gli aveva causato così tanti problemi era ancora al sicuro all'interno.

Si alzò e si voltò, solo per fermarsi di botto.

Riley era nel corridoio e lo fissava scioccata.

«Ciao, Riley» le disse allegramente, pervaso dall'adrenalina e l'eccitazione.

«Cosa ci fai qui? Vattene!»

«Sono venuto per il mio gioco. Se mi avessi permesso di prenderlo prima, avresti potuto continuare la tua patetica misera vita e non mi avresti più rivisto, ma mi hai fatto incazzare, hai chiamato la polizia.»

«Non l'ho chiamata io» protestò.

Miles socchiuse gli occhi e il suo tono si fece minaccioso. «Mi hai fatto quasi arrestare. E pagherai per questo, stronza.»

———

Riley non riusciva a credere che Miles fosse nel suo soggiorno. Non sapeva come avesse fatto ad entrare, ma ogni muscolo del suo corpo si era irrigidito nel momento in cui l'aveva visto. Una volta terminato il lavoro si era resa conto di aver fame perché aveva saltato il pranzo. Guardando l'orologio, era stata sollevata di aver giusto il tempo di prepararsi un panino prima di scendere a prendere i bambini, per poi prepararli per l'uscita di quella sera.

Ma quando era arrivata sulla soglia del soggiorno, aveva visto Miles accovacciato vicino al porta DVD. Il suo primo impulso era stato di dirgli che non aveva il suo stupido gioco, ma lui si era alzato con uno dei suoi film in mano e voltato prima che lei potesse dire qualcosa.

Solo quando il suo tono si fece minaccioso dicendole che avrebbe pagato per averlo fatto quasi arrestare, i suoi muscoli finalmente obbedirono al messaggio che il suo cervello stava urlando... *scappa*!

Si voltò e corse verso la camera da letto, ma Miles si lanciò dietro di lei, afferrandole il braccio prima che potesse arrivarci. Lottando con tutte le sue forze, Riley tirò calci, pugni e graffiò il suo ex mentre la trascinava di nuovo in soggiorno. La gettò a terra e si mise a cavalcioni sul suo stomaco, imprigionandole le braccia e tenendola bloccata con il proprio peso. Lei aprì la bocca per urlare, ma gliela coprì con una mano. Premette così forte che sentì i denti penetrare all'interno delle labbra.

Miles incombeva su di lei ansimando. I suoi capelli castani e stopposi le sfiorarono la guancia, facendola rabbrividire. Puzzava come se non si facesse la doccia da una settimana o più e i suoi vestiti erano sporchi. Non aveva mai avuto paura di lui quando si frequentavano, ma in quel momento sembrava un uomo completamente diverso.

«Sei stupida come una capra» sogghignò. «Secondo te sarei così disperato di riavere indietro un cazzo di gioco? È assurdo! Non è un gioco. È un CD con un video che non potevo rischiare cadesse nelle mani sbagliate. E sapevo che se l'avessi visto, mi avresti denunciato senza pensarci due volte.»

La sua mente cominciò a galoppare. Un video? Di cosa?

Quelle domande dovevano vedersi nei suoi occhi perché le chiese: «Ti sei mai chiesta perché non ti spingevo a fare sesso? Perché non mi è venuto duro quella volta?»

Riley scosse la testa come meglio riuscì sotto la sua mano. Aveva paura di ciò che avrebbe fatto se avesse continuato a combatterlo, ma ne aveva altrettanta di non poter fare nulla.

«Perché le tette non fanno per me e nemmeno i corpi troppo sviluppati.»

Spalancò gli occhi. Stava per caso dicendo...

«Vedo che finalmente stai capendo. Non sarei mai riuscito ad avere un'erezione, qualunque *cosa* avessi fatto. Ti ho usata, stronza. Per il cibo. Il posto. Il televisore. E quelle poche volte che mi hai lasciato passare la notte sul tuo cazzo di divano, mi sono masturbato con il mio video, guardando i momenti più belli con un partner più di mio gusto.»

Riley avrebbe voluto vomitare. Non poteva credere di aver frequentato quell'uomo. Quel... pervertito. Cercò di dirgli di prendere il suo fottuto video e di andarsene, ma riuscì solo a borbottare dietro la sua mano.

«Sono rimasto a osservare il condominio, cercando di capire il momento migliore per tornare a riprendermi ciò che era mio... e ti ho vista con quei bambini» disse. «Se non sbaglio, dovrebbero tornare a casa tra non molto. In questo momento non ho un partner e quel ragazzino è bellissimo.»

A quell'affermazione, *iniziò* a lottare. Scosse freneticamente la testa e si dimenò e contorse con tutte le sue forze, cercando di liberarsi da sotto di lui.

Miles tolse la mano dalla sua bocca e gliela avvolse intorno alla gola insieme all'altra e cominciò a stringere. Forte.

Cercò disperatamente di respirare, ma non riusciva a far entrare aria nei polmoni. La stava strangolando.

«Il problema è che non posso permetterti di andare dalla polizia e so che è esattamente ciò che faresti nel momento in cui ti lasciassi andare. Mi denunceresti e io dovrei affrontare quella stronzata. Non mi hanno ancora beccato e non lo faranno mai. Ecco perché dovevo riavere il CD. Non andrò in prigione. So cosa succede lì a quelli come me. Quindi mi rimane solo una cosa da fare.»

Riley lottò più duramente di quanto avesse mai fatto in vita sua. L'avrebbe uccisa. Avrebbe lasciato il suo cadavere proprio lì sul pavimento e sarebbe andato a prendere Logan, e forse anche Bree. Non avevano mai visto Miles, non potevano sapere che era un uomo malvagio.

Non voleva morire. Voleva vivere. Voleva avere una vita meravigliosa con Porter. Avere i suoi bambini. La famiglia che aveva sempre sognato.

Ma Miles non la lasciava andare.

Continuò a dimenarsi, riuscendo a liberare un braccio e a graffiargli la faccia, ma ciò lo fece solo incazzare e stringere di più le mani sul collo. Il suo viso diventò rosso mentre appoggiava tutto il peso del corpo sopra il suo. «Muori, stronza! Muori, cazzo!»

Quelle furono le ultime parole che udì prima che il suo mondo diventasse buio e perdesse conoscenza.

———

Miles tenne ancora per un momento le mani intorno alla gola della stronza dopo che lei si afflosciò, solo per assicurarsi che non stesse fingendo. Poi si alzò rapidamente e cercò la custodia del DVD. Il suo uccello era duro come una roccia e lo guardò sorpreso.

«Oh. Chi l'avrebbe immaginato?» disse ad alta voce, sorridendo.

Era davvero interessante scoprire che gli diventava duro non solo pensando di scopare dei ragazzini, ma anche uccidendo qualcuno.

Si chiese se sarebbe stato ancora più eccitante fare entrambe le cose contemporaneamente.

Forse non avrebbe tenuto il bambino come aveva pianificato, avrebbe potuto invece sperimentare quella nuova conoscenza.

Guardò l'orologio e si rese conto che il tempo stava per scadere. Doveva scendere e andare alla fermata dello scuolabus.

Senza guardare il corpo sul pavimento, uscì dall'appartamento chiudendosi la porta alle spalle meglio che poté. Mentre percorreva il corridoio, fischiò distrattamente come se non avesse un pensiero al mondo.

———

Logan era eccitato. Sarebbero andati a vedere una partita di baseball! Ne aveva viste un sacco in TV, ma quella sarebbe stata dal vivo. A scuola il tempo era sembrato passare molto lentamente e ora stava aspettando con impazienza mentre Bria scendeva dall'autobus.

«Dai, Bree» si lamentò.

Gli sorrise e fece qualche passo di corsa per arrivare al suo fianco. Gli prese la mano e Logan strinse subito le dita intorno alle sue. Sapeva che ad alcuni bambini non sarebbe piaciuto tenere la mano della sorella, ma gli era mancata molto ed era felice che vivesse di nuovo con lui.

Non gli dispiaceva nemmeno condividere la stanza. Il letto a castello era fantastico e loro erano molto più felici di quanto non fossero mai stati. Si sentiva ancora in colpa per quello. Amava sua madre, ma era stato difficile vivere con lei. Aveva dovuto trovare roba da mangiare per Bree e a volte anche per lei, e chiudersi a chiave con la sorella nella loro stanza quando la gente veniva a prendersi cura di sua mamma, quando stava troppo male per alzarsi dal pavimento.

Vivere con Oz e Riley era stato... facile. Gli preparavano da mangiare, gli lavavano i vestiti e lo aiutavano a fare i compiti. Giocavano con lui e ridevano molto. Faceva anche lui dei lavoretti, ma erano facili rispetto a quello che doveva fare in passato. Si era pentito di non aver detto prima il segreto a Oz, ma adesso era felice che fossero tutti insieme.

Camminarono mano nella mano verso il condominio e si

acciglià quando non vide Riley ad aspettarli. Non era da molto che prendevano l'autobus dalla nuova scuola, ma fino a quel momento lei era stata lì ogni giorno.

Un uomo si avvicinò a loro e Logan istintivamente si spostò per mettersi davanti a Bree. Lo sconosciuto aveva i capelli castani unti e sembrava che non li spazzolasse da un po' e i suoi vestiti erano molto spiegazzati. Aveva grossi graffi sul viso che dovevano fargli male.

«Ciao!» disse l'uomo con voce amichevole mentre si avvicinava. Si fermò un po' distante e ciò lo fece sentire meglio.

«Ciao» rispose, non volendo essere scortese.

«Sono sicuro che ti starai chiedendo dove sia Riley. Una delle sue amiche ha avuto un'emergenza e lei è dovuta andare ad aiutarla. Mi ha chiesto se avrei potuto portarvi da lei.»

«Gillian?» chiese, non sapendo a quale amica si stesse riferendo.

«Sì. È rimasta ferita in un incidente ed è in ospedale. Riley era molto preoccupata di non essere qui quando sareste scesi dall'autobus, quindi mi ha chiesto se potevo venire io e portarvi in ospedale.»

«Dov'è Oz?» chiese Logan, guardandosi intorno.

«È anche lui in ospedale e ci sta aspettando» disse l'uomo senza esitazione. «Mi chiamo Mark. Abito al primo piano.» Indicò l'edificio dietro di loro. «Io e Riley ci conosciamo da molto tempo.»

«Come mai non ha mai parlato di te?» chiese sospettoso.

«Perché siamo solo vicini di casa. Ci vediamo qua e là, ma in realtà non ci frequentiamo. Ma era davvero tanto preoccupata quando se n'è andata. Stava piangendo. Mi ha pregato di venirvi a prendere e portarvi da lei.»

«Cos'è successo alla tua faccia?» chiese il bambino, cercando di prendere tempo per pensare.

«Ho un gatto, e me l'ha combinata bella stamattina.»

Logan si morse il labbro. Odiava che Gillian fosse ferita.

Gli piaceva. Gli piacevano tutte le amiche di Oz. E gli dispiaceva davvero che Riley avesse pianto. Di solito era felice. Era anche un po' irritato perché probabilmente avrebbero saltato la partita di baseball, ma sapeva che la vita delle persone era più importante.

«Va bene» disse piano.

Mark fece un sorriso enorme. «Grande. La mia macchina è laggiù. Faremo in fretta. Devo ritornare qui per trovarmi con mia moglie quando arriverà dal lavoro.»

Sentendo che l'uomo era sposato, si sentì meglio. «Dai, Bree. Andiamo da Riley e Oz.»

Sua sorella annuì fiduciosa e lo seguì verso l'auto di Mark. Era una piccola quattro porte che aveva visto giorni migliori. Il tizio tenne aperta la portiera dietro e Logan salì all'interno. Arricciò il naso vedendo la sporcizia sul pavimento, c'era anche un odore strano. Bria si sedette accanto a lui e l'uomo chiuse la portiera.

Sorrise loro attraverso il finestrino e salì al posto di guida. Accese la macchina e iniziò a guidare. All'inizio Logan non prestò attenzione mentre aiutava Bria ad allacciare la cintura di sicurezza, ma quando sollevò lo sguardo, non riconobbe la zona che stavano percorrendo.

Mark imboccò la statale e accelerò, guidando sempre più veloce.

«Ehm, signore... non credo che sia questa la strada per l'ospedale.»

L'uomo non rispose, non si voltò nemmeno, ma Logan riuscì a vedere il sorrisetto sul suo viso.

Si sentì rimescolare la pancia. Capì subito di aver combinato un pasticcio. Quello non era un amico di Riley, lei non avrebbe mandato qualcuno che non conosceva a prenderlo. Avrebbe voluto che andasse a prenderli Kinley o Lucky o uno degli altri ragazzi.

Gli venne da vomitare e iniziò a tremare di paura. Per

tutta la vita aveva sentito dire di non dar retta agli estranei, e lui l'aveva seguito ed era salito in macchina senza pensarci due volte. Solo perché il tizio aveva *detto* di conoscere Riley non significava che fosse vero. Probabilmente non viveva nemmeno nel condominio.

Era stato così stupido! E ora lui e Bree erano in pericolo.

L'uomo alla guida si sporse in avanti e accese la radio. La musica riempì l'abitacolo ed era a volume così alto da fargli male alle orecchie, ma ne fu contento perché gli dava la possibilità di parlare con Bree senza che lo sentisse.

Doveva pensare a un piano. Doveva far uscire sua sorella da quella situazione. Doveva proteggerla... come aveva fatto per tutta la vita.

———

Oz era di ottimo umore mentre camminava verso il suo appartamento. Non vedeva l'ora di passare il pomeriggio e la sera con le persone che amava di più. Aprì la porta, pronto a essere bombardato di domande da un Logan impaziente e di vedere il sorriso di Riley, ma quando entrò la casa era silenziosa. Non c'erano le voci dei bambini che parlavano e ridevano e nessun odore di cibo.

Era anche abbastanza sicuro che l'appartamento fosse vuoto, lo controllò comunque da cima a fondo, con lo stomaco in subbuglio. Controllò anche dietro il divano, il nascondiglio preferito di Logan; non c'era nessuno.

Tirò fuori il telefono e compose il numero di Riley. Sospirò di sollievo quando sentì la sua suoneria attraverso le pareti sottili. Per qualche ragione, doveva aver portato i bambini da lei mentre aspettava che tornasse a casa.

Sentendosi sciocco per essersi preoccupato così tanto, andò alla porta senza prendersi la briga di cambiarsi, perché voleva vederli più di quanto gli interessasse mettersi vestiti comodi. Percorse il corridoio fino all'altro appartamento.

Nel momento in cui vide la porta, tutta l'ansia di un momento prima tornò. Anche più intensa. Qualcuno aveva fatto irruzione, avevano forzato la serratura spaccando il legno.

Sapeva che avrebbe dovuto chiamare subito la polizia, ma *non* poteva semplicemente star lì nel corridoio mentre aspettava che arrivassero. Riley doveva essere lì dentro. Aveva sentito il telefono e lei non andava da *nessuna parte* senza. Gli aveva detto che voleva essere raggiungibile nel caso la scuola avesse chiamato. O se Gillian, Kinley, Devyn o Aspen avessero avuto bisogno di lei. Aveva legato molto con le altre donne, si scambiavano messaggi continuamente.

Tirò fuori il coltello K-BAR dalla fondina dietro la schiena e spinse con cautela la porta con il gomito, cercando di non contaminare le impronte digitali di chiunque fosse entrato.

«Ri?» chiamò. Fu accolto dal silenzio. Oltrepassò lentamente la soglia, quella quiete era snervante. Se Logan e Bria fossero stati lì, avrebbero dovuto sentirlo. Mentre procedeva lanciò un'occhiata in soggiorno e si bloccò.

Riley era distesa sul pavimento. Non si muoveva.

Sapeva che avrebbe dovuto controllare l'appartamento. Assicurarsi che chiunque l'avesse ferita non fosse ancora in agguato da qualche parte, ma non riuscì letteralmente a impedirsi di correre verso la donna che possedeva il suo cuore. Era sdraiata così immobile. Senza vita.

Stavano affiorando dei lividi sulla sua gola, come se fosse stata strangolata. Non c'era nulla lì vicino che avrebbe potuto essere usato per strozzarla, ma ciò non significava che l'aggressore non l'avesse portato via con sé.

Gli si bloccò in gola un singhiozzo mentre si inginocchiava accanto a lei. Aveva paura di toccarla, ma sapeva che se era ancora viva, doveva aiutarla.

Tenne il coltello pronto nella mano destra e muovendosi lentamente, come se fosse nelle sabbie mobili, posò due dita sul polso di Riley, cercando di sentire il battito. Sapeva che sarebbe stato più facilmente individuabile sulla gola ma, come per la porta, se il bastardo aveva usato le mani per strangolarla, non voleva contaminare il DNA che aveva sicuramente lasciato.

Ci volle un secondo, ma lo sentì; il sangue le scorreva nelle vene.

Era viva. Non aveva idea di come, per quale miracolo, ma ne era estremamente grato.

«Sono qui, Ri» le disse, combattuto tra il volerla prendere tra le braccia e cercare i suoi figli.

Come se il suono della sua voce l'avesse svegliata, Riley gemette. Oz posò il coltello e le prese la mano nella sua, notando il sangue sotto le unghie. Aveva graffiato con forza chiunque l'avesse aggredita. Bene. Lì ci sarebbero state altre tracce di DNA.

«Mi senti, Riley? Sono Oz... Porter. Sono qui. Stai tranquilla.» Tirò fuori il telefono e compose il 9-1-1.

«Nove-uno-uno. Ha bisogno di polizia, vigili del fuoco o assistenza medica?»

«Assistenza medica e polizia. Ho appena trovato la mia ragazza sul pavimento del suo appartamento. Sembra che qualcuno abbia cercato di strangolarla. Sono anche scomparsi i miei nipoti.» Oz sapeva che non c'era bisogno di perquisire il posto. Non c'erano. Senza dubbio sarebbero usciti non appena sentita la sua voce.

«Va bene signore. Qual è il suo indirizzo?»

Lo diede all'operatrice.

«Come si chiama?»

«Porter Reed.»

«E la sua ragazza?»

«Riley Rogers.»

«Ok, respira?»

«Sì. Ma ha dei lividi intorno alla gola.»

«Porter?» sussurrò Riley. La sua voce era roca e flebile, non sembrava nemmeno lei.

«Sì, sono qui» la rassicurò, chinandosi.

«Miles» mormorò.

«Cosa?»

«Cosa sta dicendo?» chiese l'operatrice al telefono.

Ma Oz la ignorò, sforzandosi di capirla.

«È stato Miles» ripeté. «Il gioco... era un CD... pornografia infantile. Ha preso... i bambini...»

Si sentì gelare il sangue. La sua voce si indurì. «Li ritroverò» le disse.

Socchiuse gli occhi. «Scusa.»

Lui scosse la testa. «No. Non hai niente di cui scusarti. *Niente*. Capito? Non è stata colpa tua. Ok?»

Deglutì e fece una smorfia.

«La polizia e l'ambulanza stanno arrivando.»

«Vai... cercarli» lo supplicò. «Subito!»

Era combattuto, aveva bisogno di trovare i suoi bambini, ma non poteva lasciarla così. Guardò il cellulare che aveva in mano e chiuse la chiamata con il 9-1-1. Avrebbe dovuto rimanere in linea, ma doveva avvisare la sua squadra.

Trigger rispose al primo squillo.

«Ho bisogno di tutti» gli disse. «Riley è stata aggredita e i ragazzi sono scomparsi. Ha detto che è stato Miles. La polizia sta arrivando, ma ho bisogno di voi.» La sua voce si incrinò sull'ultima parola.

«Sto arrivando Chiamo gli altri. Riley sta bene?»

«Penso di sì. Ma il bastardo ha cercato di strangolarla. Deve essersi fermato quando è svenuta e non si è assicurato di averla uccisa.»

Si sentì male solo a pronunciare quelle parole. Era assurdo che provasse disgusto e sollievo allo stesso tempo. Non gli era mai successo di sentirsi in quel modo. Anche durante le missioni, quando erano stati nel bel mezzo di uno scontro a fuoco, non si era mai sentito così... come se la sua pelle fosse troppo stretta e stesse per vomitare dal terrore.

«Saremo lì tra dieci minuti» disse Trigger. «Tieni duro, fratello.» Riattaccò senza aggiungere altro.

Era terrorizzato per i suoi bambini. Se Miles era davvero un pedofilo, si trovavano in grave pericolo.

Sentì la mano di Riley sul braccio. «Vai» gli ordinò.

«Lo farò. Non appena i ragazzi arriveranno qui.»

Lei annuì.

«Stai tranquilla. Dopo questo non se la caverà. Ti amo, Riley.»

«Ti amo.» I suoi occhi si riempirono di lacrime che scesero lungo le tempie.

Oz si sentiva impotente mentre aspettava l'arrivo della cavalleria. Tutto ciò che poteva fare era stare seduto lì a tenerle la mano, a guardare il suo petto muoversi su e giù, assicurandosi che stesse ancora respirando. Che fosse ancora viva.

Il rumore di passi veloci lungo il corridoio non fu mai così bello. Sentì chiunque stesse correndo verso l'appartamento, comunicare alla centrale che erano sul posto. «Sono arrivati. Andrà tutto bene» disse a Riley.

«Vai a prendere i nostri bambini» gli ordinò con voce flebile.

I *nostri* bambini.

Cazzo sì, lo erano.

Per quanto volesse rimanere e poi accompagnarla in ospedale, non poté fare altro che obbedirle. Non aveva dubbi che Gillian e le altre sarebbero arrivate presto. Sarebbero andate loro in ospedale con lei.

Lui e la sua squadra avevano un rapitore a cui dare la caccia.

CAPITOLO VENTUNO

«Hai capito cosa fare?» chiese Logan a Bree.

Lei annuì. Il suo viso era pallido e le guance bagnate di lacrime, ma sapeva che avrebbe fatto ciò che le aveva detto. Non aveva idea se il suo piano avrebbe funzionato o meno, ma doveva rischiare.

«Signore?» chiese, ma la musica era troppo alta perché potesse sentirlo.

Schiarendosi la gola, tentò di nuovo. «Mark?»

Stavolta lo sentì, si sporse in avanti e abbassò la musica. «Che c'è?»

«Devo fare pipì.»

«Trattienila» replicò l'uomo.

Scosse la testa. «Non posso» piagnucolò. «Ho bevuto molto prima di uscire da scuola e devo davvero farla. La farò sul sedile se non si ferma.»

Il tizio imprecò sottovoce. Logan non riuscì a sentire bene tutte le parolacce, ma quelle che capì sapeva che erano *davvero* brutte parole che lui non avrebbe dovuto dire.

Ma sembrava che il suo piano avesse funzionato. L'uomo lasciò la statale e prese una strada di campagna.

Cavoli. Aveva sperato che si fermasse a una stazione di servizio, ma sembrava che lì non ce ne fossero. Si vedevano solo alcune fattorie, un sacco di arbusti e alcuni alberi in lontananza.

«Vai verso gli alberi» sussurrò a Bria.

Lei annuì e Logan le strinse la mano. Attese mentre l'uomo si fermava sul ciglio della strada. C'erano alcuni alberi esili sul lato in cui erano parcheggiati, ma in lontananza, alla loro sinistra, ce n'erano di molto più grandi e grossi. Li indicò con la testa alla sorella e lei annuì.

«Be' vai. Ti scappava così tanto un secondo fa, cosa stai aspettando?» gli chiese burbero.

Logan aprì la portiera dalla sua parte e la lasciò parzialmente aperta mentre girava intorno alla macchina verso i piccoli alberi. L'uomo lo seguì con uno strano sorriso sul volto. Stava funzionando meglio di quanto avesse sperato, ma non gli piaceva che lo seguisse così da vicino.

«Torno subito» gli disse.

Il tizio scosse la testa. «Non ho intenzione di perderti di vista, ragazzino. Tu la fai qui mentre io guardo.»

Rabbrividì. Non gli piaceva il modo in cui lo guardava e di sicuro non voleva fare pipì davanti a lui.

Con la coda dell'occhio, vide Bria attraversare la strada e correre più veloce che poté lungo il campo dall'altro lato.

Purtroppo la vide anche l'uomo che si faceva chiamare Mark.

«Merda!» imprecò, facendo qualche passo verso di lei come se volesse correrle dietro. Logan si preparò a correre nella direzione opposta, ma poi il tizio si fermò e tornò da lui. Gli afferrò il braccio e iniziò a trascinarlo verso la macchina. Logan provò a lottare, ma non poteva competere con lui.

Passò un'auto e Mark si bloccò fissando il veicolo.

Poi imprecò di nuovo e andò verso il lato del conducente, sbatté la portiera da cui era uscita Bria e lanciò Logan sul sedile anteriore. «Sali e non provare nemmeno a pensare di fare qualcosa che mi faccia incazzare.»

Terrorizzato dal tono dell'uomo, fece come gli era stato detto. Scavalcò il cambio e si rannicchiò sul sedile del passeggero. Era spaventato a morte, felice che Bria fosse scappata, ma ora era rimasto solo con quel pazzo.

Mark sbatté la portiera e bloccò le serrature, si immise in strada e fece un'inversione a U, borbottando per tutto il tempo che i bambini erano rompipalle. Premette sull'acceleratore e l'auto scattò in avanti.

Mentre tornavano verso la statale, Logan fece del suo meglio per memorizzare la zona; cercò disperatamente punti di riferimento e segnali stradali. Aveva detto a Bria di correre e nascondersi, e di non uscire finché il coniglietto pasquale non fosse andato a prenderla, era la loro frase in codice che le avrebbe fatto capire che era sicuro uscire. Si rifiutava di pensare a cosa le sarebbe successo se non fosse stato in grado di tornare.

«La pagherai per questo» disse l'uomo, prima di girare la manopola della radio. Mise la musica heavy metal ancora più alta di prima. Logan si coprì le orecchie, cercando di attutirla un po'. Le lacrime scendevano dai suoi occhi mentre guardava fuori dal finestrino. Era terrorizzato e temeva di non poter più rivedere sua sorella. O Oz. O Riley.

———

Oz, seduto sul sedile del passeggero del pick-up di Lefty, scrutava freneticamente ogni strada che percorrevano. Grover aveva sentito gli agenti parlare dell'ultimo indirizzo conosciuto di Miles Bowen e del tipo di macchina che guidava. La polizia aveva diramato un allarme minori scomparsi per Bria e Logan, ma non era stato disposto a stare lì ad aspettare la segnalazione di uno sconosciuto. Aveva dovuto andare in giro a cercare.

Si era sentito da poco con Gillian che gli aveva riferito che Riley sarebbe stata bene. Era indolenzita e spaventata a morte e i medici del pronto soccorso avevano detto che era un miracolo che fosse viva.

Avrebbe voluto andare da lei, ma Riley aveva esortato Gillian a vietarglielo nel modo più assoluto. Stava bene. Lui doveva pensare a trovare i loro bambini. Quindi, era ciò che stava facendo, anche se lui e la sua squadra avevano molte meno informazioni rispetto a quando andavano in missione. Era come cercare un ago in un pagliaio, e Oz era assolutamente terrorizzato.

«C'è stata una segnalazione» disse Lucky dal sedile posteriore. Era stato al telefono senza sosta, chiamando chiunque per cercare di avere notizie. Poco prima aveva ricevuto una chiamata, ma Oz non ci aveva nemmeno fatto caso. Ogni volta che riattaccava, il telefono squillava subito di nuovo. Non era mai stato così contento per tutte le connessioni che la squadra aveva creato con le forze di polizia nel corso degli anni. Chiunque stesse passando informazioni a Lucky probabilmente non avrebbe dovuto condividerle, ma era sollevato che li stessero aiutando.

«Qualcuno ha visto l'allarme bambini scomparsi sui cartelloni della statale e ha chiamato. Ha detto di aver notato una Kia grigia sul ciglio della strada a circa sedici chilometri a nord di Killeen. Un uomo stava trascinando un ragazzino verso la macchina.»

«Su che strada?»

«Non lo so.»

«E Bree?»

«Non hanno parlato di una bambina» rispose.

«Cazzo!» imprecò Oz.

«È già qualcosa» disse Doc dal sedile posteriore. «Più di quello che avevamo prima.»

Lefty accelerò e uscì dal quartiere che stavano controllando, guidando il pick-up verso la statale.

Trattenne il respiro, sentendosi impotente.

«I poliziotti hanno individuato una Kia Rio grigia sulla statale» li informò Lucky. Aveva aperto l'app scanner radio sul telefono e si era inserito sulla frequenza utilizzata dai poliziotti che cercavano Miles.

«Che direzione devo prendere?» chiese Lefty.

«Nord.»

Oz vide il tachimetro salire fino a centotrentacinque. Poi centoquarantacinque. Lefty non ci girava intorno e non avrebbe potuto essergli più grato. Avrebbe voluto che Trigger non avesse venduto la sua Porsche, gli sarebbe piaciuto avere a disposizione la velocità di quell'auto. Non che Lefty guidasse come una nonna, ma con la Porsche sarebbero andati ancora più veloci. E in quel momento, aveva bisogno di raggiungere i bambini il prima possibile.

Il paesaggio scorreva via e gli sembrava di non respirare nemmeno mentre viaggiavano verso nord e, sperava, verso Logan e Bria.

«Miles non si ferma. Sta cercando di seminarli. Hanno messo delle strisce chiodate sulla strada a un chilometro e mezzo da qui... Cazzo! Le ha aggirate e si è quasi capottato sullo spartitraffico, ma ha ripreso il controllo. La Kia non può competere con le auto della polizia. Gli stanno addosso.»

Era orribile sapere cosa stesse succedendo e non essere in grado di fare una dannata cosa per aiutare.

«Quanto più avanti sono rispetto a noi?» chiese Lefty.

Lucky cercò un segnale di progressiva chilometrica. «Meno di otto chilometri.»

Oz non riusciva a parlare, aveva la bocca secca. Di solito era molto equilibrato nelle emergenze, ma in quel momento era completamente inutile. Tutto quello che poteva fare era tener duro e pregare che i suoi bambini non ne uscissero feriti, una volta che l'inseguimento fosse terminato. Perché *sarebbe* terminato. Lo sapevano tutti. Il problema era come, se in modo tranquillo o con un brutto incidente.

«Ok, si stanno tenendo un po' indietro, dandogli un po' di spazio, proveranno di nuovo con le strisce chiodate più o meno a un chilometro e mezzo a nord di dove sono.»

Lucky suonava eccitato, ma Oz non riusciva a trovare una dannata cosa per cui esserlo. Sì, le strisce chiodate potevano bucare le gomme di Miles, ma ad alta velocità ciò avrebbe reso l'auto più instabile.

«Sono a posto... si sta avvicinando... boom! Preso! Tutte e quattro le ruote! Adesso sta correndo sui cerchioni e le gomme fumano molto... sta rallentando...»

Lucky tacque.

Lefty continuò a percorrere la statale a tutta velocità, cercando disperatamente di raggiungere l'inseguimento.

«Che c'è? Cos'è successo?» chiese Doc.

Lucky sollevò un dito come per dirgli di aspettare.

Oz si voltò a fissare il suo amico, cercando di leggere la sua espressione. L'auto si era schiantata? I bambini stavano bene? Miles era in custodia o aveva cercato di usare Logan o Bree come ostaggio? Ma il viso di Lucky era completamente impassibile, non rivelava nulla.

Avrebbe voluto afferrarlo per il colletto e costringerlo a parlare, oppure prendergli il telefono di mano obbligandolo a dirgli cosa cazzo stesse succedendo.

Lefty iniziò a rallentare.

Oz si girò di nuovo e vide più avanti sulla strada quelle che sembravano un'infinità di auto della polizia e luci. Il fumo rendeva l'aria nebulosa intorno alla Kia, e cercò di vedere cosa stesse succedendo. Stavano fermando le macchine davanti a loro, ma Lefty salì sullo spartitraffico continuando ad avanzare.

I denti gli sbattevano così forte che gli sembrava quasi gli uscissero dalla testa, ma non disse al suo amico di rallentare. Invece borbottò: «Sbrigati.»

Si fermarono proprio dietro al punto in cui le auto della polizia avevano bloccato la strada e Oz non esitò a saltare fuori dal pick-up. Cominciò a correre verso la Kia ancora fumante, che era girata nel senso di marcia sbagliato in mezzo alla carreggiata. Era circondata da almeno sei auto della polizia e tutti gli agenti avevano le armi puntate verso il sedile del conducente.

Un movimento sulla sinistra attirò la sua attenzione: un poliziotto stava correndo via dalla Kia trasportando un piccolo corpo.

Tutta l'aria lasciò i suoi polmoni e l'unica cosa che riuscì a pensare fu che non poteva essere così fortunato una seconda volta. Riley era sopravvissuta – ma forse la punizione era perdere uno dei suoi bambini.

Poi vide l'agente inginocchiarsi dietro un'auto della polizia... e mettere in piedi il bambino.

Poteva anche essere stato paralizzato dalla paura un attimo prima, ma a quella vista si mosse. Corse verso di loro, fermandosi solo quando l'agente sollevò l'arma e gliela puntò contro. «Fermati dove sei!»

Cadde in ginocchio e cercò di riprendere fiato. Il bambino si voltò e prima che il poliziotto potesse fermarlo, corse dritto da Oz, che tese le braccia proprio mentre Logan gli sbatteva contro.

«Oz!»

«Oddio, Logan!» sussurrò.

«È tutto ok, è lo zio del bambino!» gridò uno dei suoi compagni di squadra da dietro, ma lui non riuscì a concentrarsi su nient'altro che il piccolo. Si tirò indietro e allontanò suo nipote, facendo scorrere gli occhi su e giù per il suo corpo. «Stai bene? Ti ha fatto del male?»

«Sto bene» rispose, con le lacrime che gli rigavano il viso.

«Sei sicuro?»

«Sì.»

Se lo strinse al petto ancora una volta.

«Dovete togliervi dalla strada» li avvisò un agente.

Oz annuì e si alzò senza lasciarlo andare. Lo portò nell'erba dello spartitraffico e si inginocchiò di nuovo quando lui si contorse nella sua presa.

«Bree!» gridò con voce strozzata.

«Cosa? Dov'è?» gli chiese. «È ancora in macchina?»

Sapeva di avere intorno a sé una cerchia di persone, tra i suoi compagni di squadra e la polizia, ma mantenne lo sguardo fisso su Logan.

Lui scosse la testa e disse in tono sofferto: «No. Ho detto a Mark che dovevo fare pipì e lui si è fermato. Avevo detto a Bria di scappare quando sarei uscito. L'ha fatto e ora l'ho persa!» piagnucolò.

Oz pensò che Mark fosse il nome che Miles aveva dato ai bambini, ma scacciò subito quel pensiero. Gli si strinse il cuore per suo nipote, ma lo scosse dolcemente per le spalle. «Non l'hai persa, l'hai *salvata*» lo rassicurò, credendo al cento per cento alle proprie parole. «Dobbiamo solo tornare dov'eravate quand'è scappata.»

«M-Ma non so dove sia!» gridò piangendo.

«Fai un respiro profondo» gli ordinò. Avrebbe voluto piangere anche lui, ma sapeva di dover restare calmo in modo da riuscire a farlo concentrare.

Logan fece come gli era stato ordinato, il suo piccolo petto si riempì d'aria mentre inspirava profondamente.

«Bene, un altro ancora.»

Osservò con approvazione il suo bambino, che ne aveva

già passate così tante nella sua giovane vita, fare del suo meglio per riprendere il controllo.

«Guardati intorno, Logan.» Aspettò che lo facesse. Spalancò gli occhi quando vide quanti poliziotti ci fossero, e anche Lucky, Lefty, Doc e Grover. Trigger e Brain avevano portato le donne all'ospedale e si stavano occupando di Riley finché Oz non fosse tornato da lei, con i loro bambini al seguito.

«Vedi tutte queste persone? Sono qui grazie a te. Perché sapevano che eri intelligente e coraggioso. Che avresti tenuto duro finché non fossero riusciti a trovarvi. E l'hai fatto. Non solo hai tirato fuori tua sorella da una situazione estremamente pericolosa, ma hai preso tempo con quel tizio abbastanza da permetterci di raggiungervi.»

Logan annuì.

Lo attirò ancora una volta tra le braccia. Gli sembrava di ricordare a malapena come viveva prima che quel bambino entrasse nella sua vita. Era pazzesco, dato che non sapeva nemmeno della sua esistenza fino a pochi mesi prima, ma la vita di Oz era cambiata in meglio nel momento in cui lo aveva visto camminare lungo il corridoio del suo condominio.

«Chiudi gli occhi» gli disse, tirandosi indietro per vedergli il viso.

Lo fece.

«Ora, pensa a dov'eri quando ti sei fermato. Che cos'hai visto?»

«Speravo che sarebbe andato a una stazione di servizio e Bree avrebbe potuto chiedere aiuto, ma non c'era niente sulla strada che ha preso. Case in lontananza e alberi.»

Gli si contorse lo stomaco per la preoccupazione, ma continuò a incoraggiarlo. «Cos'altro, Slugger?»

«Sono sceso, ho lasciato la portiera aperta e ho detto a Bree di attraversare la strada e correre verso gli alberi in lontananza.»

«Mossa intelligente.»

La voce di Logan si fece più forte mentre si concentrava. «Mark non era felice quando l'ha vista correre e mi ha riportato in auto. È passata una macchina e penso che si sia spaventato.»

«Credo che fosse la persona che ha chiamato la polizia» disse Oz. «Siete tornati subito sulla statale?»

«Sì. C'era un negozio di fuochi d'artificio. Era rosso, bianco e blu. Abbiamo svoltato un paio di volte, ma credo di aver visto un cartello con scritto Elm.»

Chiuse gli occhi sollevato. Doveva bastare. Doveva e basta. Li riaprì e guardò la sua squadra. Lucky era già al telefono e vide due agenti armeggiare sui loro cellulari.

«Trovato» disse uno dei poliziotti un minuto dopo. Oz si alzò, tenendo la mano sulla spalla di Logan. «C'è un'uscita che ha un negozio di fuochi d'artificio proprio all'angolo. E il nome della strada è Elm Street.»

L'agente si voltò per tornare alla sua macchina e lui lo seguì.

«Veniamo con lei» lo informò.

«No, dovete restare qui.»

Guardò la targhetta con il nome dell'uomo e scosse la testa. «Agente Myers, non mi sono presentato. Sono Porter Reed, della Delta Force dell'esercito americano. Probabilmente mia nipote è spaventata a morte e avrà bisogno di me quando la troverete.»

«E di me» disse Logan accanto a lui.

Gli strinse la spalla in supporto.

«Posso mostrarvi dove ci siamo fermati. E abbiamo una frase in codice. Bree non uscirà senza di quella» aggiunse il bambino.

«Delta Force?» chiese l'agente Myers.

Oz annuì.

«Va bene, ma dovrete fare quello che vi diremo.»

Acconsentì subito. «Quelli sono i miei compagni di squadra. Ci seguiranno.»

L'agente Myers si diresse verso la sua auto con loro al seguito. Lefty tornò al suo pick-up con il resto dei ragazzi. Sapeva bene che il poliziotto non avrebbe potuto portarli con sé, che stava facendo un'eccezione, ma era sollevato che sembrasse ansioso quanto lui di raggiungere la zona in cui avrebbero trovato Bria.

Non volendo pensare a quanto fosse spaventata, aiutò Logan a salire sul veicolo e si infilò dietro di lui. Non era entusiasta di essere sul sedile posteriore di una macchina della polizia, ma non gli importava *come* sarebbe arrivato a Bree, purché ci fosse arrivato.

Con la coda dell'occhio, vide Miles in un altro veicolo. Era stato preso in custodia senza incidenti. Si era arreso da codardo quale era. Oz non riusciva nemmeno a pensare al futuro in quel momento; alle udienze e se Logan avrebbe dovuto testimoniare. Era solo felice che il bambino stesse bene e concentrato sulla ricerca di Bria. Tutto il resto era secondario.

Mentre partivano e l'agente comunicava alla radio dove stavano andando, guardò il nipote. Gli stava appiccicato e aveva le braccia intorno al busto.

«Slugger?»

Il ragazzino lo guardò.

«Questa sarà l'unica volta in cui sarai sul sedile posteriore di un'auto della polizia. Capito?»

Le labbra di Logan si contrassero. «Capito.»

«Sei stato bravo e sono davvero orgoglioso di te» gli disse con dolcezza.

«Non avrei dovuto salire in macchina con lui» replicò con tristezza. «Non è stato intelligente.»

«È facile sapere qual è la cosa giusta da fare a posteriori. Scommetto che aveva una scusa davvero buona.»

Scrollò le spalle. «Ha detto che Gillian era in ospedale e Riley era andata da lei. Ha detto che viveva nel nostro condominio e che lei gli ha chiesto di portarle me e Bree.»

Oz inspirò profondamente. *Era* una buona scusa. Miles poteva anche essere uno stronzo, ma non era completamente stupido.

«So che Riley si sarebbe preoccupata per Gillian, ma non avrebbe mai chiesto a uno sconosciuto di venirci a prendere. Sono stato stupido.»

Gli sollevò il mento, così dovette guardarlo. «Prendiamo tutti decisioni sbagliate, Slugger. Anch'io. Ma il fatto è che sei andato con lui perché eri preoccupato per Riley. E Gillian. Non è del tutto una cosa negativa. Inoltre, hai fatto il necessario per mettere in salvo tua sorella. Penso che avremo bisogno di una parola o una frase in codice come quella che hai con lei, per la famiglia, in caso dovesse servire.»

Logan annuì. Poi tirando su col naso disse: «Probabilmente Bree è spaventata.»

«Senza dubbio. Ma lo sarebbe stata di più se fosse stata in macchina, quando la polizia vi ha fermati e ha tirato fuori le pistole. E anche se quell'uomo vi avesse portati in qualche casa sconosciuta, giusto? Sto solo dicendo che hai fatto ciò che dovevi per proteggerla, e io e Riley siamo più che orgogliosi di te.»

«Dov'è Riley?» gli chiese.

Gli si strinse lo stomaco. Merda. Alla fine avrebbe scoperto cosa le era successo e magari, una volta trovata Bria non ne sarebbe stato così turbato. Ma doveva essere sincero con suo nipote. «Sta bene» gli disse.

Il labbro di Logan tremò.

Decise di trattarlo come un cerotto, strapparlo via e farla finita. «L'uomo che ha preso te e tua sorella le ha fatto del male. Era il suo ex. Il tizio che vi ha spaventati quando è venuto a bussare forte alla mia porta e vi siete nascosti dietro il divano. Ma lei sta bene. È in ospedale e sta tormentando i dottori perché la lascino andare a casa per vedervi.»

Lo fissò per un lungo momento. «Non stai mentendo? Sta davvero bene? Non è morta come mia mamma?»

«Non è morta» sussurrò. Faceva male anche solo pronunciarle quelle parole. «Non ti direi che sta bene se non fosse vero.»

Il bambino ci pensò su per un secondo, poi gli fece un piccolo sorriso. «Scommetto che non è felice di essere bloccata in ospedale. È molto protettiva.»

«È vero» concordò, e non l'avrebbe mai dato per scontato in futuro. Poteva essere protettiva quanto voleva e gli sarebbe andato bene. Le avrebbe costruito un cazzo di fossato intorno alla casa se ne avesse voluto uno.

«Questa è l'uscita» li informò il poliziotto.

Logan si raddrizzò e i suoi occhi si illuminarono. «Sì! È davvero questa! Te l'avevo detto che c'era un negozio di fuochi d'artificio rosso, bianco e blu!»

«Guiderò lentamente, dimmi quando qualcosa ti sembra familiare» lo invitò l'agente Myers.

Allungò il collo cercando di vedere al di là del parabrezza, mentre Oz guardava fuori dal lunotto posteriore. C'erano almeno dieci auto che li seguivano. Vide il pick-up di Lefty e gli altri erano veicoli delle forze dell'ordine. Texas Ranger, la polizia autostradale e quella di Killeen. Erano tutti lì sperando di poter dare una mano nel ritrovare una bambina rapita e poi smarrita.

«Lì!» gridò Logan.

L'agente rallentò subito ulteriormente.

«Vedi quegli alberi?» chiese indicando alla sua destra, quasi colpendo Oz in faccia. «È dove l'uomo voleva che facessi pipì. Io mi sono fermato lì e Bria è corsa da quella parte.» Spostò la mano per indicare nell'altra direzione.

L'agente Myers spense il motore e scese, aprendo subito la portiera dietro per loro.

Oz guardò oltre il campo verso gli alberi e il suo cuore sprofondò. L'area era enorme. Bria avrebbe potuto essere letteralmente ovunque.

«Abbiamo un elicottero in arrivo» disse loro.

«Con il FLIR?» chiese speranzoso.

«Sì.»

«Cos'è il flir?» domandò Logan. «Perché non stiamo andando a cercare Bree?»

«Il FLIR è un dispositivo che rileva le radiazioni infrarosse. Individuerà dove si nasconde tua sorella senza che dobbiamo controllare ogni cespuglio e albero. Apparirà sul video come una forma bianco brillante, mentre tutto il resto sarà nero e grigio. I ragazzi dell'elicottero ci guideranno dritti da lei, Slugger.»

Logan sembrava ancora preoccupato, ma la fiducia che stava dimostrando in lui lo onorava.

«Cosa stiamo aspettando?» chiese Lucky mentre correva verso di loro. L'area si stava rapidamente riempiendo di forze dell'ordine, ed era ovvio che la sua squadra Delta fosse più che pronta a partire alla ricerca di Bria.

«Sta arrivando un elicottero con il FLIR» gli disse Oz.

«Grazie a Dio» sussurrò il suo compagno di squadra.

Doc, Grover e Lefty arrivarono in tempo per sentire la notizia.

Tutti aspettarono sul ciglio della strada con il fiato sospeso, in attesa di sentire la voce dell'operatore della telecamera sull'elicottero. Udirono le pale del rotore prima di vedere il mezzo, e quando finalmente lo individuarono, fu una delle cose più belle che Oz avesse mai visto in vita sua.

«Quanto tempo ci vorrà per trovarla?» chiese Logan, spostandosi impaziente sui piedi.

«Non lo so, Slugger. Ma stanno facendo del loro meglio» lo

tranquillizzò. La verità era che avrebbe voluto chiedere la stessa cosa, lamentarsi che ci voleva troppo tempo, ma rimase paziente. Sentì la mano di Grover posarsi sulla sua spalla e sapere di aver il supporto dei suoi amici aiutò molto.

Dopo sette minuti e mezzo − sapeva esattamente quanto tempo fosse passato, perché lo stava tenendo d'occhio attentamente − sentirono dalle radio degli agenti di polizia, che il FLIR aveva individuato qualcosa che pensavano potesse essere Bria.

«Voi dovete rimanere qui» disse loro l'agente Myers.

Oz stava già scuotendo la testa prima che l'uomo finisse la frase.

«Assolutamente no. Capisco che è il vostro lavoro ma le garantisco di aver visto più cose brutte di voi nella mia vita. *Devo* essere lì quando la trovate.»

«Ma lui?» gli chiese, indicando con la testa Logan.

Si sentì combattuto. L'ultima cosa che voleva era che vedesse la sorella se le fosse successo qualcosa di brutto, ma onestamente non pensava che fosse così. Bria era intelligente, anche se aveva solo sei anni e mezzo. Aveva la sensazione che si fosse comportata esattamente come suo fratello le aveva detto di fare; aveva corso come una dannata e si era nascosta finché non fosse riuscito ad andare a prenderla. E sapeva che avrebbe avuto bisogno di Logan per sentirsi al sicuro.

«Lui deve esserci. Ho fiducia che mia nipote stia bene, di sicuro è spaventata a morte, ma starà aspettando che suo fratello maggiore mantenga la parola e vada a prenderla.»

L'agente sospirò, ma alla fine annuì. «Va bene, ma state tutti dietro di me. E non transigo. Se fate anche solo un passo falso vi arresterò così in fretta che non vi renderete nemmeno conto di cosa sia successo.»

«Sì, Signore» disse subito Oz. Non era felice di essere relegato dietro al gruppo di agenti alla ricerca di Bria, ma gli era stato permesso di accompagnarli. Avrebbe fatto qualunque cosa gli avessero detto.

Anche il suo team era riuscito a farsi strada ed entrare nel campo con la squadra di ricerca, e corsero tutti in mezzo all'erba e agli arbusti rinsecchiti. Il poliziotto alla guida del gruppo stava parlando con la persona nell'elicottero che controllava la telecamera a infrarossi. Stava puntando dritto verso un gruppo di alberi particolarmente fitto.

«Brava ragazza» mormorò.

Quando arrivarono, sentì che l'agente veniva guidato in un punto proprio di fronte a loro. «Stop. Dovrebbe essere proprio lì, un po' alla tua destra. È sdraiata.»

Oz non riusciva a vedere altro che sterpaglie. Non vedeva l'ora di infilarsi nel sottobosco e trovare Bree. Capiva perché non si fosse mostrata subito, era spaventata e aveva imparato a proprie spese che molti adulti non erano degni di fiducia.

Pregò solo che non fosse ferita, o peggio.

No, stava bene. Doveva. Non poteva aver avuto la fortuna che Riley e Logan fossero stati risparmiati, solo per perdere lei.

Suo nipote era rimasto in silenzio accanto a lui ma all'improvviso, prima che potesse fermarlo, corse via e si avvicinò all'agente che stava chiamando sua sorella.

Senza chiedere il permesso, disse: «Bree? Sono io! Logan. Va tutto bene, puoi uscire. Ho portato il coniglietto pasquale con me, proprio come ti avevo promesso.»

Oz trattenne il respiro e dopo pochi secondi una Bree spaventata fece spuntare la testa di capelli rossi in mezzo a un mucchio di rami e foglie. «Logan?»

«Sì!» rispose eccitato. «Stai bene! Ti ho trovata!»

Oz si inginocchiò sollevato quando Bria uscì correndo dal suo nascondiglio e praticamente placcò suo fratello. Osservò in lacrime e con sollievo i due bambini salutarsi.

Sentì i suoi compagni di squadra dargli una pacca sulla

spalla in segno di supporto. Avrebbe voluto ringraziarli per esserci stati per lui. Per aver fatto tutto il possibile perché riavesse le persone più preziose della sua vita, ma non ci riuscì. Poteva solo fissare i suoi nipoti. Stava piangendo, ma sentiva a malapena le lacrime sulle guance.

Come se sapesse di cos'avesse bisogno suo zio, Logan prese Bria per mano e la portò da lui.

«Guarda, Oz! L'ho trovata!» esclamò.

«Vedo, Slugger» gli disse con dolcezza. Percepì a malapena l'elicottero allontanarsi o gli agenti di polizia che si congratulavano a vicenda. Aveva occhi e orecchie solo per i suoi bambini.

«Stai bene, Bree?» le chiese sommessamente.

Lei annuì. «Avevo paura» gli rispose. «Ma sapevo che Logan sarebbe venuto a prendermi. E lo ha fatto!»

«Sì, l'ha proprio fatto. Ti ama molto e sei fortunata ad averlo come fratello maggiore. Anch'io ti voglio bene. So che non ti conosco da molto tempo, ma ti voglio tanto bene, piccola.»

Lei lasciò andare la mano di suo fratello e si avvicinò a lui. Si mise tra le sue ginocchia, avvolse le piccole braccia intorno al suo collo e lo abbracciò.

Poi lo guardò in viso e disse seria: «Gli uomini non dovrebbero piangere.»

«E chi lo dice?»

Bria sembrò confusa. «Non lo so.»

«Appunto. Be', gli uomini piangono. Non c'è niente di sbagliato nel mostrare le proprie emozioni, non importa se sei un bambino o una bambina, un uomo o una donna.»

«Sei triste?» gli domandò, mentre gli asciugava la guancia con la mano sporca. Oz sapeva che probabilmente gli stava spalmando la terra sul viso, ma non gli importava.

«Non più» le rispose. «Tu e tuo fratello siete al sicuro.

Anche Riley. Le tre persone che amo di più al mondo stanno bene, quindi non posso essere triste.»

«Oz?» disse Bria.

«Sì, tesoro?»

«Ho fame. Possiamo andare a casa?»

Lui ridacchiò e sentì anche gli altri ridere intorno a lui. «Sì. Anche se potremmo dover fare una sosta prima.» Alzò lo sguardo su Grover. «Qualcuno ha chiamato Riley? L'ha informata?»

«Sì, Lucky è al telefono con lei da quando ci siamo fermati.»

Annuì sollevato. Non era sorpreso che uno della sua squadra si fosse assicurato che venisse aggiornata. Era in debito con tutti. «È già stata dimessa?»

«Credo che i medici non vogliano lasciarla andare a casa» disse Lefty.

Guardò Doc. «Cosa ne pensi?»

«Penso che se non ha alcuna complicazione, dovrebbe essere a posto. È stata fortunata.»

Lo sapeva.

«Abbiamo bisogno di parlare con la bambina» lo informò uno degli agenti lì vicino, che ovviamente aveva ascoltato la conversazione.

Sospirando, annuì, poi si alzò lentamente. Si sentiva debole e tremante, ma sapeva che era per la scarica di adrenalina che il suo corpo aveva appena sperimentato.

«Dirò a Trigger e Brain di portare Riley a casa tua» disse Lucky. «Devo solo fare alcune telefonate.»

«Grazie. Sei stato un dono del cielo.» Ed era vero. Oz non aveva idea di come potesse avere il tipo di connessioni che erano servite in quella situazione, ma non l'avrebbe dimenticato. Lucky era *davvero* fortunato, e preferiva di gran lunga far conto sulla fortuna piuttosto che sull'abilità... non che il suo compagno di squadra non avesse delle abilità incredibili.

Si sentì strattonare i pantaloni e guardò in basso. Bree era al suo fianco e quando vide che aveva la sua attenzione, alzò le braccia. Si chinò e la prese in braccio e lei posò subito la testa sulla sua spalla. Chiuse gli occhi sollevato.

Logan si appoggiò all'altro lato e Oz gli mise un braccio intorno alle spalle. Tornarono indietro così, attraverso il campo, come una famiglia, felicissimi di essere insieme. Mancava solo Riley, ma presto ci sarebbe stata anche lei.

Non era un uomo molto spirituale. Aveva visto troppo odio e violenza per credere che ci fosse un potere superiore che faceva ciò che era giusto per l'umanità, ma in quel momento, era sicuro che ci fosse qualcuno che proteggeva la sua famiglia. Logan era sopravvissuto a un rapimento e a un inseguimento ad alta velocità, Bria era riuscita a sfuggire a una situazione potenzialmente mortale e non sembrava troppo turbata dall'intera faccenda. E Riley...

Deglutì a fatica, cercando di non piangere... di nuovo. Non avrebbe dovuto essere viva. Lo sapevano entrambi. Miles aveva fatto di tutto per soffocarla, ma in qualche modo era riuscito a fallire anche in quello.

Guardando il cielo azzurro e splendente del Texas, inviò una preghiera di ringraziamento a chiunque o qualunque cosa si fosse presa cura delle tre persone che amava di più al mondo. Non sapeva cos'avrebbe fatto se anche solo uno di loro non fosse sopravvissuto a quel giorno infernale.

«Ci siamo persi la partita di baseball» mormorò Logan accanto a lui.

Oz non poté fare a meno di sorridere. «Sì. Ma la cosa bella del baseball è che la stagione è davvero lunga e ci saranno un sacco di partite da poter vedere.»

Il bambino sembrò illuminarsi. «È vero.»

Non riusciva a credere di star sorridendo, ma era una bella sensazione. Bellissima. Ora aveva solo bisogno di Riley. Tutti e tre ne avevano bisogno.

CAPITOLO VENTIDUE

«Andavamo a trecento chilometri all'ora! Poi c'era fumo ovunque e non riuscivo a vedere niente! L'auto si è fermata e c'erano un centinaio di poliziotti che ci puntavano contro le pistole. Poi mi hanno tirato fuori e Oz era lì! Ha pianto. Poi siamo saliti sul retro di un'auto della polizia ed è arrivato un elicottero e ho detto a Bree la nostra frase in codice e lei è uscita! Oz ha pianto di nuovo e poi abbiamo mangiato da Whataburger e quando siamo tornati a casa, *tu* eri qui!»

Riley sorrise a Logan. Stava raccontando ciò che era successo quel giorno. Era tardi, il sole era tramontato da tempo, ma non si sentiva affatto stanca.

Portava un maglione con il collo alto anche se era a letto, così i bambini non si sarebbero spaventati per i lividi sul suo collo. Nelle ultime ore, avevano davvero cominciato a scurirsi. La vista delle impronte di Miles le aveva fatto venire un po' di nausea. Era indolenzita e pallida, ma pensava di avere un aspetto dannatamente bello per essere quasi morta quel giorno.

Era seduta sul letto con Bria rannicchiata tra le braccia,

Logan ai suoi piedi e Oz aveva avvolto il braccio intorno a lei. Stava sostenendo il peso di entrambe e non si era mai sentita così sollevata come in quel momento.

Miles era in prigione con una lunga lista di accuse. Insieme al rapimento, al tentato omicidio e alla fuga dalla polizia, era anche accusato di pedopornografia. Dopo tutta la fatica che aveva fatto per riprendersi il CD da casa sua in modo che i poliziotti non lo trovassero, lo avevano confiscato dalla sua macchina. Le avevano detto che il suo caso si sarebbe risolto in fretta, che avevano prove più che sufficienti per tenerlo rinchiuso per molto tempo.

Ma Riley non voleva pensare a lui. Era davvero felice di essere viva e che Logan e Bria stessero bene.

«Sembra che sia stata una vera avventura» disse al bambino.

«Sì. Ma... Oz mi ha detto che quella era l'unica volta che mi sarebbe stato permesso di salire sul retro di un'auto della polizia.»

Sorrise. «Ha ragione. E tu come stai, Bree? Hai avuto un paio di mesi difficili» disse con dolcezza.

La piccola scrollò le spalle. «Sto bene. Avevo paura, ma Logan mi ha detto di nascondermi e sapevo che sarebbe tornato a prendermi.»

Sentì Oz rabbrividire contro di lei. Sapevano entrambi che sarebbero potute andare storte un sacco di cose. Se Logan non fosse stato abbastanza intelligente da memorizzare i segnali stradali e altri punti di riferimento particolari della zona in cui era scappata Bria, avrebbe potuto essere ancora là fuori ad aspettare che suo fratello tornasse a prenderla. Al buio. Erano stati tutti molto fortunati.

«Stai davvero bene?» le chiese Logan. «Quell'uomo ti ha fatto male.»

Oz la strinse. Da quando erano tornati a casa era stato molto silenzioso. L'aveva aiutata a cambiarsi ed esaminata dalla testa ai piedi, volendo vedere di persona ogni livido e graffio che Miles le aveva procurato. Avevano bisogno di parlare, ma prima si sarebbero presi cura dei bambini.

«Sì, è vero» concordò lei. «Ma sto bene. Sai cosa, potrei piangere e stare a letto per un mese, ma non cambierebbe ciò che è successo. Posso decidere di andare avanti con la mia vita ed essere felice, oppure crollare. Ho troppe cose da fare per crollare. Ci sono partite di baseball da andare a vedere, Bree tra un mese circa ha un saggio di musica con la sua classe di cui è entusiasta, e ho dei clienti che si affidano a me perché porti a termine il loro lavoro in tempo.»

Logan annuì come se tutto ciò che aveva detto avesse perfettamente senso, ma Bria si voltò a guardarla. «Voglio essere felice. A volte ricordo quella gabbia spaventosa e quanto avevo fame, ma ora sono con Logan. E tu mi piaci. E anche lo zio Oz.»

La strinse. «Ottimo. E fa bene parlare di ciò che ci succede, come hai fatto tu con lo psicologo. Non dico che non ricorderò di essere stata ferita, ma ho voi ragazzi e Porter, come posso *non* essere felice?»

Bria si rannicchiò di nuovo contro di lei annuendo.

Riley sentì Porter baciarle la testa e sospirò. Quello appena passato era stato il giorno peggiore della sua vita, ma non poté fare a meno di sentirsi totalmente appagata sdraiata lì tra le sue braccia, con i bambini sani e salvi.

Nessuno parlò per un lungo momento, poi Oz disse piano: «Penso che Riley abbia bisogno di dormire. E anche voi ragazzi. È stata una giornata lunga e ricca di eventi. Direi che domani ci prenderemo tutti un giorno libero. Magari andiamo al grande parco della base e facciamo qualche lancio con la palla. Bree, c'è un bellissimo percorso a ostacoli che potresti trovare divertente.»

«Sìì!» esclamò Logan.

Era ovvio che la bambina non fosse sicura di cosa rendesse così entusiasta suo fratello, ma anche lei strillò di gioia.

«Bella idea» concordò Riley.

«Tu ti siederai in disparte e guarderai» le mormorò. Poi in tono più alto: «Forza, ragazzi, andiamo a prepararvi per andare a letto.»

Guardò il trio lasciare la stanza, si appoggiò ai cuscini dietro di lei con un sospiro e chiuse gli occhi. Doveva essersi appisolata, perché quando li riaprì Porter si era già infilato sotto le coperte e l'aveva presa tra le braccia. La strinse come se fosse la cosa più preziosa al mondo.

Era la prima volta che erano soli da quando l'aveva trovata sul pavimento del suo appartamento, e doveva dirgli ciò che stava pensando fin dal momento in cui si era svegliata e resa conto di quello che era successo.

«Mi dispiace così tanto...»

«No» la interruppe con fermezza.

«Cosa?» gli chiese, girando la testa per guardarlo.

«Non devi scusarti. Non hai fatto niente di male.»

«Come puoi dirlo?» gli chiese incredula. «Ho sbagliato in tante di quelle cose con Miles, che non riesco nemmeno a iniziare a elencarle tutte.»

«No, non l'hai fatto. Volevi trovare un bravo ragazzo con cui stare e pensavi che lui lo fosse. Ti ha ingannata fin dall'inizio, ti ha usata per aver un posto in cui dormire. Ha approfittato del tuo comportamento gentile e amorevole. Ti ha sminuita, ti ha insultata e fatto il possibile per distruggerti.

Ma non ha funzionato. Ti sei liberata di lui. Forse non avremmo dovuto ignorarlo quando ha iniziato a molestarti, ma quello è colpa di entrambi. Non sapevamo che sarebbe andato *così* fuori di testa. Avremmo dovuto prendere precauzioni, ottenere un ordine restrittivo. Non che gli avrebbe impedito di entrare nel tuo appartamento, ma comunque... Ri, è lui che ti ha quasi uccisa. È lui che ha rapito i nostri bambini. È lui che ha messo a rischio la vita di Logan guidando come un pazzo. Non hai niente di cui scusarti. La responsabilità è tutta sua. *Non* darti alcuna colpa.»

Riley impiegò un momento prima di riuscire a parlare. Il groppo in gola era quasi opprimente. «Come ho fatto a essere così fortunata?» sussurrò.

«Penso che dovrei dirlo io. Ammetto che non pensavo di essere così fortunato quando mi hanno portato Logan, ma ora non riesco a immaginare di non averlo nella mia vita. E poi trovare Bree... mi ricorda così tanto mia sorella che è quasi inquietante. Mi manca. Mi dispiace di non aver avuto la possibilità di ricucire il nostro rapporto, ma mi ha fatto due dei più bei regali che abbia mai ricevuto. Tre, se includo te.» Si chinò e sospirò contro il suo collo. «Mi hai spaventato a morte» ammise. «Quando ti ho vista priva di sensi sul pavimento, ho pensato che fossi morta.»

Riley non sapeva cosa dire. Era sicura che Miles non avesse finito il lavoro perché aveva avuto fretta ed era un idiota. *Avrebbe* dovuto essere morta su quel pavimento e non era qualcosa che le piaceva pensare.

«Non posso vivere senza di te» le sussurrò.

«Nemmeno io posso vivere senza di te» replicò. «Starò malissimo quando andrai in missione. Odio ammetterlo perché so che ti mette pressione, ma... per favore, stai attento.»

Porter la fece rotolare in modo che fosse sdraiata sulla schiena a guardarlo. Le scostò una ciocca di capelli dalla fronte. «Non ho mai pensato molto alla morte prima d'ora. Sapevo che c'era una possibilità ogni volta che andavamo in missione, ma ho troppo per cui vivere per permettere a qualche bastardo di farmi fuori. A essere sincero, penso che il fatto che io, Trigger, Lefty e Brain abbiamo trovato delle donne con cui vogliamo passare il resto della nostra vita, in realtà ci renda più cauti di prima.»

Adorava sapere che voleva passare il resto della vita con lei.

Decise che avevano affrontato argomenti cupi a sufficienza, così gli disse: «Be', se staremo insieme per sempre, abbiamo sicuramente bisogno di un posto più grande. Per non parlare del fatto che ho la sensazione che per come funzionano le cose nell'esercito, sarebbe più facile se fossimo sposati e non fossi solo la vicina che fa da babysitter ai bambini.»

Ovviamente stava solo scherzando e cercando di alleggerire l'atmosfera in modo un po' goffo.

Ma Porter ribatté senza esitazione: «Sì.»

«Sì? Sì cosa?» gli chiese.

«Accetto la tua proposta di matrimonio.»

Riley sbatté le palpebre. «Non ti ho fatto una proposta» protestò.

«Sì, invece. E io ho accettato. Quindi ora siamo fidanzati. Mi hai preso un anello?» la prese in giro.

Non sapeva cosa stesse succedendo. Stava scherzando? Non ne era così sicura.

«Non importa» le disse, poi si girò. Aprì il cassetto del comodino e tirò fuori una piccola scatola nera. «Se non ti piace, posso prenderti qualcos'altro.»

La aprì per rivelare un semplice solitario. Il diamante taglio smeraldo scintillava sotto la luce del soffitto che non avevano ancora spento.

Fissò l'anello e poi lui, attonita.

«Ti amo, Riley. Voglio davvero passare il resto della vita con te al mio fianco. Ho la sensazione che non sarà un percorso calmo e tranquillo, ma non vedo l'ora di scoprire cosa ci riserva il futuro. Vuoi sposarmi? Avere altri figli con me?»

«Oh, Porter» sussurrò.

Le sorrise, tolse l'anello dalla scatola, le prese la mano e glielo fece scivolare sul dito. Era un po' grande. «Non sapevo la misura, ma ero troppo impaziente di farti accettare di diventare mia moglie per preoccuparmene.»

«Quando l'hai preso?» chiese, ancora sotto shock.

«Una settimana fa.» Scrollò le spalle. «So che è tutto veloce, ma fanculo. Ti amo. Tu mi ami. I bambini ti adorano e dopo ciò che è successo oggi, dopo avervi quasi persi tutti, sono particolarmente contento di averlo già comprato, così da poterti chiedere in questo istante di sposarmi.»

Riley non si era mai sentita così felice come in quel momento. «Sai, quando rimarrò incinta, aumenterò di peso. Penso che questo anello potrebbe adattarsi perfettamente se le mie dita si dovessero gonfiare.»

A quelle parole, vide un lampo di desiderio nei suoi occhi.

«Cazzo» mormorò Porter. Fece scorrere la mano sul suo corpo per posarla sul ventre. «Non vedo l'ora che tu sia incinta. Probabilmente è strano, ma non posso farci niente. Ora che so quanto sono meravigliosi i bambini, ne voglio di più.»

«Guarda che non escono dell'età di dieci o sei anni. I bambini sono chiassosi e sconvolgono la vita a cui sei abituato» lo avvertì.

«Non importa» ribatté, sdraiandosi accanto a lei. Riley era ancora vestita, ma non aveva l'energia o il desiderio di alzarsi per cambiarsi. La mano di Porter scivolò sotto il suo maglione e si posò sulla pelle nuda della pancia.

«Grazie per essere stata così forte e per non esserti arresa» sussurrò con dolcezza.

«Grazie per aver trovato i nostri bambini.»

«Ti amo.»

«Ti amo» replicò lei.

La luce era accesa, lei era completamente vestita e quel giorno era quasi morta... ma era sicura che quella notte avrebbe dormito tranquilla.

«PORTER, NON RIESCO A VEDERE DOVE CAMMINO!» si lamentò Riley con una risata.

Oz si portò un dito alle labbra per avvisare Logan e Bria di non dire nulla; stavano ridacchiando e saltellando intorno a loro. L'aveva bendata e portata lì per farle una sorpresa. Le teneva il braccio intorno alla vita, guidandola in modo che non cadesse.

Erano passati tre mesi da quando era quasi morta e i suoi bambini erano stati rapiti, ma sembrava che tutti stessero bene. Bree era esilarante e Oz adorava vedere la sua personalità emergere sempre di più. La piccola amava il signor Santoro, il suo insegnante alla scuola elementare Gerry Linkous e sembrava che avesse una predisposizione per il percorso a ostacoli della base. Un interesse che la sua insegnante di ginnastica, la signora O'Brien-Santoro, stava coltivando.

Logan si stava trovando bene nella sua classe. L'anno successivo sarebbe passato alla scuola media, ma si era fatto un sacco di amici lì. Anche la squadra di baseball era stata un successo e non vedeva l'ora di tornare a casa nei giorni in cui si allenava.

Oz non aveva perso tempo e aveva fatto di Riley sua moglie. In effetti, essere sposati aveva reso le cose molto più facili per quanto riguardava la burocrazia e l'esercito. Non doveva più preoccuparsi di un piano di assistenza familiare e lei aveva potuto ottenere l'assicurazione medica e tutti gli altri vantaggi che derivavano dall'essere la moglie di un soldato. Si erano sposati in municipio e poi i suoi compagni di squadra avevano organizzato una grande festa a casa di Brain e Aspen.

Lefty e Kinley erano volati a San Francisco il giorno successivo, perché il suo amico aveva affermato di non volere essere l'unico uomo a vivere nel peccato. Stava scherzando, ovviamente, ma Kinley era stata più che felice di sposarsi. I suoi genitori avevano organizzato un matrimonio pittoresco nel loro cortile e Lefty aveva detto che era stato davvero perfetto.

Aspen ormai aveva un bel pancione da cui Brain sembrava non riuscire a tenere le mani lontane. Ogni volta che erano uno accanto all'altro, glielo accarezzava. I ragazzi lo prendevano in giro, ma Oz non poteva biasimarlo. Lui e Riley avevano smesso di usare precauzioni e pregava ogni giorno di metterla incinta. Non pensava che fosse normale per un uomo essere così eccitato e impaziente che succedesse, ma non gliene fregava un cazzo. Voleva un bambino con Riley. Subito.

Oltretutto... Miles si era impiccato poco dopo essere stato messo in prigione in attesa del processo. Era stata una sorpresa, dato che non pensava che l'uomo avesse le palle per fare qualcosa di così... definitivo. Ma ne era segretamente contento. Sì, gli sarebbe piaciuto vederlo pagare per ciò che aveva fatto alla sua famiglia, ma Bree e Logan non avrebbero più dovuto rivivere durante un processo ciò che avevano passato, ed era stato un sollievo.

E passando al momento attuale... quel giorno era speciale. Aveva lavorato duramente per non svelare a Riley quello che stava combinando. Oz si sentiva un po' in colpa per essere tornato a casa tardi nell'ultimo periodo ma lei, da creatura dolcissima quale era, non si era mai lamentata. Aveva portato Logan all'allenamento di baseball, giocato con Bree, li aveva aiutati con i compiti e si era assicurata che mangiassero.

Non era più tornata al suo appartamento dopo essere stata aggredita. Non la biasimava ed era più che felice che si fosse trasferita da lui senza problemi.

Era stato a casa sua un paio di volte, per aiutare i suoi compagni di squadra e le loro mogli a impacchettare le sue cose, e gli aveva dato i brividi. Non era riuscito a smettere di guardare il punto sul pavimento in cui aveva trovato Riley quasi morta. Era estremamente grato a Doc, Grover e gli altri, che si erano proposti di fare tutto.

Di conseguenza però, il suo appartamento era pieno zeppo di cose. Un posto con due camere da letto era troppo piccolo per quattro persone e tutti i loro averi. Lui e Riley avevano parlato di sistemarsi in un appartamento con tre camere finché non avessero potuto andare in cerca di una casa più grande, ma in realtà non avevano avuto il tempo di farlo.

Ed era arrivato il momento di mostrarle la sua sorpresa.

I bambini corsero avanti e lui si assicurò di farla procedere con cautela. Si fermò dopo qualche altro passo e fece un respiro profondo per calmarsi. «Sei pronta?» le chiese.

Riley rise di nuovo. «Porter, sono pronta per qualunque cosa sia questa sorpresa da praticamente sempre. So che stavi combinando qualcosa, ma non te l'ho chiesto. Facciamola finita prima che tu esploda.»

Oz scoppiò a ridere. Avrebbe dovuto sapere che non

poteva nascondere nulla alla sua molto perspicace moglie. «Ecco. Ok, aspetta» le disse, mentre armeggiava con il nodo dietro la sua testa. Lo sciolse e la benda le cadde al collo mentre sbatteva le palpebre per l'improvvisa luce.

«Sorpresa!» gridò Logan.

«Felice casa nuova!» aggiunse Bree.

Fissò scioccata la grande casa di fronte a lei. «Che cosa? Come... oh, Porter!»

Le sorrise. «Benvenuta a casa» le sussurrò all'orecchio. «Ha sei camere da letto. Tanto spazio per espandere la nostra famiglia e c'è un ufficio al piano di sotto che sarà perfetto per te. La cucina è stata ristrutturata e il bagno principale è stupendo...soprattutto la doccia gigante. Ho già trovato una donna delle pulizie che può venire a settimane alterne, perché so che questo posto sarà difficile da tenere pulito. I ragazzi hanno già rivendicato le loro stanze.»

«Possiamo entrare, Oz? Possiamo?» gridò Logan dal portico.

«Andate!» concesse.

Con un grido di eccitazione, i bambini scomparvero dietro la porta d'ingresso.

«Non posso credere che tu abbia comprato una *casa*!» esclamò.

«Ho risparmiato soldi per molto tempo. E il mio lavoro paga bene quando sei single.»

«E se l'esercito ci trasferisse?» gli chiese nervosa.

«Ci penseremo quando succederà. Potremo affittarla o qualcosa del genere, ma voglio che viviamo qui. Che creiamo qui la nostra famiglia. Non sarò nell'esercito per sempre e mi piace molto questa zona del Texas. Logan ama la sua scuola e la squadra di baseball. Prevedo belle cose nel suo futuro.»

«Sei camere da letto?» chiese con una risata.

Oz scrollò le spalle. «Punta in alto o lascia perdere» ribatté.

Riley si voltò, gli circondò la vita con le braccia e piegò la testa indietro per guardarlo. La pelle setosa del suo collo era perfetta e non era rimasto alcun segno lasciato dall'esperienza traumatica con il suo ex. Ogni volta che la guardava, ringraziava la sua buona stella che fosse ancora lì con lui.

«Immagino sia un'ottima cosa che abbiamo così tante camere da letto. Insomma, in meno di un anno ne avremo occupate quattro.»

Lui annuì distrattamente, poi aggrottò la fronte. «Aspetta, cos'hai detto?»

«Sono incinta» gli disse con dolcezza. «Sorpresa!»

Era senza parole. «Sul serio?»

«Sì. Non mentirei su una cosa del genere. Non dopo tutto l'impegno che ci hai messo perché succedesse... forse non avrei dovuto dirtelo solo per godermi i tuoi sforzi per qualche altro mese.»

Oz lanciò un grido e la prese in braccio facendola girare in cerchio prima di baciarla.

Dopo un po' sentirono la voce di Logan urlare: «Ragazzi, la smettete di baciarvi e venite a dare un'occhiata alla casa?»

Si tirò indietro e fissò ammutolito la donna tra le sue braccia.

«Ti amo» disse Riley.

«Non sapevo cosa significassero esattamente quelle parole fino a quest'anno» ammise lui.

Gli rivolse un sorriso malizioso: «Quando battezzeremo la nuova casa?»

«Trigger e Gillian hanno detto che avrebbero tenuto i bambini domani sera» rispose con un sorrisetto.

«Amo un uomo che pianifica in anticipo.»

«E se pensi che non ti scoperò tanto quanto ho fatto mentre cercavo di metterti incinta, ti sbagli di grosso. Devo assicurarmi che mio figlio o mia figlia sappiano chi è il loro papà.»

Riley rise. «Non sono sicura che funzioni in questo modo.»

«Ti stai lamentando?» chiese, inarcando un sopracciglio.

«No. Assolutamente» rispose.

«Bene. Adesso andiamo. Vieni a visitare il tuo castello, mia regina.»

———

Lucky osservava Devyn dall'altra parte del cortile. Erano tutti nella nuova casa di Oz, a fare un'emozionante festa di inaugurazione/ricevimento di nozze per Lefty, Brain e Oz. Logan e Bree stavano correndo lì intorno, carichi dei troppi zuccheri degli s'more che avevano preparato sul braciere.

C'erano tutti. Trigger e Gillian, Lefty e Kinley, Brain e Aspen, Doc, Grover e Devyn. Winnie, la vicina di novantuno anni di Brain, si era presentata con la nipote e suo marito Rocket. Erano presenti anche alcuni dei nuovi vicini di Oz.

L'atmosfera era rilassata e festosa. Tutti i Delta facevano il possibile per godersi i tempi di inattività perché non sapevano mai quando sarebbero stati inviati in missione. Ultimamente nel mondo le cose sembravano più instabili che mai. Scoppiavano conflitti ovunque e le tensioni oltre confine erano alte.

Il business della droga era fuori controllo, i terroristi creavano sempre più caos ai loro presunti nemici e la Corea del Nord era sempre una minaccia. A volte disprezzava il suo lavoro, odiava vedere la mancanza di rispetto per la vita umana, ma riuscire a salvare delle persone o a fare la differenza in modo significativo, faceva sì che ne valesse la pena. Ed era stato abbastanza fortunato che le missioni a cui era stato avessero avuto più esiti positivi che negativi.

Lucky poteva anche essere "fortunato" nella vita e nel lavoro, ma non lo era decisamente per quanto riguardava l'amore. Desiderava ciò che avevano i suoi amici e c'era solo una donna con cui lo voleva.

Devyn Groves. La sorella di Grover.

Era in Texas da un po' ormai, ma per quanto avesse cercato di avvicinarsi a lei, lo aveva tenuto a debita distanza per tutto il tempo. Non sapeva perché, ma lo deprimeva.

Devyn era tutto ciò che voleva in una donna. Oz poteva amare la sua piccola moglie, ma Lucky tendeva ad essere attratto dalle donne più alte, e con il suo metro e ottanta, lei era il complemento perfetto per lui che era uno e ottantotto. Era snella ma muscolosa e sapeva che si allenava spesso. Si era mantenuta in forma in modo da poter tenere a bada gli animali che aiutava a curare come assistente veterinaria.

Era anche intelligente, empatica e gentile, ma non aveva paura di dire ciò che pensava, soprattutto con il fratello maggiore. Era ovvio che i due avessero un buon rapporto e gli piaceva guardarli interagire.

Sì, ai suoi occhi era una combinazione perfetta e ciò lo uccideva. Avrebbe voluto sconfiggere tutti i suoi draghi o almeno stare al suo fianco mentre lo faceva *lei*, ma si rifiutava di dargli una possibilità.

Se in quel momento non fosse stato a osservarla così attentamente, si sarebbe perso ciò che stava per succedere...

Devyn stava parlando con Gillian quando ricevette una telefonata. Tirò fuori il cellulare dalla tasca e rispose senza guardare chi l'avesse chiamata. Il cipiglio sul suo viso gli fece capire che chiunque fosse non era esattamente gradito.

Disse qualcosa all'amica e si allontanò, e dando le spalle alle altre parlò brevemente al telefono. Dopo aver chiuso la chiamata ed essersi infilata di nuovo il cellulare in tasca, si avviò verso un lato della casa senza dire niente a nessuno.

Lucky si alzò. Se ne stava andando? Così di punto in bianco?

Si mosse prima di pensare a ciò che stava facendo.

«Dove vai?» gli chiese Grover mentre lo oltrepassava. Lucky avrebbe cercato di intercettarla prima che riuscisse ad andarsene, e il modo più rapido per arrivare sul davanti, era attraversare l'abitazione dall'interno.

«Devyn ha ricevuto una chiamata da qualcuno e non ne era contenta» disse al suo amico.

Grover sospirò. «Merda. Avevo detto a Spencer di chiamarla stasera *tardi*.»

Lucky si fermò a guardare il suo amico. «Tuo fratello?»

«Sì. Mi sta tormentando perché vuole che convinca Devyn a parlargli. Immagino che abbiano litigato prima che lei lasciasse il Missouri e lo sta evitando. Anche la mamma. Mi ha chiesto il suo nuovo numero e gliel'ho dato. Voglio dire, è nostro fratello. Perché non avrei dovuto? Non so cosa sia successo, ma voglio che facciano pace in modo che torniamo a essere la famiglia unita che siamo sempre stati. Gli ho detto che oggi saremmo stati a una festa chiedendogli di aspettare e chiamarla sul tardi.»

«Non ero abbastanza vicino da sentire con chi stava parlando, ma direi che non ha aspettato.»

Grover sembrò devastato. «Odio non sapere cosa diavolo sta succedendo tra loro.»

«Ci penso io» gli disse.

«Lo apprezzo.»

Lucky annuì e aprì la porta d'ingresso. Non si sarebbe occupato di Devyn per fare un favore all'amico, ma perché la ammirava. Le piaceva molto. Era una grande amica, una gran lavoratrice e simpaticissima. Ogni volta che le era vicino, gli sembrava che le pressioni derivate dal suo lavoro sparissero. Lo faceva sentire... con i piedi per terra. Non si era mai sentito così per nessuna donna prima. Era sollevato che Grover non avesse tirato fuori la stronzata del "guai se ti avvicini a mia sorella" come facevano tanti uomini. Approvava che la frequentasse e ciò era fantastico, tranne per il fatto che lei non sembrava interessata a uscire con *nessuno*.

Fermo nella sua determinazione, andò dritto verso di lei. Stava armeggiando con il portachiavi, cercando di aprire la portiera della macchina.

Le si avvicinò e avvolse la mano attorno alle sue chiavi. «Faccio io» le disse con dolcezza.

A testimonianza di quanto fosse sconvolta, non protestò e gliele lasciò prendere.

«Guido io» la informò, sfidando la fortuna.

Ma ancora una volta, annuì semplicemente e girò intorno alla macchina per andare sul lato del passeggero. Lucky sbloccò le serrature e salirono.

«Vuoi parlarne?» le chiese, dopo aver avviato il motore.

«Portami a casa e basta» mormorò, scuotendo la testa.

Avrebbe voluto insistere, ma non aveva intenzione di costringerla a fare nulla. Voleva che andasse da lui quando aveva bisogno di aiuto. Quando era felice e voleva condividere la sua eccitazione. Quando era triste e aveva bisogno di conforto. Voleva *tutto* con Devyn, e avrebbe fatto tutto il necessario per dimostrarle che poteva fidarsi di lui, che erano perfetti l'uno per l'altra.

Per ora, doveva riportarla a casa, dove si sentiva al sicuro, poi avrebbe fatto il possibile per andare a fondo di qualunque cosa stesse succedendo. Lei aveva sempre accusato Grover di essere testardo, ma stava per scoprire esattamente quanto potesse essere testardo *lui*. Per quanto non gli piacesse che Devyn stesse evitando sua madre e Spencer, Lucky non poteva fare a meno di essere sollevato di avere un valido motivo per farle più pressione.

Ma se Spencer pensava di poter entrare in casa loro, per così dire, e portare scompiglio, si sbagliava. Nessuno creava problemi alla loro cerchia ristretta, nemmeno se si trattava di un familiare.

———

Sierra Clarkson era stesa nella terra in fondo alla cella in cui era stata gettata, e cercava di capire da quanto tempo fosse prigioniera. Era impossibile; aveva passato troppo tempo negli oscuri recessi di quella montagna in Afghanistan per riuscire a scandire il passare del giorno e della notte. Era stata spostata di casa in casa e alla fine era finita lì, in una grotta in una montagna. Era una prigione non convenzionale, ma le sbarre erette all'ingresso della cava in cui si trovava, erano robuste come quelle di una comune cella.

Non solo, ma era ovvio che gli uomini che l'avevano portata via dalla base militare si erano finalmente stancati di usarla come un sacco da boxe. Era stata quasi abbandonata, lasciata lì da sola al buio, e cercava di non sentirsi in colpa perché si annoiava.

Si annoiava. Assurdo. Qualche mese prima, o almeno pensava fosse qualche mese, avrebbe apprezzato la possibilità di annoiarsi. Il primo periodo dopo che era stata catturata, Shahzada e i suoi seguaci si erano alternati a torturarla. A scoprire cosa la facesse piangere. Come potevano infliggere il maggior dolore. Aveva capito abbastanza in fretta che più velocemente "crollava", prima fermavano i pestaggi e la gettavano di nuovo nella sua cella.

Da allora, si erano uniti a lei in quell'inferno altri prigionieri, e ora i suoi rapitori erano concentrati a torturare *loro*, cercando di ottenere informazioni sulle operazioni militari alla base.

Era davvero stupido. I collaboratori che avevano rapito non conoscevano i dettagli di ciò che accadeva alla base. Almeno non le cose importanti che Shahzada voleva sapere. Aveva provato a parlare con i suoi compagni prigionieri quando erano rimasti da soli, ma non le avevano risposto, troppo fuori di testa e spaventati a morte.

Uno dopo l'altro, erano scomparsi. Sierra non sapeva cosa fosse successo loro, ma pensava che non potesse essere niente di buono.

E non capiva perché *lei* fosse ancora lì. Cosa Shahzada volesse da lei.

Non voleva attirare l'attenzione su di sé, ma quando si erano dimenticati di darle da mangiare o di portarle un secchio d'acqua fresca, non aveva avuto altra scelta che continuare a urlare finché qualcuno non era tornato lì a portarle del cibo.

Si trovava in un limbo ed era spiacevole, ma Sierra aveva sempre cercato di essere positiva. Le cose sarebbero sicuramente potute andare peggio. Avrebbero potuto continuare a torturarla ogni giorno. Violentarla. Avrebbe potuto essere morta. Ma non lo era. Era viva, e ogni giorno che passava, la sua determinazione a rimanere così aumentava. Qualcuno alla fine l'avrebbe trovata. Magari cercando qualcun altro che era scomparso. O forse Shahzada alla fine avrebbe commesso un errore e l'esercito lo avrebbe catturato.

Quindi, doveva continuare a resistere fino a quel giorno. Nel frattempo, doveva fare tutto il necessario per sopravvivere. Sierra aveva imparato ad accorciare i tempi delle percosse e iniziato a chiedersi cos'altro avrebbe potuto fare per manipolare i suoi rapitori.

Chiudendo gli occhi sospirò, e fece del suo meglio per pensare a cose migliori di quel buco infernale in cui era attualmente bloccata. Fin dal suo rapimento il suo pensiero preferito era Fred Groves, noto come Grover ai suoi amici. Non aveva l'aspetto da Fred ai suoi occhi, così anche lei aveva sempre pensato a lui come Grover.

Era rimasta stupita quando era sembrato interessato a lei. Di solito nessuno la notava, tranne per commentare quanto fosse bassa. Ma *lui* l'aveva fatto. E quando le aveva chiesto se poteva tenersi in contatto con lei dopo la missione, era stata entusiasta. Era riuscita a scrivergli solo una lettera prima che Shahzada la portasse via dalla base.

Spesso si chiedeva che ne fosse stato di quella lettera. Grover l'aveva ricevuta? Le aveva risposto? Aveva pensato a lei? Non lo sapeva, ma raffigurarsi nella mente quel soldato bello e forte, era meglio che pensare alla sua pancia vuota o preoccuparsi di cosa sarebbe potuto succedere il giorno successivo.

———

Povera Sierra! Quanto tempo ancora rimarrà prigioniera? Grover sarà in grado di trovarla? Dovrete aspettare un po' per scoprirlo perché la prossima uscita riguarderà la storia di Lucky e Devyn, in *La forza di Devyn* . :)

Lucky deve andare a fondo di ciò che sta succedendo tra Devyn e Spencer, convincerla a fidarsi di lui e farle capire che può essere qualcosa di più che solo il compagno di squadra di suo fratello. Ho la sensazione che avrà il suo bel da fare. Acquista *La forza di Devyn* ora per scoprire come tutto si risolve!

Trovare Kenna
Trovare Monica
Trovare Carly
Trovare Ashlyn
Trovare Jodelle

Armi & Amori: verso il futuro

Soccorrere Caite
Soccorrere Brenae
Soccorrere Sidney
Soccorrere Piper
Soccorrere Zoey
Soccorrere Avery
Soccorrere Kalee
Soccorrere Jane

Delta Force Heroes

Salvare Rayne
Salvare Emily
Salvare Harley
Il Matrimonio di Emily
Salvare Kassie
Salvare Bryn
Salvare Casey
Salvare Sadie
Salvare Wendy
Salvare Mary
Salvare Macie
Salvare Annie

Armi e Amori

Proteggere Caroline
Proteggere Alabama
Proteggere Fiona

Il Matrimonio di Caroline
Proteggere Summer
Proteggere Cheyenne
Proteggere Jessyka
Proteggere Julie
Proteggere Melody
Proteggere il Futuro
Proteggere Kiera
Proteggere i figli di Alabama
Proteggere Dakota

Mercenari di Montagna

Difendere Allye
Difendere Chloe
Difendere Morgan
Difendere Harlow
Difendere Everly
Difendere Zara
Difendere Raven

Ace Security

Il riscatto di Grace
Il riscatto di Alexis
Il riscatto di Bailey
Il riscatto di Felicity
Il riscatto di Sarah

Una raccolta di storie brevi

Un momento nel tempo

BIOGRAFIA

L'autrice best seller del *New York Times*, *USA Today,* e *Wall Street Journal*, Susan Stoker ha un cuore grande come lo stato del Texas, dove vive, ma questa tipica ragazza americana ha trascorso gli ultimi quattordici anni vivendo nel Missouri, in California, in Colorado, e nell'Indiana. È sposata con un ex militare dell'esercito, che ora la segue in tutto il Paese.

Ha debuttato con la sua prima serie nel 2014, seguita dalla serie SEAL of Protection, che ha consolidato il suo amore per la scrittura, e la creazione di storie in cui i lettori possono perdersi.

Se ti è piaciuto questo libro, o qualsiasi libro, per favore considera di lasciare una recensione. Gli autori lo apprezzano più di quanto tu possa immaginare.

www.stokeraces.com
susan@stokeraces.com

www.ingramcontent.com/pod-product-compliance
Lightning Source LLC
Chambersburg PA
CBHW060223100726
47907CB00003B/482